田中善信　著

元禄名家句集略注

池西言水篇

新典社

はじめに

昭和二十九年に刊行された荻野清編『元禄名家句集』（創元社刊）は大変な労作である。この本は、伊藤信徳篇《しんとくへん》・山口素堂《そどう》篇・小西来山《らいざん》篇・池西言水《ごんすい》篇・椎本才麿《しいのもとさいまろ》篇・上島鬼貫《おにつら》篇の六篇で構成されているが、この六人は俳諧史上元禄の名家と呼ぶにふさわしい俳人である。したがってこの本は元禄時代の俳諧を研究するための基本文献だが、いまだに全体の注釈書がない。来山については飯田正一氏の『小西来山俳句解』（平成元年前田書店刊）が備わるが、他の五人については注釈を試みた人はいなかった。このことは俳諧研究の現状がきわめていびつな状態にあることを示している。芭蕉を除けば元禄俳諧の研究は俳人の年譜を作ることが主流であり、作品は年譜を作成する資料として利用されるだけであったといってよかろう。これは本末転倒といわざるをえない。元禄俳諧の研究を正常な状態に戻すには、元禄時代の主要な撰集の全注釈に取り組む必要がある。

本書は『元禄名家句集』の全注釈を作成することを目的に企画されたシリーズの一冊である。すでに田中が担当した「伊藤信徳篇」が刊行されており、この「池西言水篇」は二冊目である。残り四冊を佐藤勝明氏と玉城司氏、および田中の三人が分担執筆することになっている。二冊の注釈をしてみて、私自身は大変なことに手をつけてしまったと痛感している。しかし未熟なものであっても、三人で『元禄名家句集』の全注釈をなんとか完成させたい。

平成二十七年六月三十日

田中　善信

目　次

池西言水略歴

言水は慶安《けいあん》三年（一六五〇）に奈良で生まれた。曾祖父の千貫屋《せんがんや》久兵衛は奈良の大年寄《おおどしより》を勤めたという。年寄は町や村の有力者を指すのが普通だから、大年寄であった曾祖父は村でも一、二を争う有力者であった可能性が高い。池西家がその地位をいつまで保っていたかわからないが、祖父は和歌をたしなみ父は俳諧をたしなんだというから、池西家は風雅をたしなむことができるような裕福な家だったと考えてよかろう。ただし言水が池西家の直系の人物であったかどうかわからない。彼は寛文《かんぶん》五年（一六六五）、十六歳のときに法体《ほったい》をしたというから、少なくとも家の跡継ぎでなかったことは確かであろう。家の跡継ぎを僧侶にすることはありえない。

彼はこのころすでに俳諧《はいかい》に専念していたのであろう。寛文十二年刊行の『続大和順礼』に四十二句が取られているが、これが撰集《せんじゅう》（多数の人の作品を収録した作品集）に言水の句が入集《にっしゅう》した最初である。このとき言水は二十三歳だがこれだけ大量の句が取られているということは、それまで彼がかなり熱心に俳諧を勉強していたことを物語っている。法体をした言水がその後僧侶になった痕跡は全くないから、二、三年後には俗人に戻っていたのであろう。

延宝《えんぽう》四年（一六七六）、二十七歳のときに彼は江戸に移住したようである。多分江戸で俳諧師として身を立てようとしたのであろう。延宝七年に『江戸蛇之鮓《じゃのすし》』、同八年に『江戸弁慶』、同九年（九月に天和と改元）に『東日記《あずまにっき》』と、立て続けに撰集を出版しており、俳諧師として成功したように見える。『東日記』には芭蕉の句が十五句、その門人の其角《きかく》の句が二十八句収録されており、この時期言水は芭蕉や其角とかなり親密な関係だったと考えてよかろう。言水は俳諧師として江戸でかなり強固な地盤を築いたように見えるのだが、なぜか天和《てんな》二年（一六八二）三月、三十三歳のときに京都に移住する。その理由はわからない。

言水は骨董《こっとう》を売買していたという説がある。私はこの説は間違いないと考えている。彼がいつから骨董を扱うようになったのかわからないが、江戸に出たのが二十七歳であり当時としてはすでに壮年である。したがって大和にいた時期にすでに何らかの仕事に従事していた可能性が高い。その仕事が骨董商だったのではなかろうか。江戸で骨董の売買で生計を立てながら、俳諧師としての基盤を築いていたのであろうが、しかし江戸では骨董商売は思わしくなく、古い伝統を重んじる京都に移住したのではなかろうか。これは想像にすぎないが一つの仮説として提示しておきたい。

天和三年には九州へ旅行し、天和四年には東北から佐渡へかけて旅行している。このような大旅行をしたのはこのとき限りで、その後は遠くに出かけた様子はない。この旅行を終えたあと、貞享《じょうきょう》四年（一六八七）三月に『京日記』、同年九月に『三月物《みつきもの》』、元禄二年（一六八九）に『前後園《ぜんごえん》』、元禄三年に『都曲《みやこぶり》』と、相次いで撰集を刊行している。元禄三年は彼の四十一歳の年に当たる。撰集を出すことでみずからの地盤を築くのが言水のやり方だったといってよかろうが、この後十年間は撰集の出版はなく、元禄十三年に『続都曲』を出し、元禄十五年に『一字之題』を出した後、宝永六年（一七〇九）六十歳のときに彼の最後の撰集である『京拾遺《しゅうい》』を出している。

雲英《きら》末雄氏の「池西言水序跋集《じょばつ》」（『俳書の話』所収）に、言水が序文、あるいは跋文を書いた俳諧関係の書物が三十六部挙げられている（言水自身の著作を除く）。この数は当時の俳諧師の中では群を抜いて多い、といってよいのではあるまいか。プロ・アマを問わず、多くの人が言水の序文や跋文を求めていることに、当時の言水の人気の高さがうかがえる。

享保《きょうほう》二年（一七一七）六十八歳の時に、自作の発句（俳句）百四十二句を収録した『初心もと柏《かしわ》』を刊行した。おそらく俳人としての生涯にひとまず結着を付けようとしたのであろう。多くはそれまでの撰集に発表した句だが、新出の句も四割程度収録されている。

享保八年に言水は京都で没した。七十三歳であった。翌年に門人により追悼集『海音《かいおん》集』が刊行され、没後六年の享保十三年には『其《その》木がらし』が刊行されている。また安永四年（一七七五）に『俳諧五子稿』という本が出版されている。この本は元禄期に活躍した言水・向井去来・素堂・水間《みずま》沾徳《せんとく》・来山の五人の俳人の発句を収録したものである。言水は死後も、定の人気を保っていたことがわかる。

（この略伝は宇城《うしろ》由文著『池西言水の研究』（和泉書院刊）の「池西言水年譜」によった）

注釈

凡　例

一、本書では荻野清編『元禄名家句集』を原本と記す。
二、それぞれの句に付けた番号は原本に従った。句番号の上に「補」とあるのは原本の補訂で追加された句である。
三、それぞれの句の下に出典と出典の刊行年を記した。出典は原本に従った。
四、句形については原則として原本の表記に従った。ただし次のような変更を加えた。
イ、漢字の字体については、旧字体を新字体に改めた。異体字や特殊な文字は、常用漢字で代用できるものは常用漢字に改めた。
ロ、常用漢字以外の漢字や旧仮名遣いの表記には振り仮名をつけた。また常用漢字の読みが現行の読みと異なる場合も振り仮名を付けた。振り仮名はすべて現代仮名遣いによった。
ハ、原本の片仮名の振り仮名はすべて平仮名に直し、かつ現代仮名遣いに改めた。
ニ、音読や訓読の記号は省略した。
ホ、踊り字は原則として現行の表記に改めた。
五、引用の参考文献は現代仮名遣いに改めた。漢文の場合は読みくだし文に改め、仮名遣いは現代仮名遣いに従った。ただし和歌については旧仮名遣いに従った。
六、注釈に記されている月はすべて旧暦である。
七、【句意】の末尾に句の季節と季語を記した。特定の季語がない場合は句意によった。
八、【語釈】の説明は基本的に『日本国語大辞典』（第二版）と『角川古語大辞典』によった。季語は基本的に『図説俳句大歳時記』によった。

一　山口につくるいこまの鈴菜かな　（『続大和順礼集』寛文12）

【句意】山の登り口に作っているよ、生駒《いこま》のスズナを。古代の制度では急用で地方に行く役人に駅馬の使用が許され、役人は天皇から貸し与えられた鈴を鳴らして往来した。「いこま」の「こま」と「鈴菜」の「鈴」は縁語関係になる。春「鈴菜」。

【語釈】○山口　山の登り口。ここは生駒山の登り口。○生駒　現在の奈良県北西部。生駒山のふもと。生駒山は大和国《やまとのくに》の歌枕（古くから和歌に詠まれてきた名所）。○鈴菜　新年の七草がゆに用いるカブラの異名。

【備考】句番号一から三七までの句は『続大和順礼集』に収められているが、これらの句にはすべて大和国の名所・旧跡・地名などが詠み込まれている。

二　萌《もえ》ぬ木は海士《あま》の焼《たき》さしか石上《いそのかみ》　（同）

【句意】芽を出さない木は、あまが暖を取るために燃やした木の燃えさしだろうか、石上では芽を出さない木が多い。石上の木に芽が出ないのは大昔にあまたちが燃やした燃え残りの木だからだろうか、というのである。春「萌ぬ木」。

【語釈】○海士　海にもぐって魚や貝を取る漁師。蜑、海人、海女とも。室町時代末期に作られた日本語辞書『日葡《にっぽ》辞書』には、「水中に潜り、貝類を取って生活する男や女の漁師」と説明されている。○石上　現在の天理市北部の石上町から天理市中央の石上神宮あたりを指す。石上神宮がある。『日本名所風俗図会9　奈良』の注によれば、「石上」の語源は「太古以来の大和湖《やまとこ》の磯の上《かみ》であろう」という。この句は大和湖があったという太古の情景を想像して作られたのであろう。

【備考】一見季語がないように見えるが、「萌ぬ木」には木々が芽吹く時期であることが示されており、これが季語になるのであろう。

三　若鮎《わかあゆ》や上りくだりをはつせ風　（『続大和順礼集』寛文12）

【句意】若アユが上ったり下ったりしている川面に、初瀬《はつせ》風が吹いている。勢いよく上ってくるアユが水勢におされて流され、また上るという光景である。春「若鮎」。

【語釈】○若鮎　秋に生まれて海に下った稚魚が成長し春になって川を上ってくるアユ。○はつせ　「はせ」とも。現在の奈良県桜井市東部。大和国の歌枕。長谷寺《はせでら》の門前町として有名。初瀬川が流れているがこの川は流れが速いことで知られる。「はつせ風」は初瀬あたりを吹く風。『万葉集』に出てくる言葉。

四　御戸《みと》ならで花こそ開け二月堂　（同）

【句意】扉ではなく花が開いたよ、二月堂では。二月堂はお水取りという行事で知られるが、その行事を行うために二月堂の扉を開けるまえに、サクラの花が開いたというのである。春「花」。

【語釈】○御戸　神社や寺の扉。ここは二月堂の扉。○二月堂　奈良東大寺の二月堂。二月に行われるお水取り（修《しゅ》二会《にえ》）の行事が有名。九四の句参照。

五　きて見るやにんにくせんの藤袴《ふじばかま》　（同）

【句意】ためしに着てみるよ、忍辱山《にんにくせん》に咲いているフジバカマを。植物のフジバカマを実際のはかまに見なした句。良い香りを放つフジバカマを身に付けたら、自分のいやな臭いが消えるだろうというのである。秋「藤袴」。

【語釈】○にんにくせん　忍辱山。現在の奈良県忍辱山町にある円成寺《えんじようじ》のこと。「にんにく」に食用となるニンニクをかける。食用のニンニクは現在でも用いられているが、強烈な臭気を発する。「にんにくせん」は臭気がしないの意である。○藤袴　秋の七草の一つ。茎や葉が生乾きのとき芳香を発する。「蘭」とも書く。

六　杣人《そまびと》の重荷うるさや笠の雪　（同）

【句意】木こりが重荷だとうるさがっているよ、笠の雪を。木こりに風流心がないことをからかった句である。中国の詩学書『詩人玉屑』巻二〇に収録されている「笠は重し呉天《ごてん》の雪、鞋《あい》は香《かんば》し楚地《そち》の花」という文句を踏まえた句。これは生涯を旅で暮らす楽しさをうたった文句である。冬「雪」。

【語釈】○杣人　山で木を切ったり、それを運び出して細工などをする人。木こり。○笠の雪　笠の上にたまった雪。これに「笠」という地名をかける。明治における地名を集大成した『地名索引』に奈良県に笠という村があったことが記されているが、現在のどこを指すか不明。

七　薬師寺につくるやるりのつぼ菫《すみれ》　　　　（『続大和順礼集』寛文12）

【句意】薬師寺で作っているよ、「瑠璃《るり》のつぼ」ならぬ「瑠璃のつぼ菫」を。薬師寺の庭にツボスミレが咲いているのを、ツボスミレを作っていると言いなした句。春「つぼ菫」。

【語釈】○薬師寺　奈良の薬師寺。本尊は薬師如来で、左手に瑠璃で作った薬壺《くすりつぼ》を持っている。○るりのつぼ　宝玉である瑠璃で作ったつぼ。これにツボスミレをかける。○つぼ菫　スミレの一種。

八　法花寺《ほっけじ》につむや南無妙《なむみょう》ほうれん草　　　　（同）

【句意】法花寺で摘んでいるよ、ホウレンソウならぬ南妙ホウレンソウを。日蓮宗の題目の「南無妙法蓮華経《ほうれんげきょう》」に「南無妙ほうれん草」をかけた洒落《しゃれ》。春「ほうれん草」。

【語釈】○法花寺　現在の奈良県奈良市にある真言律宗《しんごんりつしゅう》（現在は光明宗）の尼寺。奈良時代の創建。法華寺とも。言水は日蓮宗の寺と誤解していたようである。○ほうれん草　寛永ごろから普及した野菜。

九　鳥の子も十《とお》づつ十市《とおち》の巣立哉《すだちかな》　　　　（同）

【句意】鳥の卵が毎日十個ずつかえり、十市の村を巣立っていくよ。「十づつ十市」の語呂合わせのおもしろさをねらった句。『伊勢物語』五〇段の「とりの子を十づ《ず》つ十は重ぬとも思は《わ》ぬ人を思ふ《う》ものかは」を踏まえる。夏「巣立」。

【語釈】○鳥の子　鳥の卵。特にニワトリの卵。○十市　現在の奈良県橿原市十市町。『好色一代男』巻二「はにうの寝道具」に「桜井の里をすぎ、十市《とうち》、布留《ふる》の神やしろを」とある。○哉　切れ字の「かな」に当てる漢字。俳諧では頻繁に用いられる。

一〇　東大寺にさくや大紅沈丁花《だいこうじんちょうげ》　（同）

【句意】東大寺に咲いているよ、ダイコウジンチョウゲが。ただしジンチョウゲにダイコウジンチョウゲという種類は無い。言水の造語である。春「沈丁花」。

【語釈】○東大寺　奈良の東大寺。南都七大寺の一つ。○大紅沈丁花　大紅塵を大紅沈ともじりこれに沈丁花をかけた言水の造語。○大紅沈　大紅塵《だいこうじん》のもじり。東大寺の勅封倉《ちょくふうぐら》に二種の香木が保存されていたが、その一つが大紅塵であり、もう一つが蘭奢待《らんじゃたい》である。○沈丁花　春に花が咲きよい香りがすることで知られている。ことわざに「沈丁花は枯れてもかんばし」という。

一一　油月《あぶらづき》も耿々《こうこう》たるやとうみやうじ《よ》　（同）

【句意】油月も明るく輝いているよ、灯明寺《とうみょうじ》の上空で。「油」と「とうみやう（灯明）」は縁語になる。ぼんやりと見える月も灯明寺では明るく輝くというのである。秋「油月」。

【語釈】○油月　月の周囲に油を塗ったようにぼんやり見える月。○耿々　光が明るく輝くこと。○とうみやうじ　灯明寺。現在の奈良県大和郡山市矢田町にある。『南都名所集』に「この寺（金剛山寺《こんごうせんじ》）の北の方に灯明寺とて薬師如来の霊場あり」とある。「灯明」は神仏に供える灯火の意。なお、『大和名所図会《ずえ》』では同じ寺が東明寺と記されており、現在も東明寺と称している。

拍子《ひょうし》神社にて

一二　たんぽぽや拍子の神に手向草《たむけぐさ》　（『続大和順礼集』寛文12）

【句意】タンポポは拍子神社に供えるにはふさわしい。鼓の拍子を取るときのようなリズミカルな響きをもつタンポポは、拍子神社に手向けるにはふさわしいというのである。春「たんぽぽ」。

【語釈】○拍子神社　『南都名所集』は「拍子神」として立項し「興福寺伝法院の本願修円をいわいし社《やしろ》なり。修円は守敏僧都《しゅびんそうず》の事なり」と説明する。興福寺については三一の句参照。○手向草　神や死者に供えるもの。

一三　かねの緒か春日《かすが》の前にさがり藤　（同）

【句意】鐘を鳴らすひもであろうか、春日大社の社前にぶらさがっているフジの花は。春「さがり藤」。

【語釈】○かねの緒　神社の拝殿の大きな鈴などに取り付けてあるひも。○春日　奈良の春日大社。○さがり藤　垂れ下がったフジの花。春になるとフジの花は房状に垂れ下がって花を付ける。

一四　春日野にちりつもりてや色葉塚《いろはづか》　(同)

【句意】春日野に落ち葉が散り積もって色葉塚ができた。「ちりつもって山となる」ということわざを踏まえて、春日野では山とはいかないが、「ちり」が積もって塚ができたという洒落《しゃれ》。「ちり」は「塵」と「散り」の掛詞。秋「色葉」。

【語釈】○春日野　現在の奈良公園付近。この一帯は昔は原野だった。大和国《やまとのくに》の歌枕。○色葉塚　紅葉した落ち葉が散って塚のようになったもの。

一五　茂る木は歯黒《はぐろ》といはんかねが嶽《たけ》　(同)

【句意】茂って黒々と見える木々を歯黒といってもよかろう、かねが嶽の様子は。かねが嶽を女性の顔に見立てて、黒く木が茂っている部分を歯黒に見立てたのである。「歯黒」を「かね」ともいうので、「歯黒」と「かねが嶽」の「かね」は縁語になる。夏「茂る木」。

【語釈】○歯黒　黒く染めた歯。お歯黒とも。江戸時代には女性は結婚すると歯を黒く染める風習があった。○かねが嶽　金御嶽《かねのみたけ》のことであろう。金御嶽は現在の奈良県にある金峯山《きんぷせん》の異称。修験道《しゅげんどう》の修行の山として有名。

一六　かげろふ《う》の己《おの》がいのちの槿花《きんか》かな　(同)

【句意】カゲロウのはかない命を自分の命としてアサガオは咲いている。カゲロウははかない動物の代表であり、アサガオははかない植物の代表である。秋「槿花」。

【語釈】○かげろふの己　蜻蛉小野《かげろうのおの》のもじり。蜻蛉小野は吉野の西河村《にじっこうむら》にあった。大和国《やまとのくに》の歌枕。○かげろふ　カゲロウ。昆虫の一種。生きている期間はきわめて短く、はかないものの代表とされる。○槿花　アサガオ、あるいはムクゲの花。「槿花一日《いちじつ》の栄」ということわざのとおり、いずれも朝に咲いて夕べにはしぼむ。

一七　かしは木《わ》の雪まりながす日足《ひあし》かな　（『続大和順礼集』寛文12）

【句意】柏木《かしわぎ》の森は雪まりを溶かして流すほど暖かい日足だ。冬「雪まり」。

【語釈】○かしは木　柏木の杜《もり》。大和国の歌枕。現在の奈良県吉野郡川上村の森と推定されている。これに『源氏物語』の登場人物の柏木をかける。光源氏の正妻の女三宮《おんなさんのみや》と不義を犯した人物。『源氏物語』若菜上巻に光源氏の邸宅の六条院で行われた蹴鞠《けまり》の会で柏木が女三宮を見初める場面がある。○雪まり　雪を固めてまりの形にしたもの。『角川古語大辞典』に「れいのゆきまりけたまう」（『大斎院御集』）という用例をあげる。ただし『源氏物語』に柏木が雪まりをけった話は無い。○日足　日差し。「雪まり」の「まり」と「日足」の「足」は縁語。

一八　てるてともいはんか《わ》たちのをの《お》の月　（同）

【句意】照手姫《てるてひめ》といいたいほどの美しい形をしている、小野の月は。秋「月」。

【語釈】○てるて　照手姫のこと。古浄瑠璃「小栗」（「おぐり判官《はんがん》」とも）のヒロイン。当時は広く知られていた人名である。○をの　『大和名所図会』に「小野榛原《おののはいばら》」という地名が見える。これを指すのであろう。

一九　みよしのの花やねもせぬ夢み草　（同）

【句意】吉野のサクラは、寝てもいないのに夢を見ていると思うほど美しい、これこそ夢見草だ。『伊勢物語』二段の「起きもせず寝もせで夜をあかしては春のものとてながめ暮らしつ」という和歌を踏まえた句。春「花」。

【語釈】○みよしの　現在の奈良県にある吉野山の別称。古来サクラの名所として知られている。大和国の歌枕。○ねもせぬ　寝ることをしない。つまり、寝ない。○夢み草　夢見草。サクラのこと。

二〇　桜のりかうき藻ながるる吉野河　（同）

【句意】あれはサクラノリであろうか、水に浮かんで藻がながれていくよ、吉野川を。サクラの名所である吉野にちなんで、水に浮かんだ藻をサクラノリに見立てたのである。春「桜のり」。

【語釈】○桜のり　江戸時代の百科事典『和漢三才図会』によれば紀州（現在の和歌山県）の海岸で取れるのり。○吉野河　吉野川。現在の奈良県の吉野地方を流れる川。大和国の歌枕。

二一　鮎《あゆ》ともにとるやもろこし吉野河　（同）

【句意】アユとともにモロコをとっているよ、吉野川では。夏「鮎」。

【語釈】○もろこ　川や湖に産する小魚。美味として知られる。夏にとれる魚でアユとは収穫の時期が異なる。「もろこ」に「もろこし」をかける。○もろこし　中国をいう古い言い方。○もろこし吉野　中国にある吉野。『古今集』の藤原時平《ときひら》の和歌「もろこしの吉野の山にこもるともおくれむと思ふ我《う》ならなくに」によってできた架空の地名。

二二　舞《まい》たけはよしのしづ《ず》かの余波《なごり》かな　（『続大和順礼集』寛文12）

【句意】マイタケは吉野静《しずか》の名残だ。静の没後彼女の姿がマイタケとなって残ったというのである。秋「舞たけ」。

【語釈】○舞たけ　きのこの一種。湿った所や朽ち木に生え食用になる。○よしのしづか　謡曲の曲名「吉野静」。静はそのヒロインで源義経《よしつね》の愛人。吉野を落ち延びようとする義経を静は法楽の舞を舞って助ける。「舞たけ」の「舞」と「しづか」は縁語になる。

二三　雲かかる月や半身《はんみ》の達磨寺《だるまでら》　（同）

【句意】雲がかかってる月は半分が明るく、達磨寺に飾られている半身の達磨のようだ。秋「月」。

【語釈】○半身の達磨　肩肌脱ぎのような形で、上半身の一方をあらわにした達磨大師の肖像。○達磨寺　現在の奈良県北葛《かつら》城《ぎ》郡王寺町に現存。本尊は千手観音と聖徳太子と達磨大師。

二四　飛《とぶ》ほたるかげは夜光の玉城《たまき》かな　（同）

【句意】飛んでいるホタルの光は夜光の玉であろうか、玉城の空を飛んで行く。「夜光の玉」に地名の「玉城」をかけた。夏「ほたる」。

【語釈】○かげ　光のこと。○夜光の玉　夜でも光るという伝説上の玉。○玉城　「玉置」の誤記で玉置神祠《たまきのしんし》を指すのであろう。玉置神祠は現在の奈良県の十津川《とつかわ》村の玉置山の山頂に鎮座するほこらで、古来十津川郷の鎮守。現在は社殿があって玉置神社と呼ばれているが、言水のころはほこらだけだったか。

二五　橘《たちばな》の京なれてなけほととぎす　（同）

【句意】橘の都になれ親しんで鳴いてくれ、ホトトギスよ。古い都にホトトギスはふさわしいというのである。夏「ほととぎす」。

【語釈】○橘　現在の奈良県高市《たけち》郡明日香《あすか》村の地名。聖徳太子建立の七寺の一つといわれる橘寺がある。『大和名所図会』に「橘寺とは、橘の都の皇居の地なれば寺の名によぶならん」とある。橘寺がある一帯は「橘の都」と呼ばれていたのである。

二六　おに味噌かちりし野守の萩の花　（同）

【句意】鬼味噌であろうか、地上に散った野守のハギの花は。鬼味噌の赤い色を赤いハギの花に見立てたのである。秋「萩の花」。

【語釈】○おに味噌　鬼味噌。味噌に唐辛子などを入れて作ったなめ味噌。副食用の味噌で、ごはんのおかずや酒の肴《さかな》などに用いる。○野守　大和国《やまとのくに》（現在の奈良県）の飛火野《とぶひの》に置かれていた警備の役人を指すが、この句の場合は地名。『奈良名所八重桜』には「野守が池」「野守塚」などがある。

二七　涼風《りようふう》は清冷殿《せいりようでん》かくも井ざか　（『続大和順礼集』寛文12）

【句意】涼しい風が吹いているのは、ここが清冷殿のあった場所だからだろうか、雲居坂《くもい》は涼しい。夏「涼風」。

【語釈】○清冷殿　清涼殿の当て字。京都の皇居にあった天皇の日常の御殿。ただしこの句では聖徳太子が『勝鬘経《しようまんきよう》』を講じた橘寺（二五の句参照）の建物の一つ。○くも井ざか　雲井坂。『大和名所図会』には「とどろきの橋の北にあり」とある。同書によれば、とどろきの橋は「東大・興福両寺の中間、押明《おしあけ》の門の南にあり」とある。

二八　さく比《ころ》も山のべんべん遅ざくら　（同）

【句意】サクラの咲く時期も山辺《やまのべ》ではむなしく時間が過ぎてゆく、このあたりの花は遅ザクラだから。山辺ではなかなか花が咲かないのである。春「遅ざくら」。

【語釈】○山のべんべん　山辺に「べんべん」を言いかける。山辺は現在の奈良県北東部の山辺郡の古名。大和国の歌枕。○べんべん　むなしく時間が過ぎること。○遅ざくら　遅咲きのサクラ。開花の時期が遅いヤエザクラを指すのであろう。

二九　ちご達《たち》もゐ《い》るや浜弓寺の庭　（同）

【句意】ちごたちも浜弓を射ているよ、寺の庭で。春「浜弓」。
【語釈】○ちご　「稚児」あるいは「児」と書く。寺院などで召し使われた少年。○浜弓　「破魔弓」とも書く。子供たちが浜弓を射て遊ぶのは正月の行事。「はまゆみ」に地名の「まゆみ（間弓）」をかけている。「まゆみ」は現在の三重県度会《わたらい》郡大紀町大内山間弓だが江戸時代は大和国に属していた。

三〇　藤原や花に霞にふたえだな　（同）

【句意】藤原では花の上に霞がかかり二重棚《ふたえだな》のようだ。春「花」。
【語釈】○藤原　現在の奈良県橿原《かしはら》市東部の古地名。藤原京の旧地。大和国の歌枕。○ふたえだな　二重棚。茶道または香道に用いる棚。棚板が二段になっているので二重棚という（『大辞典』）。

三一　蟬《せみ》の経は千部会《せんぶえ》なれや興福寺　（同）

【句意】セミの唱えるお経は千部会を行っているようだ、興福寺ではセミがかしましく鳴き立てている。興福寺で盛んにセミが鳴いているのを千部会のお経に見立てたのである。夏「蟬」。

【語釈】○蟬の経　セミがやかましく鳴いているのを、多くの僧侶がお経を唱えている状況にたとえた。○千部会　同じ経を五百人または千人の僧侶で一部ずつ読誦《どくしよう》する法会《ほうえ》。○興福寺　奈良の興福寺。法相宗《ほつそうしゆう》の大本山で南都七大寺の一つ。

三二　つつがなふ《のう》はなや咲《さき》けんあなし山　（『続大和順礼集』寛文12）

【句意】無事に花が咲いたであろう、穴師山では。春「花」。

【語釈】○つつがなふ　つつがなく。何の支障もなく。何事もなく。○あなし山　穴師山。現在の奈良県桜井市大字穴師にある山。『万葉集』や『古今集』で「巻向《まきむく》の穴師の山」と詠まれた地名。大和国《やまとのくに》の歌枕。

三三　いなづ《ず》まやかよふ《う》あしたのはらみ稲　（同）

【句意】稲妻が通ってきて、葦田《あした》の原のイネがはらんで実をつけた。「つま」「かよふ」「あした」「はらみ」と縁語を駆使した句。秋「いなづま」。

【語釈】○いなづま　稲妻。いなびかり。イネは稲妻の光を受けてはらむ（実をつける）という俗伝があり、稲妻（妻は夫の意）という言葉はこの俗伝によるという。○あしたのはら　葦田の原。芦田池のある奈良県北葛城郡王寺町のあたりをいう。和歌では「朝《あした》の原」と表記されることが多く、大和国の歌枕。「あしたのはら」に「はらみ稲」をかける。○はらみ稲　実をつけたイネ。

三四　むかしおとこおりのこしてやありは《わ》らび　（同）

【句意】昔男こと在原業平が取り残したのだろうか、このワラビは。春「はらび」。

【語釈】○むかしおとこ　『伊勢物語』の主人公。『伊勢物語』は「昔、男ありけり」で始まる話が多い。「むかしおとこ」は在原業平《ありわらのなりひら》を指すと考えられている。○おりのこしてや　折り残してや。折り残したのであろうか。ワラビなどを取ることを「おる（折る）」という。○ありはらび　業平の姓の「ありは《わ》ら（在原）」に「はらび」を言いかけ、更に「ありはら」に業平ゆかりの在原寺を言いかける。『南都名所集』によると、この寺は奈良から二里余（八キロほど）南にあった。○はらび　正しくは「わらび」。春の山菜の一つ。「ありはら」に「わらび」を無理に言いかけたので仮名遣いが不白然になった。

三五　草木より笛竹しげる青葉山　（同）

【句意】草や木よりもフエタケが茂っているよ、青葉山では。『義経記《ぎけいき》』巻五「忠信《ただのぶ》吉野山合戦の事」に「矢の篦《の》の太さはふえだけなどの様なる」とある。これを踏まえたか。夏「句意による」。

【語釈】○笛竹　笛の材料にするタケ。○青葉山　現在の奈良県の吉野郡吉野町にある山。『吉野山独《ひと》案内《り》』巻四に「この所青葉山といいて名所なり」とある。ここに義経鎧《よしつねよろい》懸《か》けのマツがある。

三六　花を見にのぼるや安部のむねとうげ

（『続大和順礼集』寛文12）

【句意】花を見に登っていくよ、安部のむねとうげを。春「花」。

【語釈】○安部のむねとうげ　地名の安部に安倍宗任《あべむねとう》をかけ、宗任に「とうげ」をかけた。○安部　現在の奈良県桜井市にある山。安部文殊院《あべもんじゅいん》のある付近の丘。「安倍」とも。○安部のむねとう　安倍宗任。平安時代後期に東北地方に権勢を振るった安倍一族の次男。

三七　さるさはやいけながら見る柳ばへ《わえ》

（同）

【句意】猿沢の池では生かしたままで見ることだ、ヤナギバエを。池に映るヤナギの葉をヤナギバエに見立てた。「いけ」は「池」と「生け」の掛詞。春「柳ばへ」。

【語釈】○さるさは　猿沢の池。奈良の興福寺南大門の前にある池。大和国《やまとのくに》の歌枕。○柳ばへ　コイ科の淡水魚。一人の采女《うねめ》が猿沢の池のヤナギに脱いだ着物を掛けて、入水《じゅすい》自殺をしたという有名な伝説があり、「さるさは」と「柳」は縁語になる。

【備考】ここまでが大和国の名所・旧跡・地名などを詠み込んだ句。

三八　くり原のあれは松かよ雪の景　（『続詞友俳諧集』寛文12）

【句意】あれが栗原にあるという姉歯《あねは》のマツか、一面の雪景色ではっきりと見えないが。『伊勢物語』一四段の「栗原の姉歯の松の人ならば都のつとにいざといはまし《わ》を」を踏まえる。冬「雪」。

【語釈】○くり原　栗原。現在の宮城県栗原市。○松　宮城県栗原市金成《かんなり》姉歯にあったマツ。姉歯の松は陸奥国《むつのくに》の歌枕。

三九　鶯《うぐいす》のしれるは梅が歌道かな　（『誘心集』寛文13）

【句意】ウグイスが歌道に精通しているように言われているが、ウグイスが知っているのはウメに関することだけだ。『古今集』の仮名序に「花に鳴く鶯、水にすむ蛙《かわず》の声を聞けば、生きとし生けるもの、いずれか歌をよまざりける」という文言がある。これをウグイスが歌道に精通していることを述べた文句と取りなして、実はウグイスが知っているのはウメに関することだけだ、と言いなしたのである。ウグイスに対して和歌以来の取り合わせである「梅」を出し、「梅が香」に「梅が歌道」をかけた。春「鶯・梅」。

四〇　咲出《さきいづ》る花やうつくし豊後梅《ぶんごうめ》　（同）

【句意】咲き出した花は美しい、ブンゴウメは。ブンゴウメは実が美味として知られているが、花も美しい、というのであろう。春「豊後梅」。

【語釈】○豊後梅　豊後国《ぶんごのくに》（現在の大分県）から広まったウメの一種。葉・花・果実ともに普通のウメより大きい。果実は美味として知られる。

四一　面白や気色《けしき》をまぜる花の庭　（『誘心集』寛文13）

【句意】おもしろいことだ、さまざまの眺めを取り混ぜてくれている、花の庭は。秋「句意による」。

【語釈】○気色　自然界の有様。景色。○まぜる　混ぜ合わせる。ただし原本には「せ」に濁点はない。○花の庭　サクラの花が一面に散り敷いた庭。ここはいろいろな花を植えた庭で、秋の情景。

四二　おとなしや咲姫桃《さくひめもも》は物いはず　（同）

【句意】おとなしいことだ、きれいに咲いたヒメモモは物も言わずだまっている。春「姫桃」。

【語釈】○姫桃　モモの愛称。連歌書の『連珠合璧集《れんじゅがっぺきしゅう》』に「桃とあらば、ものいわぬ」とある。花はすべて物を言わないが、特にモモの花は物言わぬ花として扱われていたのである。なお「物言う花」は美人をいう。

四三　ぼたんくは《か》の口びるに添葉《そう》ぐきかな　（同）

【句意】ボタンの花のような赤い唇に添って歯茎《はぐき》が見える。美人の顔の形容である。夏「ぼたんくは」。
【語釈】○ぼたんくは　牡丹花。ボタンの花。「くは（正しくは「くわ」）」は「花」を音読するさいの旧仮名遣い。「カ」と発音する。「ぼたんくは（ボタンカ）」に「たんくは（タンカ）の口びる」をかける。○たんくはの口びる　丹花の唇。赤い花のような美しい唇。美人の唇を表現するときの決まり文句。「丹花」は赤い花。○葉ぐき　葉に「歯茎」をかける。

四四　花見てや心うき雲あふち《おう》の木　（同）

【句意】花を見ると心が浮き立つよ、浮雲のようなセンダンの花だ。夏「句意による」。
【語釈】○心うき　心浮き。心が浮き立つ。「心うき」に「うき雲」をかける。○うき雲　浮雲。センダンの花の様子をたなびいている雲に見立てた。○あふち　センダンのこと。夏に薄紫の花が穂のように咲く。「あふちの花」は夏の季語だが「あふち」だけでは季語にならない。

四五　消《きえ》ぬ間《ま》や形野《かたの》の小野の雪女　（同）

【句意】消えない間に一目見たい、交野の小野の雪女を。冬「雪女」。
【語釈】○形野　正しくは交野《かたの》。現在の大阪府交野市から枚方《ひらかた》市にかけての一帯。桓武《かんむ》天皇の交野離宮以来天皇家の狩り場があった。河内国《かわちのくに》の歌枕。『伊勢物語』八二段に、惟喬親王《これたかしんのう》が在原業平《ありわらのなりひら》を連れて交野へ狩に出かけた話がある。○小野　野原。源俊頼《としより》の『散木奇歌集《さんぼくきかしゅう》』に「日影さすとよのあかりにみかりすと交野の小野に今日も暮らしつ」とある。○雪女　雪の深いときに現れる白衣を着た美女。または老婆の姿で現れるという。妖怪の一種。惟喬親王がタカ狩の際に雪女に遭遇したという伝承がある。

四六　舟うるや声もたからか節分《せちぶ》の夜

（『誘心集』寛文13）

【句意】宝舟の絵を売っているよ、声も高らかに、節分《せつぶん》の夜に。当時はよい夢を見るように節分の夜に宝船の絵を枕の下に敷いて寝る慣習があった。「舟」「たから」「節分」は縁語となる。冬「節分」。

【語釈】○舟　宝船を印刷した絵。○たからか　大声を出すこと。「高らか」に「宝」をかける。○節分　立春の前日。セツブンとも。本来大晦日の行事であったものを江戸時代になると節分に行うことが多くなった。枕の下に宝船の絵を敷いて寝る慣習もその一つ。

江戸小石川にて

四七　小日向《こみなた》の雪やとけ来て小石川

（『到来集』延宝4）

【句意】小日向の雪が溶けて水となり小石川を流れている。冬「雪」。

【語釈】○小石川　現在の東京都文京区の地名で東京ドームシティがあるあたり。当時神田上水は小石川から樋《とい》を敷設して江戸に水を供給した。神田上水は小石川上水とも呼ばれた。○小日向　振り仮名は原本に従う。普通はコビナタと読む。江戸西北郊の地名。井の頭池を水源とする江戸川は小日向を通って小石川から神田上水となる。

四八　かへる子《え》やいさまだしらぬ大和歌《やまとうた》　　（同）

【句意】オタマジャクシは、さあまだ知らないだろう、和歌のことは。『古今集』仮名序によってウグイスやカエルは歌に精通しているということになっていた。三九の句参照。しかしオタマジャクシはまだ歌を詠めないだろうというのである。春「かへる子」。

【語釈】○かへる子　カエルの子。オタマジャクシ。○大和歌　日本固有の歌。和歌。『古今集』仮名序は「やまと歌は人の心を種として」と書き出されている。

四九　長棹《ながさお》や天にあがりてかみ幟《のぼり》　　（同）

【句意】長い棹で空高く掲げられて、神ではなく紙のぼりになった。天に昇れば神になるはずだが、神にならずに紙のぼりになったという洒落《しゃれ》。夏「かみ幟」。

【語釈】○かみ幟　五月の節句の時に戸外に飾る紙製ののぼり。鍾馗《しょうき》や武者などの絵が描かれている。長いタケ棹を使って高く掲げる。「かみ幟」の「かみ」は「神」と「紙」の掛詞。

五〇　ゆび折《おる》にかいなもたるし御代《みよ》の春　（『六百番発句合』延宝5）

【句意】指を折って数えると腕がだるくなる、天皇の御代があまりにも長いので。治政の長さをだるいといいつつ、今後も天皇の治める時代が永遠に続くことを祝った句。春「御代の春」。

【語釈】○ゆび折　指を折って数を数えること。○かいな　腕。○たるし　だるくなること。○御代の春　天皇の治める世の中が穏やかであることを祝った新年の季語。

五一　川やなぎ糸ひく方《かた》や船大工　（同）

【句意】川のほとりのヤナギが糸のようになびいている方向に、船大工が働いている。船大工の動きを川のヤナギの糸で操られていると見なした。春「やなぎ」。

【語釈】○川やなぎ　川のほとりのヤナギ。ネコヤナギの異名ともいわれるが、ここでは川のほとりのヤナギと考えたい。○糸ひく　糸を張って人形などを操る。○船大工　船を作る大工。

【備考】「糸ひく方や」は原本では「糸引かけや」。不卜《ふぼく》編『俳諧江戸広小路』の句形に従った。

五二　六尺《ろくしやく》やはなにうらみん荷持瘤《にもちこぶ》　（同）

【句意】六尺は花を恨んでいるだろう、荷持ちこぶができるほど重い荷物を持たされて。花見に出かける家族の弁当や酒などを持たされて、荷物持ちの召使いが花を恨んでいるだろうというのである。春「はな」。
【語釈】○六尺　駕籠をかついだり荷物を運んだりする召使い。○荷持瘤　常に重い荷物を担いでいるためにできる肩のこぶ。

五三　岩藤やむらさきゆるす滝の糸　（同）

【句意】イワフジが紫色の衣服の着用を許しているよ、滝の糸に。流れ落ちる滝の水にイワフジの紫色が映っているのを詠んだ句。夏「岩藤」。
【語釈】○岩藤　江戸時代の百科事典『和漢三才図会』によれば、三月に花を開き紫色あるいは白色の花を付けるという。俳諧では夏の季語。○むらさき　紫色の袈裟《けさ》や法衣を紫衣《しえ》というが、古くはこれを着用できるのは天皇の認可を得た特別な僧侶に限られていた。この句はこれを踏まえる。○滝の糸　流れ落ちる滝の水。

五四　かかが情《じよう》枕に嬉《うれ》しほととぎす　（同）

【句意】妻の思いやりがうれしい、妻の膝枕《ひざ》でホトトギスを聞いている。夏「ほととぎす」。
【語釈】○かか　妻をいう当時の俗語。現在でも妻をかかというところは多い。○情　愛情。思いやり。○枕　ここは膝枕。妻の膝を枕にして寝転んでいるのである。

五五　去年《こぞ》やちとせ浦島が心ち初鰹《はつがつお》　（『六百番発句合』延宝5）

【句意】去年からもう千年たったのだろうか、浦島太郎の気持ちだ、初ガツオを見ると。初ガツオを待ちかねた気持ちをオーバーに表現した。夏「初鰹」。

【語釈】○ちとせ　千年。長い年月を表す決まり文句。○浦島　浦島太郎。助けたカメに案内されて竜宮を訪れ、長い年月を経て帰ってきたという人物。御伽草子《おとぎぞうし》の一つに『浦島太郎』がある。○初鰹　初夏に鎌倉沖で取れるはしりのカツオ。江戸の人たちはこれを食べることを誇りとした。

五六　蠅打《はえうち》やむくひ《い》をかへ《え》す鞣革《なめしがわ》　（同）

【句意】ハエを打って恨みをはらそう、このなめし皮で。夏「蠅」。

【語釈】○鞣革　なめした皮。馬具や衣類などさまざまなものに用いる。ここは細長い紐状のもので、それでハエをたたき殺そうというのである。

五七　砂糖水実《さとうみずげに》や唐土《とうど》のよしの葛《くず》　（同）

【句意】砂糖水は本当に甘い、まことにこれこそ中国にあるという吉野葛であろう。秋「葛」。

【語釈】○砂糖水　冷水に砂糖を溶かした飲み物。当時は砂糖は貴重品。○唐土のよしの　中国にある吉野。中国に吉野という地名は無いが、『古今集』の藤原時平の和歌によってできた架空の地名。二二の句参照。○よしの葛　奈良の吉野でとれるクズの粉で現在も吉野の名産品。クズはもちなどに加工された料理にも用いられるが、クズの粉に砂糖を加え湯に溶かしこれを冷やして葛水《くずみず》としても用いられる。

五八　夏くれて晦日《みそか》はらへ《え》やかは《わ》袋　（同）

【句意】夏が終わって晦日祓えの日に、晦日ごとにくる借金取りが革袋を持ってやってきたよ。夏「夏くれて」。

【語釈】○夏くれて　夏が終わる六月の末日をいう。○晦日はらへ　六月と十二月の晦日に神社などで行う神事。これに月末に支払いをする「晦日払い」をかける。○かは袋　革袋。革製の袋。ここは集金のときに商家で使用する金を入れる袋。

五九　あざ天下しるや一葉《ひとは》の桐《きり》の箱　（同）

【句意】天下一の札を知っているか、この札をキリの箱に入れて保管しておきたい。秋「一葉」。

【語釈】○あざ天下　かるたの最強の札。天下一の札。○一葉の桐　一枚のキリの葉。「一葉落ちて天下の秋を知る」ということわざがある。キリの葉が一枚散ったことで秋の訪れを知るという意味である。この句では「一葉の」は「桐」の枕詞のような働きをしている。また「桐」という言葉に、かるたの切り札をいう「きり」をかけており「あざ天下」と「桐」は縁語になる。○桐の箱　キリ箱。大切な書類や小物を保管するのに用いられる。

六〇　蓮《はす》の実や鷺の羽《は》をかる池の波

（『六百番発句合』延宝5）

【句意】ハスの実がサギの羽を借りて池の波に漂っている。池に浮かんでいたサギの羽の上に偶然ハスの実が落ちたのである。秋「蓮の実」。

六一　いかに仁者《じんしゃ》山なしとてもむさしの月

（同）

【句意】どうだ仁者よ、山が無くても武蔵の月はすばらしいだろう。『論語』「雍也篇《ようや》」に「仁者は山を楽しむ」という文言があるが、これを踏まえた句。秋「月」。

【語釈】○仁者　儒教の最高の徳目である仁を身に付けた人。○むさし　武蔵国《むさしのくに》。現在の東京都を中心に神奈川県・埼玉県にまたがる一帯。武蔵野と呼ばれた大平原は「武蔵野は月の入《い》るべき山もなし草より出《い》でて草にこそ入れ」とうたわれた。この歌は江戸時代のいろいろな本に引用されているが、出典も作者も不明。一説に伊達政宗の作という。

六二　槌《つち》二つ見よしのちかしやどの秋

（同）

【句意】きぬたの槌が二つ置いてあるから吉野も近くらしい、宿屋の秋も更けてゆく。きぬたは日本のいたるところで行われた風習だが、『新古今集』の藤原雅経《まさつね》の「みよし野の山の秋風小夜《さよ》ふけてふるさと寒く衣うつなり」という名歌によって、吉野はきぬたの名所として知られるようになった。秋「秋」。

【語釈】○槌　きぬたで使う槌。「きぬた」は冬の衣類に用いる布を槌で打ってやわらかくすること。○見よしの　奈良の吉野地方。「見」は美称。「御吉野」「三吉野」なども。大和国《やまとのくに》の歌枕。

六三　なま壁や秋をわするる蔦紅葉《つたもみじ》　（同）

【句意】塗ったばかりの壁を見ると秋であることを忘れるよ、ツタモミジが無くなったので。古い壁に張り付いていたツタモミジが壁を塗り替えるために取り払われたのである。秋「秋・蔦紅葉」。

【語釈】○なま壁　新しく塗ったばかりの壁。○蔦紅葉　紅葉したツタ。ツタは木や壁などにからまって生長する。

六四　神農《しんのう》や木葉《このは》をかづ《ず》く床《とこ》の山　（同）

【句意】神農は木の葉を頭からかぶっているよ、床の山で。神農の頭の落ち葉を髪の毛に見立て、「床の山」の「床」に現在の理髪店を意味する「床」をかけた。冬「木の葉」。

【語釈】○神農　中国古代の伝説上の帝王。人民に耕作を教えたといわれる。また医学・薬学の祖として崇拝された。○床の山　滋賀県彦根市正法寺あたりの山という。「鳥籠の山」とも書く。近江国《おうみのくに》の歌枕。

六五　雪折《ゆきおれ》や山士《やまし》おどろかす庭の松　（同）

【句意】雪の重みで折れて山士を驚かした、庭のマツは。庭のマツの大木が雪の重みで折れて、深い雪になれている山士も驚いたというのである。冬「雪折」。

【語釈】○雪折　雪の重みで木の幹や枝、あるいはタケなどが折れること。○山士　「山師」の当て字であろう。山師は山林の木材を売買する人。

六六　此上《このうえ》は袖のあらしやもみ紙子《かみこ》　（『六百番発句合』延宝5）

【句意】この上は袖に嵐が吹き付けても大丈夫、もみ紙子を着ているから。もみ紙子が丈夫で暖かいことをオーバーに表現した。冬「もみ紙子」。

【語釈】○もみ紙子　もんでしわを作ったもみ紙で作った紙子。普通の紙子よりも暖かい。「紙子」は紙製の衣類。当時の庶民の冬用の衣類として用いられた。

六七　あまの息もおもふ《う》や氷る筆のうみ　（同）

【句意】あまの息づかいの苦しさが思われる、硯《すずり》の水が氷っているのを見ると。硯の水が氷っているのを見て海に潜るあまを連想したのである。「筆の海」の「海」に実際の海をかける。冬「氷る」。

【語釈】○あま　海に潜ってアワビやテングサなどを取る漁師。二の句参照。○筆の海　硯のこと。

六八　けもの炭けぶりやうごく山あらし　（同）

【句意】獣炭《けものずみ》の煙がヤマアラシのように動いている、山嵐の風に吹き付けられて。冬「けもの炭」。

【語釈】○けもの炭　粉炭《こなずみ》を練って獣の形に作ったもの。二四五の句参照。中に香を入れてたく。○山あらし　山から吹き下ろす風。山おろしとも。これに獣のヤマアラシをかける。

六九　其事《そのこと》よ蜑《あま》の咽干《のどひ》る今日の海　（『江戸八百韻』延宝6）

【句意】おっしゃるとおり、漁師が暮らしに困る、今日の海は。海が荒れて漁師はアワビやテングサを取ることができず、暮らしに困るのである。潮が引かずに漁師の咽が干るという洒落。春「今日の海」。

【語釈】○其事よ　相手に応答するときの言葉。○蜑　漁師。海士・海人・海女などとも。「海女」と書けば女性に限られるが、「蜑」と書けば女性に限らない。二の句参照。○咽干る　のどが乾く。転じて食料が乏しく生活ができなくなることをいう。○今日の海　季語ではないがこの句はこれを季語として用いたのであろう。春の彼岸前後に暴風が吹いて海が荒れることがあるが、そのような日を念頭においているのであろう。

七〇　焼飯《やきめし》や上戸の笑ひ《い》し下戸の花　（『江戸新道』延宝6）

【句意】焼きおむすびは上戸は笑って食べようとしないが、下戸は花のようにうれしがる。花見の情景であろう。春「花」。

【語釈】○焼飯　焼いたおむすび。○上戸　酒好きな人。○下戸　酒が飲めない人。

七一　煎酒《いりざけ》や孔子の涙花の滝　（『江戸新道』延宝6）

【句意】煎酒の辛さに孔子も涙を流すほどだ、花の滝を眺めながら。花見の情景であろう。『日本国語大辞典』によれば、当時「孔子の杉焼《すぎやき》」ということわざがあったらしい。このことわざを言水は杉焼が孔子の好物であったと解釈し、それを踏まえて杉焼を好んだ孔子も煎酒には閉口しただろうと詠んだのである。春「花の滝」。

【語釈】○煎酒　酒にしょうゆ、酢、かつおぶし、焼き塩などを加えて煮つめたもの。刺身やなますなどの味つけに用いる。○孔子　中国の聖人。儒教の祖。○花の滝　滝のように激しく花が散ること。

七二　ゆで鍋や餅のわか葉の伊吹山《いぶきやま》　（同）

【句意】ゆで鍋で餅をつつむカシワの若葉をゆでているよ、若葉が美しい伊吹山のふもとで。柏餅を作っている光景である。夏「わか葉」。

【語釈】○ゆで鍋　野菜などをゆでる鍋。この句ではカシワの葉をゆでるのである。○餅のわか葉　柏餅を包むカシワの若葉。○伊吹山　滋賀県と岐阜県の県境にある伊吹山地の主峰。近江国《おうみのくに》と美濃国《みののくに》にまたがる歌枕。またモグサの産地として有名。

七三　ごみ捨舟《すてぶね》渚《なぎさ》やもとの芦粽《あしちまき》　（同）

【句意】ごみ捨て舟が帰ったあとは、渚はもとの芦辺《あしべ》の状態に戻った。ちまきに使われたアシが大量に捨てられたので、水辺がもとのアシの水辺に戻ったというのである。夏「芦粽」。

【語釈】○ごみ捨舟　ごみ捨て場までごみを運ぶ舟。○渚　海や川の水と陸地が接するところ。水際。○芦粽　アシで巻いたちまき。ちまきは蒸した餅米を角《つの》状に延ばして、マコモ・アシ・ササなどに包んだもの。五月五日の端午の節句に食べる。

七四　木食《もくじき》や麓《ふもと》の秋を初桜　（同）

【句意】木食修行の僧侶は、麓に秋が訪れることを初ザクラのように待ち焦がれている。一般の俗人は初ザクラを待ち焦がれるが、木食僧は秋の訪れを待ち焦がれるというのである。秋になると木食僧の食料になる木の実がたくさん実るからである。秋「秋」。

【語釈】○木食　米や麦などの穀類を絶ち、木の実や草などを食べて修行する僧侶。

七五　浜荻《はまおぎ》や海士《あま》の塩木の火吹竹《ひふきだけ》　（同）

【句意】ハマオギはあまが燃やす塩木の火吹竹の役目をしている。塩木にハマオギをくべると、火吹竹で吹いたように急に火の勢いが強くなるのである。秋「浜荻」。

【語釈】○浜荻　浜辺に生ずるオギ。枯れると燃えやすい。○海士　海辺に住んで漁業に従事する人。塩を焼く人も含む。二の句参照。○塩木　海水を煮つめて塩を製するための薪。マツバ・カヤ・ヨシなどが用いられる。○火吹竹　燃え始めた火の勢いを強くするために息を吹き込むタケの筒。

七六　馬鹿貝《ばかがい》や蒔絵《まきえ》の浦の花漆《はなうるし》　　　（『江戸新道』延宝6）

【句意】バカガイは蒔絵に描かれた海辺の花漆の模様のようだ。名前に似ずバカガイの貝の模様が美しいことを詠んだ。秋「馬鹿貝」。

【語釈】○馬鹿貝　ハマグリに似た貝。秋に多くとれる。淡褐色で横しわがある。○蒔絵　漆工芸の技法の一種。漆で模様を描き、乾かないうちに金銀の粉や色の粉などを蒔《ま》きつけて付着させ文様を表すもの。○浦　入り江。海岸。○花漆　花塗り漆のこと。漆塗りの工程の一つ。上塗りをする漆で、塗ったままの状態で光沢を発する。

七七　見せばやなせい高島《たかじま》に雪の富士　　　（同）

【句意】見せたいものだ、せい高島の人々にこの雪に覆われた富士山を。富士山を見れば背が高いことを自慢している人たちも一言もないだろうというのである。富士山の雄大さをたたえた句。『百人一首』の殷富門院大輔《いんぷもんいんのたいふ》の和歌「見せばやな雄島《おじま》の蜑《あま》の袖だにも濡《ぬ》れにぞ濡れし色はかは《わ》らず」を踏まえた句。冬「雪」。

【語釈】○せい高島　足の長い長身の人ばかりが住んでいるという想像上の島。

七八　ふぐ汁やおそれをなして喉《のど》の関《せき》　（同）

【句意】フグ汁を作ったが恐ろしくてのどの関所を通すことができない。フグは猛毒をもつ魚なので恐ろしくて飲み込めないというのである。冬「ふぐ汁」。

【語釈】○ふぐ汁　フグの味噌汁。汁の材料にするのが当時の一般的なフグの食べ方。「ふぐは食いたし命は惜しし」ということわざがあるように、フグは美味ではあるが猛毒をもつ魚として知られていた。フグはフクとも。○喉の関　のどを通らないことを通行人をとどめる関所にたとえた。

七九　衛士籠《えじかご》や宮古《みやこ》の名残吾妻《あずま》の花　（同）

【句意】衛士籠が置いてある、これは京都の生活の名残であろうが、今は江戸の花だ。以前は京都に住んでいた人が今は江戸に住んでいて、京都時代の名残である美しい衛士籠を所有しているのである。春「花」。

【語釈】○衛士籠　香道で用いる道具の一つ。三センチ四方くらいの網状のもので金属製。空間に香りを漂わせる空薫《そらだき》の時に用いる。○宮古　都の当て字。京都。○吾妻　東に同じ。江戸を指すことが多い。ここは江戸。

八〇　大夜着《おおよぎ》や神鳴嫌《かみなりぎらい》の夏衣《なつごろも》　（『江戸新道』延宝6）

【句意】大きな夜着は雷ぎらいの人の夏の着物にちょうどよい。大きな夜着を頭からかぶっていれば雷も怖くないというのである。雷は夏に発生することが多く俳諧では夏の季語になっている。夏「神鳴・夏衣」。

【語釈】〇大夜着　大きな夜着。大きな着物の形をした綿入れの掛け布団。

八一　風呂や夕べ紅葉吹《ふき》おろす生灸《なまやいと》　（同）

【句意】風呂はいつも夕方に入っているが、この時刻になるとモミジを吹き下ろす山おろしの風が、新しいお灸《きゅう》にしみるのがつらい。すえたばかりのお灸に冷たい風があたって痛いのである。『新古今集』の源信明《のぶあきら》の和歌「ほのぼのと有明《ありあけ》の月の月影に紅葉吹きおろす山おろしの風」を踏まえた句。秋「紅葉」。

【語釈】〇風呂　当時はまだ一般家庭に風呂はなかったから、風呂に入るには風呂屋に行く。なお風呂屋というのは関西風のいい方で、江戸では湯屋といった。〇生灸　すえたばかりのやいと。やいとはお灸のこと。

八二　逆剃《さかぞり》や時雨もいたくもる涙　（同）

【句意】逆ぞりをすると、その痛さに目から時雨のように涙がこぼれる。『古今集』の紀貫之《きのつらゆき》の和歌「白露も時雨もいたくもる山は下葉のこらず色づきにけり」を踏まえる。冬「時雨」。

【語釈】○逆剃　毛の生えている方向に逆らって剃ること。毛の抵抗が強くて剃りにくくきわめて痛い。○時雨　晩秋から初冬にかけて降る雨。俳諧では冬の季語。○いたく　紀貫之の和歌では「はなはだしい」「ひどく」という意味だがそれを「痛く」ともじった。

八三　やり羽子《はね》や妹背《いもせ》の板の中に落《おつ》る　（『江戸広小路』延宝6）

【句意】羽根《はね》突きしていたところ男と女の羽子板《はごいた》の間に羽根が落ちた。『古今集』のよみ人しらずの和歌「流れては妹背の山の中に落つる吉野の川のよしや世の中」を踏まえた句。春「やり羽子」。

【語釈】○やり羽子　二人以上でする羽根突き。羽根突きは羽子板《はごいた》ではねを突いて遊ぶ正月の遊び。○妹背　親しい男女。夫婦や恋人。『古今集』の歌の「妹背」は地名の妹背山。妹背山は紀伊国《きいのくに》の歌枕。

八四　夏の夜は山鳥の首明《あけ》にけり　（同）

【句意】夏の夜はヤマドリの首のように短く、もう夜が明けた。『古今集』の清原深養父《ふかやぶ》の和歌「夏の夜はまだ宵ながらあけぬるを雲のいづ《ず》こに月やどるらむ」を踏まえた。夏「夏の夜」。

【語釈】○山鳥　キジ科の鳥。キジに似ている。尾は長いが首は短い。

八五　鵲《かささぎ》や牛王《ごおう》のかためほしの中　　（『江戸広小路』延宝6）

【句意】カササギは牛王宝印のように堅く結びつけているよ、牽牛星《けんぎゆうせい》と織女星《しよくじよせい》の間を。秋「ほしの中」。

【語釈】○鵲　カラス科の鳥。七夕の夜に羽を連ねて天の川に橋をかけ、牽牛星と織女星を結ぶという伝説がある。○牛王　牛王宝印のこと。社寺が発行した厄除けの護符で、誓約書を書く用紙としても用いられた。和歌山県の熊野三社から発行されるものがもっとも有名で、表にカラスの絵が印刷されている。

八六　だいなしも染《そめ》ぬむかしや袖の雪　　（同）

【句意】染めが落ちてだいなしになった着物が袖の雪のおかげで昔の姿に戻ったようだ。袖に雪が付いて白くなり、布を染める前の状態に戻ったというのである。冬「雪」。

【語釈】○だいなし　台無し。だめになってしまうこと。

八七　天下の冬二たび告《つげ》ぬ桐火桶《きりひおけ》　　（『江戸十歌仙』延宝6）

【句意】日本に再び冬が訪れたことを告げられた、我々は桐火桶を抱いてうずくまっているしかない。冬の時期に冬に匹敵する厳しい世情になったことを詠んでいるのであろう。冬「冬」。

【語釈】○天下の冬　延宝五年（一六七七）冬に江戸の町に踊り禁止令が出た。このことを「天下の冬二たび」といった。冬のおとずれとともに、冬のように厳しい禁令が出たのである。○桐火桶　キリの幹をくりぬいて作った火鉢。

八八　都染《みやこぞめ》江戸に向きけり初時雨　（同）

【句意】都染めは京都よりも江戸のほうがふさわしい、おりしも木の葉が美しく染まる初時雨のころだ。冬「初時雨」。

【語釈】○都染　京染めとも。京都で染めた衣類。友禅《ゆうぜん》染めなど、模様の精巧さや染色の美しさで知られる。○向きけり「向く」は適合するというほどの意味。○初時雨　その年に初めて降る時雨。時雨は晩秋から初冬に降る雨。和歌では木々の葉を美しく染めるものとして詠まれることが多い。俳諧では冬の季語。

八九　蝙蝠《こうもり》や星の鼠鳴《ねずなき》中の橋　（『富士石』延宝7）

【句意】コウモリが飛んでいるあたりで、星がねず鳴きをしているよ、中の橋あたりで。空中から聞こえるコウモリの声を、星のねず鳴きと表現したのである。なおコウモリが羽をすぼめるとネズミのような形になる。夏「蝙蝠」。

【語釈】○鼠鳴　ネズミの鳴き声をまねたような声。人を誘い出したり動物をおびき寄せるときに用いる。

九〇　棚経《たなぎよう》や遍昭《へんじよう》が讃《たたえ》し杖《つえ》ささげ　（同）

【句意】棚経が行われており、精霊棚《しようりようだな》には遍昭がほめたたえた杖もササゲと一緒に供えられている。精霊棚のわきに棚経を唱える僧侶の杖が立てかけられているのである。おばの八十の賀に、まだ親王であった光孝天皇がお祝いとして銀の杖を贈ったことが『古今集』に見える。遍昭はこの女性に代わって「ちはやぶる神や伐《き》りけむつくからに千歳の坂も越えぬべらなり」と詠んでいる。これを踏まえた句。秋「棚経」。

【語釈】○棚経　お盆のときにそれぞれの家に設けた精霊棚の前で菩提寺《ぼだいじ》の僧侶が経を読むこと。○遍昭　平安時代の歌人で僧侶。六歌仙の一人。○ささげ　マメ科の野菜。日本では古くから栽培されている。

九一　目の仏来迎有《らいごうあり》けり雪の富士　（『富士石』延宝7）

【句意】目の仏が姿を現した、雪の富士は本当にすばらしい。雪に覆われた富士のすばらしい景観を「目の仏」といったのである。冬「雪」。

【語釈】○目の仏　一見すると拝みたくなるほどすばらしい眺め。○来迎　念仏行者の臨終に仏が迎えにくること。ここは仏が姿を現したことをいう。

九二　西行《さいぎよう》は富士を詠《よみ》けんが組蓬萊《くみほうらい》　（『江戸蛇之鮓』延宝7）

【句意】西行は富士山を和歌に詠んだそうだが、富士山にそっくりな組蓬萊が目の前にある。わざわざ富士山に行かなくても、それにそっくりな正月飾りの組蓬萊が目の前にあるというのである。春「組蓬萊」。

【語釈】○西行　平安時代末から鎌倉時代の初期に活躍した歌人。○富士　富士山。西行と富士山の縁は深く、「富士見西行」という画題がある。西行が富士山を仰ぎ見ている姿を描いたもので多くの作品が残っている。また富士山を詠んだ和歌としては『新古今集』の西行の和歌「風になびく富士のけぶりの空に消えて行方も知らぬ我が思ひ《い》かな」が有名である。○組蓬萊　正月の飾り物の蓬萊台の一種。中国の伝説上の蓬萊・方丈・瀛州《えいしゅう》の三山をかたどったもの。

九三　御忌《ぎょき》参《まいり》都ぞ錦珠数《じゅず》袋　（同）

【句意】御忌参りでにぎわう都はまさに錦の町だ、お参りする人はみな美しい錦の数珠袋をさげているので。『古今集』の素性《そせい》の和歌「見渡せば柳桜をこきまぜて都ぞ春の錦なりける」を踏まえた句。春「御忌参」。

【語釈】○御忌参　浄土宗の開祖である法然《ほうねん》上人の忌日に行われる法要。浄土宗の総本山である京都東山の知恩院で行われる法要で、当時は一月十九日から二十五日まで行われた。「御忌詣で」とも。現在は四月。○錦　数種の色糸で文様を織り出した厚手の高級な絹織物。○珠数袋　数珠を入れる袋。錦のような高級な織物で作られているものが多い。なお現代では数珠と書くが、当時は珠数と書かれることが多い。

九四　二月堂行《にがつどうのおこない》に
から井戸の御法《みのり》待《まつ》らんあま蛙《がえる》　（同）

【句意】水の無い井戸で、仏事が行われるのを待っているだろう、アマガエルは。仏事が行われれば水のない井戸に水がわき出すので、アマガエルはそれを待っているだろうというのである。アマガエルが仏事が行われるのを待っているというおかしさを意図した句。春「あま蛙」。

【語釈】○二月堂行　奈良の東大寺二月堂で毎年二月（現在は三月）に行われる仏教行事。正式には修二会《しゅにえ》という。○から井戸　水の無い井戸。二月堂の前に石の井戸があり、いつもは枯れているが、修二会のときに加持祈禱《きとう》すると水がわき出すといわれている。○あま蛙　夏の季語とする歳時記もあるが、江戸時代初期の歳時記『増山井《ぞうやまのい》』では蛙の中に含めて春の季語とする。

九五　灯心に火桜ちかし二月堂　（『江戸蛇之鮓』延宝7）

【句意】大量の灯心が用意されているからヒザクラが咲くのも間近だ、二月堂では。二月堂行の大松明《おおたいまつ》の火の粉をヒザクラにたとえた。前の句と同様修二会の行事を詠んだ。春「二月堂」。

【語釈】○灯心　あんどんなどに火をともすときに用いる細い紐《ひも》状のもの。修二会の前の「別火」の時期に大量の灯心を準備するという。○火桜　緋桜《ひざくら》とも。サクラの一種。大輪で淡紅色の花をつける。ここは飛び散る火の粉のたとえ。○二月堂　奈良の東大寺二月堂。九四の句参照。

九六　みよし野や天王かくす八重霞《がすみ》　（同）

【句意】吉野山では幾重にも霞がたちこめ、天王のやしろを隠している。春「八重霞」。

【語釈】○みよし野　吉野。また吉野山。「み」は接頭語。大和国《やまとのくに》の歌枕。○天王『大和名所図会』に「牛頭天王《ごずてんのう》の神祠《やしろ》（吉野八大神祠のその一なり）」とある。これを指すか。○八重霞　幾重にもたちこめた霞。

　　御当地を旅立《たびだつ》人のかたへ

九七　馬蒲団《ぶとん》わかむらさきや国みやげ　（同）

【句意】若紫に染めたウマふとんを故郷のみやげにしてください。言水が故郷に帰る人にウマふとんを贈ったのであろう。春「わかむらさき」。

【語釈】○御当地　江戸。五晴編『俳諧五子《ごし》稿』では、この句の前書きは「江戸を旅立人のかたへ」と記されている。言水は当時江戸に住んでいた。○馬蒲団　道中でウマに乗るときに使う小さなざぶとん。○わかむらさき　淡い紫色。また植物の「むらさき（紫）」の異名。紫染めの原料。江戸で染めたものを特に江戸紫といい江戸を象徴する色であった。○国みやげ　故郷へのみやげ。

九八　けふ《きょう》ぞ知る満干《みちひ》を竜の眼玉《まなこだま》　（同）

【句意】今日こそわかる、潮の満ち干を決めるという竜の目玉の正体が。古くは潮の満ち干は潮満珠《しおみつたま》と潮干珠《しおひるたま》によって生じると思われていたが、言水は竜の目玉の働きによって潮の満ち干が起こると見なして、大潮のときには潮が引いて竜の目玉が正体を現すと考えたのであろう。春「句意による」。

【語釈】○けふ　今日。○満干　潮の満ち干。○竜　海の底にあるという竜宮に住む竜王。○眼玉　目玉。

【備考】この句には季語が無いが、「けふ」というのは三月三日ごろの大潮の日であろう。この日は一年中で一番潮の満ち干の差が大きく沖の方まで干潟ができる。

九九　定家《ていか》おかし四方《よも》の執心花かづ《ず》ら

（『江戸蛇之鮓』延宝7）

【句意】定家はおかしがっているだろう、周りの墓でヒョロヒョロと生えているハナカズラの花を。定家の執心が乗り移ったテイカカズラは愛する式子《しょくし》内親王《ないしんのう》の墓を守るようにしっかりと墓に絡みついているが、そのほかの墓には亡くなった人に対して定家ほどの執心は見られないというのである。春「花かづら」。

【語釈】○定家　サダイエとも。藤原定家。鎌倉時代初期を代表する歌人で、『新古今集』の撰者《せんじゃ》の一人。式子内親王に熱烈な恋をし彼女に対する執心を絶ちがたく、定家は死後テイカカズラとなって内親王の墓にまとわりついたという伝説が、謡曲「定家」に描かれている。なおテイカカズラという名称はこの逸話から生まれたもので、キョウチクトウ科のつる性常緑大木。○四方　周囲。○花かづら　キンポウゲ科の多年草。トリカブトの仲間だが茎は細長くつる状で直立しない。ただし江戸時代の歳時記には髪飾りである「花鬘《かずら》」は記載しているが、植物のハナカズラは記載されていない。ただ一つの例外は松永貞徳《ていとく》著の俳諧式目書『俳諧御傘《ごさん》』で、同書には「花かつら」を「春也。植物也。正花《しょうか》なり」と説明している。ここでは『俳諧御傘』に従う。

【備考】原本では「執心」を「熱心」と誤る。

一〇〇　花ぞやどり乞食《こじき》浪人幕づくし　（同）

【句意】サクラの木の下で野宿している貧乏浪人もいれば、幕を張り巡らして豪勢な花見をしているものもいる。花見の光景。『平家物語』の平忠度《ただのり》の和歌「行きくれて木《こ》の下かげを宿とせば花や今宵《こよい》のあるじならまし」を踏まえた。春「花」。

【語釈】○花ぞやどり　サクラの木の下で野宿したり、休んだりすること。○幕づくし　幕を張り巡らすこと。当時の上流階級の人は張り巡らした幕の中で花見を楽しんだ。

一〇一　筏《いかだ》の床《とこ》嵐の花や敷衾《しきぶすま》　（同）

【句意】いかだの床は嵐に運ばれてきたサクラの花びらで敷き布団ができている。花びらで一面に覆われたいかだの床を敷き布団に見なした。『新古今集』の藤原資宗《すけむね》の和歌「筏士《いかだし》よ待てこととは《わ》む水上はいかばかり吹く山のあらしぞ」を踏まえた句。春「花」。

【語釈】○筏　昔は山で切り出した材木をいかだに組んで、川の流れを利用して下に運んだ。○床「ゆか」に同じ。○敷衾　下に敷く夜具。敷き布団。

一〇二　御身拭《おみぬぐい》浄土や北の越後布《えちごぬの》　（同）

【句意】御身拭をしているよ、浄土を願って北方の越後国《えちごのくに》で、越後布を使って。春「御身拭」。
【語釈】○御身拭　寺院で本尊の像を白布で拭い清める儀式。京都の嵯峨清涼寺で三月十九日に行われたものが特に有名。明治以後新暦の四月十九日になった。○浄土　仏の住む国土。代表的なものは阿弥陀仏《あみだぶつ》のいる西方《さいほう》の極楽世界。この句では親鸞《しんらん》が一時布教した越後国（現在の新潟県）を北方の浄土と見なしたか。実際には北方に浄土はない。○越後布　越後ちぢみに同じ。越後国小千谷《おぢや》付近で織り出された麻織物。

一〇三　比《ころ》ぞ花揚屋《あげや》の盛《さかり》壬生念仏《みぶねぶつ》　（『江戸蛇之鮓』延宝7）

【句意】季節は花の時期だ、揚屋は客で混んでおり、壬生寺は参詣の人で混んでいる。春「壬生念仏」。
【語釈】○比　季節。○揚屋　遊里の施設。客が遊女を呼んで遊興するところ。○壬生念仏　三月十四日から二十四日まで京都の壬生寺で行われた大念仏《だいねんぶつ》の法会《ほうえ》。壬生大念仏会とも。壬生狂言などが行われ参詣の人で混み合った。

一〇四　唐人《とうじん》だこ分《わけ》来る方《かた》や糸貨物　（同）

【句意】唐人だこが波を分けて進んでくる、その方角を見たら糸荷廻船《かいせん》の姿が見えた。糸荷廻船の上でたこを揚げていたのである。春「唐人だこ」。
【語釈】○唐人だこ　『江戸時代語辞典』によれば、小さなたこをいくつも連ねた中国風のたこ。○糸貨物　生糸を運ぶ糸荷廻船のことであろう。江戸時代に中国やオランダの船で、生糸や絹物、薬種などが長崎に輸入された。それを大阪方面に回送した船を糸荷廻船といった。

一〇五　今朝ぞ袷《あわせ》花なき里の帰雁島《きがんじま》　（同）

【句意】今朝からは袷を着る季節になった、サクラの季節も終わり、花のない帰雁島に住んでいるような気持ちだ。『古今集』の伊勢の和歌「春霞《はるがすみ》立つを見すてて行くかりは花なき里に住みやならへ《え》る」を踏まえた句。夏「袷」。

【語釈】○袷　綿を抜いた夏用の着物。夏が始まる四月一日は冬用の布子《ぬのこ》から夏用の袷に代える衣替《ころもが》えの日。○帰雁島　春になるとカリが帰って行く島。言水の造語。

極楽寺千服茶臼《せんぶくちやうす》にて

一〇六　聞《きき》ぞめや千服茶うすのむかし沙汰《ざた》　（同）

【句意】はじめて聞いた、千服茶臼の昔の由来を。夏「茶うす」。

【語釈】○極楽寺　北条重時《しげとき》が正元《しょうげん》元年（一二五九）に鎌倉に建立した寺。関東屈指の大寺院だったが近世以降火災などで衰退した。○千服茶臼　『新編鎌倉志』の極楽寺の説明の中に「又、千服茶磨《せんぶくちやうす》とて、大なる石磨《いしうす》、門を入り、右の方にあり」と記されている。○聞ぞめ　聞き初め。初めて聞く。

【備考】原本は「千服」を「千眼」と誤る。またこの句には季語が無いが、新茶の時節が背景にあると考えて「茶うす」を季語とした。なお言水編『江戸蛇之鮓《じゃのすし》』ではこの句を夏の部に収録する。

一〇七　田植女《たうえおんな》能因後《のういんのち》の歌也《なり》けり　（『江戸蛇之鮓』延宝7）

【句意】田植えをする早乙女たちが歌っている田植え歌は、能因が詠《よ》んだ雨乞いの和歌以後に作られた歌だ。夏「田植女」。

【語釈】○田植女　田植えをする女性。田植えは女性の仕事とされていた。早乙女とも。田植えをするときには歌を歌いながら作業をする。○能因　平安時代の著名な歌人。『金葉集』に「天の川苗代水にせきくだせ天くだります神ならば神」という雨乞いの和歌が収録されている。この和歌を詠んだあと三日間続けて雨が降ったという。

かまくらにて神垣《かみがき》に橘《たちばな》の咲《さき》けるを

一〇八　花橘ふとしく立《たち》けり鼻柱　（同）

【句意】タチバナの花がしっかりと立っている、鼻柱のように。鼻柱の「鼻」に「花」をかけてタチバナの木を神社のかざりとして賞賛した。『金槐集《きんかいしゅう》』の源実朝《さねとも》の和歌「宮柱ふとしき立ててよろづ《ず》よに今ぞさかえむ鎌倉の里」を踏まえた句。夏「花橘」。

【語釈】○花橘　タチバナの花。タチバナはミカンの古名。○ふとしく　宮殿などの柱がしっかりと立っている様子。○鼻柱　鼻すじの骨。また人と争って負けまいとする気持をいう。

一〇九　子に世話を狂人ともいへ笹粽《えささちまき》　　（同）

【句意】子供に世話をかけている自分を狂人というならいえ、笹ちまきを食べるのは面倒だ。食べにくくてもてあましている笹ちまきを、子供に手伝ってもらって食べている情景である。夏「笹粽」。

【語釈】〇笹粽　ササの葉で包んだちまき。ちまきは餅の一種で、当時は五月五日の端午の節句にこれを食べる慣習があった。今日でも一部にその風習が残る。食べるときにササをむく面倒がある上に餅米がこびりついて食べにくい。

一一〇　夏菊は陶淵明《とうえんめい》がひや也《なり》けり　　（同）

【句意】ナツギクは陶淵明にとって冷や酒のようなものだ。ナツギクは秋のキクのような風情がなく、酒にたとえれば冷や酒のようなものだというのである。言水はかんをした酒に比べれば冷や酒は風味が劣っていると思っていたのであろう。夏「夏菊」。

【語釈】〇夏菊　夏に咲くキク。季語の解説書『滑稽雑談』には「殊に香味なし」と記されている。「香味」は風情の意味で使われている。〇陶淵明　中国の大詩人。キクを愛し酒を愛した詩人として知られている。〇ひや　冷や酒。かんをしない常温の酒。

一一一　炉地下駄《ろじげた》の音や梢《こずえ》のかんこ鳥　　（同）

【句意】露地下駄が露地に敷いた石に当たる音は、梢に鳴くカンコドリのようだ。夏「かんこ鳥」。
【語釈】○炉地下駄　露地下駄。茶会のときに茶室の出入りにはくげた。露地は茶室に通じる狭い道。○かんこ鳥　閑古鳥。現在のカッコウ。物寂しく鳴くのが特徴で、商店などがさびれることを「閑古鳥が鳴く」という。

一一二　沖膾箸《おきなますはし》の雫《しずく》や淡路島《あわじしま》　（『江戸蛇之鮓』延宝7）

【句意】おきなますを食べるはしの雫がしたたり落ちて淡路島ができた。イザナキ・イザナミの神話にちなみ、二人が沖膾を食べたときの、そのしずくで淡路島ができたというのである。夏「沖膾」。
【語釈】○沖膾　沖で捕った魚をその場でなますにした料理。なますは魚介などの生肉を細かく切ったもの。○淡路島『古事記』によれば、イザナキ・イザナミの二神の持った矛のさきからしたたり落ちた雫で、「おのころ島」が出来たとされている。「おのころ島」は「淡路島」だという説がある。

一一三　わすれ草後家《ごけ》のねざめや若牛房《わかごぼう》　（同）

【句意】夫のことを忘れていた後家が夫の夢を見てふと目覚めた、出回りはじめたワカゴボウのせいで。エロチックな連想を誘うように仕立てた句。夏「若牛房」。
【語釈】○わすれ草　ヤブカンゾウの異名。この草を身に付けると、つらいことを忘れることができると思われていた。ここは忘れることの比喩《ひゆ》として使われている。○後家　未亡人。○若牛房　初夏に収穫する細く柔らかいゴボウ。『毛吹草《けふきぐさ》』「誹諧《はいかい》四季之詞《ことば》」に「若牛房は夏」とある。

一一四　先達《せんだつ》や今朝の御山《みやま》を氷室守《ひむろもり》　（同）

【句意】先達となって今朝の御山を目指す、氷室守が。氷室守が道案内をして一般の熊野詣での人たちを連れて行く光景である。氷室守のいわば副業である。夏「氷室守」。

【語釈】○先達　道案内をする人。特に修験者《しゅげんじゃ》が大和国《やまとのくに》（現在の奈良県）吉野の大峰山《おおみねさん》で修行するさいに、彼らを先導するベテランの修験者をいう。ただしここは単なる道案内の氷室守。○御山　熊野三社のある山。○氷室守　氷室を管理する人。「氷室」は冬期に氷雪を貯蔵する設備で、夏にここから氷を切り出す。天皇に献上するものだけではなく、上流階級の人々が使用する氷室も有った。

かまくら網引《あみひき》地蔵にて

一一五　鰹《かつお》網地蔵や浦のあたま役　（同）

【句意】カツオ網で漁をするさいには、この地蔵もあたま役の一人として仕事を分担しただろう。「網引地蔵」という名称から地蔵が漁師と一緒に網を引いたと想像したのである。夏「鰹網」。

【語釈】○網引地蔵　鎌倉の浄光明寺《じょうこうみょうじ》の山の上にあり、冷泉為相《れいぜいためすけ》の建立だという。この寺の本尊の地蔵は漁師の網にかかって引き上げられたという。○鰹網　カツオを捕獲する網であろう。カツオは一本釣りで知られているが、江戸時代の食物事典『本朝食鑑《しょっかん》』には唐網《とうあみ》でとることもあると記されている。この網を鰹網というのであろう。カツオは鎌倉の名産で、鎌倉で獲れたカツオは江戸に運ばれた。○浦　海岸。漁村。○あたま役　人数に応じて平等に割り当てる金品の負担。頭割り。

一一六　枇杷《びわ》のさね道の行衛《ゆくえ》やしゆろ箒《ぼうき》　（『江戸蛇之鮓』延宝7）

【句意】ビワの種がころがっていった先でシュロぼうきではき飛ばされた。夏「枇杷」。

【語釈】○枇杷のさね　ビワの種。大きくて堅い。○行衛　行方の慣用的当て字。○しゆろ箒　シュロの毛をたばねて作ったほうき。室内用のほうきである。

江の島にて

一一七　夏草や島に気を増白蛇散《ますびやくじやさん》　（同）

【句意】夏草が生い茂っている、江の島には精気を増す白蛇散があるから。夏「夏草」。

【語釈】○江の島　弁財天をまつる江島神社があり、厳島・竹生島《ちくぶしま》とともに日本の三大弁天と称される。○気を増精気を増大する。○白蛇散　「散」とあるから粉薬である。中国の医薬書によると発熱や痛みに効能があるそうだが、この句の場合は江の島で売られていたまがいものの精力剤か。

一一八　大井河《おおいがわ》名越《なごし》のけふ《きょう》や蝿《はえ》はらひ《い》　（同）

【句意】大井川では名越《なごし》の祓《はらえ》を行う今日、蝿払いでハエを追い払っている。名越の祓の日に、大井川の両岸の家ではハエを払っているという駄洒落《だじゃれ》。夏「名越」。

【語釈】○大井河　大井川。静岡県を流れる大河。江戸時代は橋も渡し舟も無く、ここを渡るには川越人足《かわごしにんそく》にたよるほかはなかった。東海道最大の難所。○名越　名越の祓のこと。「夏越《なごし》」とも。毎年六月末日に宮中や諸国の神社で行われた清めの行事。○蝿はらひ　動物の毛などをたばねて作った道具。ハエなどを追い払うのに用いる。

一一九　咳気声《がいきごえ》夜着《よぎ》やもぬけの秋の蝉《せみ》　（同）

【句意】風邪声が聞こえたが、寝床はもぬけのからで秋のセミの声が聞こえるだけ。風邪声と思ったのはセミの鳴き声だったというのである。秋「秋の蝉」。

【語釈】○咳気声　風邪声。「咳気」は風邪を引くこと。○夜着　掛け布団。○もぬけ　セミやヘビが脱皮することだが、人が抜け出して姿を消すことにも用いる。

一二〇　芋がらや松に残して里の月　（同）

【句意】イモがらをマツの根元に放置して村里の月を眺める。イモがらをそのままにして月を眺めている、ひなびた月見。『新古今集』の藤原良経《よしつね》の和歌「雲はみな払ひ《い》はてたる秋風を松に残して月を見るかな」を踏まえた句。秋「里の月」。

【語釈】○芋がら　サトイモを取ったあとの茎や葉。この茎や葉も食用になる。「芋」はサトイモ。名月の日にはサトイモをゆでて月に供え、またそれを食べながら月を見るのが当時の慣習。○里　人の集まっているところ。村落。

一二一　目あかしや生《いけ》るを放つ神の庭　（『江戸蛇之鮓』延宝7）

【句意】メアカシの生きているのを池に放してやる、神社の庭で。放生会《ほうじようえ》の光景である。秋「生るを放つ」。

【語釈】○目あかし　マスの異名。○生るを放つ　放生会の儀式。生きている鳥や魚を山野や池などに放してやる行事。八月十五日に各地の八幡宮で行われた。○神の庭　神社の庭。

一二二　つとにして鮭《さけ》のぼる也《なり》袖みやげ　（同）

衣河《ころもがわ》にて

【句意】わらづとに包んでサケが上ってきたよ、袖みやげとして。衣川あたりに住む人がサケを手みやげに江戸へ行くのであろう。地方から京都の方に行くことを「上る」というが、この「上る」にサケが産卵のために川を遡上《そじよう》する「上る」をかけた。秋「鮭」。

【語釈】○衣河　衣川。現在の岩手県南西部を流れる川。平泉《ひらいずみ》付近で北上川に合流する。弁慶《べんけい》が立ち往生した場所として有名。○つと ワラなどを束ねてその中に魚などを包んだもの。わらづと。転じてみやげもの。○袖みやげ 袖に入れて持参するような手軽なみやげ。手みやげ。

【備考】原本では前書きが脱落。

一二三 那須野川《なすの》にて

石焼《いしやき》や落鮎《おちあゆ》 則《すなわち》 那須の河 (同)

【句意】石焼き料理にする落ちアユはやはり那須野川のものが一番だ。秋「落鮎」。

【語釈】○那須野川 下野国《しもつけのくに》(現在の栃木県)の那須野を流れる川。アユ釣りで知られる那珂《なか》川を指すのであろう。○石焼 魚・芋・豆腐などを焼け石を用いて焼く料理。○落鮎 初秋に産卵のため川を下るアユ。

一二四 霜白し烏《からす》のかしらかへ《え》り花 (同)

【句意】霜が白く降りた、カラスの頭も白く、あたり一面は帰り花が咲いたようだ。冬「霜・かへり花」。

【語釈】○烏のかしら カラスの頭。あり得ないことを「カラスのかしらが白くなる」という。このことわざを利用して、あり得ないといわれていることが起こったおかしさを詠んだ。○かへり花 帰り花。初冬にサクラの花が開くなど時期はずれに花が咲くこと。

一二五　吉田殿《どの》へ暮《くれ》をやりけり神無月《かみなづき》　　（『江戸蛇之鮓』延宝7）

【句意】兼好《けんこう》法師に年末のやりくりを任せた、初冬の神無月に。頓阿《とんあ》の歌集『続草庵集』によれば兼好は頓阿に次のような和歌を送った。「よもすずし・ねざめのかりほ・たまくらも・まそでもあきに・へだてなきかぜ」。この和歌には謎がこめられており、各句の一字目を上の句から下の句へ順番に読むと「よねたまへ（米を恵んでください）」となり、各句最後の一字を下の句から上の句へ順番に読むと「ぜにもほし（お金もほしい）」となる。この句はこの逸話を踏まえており、これほど知恵のある兼好なら、自分の借金を逃れる知恵を貸してくれるだろうというのである。冬「神無月」。

【語釈】○吉田殿　『徒然草』の著者兼好法師。兼好は卜部《うらべ》氏の出身だが卜部氏が後に吉田を名乗るようになったので、兼好は江戸時代には吉田兼好と書かれることが多かった。○暮　年末。当時は商品の売買は掛け売りが普通で、買う方にとっては年末は支払いの時期にあたり、その支払いに困る人が多かった。「暮をやり」というのは年末の支払いを任せるという意味である。○神無月　十月。初冬であり年末にはまだ日にちがあるが、そろそろ支払いを考えておかなければならない時期である。

一二六　袖ぬるる海士《あま》の子さむし涎懸《よだれかけ》　　（同）
雄島《おじま》

【句意】袖の濡れているあまに抱かれている子は寒そうだ、よだれかけが濡れている。仕事の途中であまが水から上がって、赤ん坊に乳を飲ませている光景であろう。『百人一首』の殷富門院大輔《いんぷもんいんたいふ》の和歌「見せばやな雄島のあまの袖だにも濡れにぞぬれし色はかは《わ》らじ」を踏まえた句。冬「さむし」。

【語釈】○雄島　現在の宮城県の松島湾北西部の島。陸奥国《むつのくに》の歌枕。○海士　海にもぐってアワビや海藻などを取る人。二の句参照。この句の場合は女性だから「海女」と書くべきであろう。○涎懸　赤ん坊のあごの下に掛ける布。衣服がよだれで汚れるのを防ぐ。

【備考】原本は前書の「雄島」を「碓島」と誤る。

一二七　大神楽《だいかぐら》親に添寝《そいね》の夢もなし　（同）

【句意】大神楽の一行の少年は親と寄り添って寝た夢をみることはない。旅から旅へ巡業する大神楽の少年は、親と共に寝たこともないだろうというのである。俳諧辞書『類船集』に「あはれ《わ》なり夜半《よわ》にすて子のなきやむはおやにそひ《い》ねの夢やみるらん」という和歌がある。この句はこの歌を踏まえたか。冬「大神楽」。

【語釈】○大神楽　獅子舞《ししまい》を中心として様々な芸をしながら各地をめぐる大道芸。江戸時代初期の歳時記には「大神楽」を季語とするものはないが、「神楽」が冬の季語なのでこれに準じて「大神楽」を冬の季語とした。○添寝　人に寄り添って寝ること。

一二八　餅花《もちばな》や迦葉《かしょう》の笑《えみ》しおさな顔　（同）

【句意】餅花が飾ってある、迦葉の笑った幼い顔が想像される。釈迦《しやか》の持つ花をみてほほえんだ迦葉は、幼いころに餅花を見て喜んで笑っただろうというのである。ただし迦葉はインドの人であり、インドには餅花を飾る慣習はなかったであろう。冬「餅花」。

【語釈】○餅花　ミズキ・ヤナギあるいはタケの枝に細かく切った餅を付けたもの。花が咲いたような状態になる。『増山井《ぞうやまのい》』など江戸時代初期の歳時記には十二月の季語とする。○迦葉　釈迦の十大弟子の一人でその筆頭。釈迦の死後その教団を率いた人物。釈迦が花をひねって人々に仏法の真理を示そうとしたさい、迦葉だけがその真意を理解してほほえんだという「拈華微笑《ねんげみしよう》」の故事で有名な人物。

一二九　もち花や都しめたる家ざくら　（『江戸蛇之鮓』延宝7）

【句意】餅花が家ごとに飾られている、都をイエザクラで占有したようだ。冬「餅花」。

【語釈】○もち花　一二八の句参照。○しめたる　占めたる。占有する。○家ざくら　サクラの種類。庭などに植えられているサクラ。ヤマザクラと別種のサクラ。ここは家ごとに飾られている餅花の比喩《ひゆ》。

一三〇　槃特《はんどく》が愚智《ぐち》も徳有り年忘《としわすれ》　（同）

【句意】槃特の愚かさにも良い点がある、彼はわざわざ年忘れの会をする必要がない。槃特は常に物忘れをしているから、年末に年忘れの会をして一年の辛さを忘れる必要はないというのである。冬「年忘」。

【語釈】○槃特　釈迦の弟子の一人。非常に愚かな人物であったが後に悟りを開いたという。○徳　利点。メリット。○年忘　親戚《しんせき》や知人が集まって一年中の苦労を忘れるために催す宴会。忘年会。

一三一　蛇《じゃ》のすしや下に馴《なれ》たる沖の石　（同）

【句意】蛇のすしがうま味を増しているだろう、沖の石の下では。夏「すし」。

【語釈】○蛇のすし　ヘビのすし。有りそうにもない珍奇な食べ物の比喩。言水編の『江戸蛇之鮓』はこれを書名にした。○馴たる　時間がたって味がよくなること。現在主流の江戸前ずしができるまで、すしは魚を塩と米で発酵させた、なれずしだった。○沖の石　沖に沈んでいる岩。『百人一首』の二条院讃岐《さぬき》の和歌「わが袖は汐干《しおひ》に見えぬ沖の石の人こそ知らねかわく間もなし」によって知られた語句。

一三二　国ぞ春御代《みよ》にしたがふ《う》虎づかひ《い》　（『坂東太郎』延宝8）

【句意】我が国に豊かな春がおとずれた、この穏やかな時世に従ってトラ使いの声もやさしい。春「春」。

【語釈】○国ぞ春　我が国は春を迎えた。春が訪れたことをことほぐ言葉。「国の春」とも。○御代　天皇の治める世。○虎づかひ　虎使い。見世物でトラを操る人。朝倉無声の『見世物研究』によれば、延宝三年（一六七五）刊の大阪の名所案内記『蘆分船《あしわけ》』の「大阪道頓堀見世物」の条に「虎のいけどり」と見えるという。

一三三　砂糖こそ歯ぬけ親仁《おやじ》の氷様《ひのためし》　（『坂東太郎』延宝8）

【句意】砂糖が歯の抜けた父親の目安だ。「氷様」では氷が厚いと豊年であり、氷が薄いと凶作になるといわれている。老いた父親も砂糖の量が歯の抜け具合の目安になっているというのである。砂糖は虫歯の原因である。春「氷様」。

【語釈】○親仁　自分の父親をへりくだっていう言葉。また年取った男性をいう。○氷様　氷を蓄えておく氷室《ひむろ》の氷の厚さを天皇に報告する元日の儀式。

一三四　宝引《ほうびき》や後家《ごけ》に馴《なれ》よる思《おもい》の綱　（同）

【句意】宝引きは後家になれなれしく近づく思いの綱だ。宝引きの場を利用して男が後家に近づこうというのである。宝引きは女性の遊びである。春「宝引」。

【語釈】○宝引　正月の遊戯。数本の縄をたばねてその中の一本にダイダイの実などを結びつけて、それを引き当てたものに賞品を出した。○後家　未亡人。○馴よる　なれなれしく近づく。○思の綱　思いをとげる手がかり。

一三五　初午《はつうま》や常《つね》のともし火昼狐《ひるぎつね》　（同）

【句意】今日は初午だ、常灯のところにいるのは昼ギツネだ。春「初午」。

【語釈】○初午　二月の最初の午の日に稲荷《いなり》神社で行う祭礼。参詣人で賑わった。○常のともし火　昼夜の別なく常にともしておく灯火。常灯。○昼狐　昼間に動き回っているキツネ。転じて昼間に出てきて男をたぶらかす遊女。なおキツネは稲荷明神の使いとされている。

一三六　匕《さじ》捨し別《わかれ》や奈須《なす》の石仏《いしぼとけ》　（同）

【句意】さじを投げ捨てて別れた、那須の石仏に。石仏を治療することはできないというので、医者がさじを投げたということか。何か逸話があるのだろうと思う。春「句意による」。

【語釈】○匕捨し　医者が患者を見限ること。治療を放棄する。「匕」は薬を調合する道具。「さじを投げる」とも。○奈須　那須。現在の栃木県北東部の地名。下野国《しもつけのくに》の歌枕。

【備考】この句は才麿編『坂東太郎』には「仏　別《ほとけのわかれ》」という題のもとに配列されている。「仏別」は釈迦の入滅（死）の日に行う法会で涅槃会ともいう。春の季語である。ただしこの句の内容は釈迦の入滅とは関係がない。

一三七　食粒《めしつぶ》やあかがり帰る越《こし》の山　（同）

【句意】めし粒を付けたら、あかがりをわずらっているカリが帰っていった、北の越の山を目指して。飯粒をつけたらあかがりがなおったということを、カリが北に帰っていったことにかけた。春「帰る雁」。

【語釈】○食粒　ごはんつぶ。すりつぶして塗ると、あかがりの薬になると信じられていた。○あかがり「あかぎれ」とも。寒い時期に手足にできる割れ目。きわめて痛い。「あかがり」に「かり（雁）」をかける。○越の山　北陸地方の山。特定の山を指す言葉ではない。

一三八　春かりや宮城野青き葉侍《はざむらい》　（『坂東太郎』延宝8）

【句意】春のカリが宮城野の青い平原を目指して下級侍のように群れて飛んでいく。参勤交代で国元に帰る仙台藩士の行列を詠んだ句か。春「春かり」。

【語釈】○春かり　春になって北方に帰って行くカリ。○宮城野　陸奥国《むつのくに》宮城郡の平野。陸奥国の歌枕。○青き葉　仙台藩の城、青葉城を暗示する。○葉侍　取るに足らないつまらない侍。「端侍」あるいは「木っ端侍」などとも。「青き葉」に「葉侍」をかける。

一三九　竜王湯《りゅうおうとう》うぶ湯や下すうゐ仏《いぼとけ》　（同）

【句意】竜王湯で産湯《うぶゆ》を使わせるために、生まれたばかりの仏をその中に沈めた、竜王湯の強い精力がさずかるように。釈迦誕生を笑いに転じた句である。釈迦誕生を祝って竜王が甘露の雨を降らせたという伝説を踏まえ、「竜王」を「竜王湯」ともじった。夏「句意による」。

【語釈】○竜王湯　江戸時代の売薬。女性特有の病気に用いるものと、男性の精力剤として用いるものの両方の薬があったようである。○うぶ湯　生まれたばかりの赤ん坊を入浴させて洗う湯。○うゐ仏　初仏。生まれたばかりの仏の意で仏は釈迦を指す。言水の造語か。釈迦誕生は四月八日で、竜王がふらせたという甘茶を仏像に注ぐ灌仏会《かんぶつえ》が行われる。

【備考】『坂東太郎』にはこの句は「灌仏」という題のもとに配列されている。「灌仏」は「灌仏会」の略で釈迦誕生を祝う夏の行事である。

一四〇　夏の夜や寝ぬに目覚《めざま》す蚤《のみ》の牙　（同）

【句意】夏の夜にまだ寝つけないのに目が覚めた、ノミの牙のせいで。『古今集』の清原深養父《ふかやぶ》の和歌「夏の夜はまだ宵ながら明けぬるを雲のいづ《ず》こに月やどるらむ」を踏まえた句。夏「夏の夜」。

【語釈】○蚤の牙　ノミは口にある大あごで血を吸うという。この大あごを大げさに牙といった。

一四一　馬屐《うまげ》踏《た》や又露分《わく》る湯殿道《ゆどのみち》　（同）

【句意】ウマげたを履いて再び露をわけて湯殿道を行く。夏に行われる湯殿詣での句ならば夏だが、ここはそれとは別と考えて「露」を季語とする。秋「露」。

【語釈】○馬屐踏　ウマげた。「げた」を漢字で「下駄」と書くのが一般的。庭履き用のげたで雪の日や雨の日に用いる。○湯殿道　湯殿山に通じる道。湯殿山は現在の山形県中西部にある山で、月山《がっさん》・羽黒山とともに出羽三山と呼ばれている霊場。

【備考】この句は『坂東太郎』の秋の部に収録されている。

はじめての御方にて

一四二　初鮭《はつざけ》は慮外《りよがい》しらずにのぼりけり　（『坂東太郎』延宝8）

【句意】初ザケは遠慮無く参上しました。みずからを川をさかのぼる初ザケにたとえることでこれを季語とした。初めて訪れる人に手みやげとして初ザケを持参したのであろう。秋「初鮭」。

【語釈】○初鮭　『誹諧《はいかい》初学抄』の「四季の詞《ことば》」や歳時記の『増山井《ぞうやまのい》』では秋の季語とする。○慮外しらず　無遠慮な様。目上の人に初めて会うときの決まり文句。○のぼり　上り。参上する。目上の人のところを行くこと。

一四三　姨捨《おばすて》や木乃《みいら》尋《たずね》む月の照《てり》　（同）

【句意】姨捨山でミイラを探そう、月明かりのもとで。秋「月」。

【語釈】○姨捨　姨捨山。現在の長野県中北部にある冠《かむり》着山《きやま》の別称。古くから姨捨山という名称で知られている。信《しな》濃国《ののくに》の歌枕。○木乃　漢字では「木乃伊」と書くのが一般的。ミイラとなった死体から採取した薬。またそのまがいもの。『むかしむかし物語』という随筆に、「昔は六、七十年以前、みいらという薬、おびただしくはやる。歴々の大名衆ものむ、下々ものむ」と記されている。

一四四　酒機嫌《さかきげん》草にものいふけふ《うきよう》の菊　（同）

【句意】酒に酔っていい気分になって草むらに向かって話しかけた、今日のキクは美しいと。酒とキクを愛した陶淵明を念頭においた句。秋「菊」。

【語釈】○酒機嫌 酒に酔っていい気分になること。サケキゲンとも。○けふの菊 九月九日の重陽《ちょうよう》の節句のキク。この日に飲む酒を菊酒という。

一四五 鬼の間や夜の紅葉の錦縁《にしきべり》 （同）

【句意】鬼の居間は夜のモミジで装飾されて、錦べりの畳が敷かれている。秋「紅葉」。

【語釈】○鬼の間 宮中の清涼殿の西びさしの南端にある部屋の名。ただしここは大江山の酒呑《しゅてん》童子の屋敷の様子か。酒呑童子は御伽《おとぎ》草子『酒呑童子』に描かれた鬼。○錦縁 縁に錦を用いた高級な畳。

一四六 からかさや紅葉《もみじ》も白き紙袋 （同）

【句意】唐傘はモミジと呼ばれているが、白い紙袋に入れてある。モミジ傘と呼ばれている傘が実際は白いという矛盾を詠んだ。秋「紅葉」。

【語釈】○からかさ 唐傘。タケと油紙で作った和風の傘。江戸時代の随筆『近世風俗志』に、「貞享《じょうきょう》以来、江戸にて製す紅葉傘あり」とあって「外、白紙ばり」と記されている。また「今、俗間に、白麻袋入りを参内《さんだい》など云《い》うなり」

ともある。貞享（一六八四〜一六八六）以前の延宝当時すでに紅葉傘があり、白い紙袋に入れて売られていたか。

【備考】この句の「紅葉」は唐傘の名称だが言水はこれを季語とした。

ある御方にて即座

一四七　どん栗《ぐり》や山の錦のお座よごし　（『坂東太郎』延宝8）

【句意】ドングリが参上しまして山の錦のようなお座敷をけがしております。自分をドングリにたとえて、自分のようなものが高貴な人の座敷にいることを卑下したのである。前書きによると、身分の高い人のところに参上して即興的に詠んだ句である。秋「どん栗」。

【語釈】○山の錦　山が美しく紅葉した状態。「錦」は「お座」にかかって錦のように立派な座敷の意を表す。○お座よごし　美しい座敷をけがすこと。

一四八　京鹿子《きようがのこ》富士の下草色もなし　（同）

【句意】京鹿の子の美しさに比べれば富士山のふもとにはえている草は色もないといってよい。秋「句意」。

【語釈】○京鹿子　京都で染色した絹染めの鹿子絞り。○下草　林の木の下にはえる草や小さな木。秋になると美しい草紅葉になる。

【備考】『坂東太郎』ではこの句を秋の部に収録し、「都衆挨拶に」という前書きがある。言水が京都に行ったさいに京都の俳人たちに贈った挨拶の句である。

一四九 石突《いしづき》やかけ声埋《うず》む霜柱 (同)

【句意】石突きをしているが、石と同時に人夫《にんぷ》のかけ声も埋められている、霜柱の下に。冬「霜柱」。

【語釈】○石突 建物の土台になる石を突き固めること。大勢の人夫が力を合わせてかけ声をかけながら作業をするのである。

一五〇 浪《なみ》の雪戸板ひらめや冬籠《ふゆごもり》 (同)

【句意】波が白く泡立つ気色を眺めながめて、トイタビラメで一杯やりながら冬ごもりをしている。冬「浪の雪・冬籠」。

【語釈】○浪の雪 波の白く泡立つさまを雪に見立てた語。『俳諧御傘《ごさん》』では冬の季語とする。○戸板ひらめ ヒラメの大型のもの。○冬籠 冬の間外出をひかえて家の中で過ごすこと。江戸時代の慣習。

一五一 切炭《きりずみ》や雪より出《いず》る朝がらす (同)

【句意】切り炭のようだ、雪の中から飛び立った朝のカラスは。冬「雪」。

【語釈】○切炭 使いやすいように適当な大きさに切った炭。

一五二　炭売《すみうり》や雪の枝折《しおり》の都道　　（『坂東太郎』延宝8）

【句意】炭売りが通ったあと、雪道に道しるべができたよ、都の道に。炭売りが通ったあとに、こぼれた炭の粉が点々と黒く続いて道しるべのように見える光景。冬「炭売・雪」。

【語釈】○炭売　炭を小さく切って量り売りにする商人。○枝折　道しるべ。

一五三　鯸飛《ふぐとび》しみほ《お》木や人の捨卒都婆《すてそとば》　　（同）

【句意】フグが水面に飛びあがったあたりの澪標《みおつくし》は、フグの毒で亡くなった人の捨て卒都婆だ。澪標をフグで死んだ人の卒都婆に見立てた句。冬「鯸」。

【語釈】○鯸　フグ。当時はフクともいわれた。「ふぐは食いたし、命は惜しし」ということわざがあるように、美味だが猛毒をもった魚として知られている。江戸時代にはフグの毒にあたって死んだ人も少なくなかったであろう。○みほ木　澪木《みおぎ》、水脈木《みおぎ》。澪標のこと。通行する船に水脈や水深を知らせる標識。○卒都婆　卒塔婆とも。死者の供養として墓地に立てる細長い板状の標識。この当時は現在見られる角柱形の石の墓はない。

一五四　或御《ある》かたにて
かがみても猶《なお》あまり有小笹《あるおざさ》の雪　　（同）

【句意】かがんで平身低頭してもなお体が出てしまいます、雪をかぶったササの上に。どうかがんでみてもこれ以上体を低くすることができない、というのである。高貴な人に対する挨拶の句。『百人一首』の順徳院の和歌「ももしきや古き軒端《のきば》のしのぶにもなほ《お》あまりある昔なりけり」を踏まえた句。冬「雪」。

【語釈】○かがみても　体をかがもうとしても。高貴な人に挨拶する場合は上半身が畳につくほどに身をかがめる。○小笹の雪　雪の積もったササ。「小」は接頭語。

一五五　磨砂楊枝《みがきずなようじ》づかひ《い》や雪の昼　（同）

【句意】磨砂を付けて楊枝で歯を磨いているよ、雪の日の昼間に。昼まで寝ていて食事をしたあと楊枝を使っているのである。定職をもたない人の日常であろう。冬「雪」。

【語釈】○磨砂　歯を磨く粉。房楊枝に付けて用いる。○楊枝　現在の爪楊枝《つま》の原型。なお江戸時代にはヤナギの木を細く削り、先端をたたいて房のようにした房楊枝というものもあった。この句の場合は房楊枝。

一五六　かまの神猫やかぐらの笛の役　（同）

【句意】かまの神の前でネコが神楽の笛の役を務めている。ネコがかまの神の前で鳴いているのを、笛を吹いていると見なしたのである。冬「かぐら」。

【語釈】○かまの神　各家庭のかまどを守る神。陰陽師《おんみようじ》や巫女《みこ》がお祓《はら》いをした。○かぐら　民間の各神社において行われた芸能。ここはかまどの前でお祓いをするのをかぐらに見立てた。お祓いをするのは巫女であろう。

一五七　玉川や栄螺《さざえ》がら鳴諌鼓鳥《なるかんこどり》　（『江戸宮笥』延宝8）

【句意】玉川ではサザエのからが鳴っている、カッコウの鳴き声のような音をたてて。多摩川の河原で子供がサザエのからを鳴らして遊んでいるのである。春「栄螺がら」。

【語釈】○玉川　東京の多摩川。○栄螺がら　サザエのから。江戸時代はサザイというのが一般的。この句ではこれが季語になるのであろう。○諌鼓鳥　中国の伝説に基づく架空の鳥だが、ここは「閑古鳥」の当て字。閑古鳥はカッコウのこと。

難波津《なにわづ》若木の梅、江戸桜にこと用ありて下られしが、敷島《しきしま》の道達者なる事、六日飛脚《むいかびきやく》も次駅《つぎえき》も、かかる重宝此所《この》にもてはやして

一五八　鼓が滝花を江戸にてはやしけり　（『江戸大坂通し馬』延宝8）

【句意】鼓の滝のほとりから江戸に下向し、江戸で花をはやしたてた。摂津《せつつ》多田院の梅朝《ばいちよう》という人が延宝八年（一六八〇）に江戸に下向し、江戸の俳人たちとはなばなしい交流をしたことを詠んだ句（野間光辰著『刪補《さんぽ》西鶴年譜考証』）。「難波津の若木の梅」は難波津のウメの若木の意味で、若い梅朝をウメの若木にたとえた。『古今集』仮名序に引かれ

た「難波津に咲くやこの花冬ごもり今を春べと咲くやこの花」により「難波津」と「(梅の) 花」は密接な関係がある。春「花」。

【語釈】○難波津　現在の大阪の異称。○江戸桜　サトザクラの園芸品種。観賞用に植えられたサクラ。○こと用　異なる用事。ここは商用。○敷島の道　和歌の道。歌道。○達者　学術や技芸に熟達していること。○六日飛脚　京阪・江戸を片道六日で荷物や手紙を届ける早飛脚。○次駅　次馬に同じ。宿場ごとにウマを乗り継いで行くこと。○重宝　便利なこと。○鼓が滝　鼓の滝。猪名川《いながわ》の上流。摂津国河辺郡（現在の兵庫県尼崎市・川西市）の滝。「多田の鼓滝」という。観光名所。○はやしけり　もてはやす。「はやす」は「鼓」の縁語。

一五九　まつとかや其《その》暁の寒念仏《かんねぶつ》

（『談林軒端の独活』延宝8）

【句意】弥勒菩薩《みろくぼさつ》がこの世に現れるそのあかつきを待っているということだ、寒念仏の人たちは。冬「寒念仏」。

【語釈】○其暁　弥勒菩薩がこの世に現れる日の朝。弥勒菩薩は釈迦《しやか》入滅（死）ののち、五十六億七千万年のちにこの世に現れて人々を救うといわれている未来仏。○寒念仏　寒中三十日間、明け方に山野に出て声高く念仏をとなえる修行。僧侶も一般人も行った。

一六〇　腰替《かわ》り人魚の幾代《いくよ》を着始《きそはじめ》

（『江戸弁慶』延宝8）

【句意】腰替わりを身に付けている人魚は、何代にもわたって腰替わりの着物で着始をしてきたのだろう。春「着始」。

【語釈】○腰替り　着物の腰の部分を上と下で色変わりにしたもの。○人魚　上半身は女性、下半身は魚の形をした想像上の動物。この句では人魚の体を腰替わりの着物に見立てたのである。○着始「着衣始」とも。正月三が日のうち吉日を選んで新しい着物を着ること。

一六一　貧乏神宝引縄《びんぼがみほうびきなわ》の注連《しめ》もなし　（『江戸弁慶』延宝8）

【句意】貧乏神に取りつかれて宝引縄に利用できそうな注連縄もない。春「宝引縄」。

【語釈】○貧乏神。ビンボウガミとも。人に取りついて貧乏にさせる神。○宝引縄　宝引きに使う細い縄。宝引きは正月の遊び。一三四の句参照。原本は「宝引蝿」だが誤記とみて改めた。○注連　注連縄。新年に玄関に災いが家の中に入らないようにするもの。ワラで編んだ縄にところどころ紙で作った四手《しで》をたらす。

一六二　若餅《わかもち》や手水《ちょうず》とばしる美濃《みの》の滝　（同）

【句意】若餅をついていると手水の水が飛び散る、美濃の滝のように。春「若餅」。

【語釈】○若餅　正月になってつく餅。正月に食べる餅は普通は年末につく。○手水　手や顔を洗う水。ここは餅つきのさいに臼取《うす》りが手につける水。餅をつくときは杵《きね》で餅をつくつき手と、臼の中の餅を裏返したり臼の中央に寄せたりする臼取りのペアで作業をする。臼取りは餅が手に付かないように、たえず両手に水を付けながら作業をする。○美濃の滝　美濃国《みののくに》（現在の岐阜県）の養老の滝であろう。種々の病気に効く霊泉がわき出したというので養老という元号が生まれためでたい滝。

一六三　散米《さんまい》に珠数《じゅず》かけ鳩《ばと》や御忌参《ぎょきまいり》　（同）

【句意】散米にジュズカケバトが集まっているよ、御忌参りの庭に。春「御忌参」。

【語釈】○散米　怪異や邪神を祓うため洗った米をまき散らすこと。神事や仏事のさいに行った。「うちまき」とも。○珠数かけ鳩　シラコバトの異名。ハト科の小形のハト。タケやぶや雑木林に棲む。数珠を珠数と書くのは当時の慣用。○御忌参　浄土宗の寺で開祖法然《ほうねん》上人の忌を修する仏事。一月に行われた。九三の句参照。

一六四　梅が香やこがしの竹の相《あい》やどり　（同）

【句意】ウメの香りがただよってくる、こがしのタケの棒を使いながら見知らぬ人と同じところで休憩していると。春「梅が香」。

【語釈】○こがし　餅米や麦などを煎《い》って石臼で引いて粉にしたもの。これを湯に入れて飲む。「竹」とあるのは、これをタケの棒でかき回しながら飲むことを示しているのであろう。○相やどり　同じ場所に泊まったり休憩したりすること。

一六五　白砂糖すすぶく塵《ちり》や餅配《もちくばり》　（同）

【句意】白砂糖が塵で薄黒く汚れそうだ、せっかくいただいた配り餅が。年末の大掃除の最中に近所から白砂糖を付けた餅が届いたのである。年末の大掃除（煤掃《すすはき》という）は十二月十三日に行う事になっているが、場合によっては年末にずれ込むこともあった。冬「餅配」。

【語釈】○白砂糖　国産の砂糖が作られるようになったのは江戸時代になってから。白砂糖は当時は高級品であった。○すすぶく　煤ぶく。煤がついて汚れること。○餅配　つきたての餅をあん餅やきなこ餅にしてお互いに配ること。年末の行事。

いはけなき人の灸《やいと》せしをみて
一六六　わすれ草《わ》手に餅生《なれ》りはつ灸　（『江戸弁慶』延宝8）

【句意】灸のいたさを忘れさせるために手に餅を持たせているよ、子供の初灸に。餅でごまかして、いやがる子供に灸をしようというのである。春「はつ灸」。

【語釈】○いはけなき人　幼い子供。○灸　漢方の治療法。キュウとも。ヨモギの葉から作ったもぐさに火を付けて体にごく軽いやけどを起こす。○わすれ草　ヤブカンゾウの異名。一一三の句参照。つらいことを忘れさせてくれる草。転じて、つらいことを忘れさせてくれるもの。この句の場合は後者の意味である。○餅生り　子供の気持ちをごまかそうとして餅を握らせたことを、手に餅が生《な》ったと表現した。○はつ灸　年が変わって初めて行う灸。なお当時は二月二日に灸をすえる慣習があった。当時の人は健康を保つためにほとんどの人が灸をすえた。

一六七　弔《とぶらい》や焼火《たきび》の能の捨衣《すてごろも》　　（同）

【句意】法要の席でたきびの能で使った衣装が脱ぎ捨ててある。春「焼火の能」。

【語釈】○弔　死者の霊を慰め冥福を祈ること。法要。原本ではトブラヒと振り仮名がある。○焼火の能　焚《た》き火をたいて行った能であろう。奈良の興福寺で行った薪《たきぎ》の能のもじりか。原本では「焼」に「タキ」と振り仮名がある。「薪の能」に準じてこれを春の季語にしたか。○捨衣　脱ぎ捨てられたままになっている着物。謡曲「烏帽子折《えぼしおり》」に用例がある。

一六八　朝づとめ野守《のもり》や法《のり》の種おろし　　（同）

【句意】朝早くから仕事をしている野守は、仏法の種をまいているようなものだ。毎日朝早くから仕事をしている野守は、僧侶のつとめと同じく仏の教えを広めているということであろう。春「種おろし」。

【語釈】○朝づとめ　朝早く僧侶が仏前でお経を唱えること。僧侶の日課である。野守の仕事を僧侶の朝づとめにたとえた。○野守　一般人の立ち入りが禁止されている野原の番人。○種おろし　田畑に種をまくこと。たねまき。

一六九　妻乞《つまごい》や雉子《きじ》のをしゆる歯黒筆《はくろふで》　　（同）

【句意】妻恋いをするキジが教えてくれた、歯黒筆を。春の野焼きのあとススキの穂先が黒くなっているのをすぐろのススキというが、野原で妻恋いをするキジによってこれを教えられ、それを応用して歯黒筆ができたのだろうというのである。春「雉子」。

【語釈】○妻乞　男女、またメス・オスがたがいに慕いあうこと。「妻恋い」とも。『古今集』の平貞文《さだぶん》の和歌に「春の野のしげき草場の妻恋ひに飛びたつきじのほろろとぞ鳴く」とある。○をしゆる　教える。○歯黒筆　女性が歯を黒く染めるときに用いる筆。一五の句参照。当時女性は結婚すると歯を黒く染める風習があった。これをお歯黒という。

一七〇　長じけや地神《じがみ》花待つ大あくび　（『江戸弁慶』延宝8）

【句意】長く雨が降り続いている、庭の地神も花が開くのを待ちかねて大あくびをしているだろう。春「花」。

【語釈】○長じけ　長く雨の日が続くこと。○地神　屋敷の西北隅などにまつる神。屋敷神とも。

一七一　近江椀《おうみわん》志賀の香うつせ桜のり　（同）

【句意】近江椀に志賀の花園の香りを移してくれ、サクラノリよ。近江椀でサクラノリの吸い物を出されて詠んだ句であろう。サクラの香りがあれば最高だというのである。春「桜のり」。

【語釈】○近江椀　近江国《おうみのくに》日野（現在の滋賀県蒲生郡）で作られた椀。○志賀　現在の滋賀県大津市一帯の地。和歌で

「志賀の花園」と詠まれたサクラの名所。○桜のり　海藻の一種。江戸時代の百科事典『和漢三才図会』によれば、紀州（現在の和歌山県）の海岸で取れ、しぼんで落ちたサクラの花の色をしているという。

一七二　御身拭《おみぬぐい》袖の香急げ京土産　（同）

【句意】御身拭の白布《はくふ》のにおいが袖に残っているうちに急いで故郷に帰れ、これを京みやげとして。春「御身拭」。

【語釈】○御身拭　寺院で本尊の仏像を香湯《こうゆ》にひたした白布でぬぐい清めること。この句の場合は京都の嵯峨清涼寺の御身拭。例年三月十九日に行われた。一〇二の句参照。

一七三　ありきよし春の日ながしいせ暦　（同）
　　　いせへ旅立《たびだつ》人のもとへ

【句意】気候的に歩くのも楽だし春の日は長い、伊勢暦を持ってゆっくりと行ってください。春「春の日」。

【語釈】○いせ暦　伊勢（現在の三重県の一部。伊勢神宮の所在地）の暦師が作成し、伊勢神宮の御師《おんし》と呼ばれる人たちが全国の信者に配った折り本の暦。折り本なので携帯に便利。当時の代表的な暦。

一七四　絵具皿水分山《みくまりやま》やふぢ山吹《じやまぶき》　（同）

【句意】絵の具皿のようだ、水分山には紫色のフジや黄色のヤマブキが咲いて。春「ふぢ・山吹」。
【語釈】○絵具皿　絵の具を溶かす皿。現在のパレットのようなもの。○水分山　現在の奈良県吉野郡吉野町にある山。吉野水分神社がある。大和国《やまとのくに》の歌枕。

一七五　いせ海苔《のり》や春を持越《もちこ》す青すだれ　（『江戸弁慶』延宝8）

【句意】伊勢ノリは春を過ぎても青すだれにその色をとどめているよ。夏「青すだれ」。
【語釈】○いせ海苔　伊勢国《いせのくに》（現在の三重県の一部）で取れるノリ。江戸時代の食物事典『本朝食鑑』の「青苔《のり》」の項に「その色深緑、もって四方に貨す（売りさばく）」と記して「三河・伊勢・志摩・紀伊の海浜に多く有り」という。○春を持越す　春の状態が夏まで持続すること。ここはノリの青い色が夏まで持続していることをいう。○青すだれ　青ダケを編んで作ったすだれ。夏に用いる。

一七六　白粥《しらかゆ》や命の矢種《やだね》天下芸　（同）

【句意】白かゆが命を保つ頼みの綱だ、天下芸の大矢数《おおやかず》では。命をかけていどむ大矢数を詠んだ句。夏「句意」。
【語釈】○白粥　白米だけで炊いたかゆ。大矢数が行われている間は、矢を射る人は競技が終わるまで白かゆしか食べない。○命の矢種　命の種。命を支えるもの。大矢数の縁で「矢種」といった。「矢種」は用意したすべての矢、つまり矢のこと。○天下芸　天下にならぶものがないほどすぐれた芸。ここは大矢数の新記録をつくること。「大矢数」は京都の三十三間堂で行われた弓の競技で、的に当てた矢の数を争う。四、五月ごろの晴天の日に行われた。夕方から開始し、翌日の日暮れまでに終わることになっていた。

【備考】寛文九年（一六六九）に行われた大矢数では、尾張藩士の星野勘左衛門《かんざえもん》が八千本あまりの記録を作っている。五二九の句参照。

一七七　化波《あだなみ》の匂《にお》ひの玉や風流島《たわれじま》　（同）

【句意】浮気心を刺激するにおいの玉がある、風流島という遊郭には。遊郭ではにおいの玉が男性の浮気心をそそるというのである。夏「匂ひの玉」。

【語釈】○化波　異性に対する浮気心。特に男性の浮気心をいう。○匂ひの玉　球形に作られたにおい袋。蚊帳の四隅に付けることが多かった。○風流島　肥後国《ひごのくに》の歌枕。『伊勢物語』六一段に「名にしおはば《わ》あだにぞあるべきたは《わ》れ島浪《なみ》のぬれぎぬ着るといふ《う》なり」と詠まれている。この句では遊郭のこと。

一七八　空蟬《うつせみ》や恋のもぬけの虚労病《きょろうびょう》　（同）

【句意】空蟬に恋をして寝所に忍びこんだがもぬけのからで、光源氏は虚労病になったことだろう。『源氏物語』「空蟬の巻」を踏まえるが、光源氏はこのとき軒端《のきば》の荻《おぎ》という女性と契《ちぎ》りを結んでいる。夏「空蟬」。

【語釈】○空蟬　セミのぬけがら。この句では『源氏物語』の登場人物である空蟬のこと。『源氏物語』「空蟬の巻」では、光源氏が空蟬の寝所に忍びこんだが、彼女はひそかに寝所を抜け出して衣だけが残っていたと書かれている。○もぬけ　もぬけのから。人が抜け出したあとの寝床や住まいのたとえ。○虚労病　心身が疲労し衰弱する病気。

一七九　氷室守《ひむろもり》野辺の香薷《こうじゅ》や笑草《わらいぐさ》　（『江戸弁慶』延宝8）

【句意】いつも寒い氷室で仕事をしている氷室守には、道ばたのコウジュは笑いの対象でしかない。氷室守には暑さをしのぐためのコウジュは無用だというのである。夏「氷室守」。

【語釈】○氷室守　冬の氷を夏まで保っておく施設である氷室の管理人。一一四の句参照。原本では「氷室寺」。誤りとみて改めた。○香薷　薬草の名。暑気払いの薬である香薷散の原料。○笑草　笑いの原因となるもの。物笑いの対象。

一八〇　夕顔やちかづきかへ《え》す侘世帯《わびせたい》　（同）

【句意】ユウガオが生えているところをみると、この家は親しい知人が訪れても家に入れないような貧しい家に違いない。夏「夕顔」。

【語釈】○夕顔　白色で五弁の花で夕方に開いて翌朝までにしぼむ。『源氏物語』「夕顔の巻」において、みすぼらしい垣根に咲く花と記されたことによって、俳諧では貧しい家の象徴として詠まれることが多い。○ちかづき　近づき。親しい人。○侘世帯　貧しい家庭。

一八一　逆《さかしま》の扇の嵩《たけ》やするが舞　（同）

【句意】逆さまにした扇の形をした巨大な山のふもとで駿河舞《するがまい》を舞っているよ。富士山の麓《ふもと》で駿河舞を舞っているのである。「扇」と「舞」は縁語。富士山の形を扇を逆さまにした形に見立てた例として、石川丈山《じようざん》の「富士山」と題する漢詩の「白扇倒《はくせんさか》しまに懸《か》かる東海の天」という文句が有名である。これを踏まえたか。夏「扇」。

【語釈】○逆　さかさま。振り仮名は原本に従った。○嵩　山が高くて大きいこと。○するが舞　平安時代から行われた舞である東遊《あずまあそび》の一つ。駿河（現在の静岡県）の地名を詠み込んだ駿河歌に合わせて舞う。

一八二　女神洗濯桶《おんながみせんだくおけ》や川社《かわやしろ》　（同）

【句意】女神の洗濯桶は名越《なごし》の祓《はらえ》の川社のようだ。洗濯桶に様々の衣類が入っている様子を神への貢ぎ物に見なしたのである。夏「川社」。

【語釈】○女神　女の神。妻のことをふざけて山の神というが、ここはこれと同様妻のことであろう。○洗濯桶　辞書類にない言葉だが洗濯した衣類を一時的に入れておく桶であろう。○川社　六月末日に行われた名越の祓（一一八の句参照）のときに川のほとりに設けたかりの棚。「名越」は「夏越」とも。

一八三　鼻あらし葛《くず》のうら葉や馬盥《うまだらい》　（同）

【句意】鼻息の荒さでクズが裏を見せているよ、ウマだらいの近くで。ウマだらいで体を洗ってもらっているウマの鼻息でクズの葉が裏返ったのである。古典和歌では秋風で裏返るクズの葉が詠まれるが、そのクズの葉がウマの鼻息で裏返ったというのである。秋「葛」。

【語釈】○鼻あらし　ウマなどの鼻息が激しく荒々しいこと。『毛吹草《けふきぐさ》』句集の部に用例がある。○葛のうら葉　風に吹かれて裏返ったクズの葉。クズは秋の七草の一つで古典和歌では葉が風で裏返った状態を詠むことが多い。○馬盥　ウマを洗うのに用いる大きなたらい。

一八四　秋惜《おし》む鬼灯草《ほおずきぐさ》や女子《にょご》の島　（『江戸弁慶』延宝8）

【句意】過ぎゆく秋を惜しむようにホオズキが実を付けているよ、女子の島である遊里では。ホオズキの根は堕胎に効果があると考えられていたから、遊里の空き地にホオズキが植えられていたのであろう。秋「秋惜む・鬼灯」。

【語釈】○女子の島　女護《にょご》の島（「女護が島」とも）。女性ばかりが住んでいるという想像上の島。女性ばかりの大奥や吉原などの遊里をいうこともある。ここは京都の遊里である島原であろう。

一八五　縄のうらにて
縄の浦蜑《あま》の煙や干《ほし》たばこ　（同）

【句意】縄の浦であまが塩を焼いている煙が立ち上っているのかと思ったら、たばこの葉を乾燥させる煙だった。秋「干たばこ」。

【語釈】○縄の浦　『増補大日本地名辞典』によれば摂津国《せっつのくに》（現在の大阪府と兵庫県の一部を含む）津村と推定されている。津村は船場《せんば》の西部を指す地名だという。現在の兵庫県桐生市那波の海という説もある。『歌枕名寄《なよせ》』には摂津国の歌枕としてあげられている。『万葉集』に「縄の浦に塩やくけぶり夕されば行きすぎかねて山にたなびく」と詠まれている。○蜑　漁業に従事する人。二の句参照。また塩を焼く人。ここは塩を焼く仕事をする人であろう。○干たばこ　たばこの葉を乾燥させること。

一八六　達磨忌《だるまき》や壁にむかひ《い》し揚豆腐《あげどうふ》　（同）

【句意】達磨忌だ、壁に向かって精進料理のあげどうふを食べて大師の遺徳をしのぼう。冬「達魔忌」。

【語釈】○達魔忌　「達磨忌」の当て字。禅宗の祖である達磨大師の忌日。十月五日。九年間壁に向かって坐禅を組んで修行したという面壁《めんぺき》九年の伝説で有名。○揚豆腐　とうふを薄く切って油であげたもの。あぶらあげ。

一八七　菜畠《なばたけ》や遠目驚く雪女　（同）

【句意】ナノハナ畑が広大な雪原になった情景を遠く眺めて驚くだろう、雪女は。冬「雪女」。

【語釈】○菜畠　ナノハナ畑。当時は夜間の照明に菜種油を使ったから各地に広大なナノハナ畑があった。○雪女山中の雪の中に現れる化け物。

一八八　鴨酒《かもざけ》や栖《すみか》にかへ《え》る鴻《こう》の池　（『江戸弁慶』延宝8）

【句意】カモが冬になって鴨酒としてもとのすみかに帰ってきた、鴻の池へ。「鴻の池」で「鴨酒」という新しい銘柄の酒を売り出したことと、カモがもとのすみかに帰ってきたことをかけた。冬「鴨」。

【語釈】○鴨酒　未詳。当時鴻池《こうのいけ》で新たに売り出した酒の銘柄か。『江戸時代語辞典』に延宝九年（一六八一）刊の俳書『安楽音《あんらくのね》』の「かも酒やすなはちかんして口へ入ル（冨貞）」という用例をあげる。○鴻の池　現在の兵庫県伊丹市鴻池付近の地名。江戸時代には日本を代表する酒の産地として有名であった。

一八九　畳《たたみ》弁《べん》春《はる》近《ちかし》と云《いう》題にて

表替《おもてがえ》隣の春や蚤《のみ》の里　（同）

【句意】たたみの表替えをして新年を迎えたが、隣の家はノミだらけの古だたみのままで、ノミの里だ。春「春」。

【語釈】○弁　弁じて。済ませる。ここはたたみの表替えを済ませたことをいう。○表替　たたみの表を張り替えること。○蚤の里　ノミがたくさん住みついている状態をいったのであろう。

一九〇　里富《とめ》り奈良の初年寿禄神《はつとしじゆろうじん》　（『誹枕』延宝8）

【句意】村は豊かだ、奈良では新年を迎えて寿老人をまつっている。春「初年」。
【語釈】○初年　新年に同じ。○寿禄神　寿老人。福禄寿《ふくろくじゅ》と同体、異名の神ともいわれている。幸運を招くという七福神の一人。長寿の神。振り仮名は原本に従った。

一九一　面かげの隠逸伝《いんいつでん》やかた見草　（同）

【句意】宗祇《そうぎ》の面影が浮かんでくる隠逸伝は、彼の形見を伝える形見草だ。秋「かた見草」。

【語釈】○隠逸伝　寛文四年（一六六四）に刊行された元政《げんせい》著の隠者の伝記『扶桑《ふそう》隠逸伝』。この中に宗祇が取り上げられている。宗祇は室町時代後期の著名な連歌師。○かた見草　形見草。形見となるもの。また菊の異名でもある。

【備考】原本の注によればこの句は「駿河《するが》ノ部」に出るというが、『扶桑隠逸伝』の宗祇の項には宗祇と駿河との関係は何も記されていない。この句を収録する幽山編『誹枕《はいまくら》』では、この句の前後に宗祇に関する句がまとまって配列されており、この句が宗祇を詠んだ句であるとみて間違いない。言水は宗祇と彼の弟子である宗長《そうちょう》を混同したか。宗長は駿河の出身で、京都などで活躍したが晩年は駿河に隠棲してここで没した。なお宗長は『扶桑隠逸伝』には取り上げられていない。

一九二　武蔵野や鑓持《やりもち》もどく初尾花《はつおばな》　（同）

【句意】武蔵野では槍持《やり》と張り合ってススキが高く穂をかかげ始めた。ススキが穂を出しているのを、大名行列の槍持の槍が並んで通る光景に見立てた。秋「初尾花」。

【語釈】○武蔵野　入間川《いるまがわ》・荒川・多摩川に囲まれた地域。関東平野の一部。「武蔵野は月の入《い》るべき山もなし草より出《い》でて草に入る月」（六一の句参照）とうたわれた大平原。○鑓持　槍持ち。武士が外出するときに槍を持って供をする従者。○もどく　他と張り合う。○初尾花　秋になって穂を出し始めたススキ。

一九三　あしほ山雪やまま子に夕嵐《ゆうあらし》　（『誹枕』延宝8）

【句意】葦穂《あしほ》山では雪が継子《ままこ》に吹き付けている、ゆうべの嵐となって。「あしほ山」の「あし」を「悪し」と取りなして、継母《ままはは》が継子をいじめている情景を重ねた。冬「雪」。

【語釈】○あしほ山　葦穂山。常陸国真壁郡《ひたちのくにまかべ》（現在の茨城県筑西市）の山。常陸国の歌枕。のちに足尾山《あしおやま》と呼ばれる。○まま子　血のつながらない子供。

一九四　御前句《ごぜんく》や西行《さいぎょう》戻り花に風　（同）

【句意】すばらしい前句《まえく》です、これでは西行戻りの故事にならって私は退散するしかありません、花に風が吹き付けたようです。高貴な身分の人の前句《まえく》を賞賛したのである。春「花」。

【語釈】○御前句　連句の前の句。前句。「御」が付いているのは前句を詠んだ人が身分の高い人であることを示している。「前句」はマエクと読むのが普通だがここはゴゼンクと音読みにするのだろう。○西行戻り　西行帰りとも。陸奥国《むつのくに》宮城郡（現在の宮城県）の地名。文明年間（一四六九〜一四八六）に書かれた道興《どうこう》著『廻国雑記《かいこくざっき》』には「奥の細道、松本、もろおか、赤沼、西行帰りなどいう所々を打ち過ぎて松島に至りぬ」とある。西行がこの地より引き返したという伝説がある場所。西行が引き返したのは童子との禅問答に負けたためとか、示された歌の上の文句がすばらしかったので恥じたため、という伝説がある。現在は西行戻しの松公園になっている。

一九五　遅桜《おそざくら》とばぬ家鴨《あひる》や青葉山　（同）

【句意】オソザクラを眺めながら飛ぶことができないアヒルのように青葉山のふもとにとどまっている。春「遅桜」。

【語釈】○遅桜　おそ咲きのサクラ。連歌の書『産衣《うぶぎぬ》』には「春なり。歌には夏の題に用いる」と記す。○青葉山　青羽山とも。京都府舞鶴市と福井県の境にある山。若狭国《わかさのくに》（現在の福井県の南西部）の歌枕。青葉山は和歌では水鳥とともに詠まれることが多いのでアヒルを詠み込んだ。

一九六　つんぼに鐘ささやきの橋やよはの霜　（同）

【句意】耳の聞こえない人には、寺の鐘が鳴ってもささやきの橋のささやきのようにしか聞こえないだろう、夜になって霜が降りた。「豊山《ぶざん》の鐘は霜降りておのずから鳴る」という故事があり、これによって「鐘」と「霜」は縁語になる。冬「霜」。

【語釈】○ささやきの橋　夜誰もいないのに人がささやくような声がするという橋。『歌枕名寄《なよせ》』には備後国《びんごのくに》（現在の広島県の一部）の歌枕として記載されている。

一九七　お茶壺《ちやつぼ》や朝日が嵩《たけ》を年始《としはじめ》　（『誹枕』延宝8）

【句意】座敷に置かれているお茶壺がすばらしい、朝日山を年の初めに眺めているようだ。「お茶壺」とあるから高貴な人の茶壺である。春「年始」。

【語釈】○お茶壺　茶の葉を詰める茶壺をいう尊敬語。○朝日が嵩『歌枕名寄』に山城国《やましろのくに》宇治（現在の京都府宇治市）の歌枕にあげている朝日山であろう。○年始　年の始め。一年の最初。

【備考】この句は出典である『誹枕《はいまくら》』の「追加」の部に収録されており、句の右肩に「山城」と注記がある。

一九八　宮城野や萩《はぎ》の花すり旅硯《たびすずり》　（同）

【句意】宮城野を訪れた、ハギの花すりの布で作った袋に旅すずりを入れて。秋「萩」。

【語釈】○宮城野　現在の宮城県仙台市東部に地名が残る。陸奥国《むつのくに》の歌枕。ハギの名所として有名。○花すり　花の汁を布地にすりつけたもの。原料の花はハギが多いという。○旅硯　旅行のさいに携帯する小さいすずり。

一九九　君や思ふ十符《とふ》の菅《すが》ごも稲の番　（同）

【句意】あなたのことを思っている、スゲで編んだむしろに座ってイネの番をしながら。『夫木抄《ふぼく》』の詠み人しらずの和歌「みちのくの十符の菅ごも七符《ななふ》には君を寝させてわれ三符《みふ》に寝む」を踏まえた。秋「稲の番」。

【語釈】○君や思ふ　切字の「や」を五文字の中に入れた形。あなたのことを思っています、という意味。○十符の菅ごも　編み目が十筋もある広いすがごも。「符」は編み目。○稲の番　鳥などがイネの穂を食べないように見張ること。

二〇〇　伏見《ふしみ》の暮《くれ》霧の初瀬《はつせ》や高灯籠《たかどうろ》　（同）

【句意】伏見の夕暮れに、霧にへだれられた遠くの初瀬の方を眺めると点々と高灯籠の火が見える。秋「霧・高灯籠」。

【語釈】○伏見　京都の伏見。モモの花で有名な伏見山がある。この句はこの山から眺めた光景であろう。山城国《やましろのくに》の歌枕。○初瀬　現在の奈良県桜井市東部。有名な長谷寺がある。大和国の歌枕。○高灯籠　人の死後七回忌まで追悼のために盂蘭盆会《うらぼんえ》（現在のお盆）に立てる高い灯籠。「灯籠」はトウロウとも。

二〇一　けふ《きょう》ぞ塩干《しおひ》荒海の障子御門雛《みかどびな》　（『向之岡』延宝8）

【句意】今日は潮干狩りだ、町では荒海の障子を立て内裏びなを飾っている家がある。豪華なひな祭りの様子である。春「塩干・御門雛」。

【語釈】○塩干　潮干。潮干狩りのこと。三月三日ごろの大潮の日に行われた。また三月三日はひな祭りの日でもある。○荒海の障子　宮中の清涼殿の東広廂《ひがしひろびさし》の北に立ててあったつい立て。民間でもこれを模したつい立てが作られたのであろう。○御門雛　内裏びな。「御門」は「帝」の当て字で内裏のこと。内裏びなは天皇と皇后の姿に似せた男女ひとそろいのひな人形。

二〇二　絵のぼりや那須紙《なすがみ》七騎《しちき》武者尽《づく》し

（『向之岡』延宝8）

【句意】絵のぼりが立っているよ、那須で生産された那須紙に那須七騎の武者絵が描かれている。夏「絵のぼり」。

【語釈】○絵のぼり　絵を描いたのぼり。五月五日の端午の節句に立てる。「のぼり」は旗の一種で長方形の縦長の形をしている。○那須紙　那須で生産される紙。『毛吹草《けふきぐさ》』には下野《しもつけ》の名産として「那須大方紙《だいほうがみ》」が挙げられている。「那須」は下野国（現在の栃木県）北部の地名。○七騎　那須七騎（那須七党）のこと。中世、那須地方を根拠として関東に勢力を振るった那須氏を中心とした七家の連合組織。○武者尽し　多くの武者を描いたもの。

二〇三　閻次平《えんすひん》水茎《みずぐき》かはせ星の牛

（同）

【句意】閻次平よ文通をしなさい、牽牛星《けんぎゅうせい》と。閻次平はウシの絵を得意としたようで、彼なら牽牛星と懇意になれそうだというのである。秋「星の牛」。

【語釈】○閻次平　エンジヘイとも。中国の宋の人。画家。山水画に長じウシを得意としたという。伝閻次平の「秋《しゅう》野牧牛図《やぼくぎゆう》」が日本に伝わる。○水茎　筆跡のこと。また手紙のこと。○星の牛　七夕伝説の牽牛星。絵に画かれた牽牛星は必ずウシを連れている。

二〇四　女中舟妲己《じよちゆうぶねだつき》やよする初花火　（同）

【句意】女性ばかりの船の中で、妲己は初花火の行われる方向に船を寄せるように命令する。花火を一人で楽しむために、妲己が船を寄せるように命令するのである。秋「初花火」。

【語釈】○女中舟　女性ばかりが乗った船。「女中」は女性を敬った言い方。○妲己　中国の殷《いん》の紂王《ちゆうおう》の后《きさき》で、残虐な行為が多く殷の滅亡の原因となったといわれている女性。ここはわがままな女主人。ただし言水は妲己と褒姒《ほうじ》を混同しているようである。褒姒は西周《せいしゆう》の幽王《ゆうおう》の后で、のろしが打ち上げられるのを喜んで、その結果国を滅ぼした女性である。○初花火　一年の最初の花火であろう。当時「花火」は秋の季語。

二〇五　羽子《はご》の鷺《さぎ》松の代《よ》安し門《かど》の森　（『東日記』延宝9）

【句意】羽根《はね》突きの羽根がサギのように高く舞い上がり、マツを飾った世間は穏やかだ、どの家の玄関にもマツが飾ってある。子供が羽根突きをし玄関にマツが飾ってある正月風景である。春「羽子」。

【語釈】○羽子の鷺　高く舞い上がった羽根突きの羽根をサギにたとえた。羽根にはキジ・カモ・サギなどの羽を付けた。「羽子」は羽根突きをすることである。○松の代　辞書には見えない言葉だがマツの木を飾った世の中というほどの意味であろう。「松」に長寿を願う気持ちが含まれている。○門の森　どの家にもマツが飾られていることを森と見なしたのであろう。「門」は家の入り口である。

二〇六　子日《ねのび》して我石台《わがせきだい》や千《ち》とせ山　（『東日記』延宝9）

【句意】子《ね》の日の遊びで抜き取った小さなマツを移植した私の石台は、千年も続く千歳《ちとせ》山として栄えるだろう。春「子日」。

【語釈】○子日して　子の日の遊びをすること。「子の日の遊び」は新年の最初の子の日に野に出て小さなマツを抜き取って遊ぶこと。マツは長寿の象徴である。○石台　長方形の浅い木箱の植木鉢。○千とせ山　マツにあやかって千年も続く山。実在の山ではない。

二〇七　隣男妹《いも》見けんかも若菜垣《わかながき》　（同）

【句意】隣の男が私の妻を見たかもしれない、若菜垣の向こうから。『伊勢物語』二三段に「さてこの隣の男のもとよりかくなむ」とあって「筒井《つつい》つの井筒にかけしまろがたけすぎにけらしな妹みざるまに」という和歌を女性に送ったことが記されている。この句はこれを踏まえる。春「若菜」。

【語釈】○隣男　『伊勢物語』二三段の「隣の男」（作中では業平《なりひら》のこと）を指す。『伊勢物語』の主人公の業平は「昔男」と呼ばれており（三四の句参照）、この句の「隣男」はそのもじり。○妹　女性を親しみをこめていう言葉。この句は妻の意味であろう。○見けんかも　見たかもしれない。「けん」は過去のことがらを推量する助動詞。○若菜垣　若菜の生えている垣根。「若菜」は春の七草の総称。

二〇八　法師又立《たて》り芹《せり》やき比《ころ》の沢の暮　（同）

【句意】西行法師がまた立っているよ、セリ焼きころの沢の夕暮れに。三夕《さんせき》の歌として有名な『新古今集』の西行の和歌「心なき身にもあはれ《わ》は知られけり鴫《しぎ》立つ沢の秋の夕暮《ゆうぐれ》」を踏まえた句。秋の夕暮れの名歌ができたので、今度は春の夕暮れの名歌を作ろうとして、西行が春の夕暮れ時に沢のほとりに立っているというのである。春「芹」。

【語釈】○法師　この句では西行法師。平安末期から鎌倉初期の著名な歌人。○芹やき　焼き石の上でセリを蒸し焼きにした料理。

奉納に

二〇九　戸冠《とかむり》や御姿《み》ひらく梅見時　（同）

【句意】戸冠では御姿《おすがた》を現した、ウメ見の時期に。春「梅見時」。

【語釈】○戸冠　未詳。前書きに「奉納に」とあるからこの句は神社か寺に奉納されたと考えられる。したがって「戸冠」は寺社の名と考えられるが該当する寺社を確認することができない。○御姿　ここでは御本尊か御神体。振り仮名は原本に従った。

二一〇　餅《もち》の後待《のちまた》なむ嶽《たけ》の金配《かねくばり》　（『東日記』延宝9）

【句意】餅配りで餅を手に入れたが、このあとは金《かね》の御岳《みたけ》の金配りを待ちたい。金の御岳ならば金配りがあるだろうから、今度は金を手に入れたいというのである。春「句意による」。

【語釈】○餅　餅配りの餅。『毛吹草《けふきぐさ》』「誹諧《はいかい》四季之詞《ことば》」には二月の季語として「吉野の餅くばり」を挙げ、「一日諸人に蒔《ま》きくばる」と注記する。○嶽　金《かね》の御岳《みたけ》。金の御岳は奈良県南部の大峰山《おおみねさん》の別称。修験道の根本道場。ただし金配りという行事はない。

【備考】この句は言水編『東日記《あずま》』では春の部の「餅配」の項に見える。

二一一　大伴《おおとも》の九郎　薪《たきぎ》の能けしき　（同）

【句意】大伴の九郎が薪の能を舞っている様子は魅力的だ。『古今集』仮名序の「大伴黒主《くろぬし》はそのさま卑し。いわば薪を負える山人《やまびと》の花の陰に休めるがごとし」を踏まえて、宝生《ほうしょう》九郎を大伴の九郎ともじった。春「薪の能」。

【語釈】○大伴の九郎　宝生九郎のこと。宝生九郎は能楽師。貞享《じょうきょう》二年（一六八五）没。○薪の能　神事能の一つ。奈良興福寺の修二会《しゅにえ》（九四の句参照）の期間中に南大門《なんだいもん》前の芝生などで演じられた能。

二一二　穂綿《ほわた》まつ継母《ままはは》心《ごころ》角《つの》見えけり　（同）

【句意】アシの穂が芽吹くのを待っている継母の邪険な心の角が見えている。御伽草子《おとぎぞうし》『二十四孝』の「閔子騫《びんしけん》」の話に、閔子騫の継母は彼にアシの穂を入れた着物を着せていたので、彼は寒さに耐えかねていたと記されている。この句はこれを踏まえている。春「句意による」。
【語釈】○穂綿　アシの穂などを綿の代用としたもの。この句は『東日記』春部「角芦《つのぐむあし》」の項に収録されている。○継母心　先妻の子に対する継母の邪険な心。○角　心の角。邪悪な心。アシの若芽を「葦《あし》の角」といい角はアシの縁語。

二一三　干潟有鮑《ありあわび》さだおか婿雛《むこひいな》　（同）

【句意】干潟ができた、この干潟で取れるのはアワビかサザエか、あるいは婿という男雛《おびな》か。潮干狩りの句である。潮干狩りは三月三日のひな祭りのころに行われるが、三月三日に潮干狩りをすれば、アワビやサザエのほかに、婿という男雛を探し当てることができるかもしれないというのである。娘に良い婿を迎えたいというのは親の切実な願いである。古代の民謡の催馬楽《さいばら》の「我家《わいえ》」という歌に、「大君《おおきみ》きませ、婿にせむ、御肴《みさかな》に何よけむ、鮑・さだおか、石陰子《かせ》よけむ」とある。この歌を踏まえた句。春「干潟・雛」。
【語釈】○さだお　サザエのこと。○婿雛　婿という雛の意。婿を男雛にたとえたのである。言水の造語。

二一四　冷《ひや》ぎらひ梢《いこずえ》は惜《おし》し花真柴《はなましば》　（同）

【句意】寒いのは苦手な私に梢のサクラが見られないのは残念だが、せめて柴《しば》の花を眺めて我慢しよう。花見に出かけたのだがすでに花は散っていたのである。春「花真柴」。

【語釈】○冷ぎらひ　辞書には見えない言葉だが、寒さが苦手という意味だと考えておきたい。「冷」の振り仮名は原本に従う。○花真柴　雑木に咲く花。「花真柴」という語は歳時記にも辞書にもない。言水の造語か。「真」は接頭語である。柴は山野に生える小さい雑木。薪にしたり垣根を作ったりする。

【備考】『東日記《あずま》』の句の配列を勘案すると、この句は「花」をテーマにして作られたようである。

二一五　蝶《ちよう》飛《とん》で獏《ばく》ざれかかる気色《けしき》哉《かな》　（『東日記』延宝9）

【句意】チョウが飛んでいる様子はバクがたわむれかけているようだ。春「蝶」。

【語釈】○獏　中国の想像上の動物。体はクマ、鼻はゾウ、目はサイという。人の悪夢を食べるという伝説がある。
○哉　切字の「かな」に当てる漢字。俳諧では頻繁に使われる。

二一六　山賊《やまだち》や血《のり》の枝折《しおり》の夕つつじ　（同）

【句意】山賊が通ったのだろうか、目じるしとして血糊《ちのり》を付けたように夕方のツツジが赤く咲いている。春「つつじ」。

【語釈】○山賊　サンゾクとも。山中を本拠地としている強盗団。振り仮名は原本に従う。○血　振り仮名は原本に従う。血糊のこと。糊のようにねばねばする血。○枝折　山道などで目じるしのために木の枝をおっておくこと。転じて目じるし。

二一七　鍋ずみやはげをかくせし筑摩姫《つくまひめ》　（同）

【句意】鍋ずみを塗ってはげをかくしているよ、筑摩神社に参詣する女性は。夏「筑摩姫」。
【語釈】○鍋ずみ　鍋の底にこびりついた黒い煤《すす》。○筑摩姫　近江国《おうみのくに》筑摩（現在の滋賀県米原市）の筑摩神社の祭りに参詣する女性。この神社の祭礼には、氏子の女性たちは関係した男の数だけ鍋をかぶって参詣するという風習があった。このころは土鍋を奉納するようになっていたが、一般には実際に鍋をかぶって参詣すると思われていたようである。

二一八　蜀人《しょくひと》の幽霊は黒し卯木原《うつぎはら》　（同）

【句意】蜀の望帝《ぼうてい》の幽霊は黒く見える、真っ白なウツギが生えた野原では。夏「卯木」。
【語釈】○蜀人　中国の蜀の望帝を指す。国を追われた望帝が亡くなったとき、その魂がホトトギスになったという伝説がある。ホトトギスの漢字表記の一つである「蜀魂」はこの伝説による。○卯木原　ウツギが一面に生えている野原。ウツギの花（ウノハナ）は白く、咲き乱れた状態は雪にたとえられる。

二一九　人はいさゆの花折《おり》て下戸いぢり《じ》　（『東日記』延宝9）

【句意】人の心も知らないでユズの花を折り取って下戸をからかっている。酒が飲めない人はユズの花の香りもいやがるのである。『古今集』の紀貫之《きのつらゆき》の和歌「人はいさ心も知らずふるさとは花ぞ昔の香ににほひ《おい》ける」を踏まえる。夏「ゆの花」。

【語釈】○人はいさ　あなたはどう思っているのでしょうか。○ゆの花　ユズの花。初夏に白い花をつける。果汁は酸味が強く調味料として用いられる。薬用植物の解説書『大和本草』の「柚《ゆず》」の項に、日本に「花柚《はなゆ》」というものがあると記し「花を酒にうかべ、羹《あつもの》に加う故名づく」と説明がある。○下戸いぢり　酒を飲めない人をからかっておもしろがること。「下戸」は酒を飲めない人。

二二〇　芦《あし》に雀粽米《すずめちまきごめ》にぞかられける　（同）

【句意】アシにスズメが集まっていたが、そのアシがちまきの飯を包むために刈り取られてしまった。夏「粽」。

【語釈】○粽米　ちまきを作るために炊いた餅米などの飯。ちまきはこの飯をササなどで包んだもの。アシの葉で包んだものを「芦粽」という。五月五日の端午の節句にちまきを食べるのは現在でも一部に残る慣習。

二二一　ねぬなはや水鶏《くいな》の夜伽《よとぎ》曇り水　（同）

【句意】ジュンサイが生えているがそれをクイナが一晩中見張っている、濁った池のそばで。ジュンサイを取られないようにクイナが見張っているというのである。夏「水鶏」。

【語釈】○ねぬなは　ジュンサイの異名。ジュンサイ（古くはヌナワといった）は古い沼や池に生えるスイレン科の植物で、若芽は吸い物の具として珍重される。○水鶏　鳥の一種。日本では初夏のころ渡来するヒクイナを指すのが普通。その鳴き声は戸をたたく音に見立てられ、クイナが鳴くことを「たたく」と表現する。○夜伽　一晩中寝ないでそばにつきそっていること。○曇り水　水が濁っていることをいうのであろう。言水の造語か。

二二二　炭焼《すみやき》や雪に馴《なれ》しを夏小着布《こぎの》　（同）

【句意】炭焼きは雪の寒さに慣れているのに、夏には夏の仕事着を着ている。炭焼きは冬の仕事であり、冬の炭焼きの姿を見慣れている目に、夏の作業着を着た姿に違和感を覚えたのである。夏「夏小着布」。

【語釈】○小着布　アサなどの布で作った仕事着。

二二三　清盛《きよもり》も其代《そのよ》をしらば氷室守《ひむろもり》　（同）

【句意】清盛も生きているときは世を支配していたはずだから、氷室守に命じていくらでも氷を運ばせることができたのに。清盛は熱病で亡くなったといわれている。もっとも清盛は春に亡くなっているから、氷室から氷を運ばせる必要はなかった。このようなことにこだわらないのが俳諧である。夏「氷室守」。

【語釈】○清盛　平安時代末期天下の実権をにぎっていた平清盛。○しらば　支配していたならば。ここは「支配していたはずだから」という意味であろう。「しる」は治めるの意。○氷室守　氷室の番人。「氷室」は真冬にとった氷を夏まで貯蔵しておくところ。一一四の句参照。

二二四　昼顔や夜盗《よとう》の里の留主《るす》づかひ　（『東日記』延宝9）

【句意】ヒルガオが咲いている、夜盗の住む村では昼間に人が来ても居留守を使って会えないだろう。夜盗たちは昼は寝ているのである。夏「昼顔」。

【語釈】○夜盗　夜になって盗みをする者。ヤトウとも。○留主づかひ　居留守を使うこと。居るのに居ないとうそをつくこと。「留主」は当時の慣用的表記。

二二五　時やある讃岐《さぬき》が袖も土用干し　（同）

【句意】何事も時期があって讃岐の濡れた着物の袖も土用干しで日に当てられている。『百人一首』の二条院讃岐の和歌「我が袖は汐干《しおひ》に見えぬ沖の石の人こそ知らねかわく間もなし」を踏まえた句。「乾く間もない」讃岐の袖も、夏になれば土用干しをしただろうというのである。夏「土用干し」。

【語釈】○時やある　何事にも時期があるという意味。「や」は切字で「時やある」という上の句を独立させる働きをしている。○讃岐　源頼政《よりまさ》の娘。二条天皇の女房。平安末期の女流歌人。○土用干し　衣類や書籍などの虫を駆除すること。夏のもっとも暑い盛りである土用の期間中に行う。

二二六 幻やつかめば蛍ひたい紙 (同)

【句意】幻だった、故人の魂がこの世に現れたのかと思ってつかんだら、故人の血縁者の額紙《ひたい》にとまっていたホタルだった。夏「蛍」。

【語釈】○ひたい紙 葬式のときに棺桶《かんおけ》をかついだり位牌《いはい》を持ったりする血縁者が額につける三角形の紙。

【備考】原本の注によれば、この句は才麿《さいまろ》・其角《きかく》とともに知人の葬儀に参列したさいに墓場で作られたようである。亡くなったのは誰かわからない。

二二七 白干《しらぼし》や大井にかへ《え》す御祓串《みそぎぐし》 (同)

【句意】白干しの魚を大井川に返しているよ、御祓串につけて。大井川で行われている名越《なごし》の祓《はらえ》の行事を詠んだ。夏「御祓串」。

【語釈】○白干 魚などを塩につけないでそのまま干すこと。○大井 静岡県を流れる大井川(一一八の句参照)。○御祓串 名越の祓で用いる五十串《いぐし》であろう。名越の祓は六月の末日に行われる神事で身の汚れをはらい長寿を祈る。水辺で行われる名越の祓を川祓《かわはらえ》といい、五十串を立てて臨時の祭壇を設けて行う。

はこねにて
二二八　於々《ああ》峠吐息《といき》の霧に富士はなし　　（『東日記』延宝9）

【句意】ああ箱根の峠を越えるのはつらい、吐く息の霧で富士も見えない。富士山を隠す霧は旅人の苦しい息づかいによって生じたというのである。秋「霧」。

二二九　賤《しず》の戸や裲《しめし》にしぼむ花むくげ　　（同）

【句意】貧しい家の前でおむつを干したムクゲの花がしぼんでいる。ムクゲの木に赤ん坊のおむつが干してある情景である。秋「花むくげ」。
【語釈】○賤の戸　貧しい人の家。○裲　おむつ。○花むくげ　ムクゲの花。朝開いて夜になるとしぼむ。

いせへつかは《わ》す
二三〇　角赤《かくしやく》や二見《ふたみ》てる月戻子《もじ》の国　　（同）

【句意】お元気とのこと、二見浦《ふたみがうら》の月はすばらしく、名産のもじで知られるお国がなつかしい。伊勢の知人に送った句である。秋「月」。
【語釈】○いせ　三重県の一部。伊勢神宮の所在地。○角赤　未詳。かりに「矍鑠《かくしやく》」の当て字と考えておく。「矍鑠」

は老年になっても元気なこと。　○二見　伊勢の二見浦。景勝の地であり海中にある夫婦岩《めおといわ》で有名。　○戻子　綟子《もじ》。麻糸を使って目をあらく織った布。夏用の着物や蚊帳などに用いられる。『毛吹草《けふきぐさ》』の伊勢国の名産を列記した箇所に「阿野津戻《あのつもぢ》」とあって「肩衣に用いる」と注記がある。「阿野津」は現在の津市であり「綟子」は伊勢の名産だった。

二三一　芋洗ふ《う》女に月は落《おち》にけり　（同）

【句意】イモを洗っている女の方に月が落ちた。女のいる方に月が沈んでいく情景である。空を自由に飛ぶことのできる神通力を得た久米《くめ》の仙人が、洗濯をしている女の白い足を見て神通力を失って地上に落下した、という故事を踏まえた句。秋「芋・月」。

【語釈】○芋　サトイモ。ゆでたサトイモを月に供えて名月を眺めるのが当時の慣習。

二三二　焼杉《やきすぎ》の陰や子昂《すごう》の駒むかへ《え》　（同）

【句意】焼きスギの大きな一枚板で作った衝立《ついたて》の陰から趙《ちょう》子昂の「駒迎え」の絵が見える。日本の年中行事の「駒迎え」の絵を中国人の趙子昂が描くことはありえないが、彼のウマの絵を「駒迎え」の絵に見立てたのであろう。秋「駒むかへ」。

【語釈】○焼杉　スギ板の表面をこがし磨いたもの。木目がきれいに出るので器物や下駄などに用いる。ここは大きな一枚板を衝立にしたものであろう。　○子昂　趙子昂。中国の宋代の人。書と画にすぐれ、江戸時代の書画骨董辞典『万宝全書』に、いずれにおいても「神品に入る」と記されている。○駒むかへ　駒迎え。諸国から宮中に運ばれてくるウマを宮中の役人が近江国《おうみのくに》（現在の滋賀県）の逢坂《おうさか》の関まで迎えに出ること。秋の年中行事。

二三三　酒意見けさ菊にあり童子《どうじ》教《きょう》　（『東日記』延宝9）

【句意】深酒をいましめる意見は今朝のキクそのものにある、『童子教』の教えに従ってすこし慎もう。誰も深酒を戒める人がいなくとも、キクを見ていると自然に酒を慎もうという気持ちになるというのである。サクラとキクの違いを詠んだ句であろう。サクラを見ていると心が浮かれてドンチャン騒ぎをすることになるが、キクを見ているとおのずから心が引き締まってくるのである。秋「菊」。

【語釈】○酒意見　深酒をたしなめる意見。○童子教　子供向けの漢文体の教訓書。寺子屋のテキストとして使用された。この中に「酒に酔《え》いぬれば、心、狂乱す」とある。

二三四　十夜鉦《じゅうやがね》明日の納豆もたたきけり　（同）

【句意】十夜鉦をたたいたついでに明日食べる納豆もたたいた。寺の小坊主が十夜鉦をたたいたあと明日の朝食の準備をしたのである。冬「十夜」。

【語釈】○十夜鉦　十夜法要の念仏会《ねんぶつえ》に念仏を唱えながらたたく鉦。十夜法要は、浄土宗の寺で十月五日の夜から十五日の朝までの十夜にわたって行われた冬の行事。十夜念仏、あるいはたんに「十夜」とも。○納豆　味噌汁などに入れる場合は包丁でたたいて細かくしてから汁に入れる。

二三五　黒塚《くろつか》やつぼね女のわく火鉢　（同）

【句意】黒塚というのは実は局女郎《つぼねじょろう》の住まいらしく、部屋の中にわく火鉢が見える。謡曲「黒塚」の「これはわくかせわとて、いやしき賤《しず》の女《め》のいとなむ業《わざ》にて候」という文句により、「わくかせわ」を「わく火鉢」ともじる。つぼね女郎の部屋を黒塚に見立てた。冬「火鉢」。

【語釈】○黒塚　現在の福島県二本松市の安達原《あだちがはら》の地名。昔は鬼女が住んでいたという伝説があり、謡曲「黒塚」（「安達原」とも）の舞台になった。○つぼね女　局女郎のこと。遊里における下級遊女。局と称する自分の部屋で接客する。高級遊女は揚屋《あげや》で接客する。○わく火鉢　周囲に落とし枠を付けた火鉢。多くは角形火鉢、長火鉢に用いる。局女郎の部屋にはわく火鉢があったのだろう。

二三六　姨捨人《おばすてびと》たんぽにかへ《え》せ雪月夜《せつげつや》　（同）

【句意】おばを捨てようとする人よ、そのおばを湯たんぽのある暖かい所に帰してやりなさい、外は雪明かりの月夜だ。冬「たんぽ・雪月夜」。

【語釈】○姨捨人　おばを捨てる人。「姨」は父または母の姉妹の意味だが、この句では老女の意味かもしれない。信州の姨捨山の伝説を踏まえた語。一四三の句参照。○たんぽ　漢字で湯婆と書く。中に湯を入れて体を温める器。

「湯たんぽ」とも。○かへせ　帰してやれという意味。謡曲「姨捨」に「返せや返せ。昔の秋を」という文句がある。この「返せ」を踏まえた。○雪月夜　雪や月で明るい夜。「雪月花」という言葉をもじった言水の造語か。

山居雪《さんきよのゆき》

二三七　雪ならぬ日の鉢。かくあらば欲を山庵《いおり》　（『東日記』延宝9）

【句意】雪の降らない日は托鉢《たくはつ》に出るのも苦にならない、このような生活ならば欲望を捨てて山の庵で暮らす方がよい。前書きによれば山中の住まいに雪が降っている状況。冬「雪」。

【語釈】○雪ならぬ日　雪にならない日。雪の降らない日。○鉢　托鉢。僧侶が人家を回って食べ物などを恵んでもらうこと。○かくあらば　このようであるならば。○山庵　山中で庵を結んで暮らすことを圧縮した表現。言水の造語。

【備考】句中に句点（ただし当時は句点と読点の区別はない）を用いるのは当時の流行。

金沢にて

二三八　絵にだにも筆捨松《ふですてまつ》や鰒嫌《ふぐぎらい》　（同）

【句意】絵においてさえ、とても自分には描けないと画家が筆を捨てて逃げたという「筆捨松」の伝説が残っているが、ましてフグ嫌いがフグを見て逃げ出したのは当然だ。マツが描けないからといって命を奪われることはないが、フグにあたれば死ぬこともある。冬「鰒」。
【語釈】○金沢　現在の神奈川県横浜市金沢区。北条実時《さねとき》が金沢文庫を設けた称名寺があり景勝地として知られた。○筆捨松　称名寺西北の山上にあった能見堂《のうけんどう》の前にあった大きなマツ。万治二年（一六五九）に刊行された『鎌倉物語』によると、「狩野《かのう》と言う絵師」が絵に描けないというので筆を捨てたという伝承があったようである。

二三九　羽衣や松に忘るる年の皺《しわ》　（同）

【句意】羽衣をマツに忘れたのは年のせいだろう。天女が羽衣をマツの枝に掛けたまま忘れたのは、顔にしわがよるほど年老いて物忘れがひどくなったからだろうというのである。謡曲「羽衣」にも描かれた羽衣伝説を踏まえた句。ただしこの伝説には天女が羽衣を忘れたという話はなく、忘れたというのは言水の創作である。冬「年の皺」。
【語釈】○羽衣　天女の衣装。これを身にまとって天女は自由に空中を飛び回る。○年の皺　年齢によって生じる顔のしわ。ただし辞書に見当たらない。言水の造語であろう。俳諧に「年取る」という冬の季語があるからこれに準じて冬の季語とした。

二四〇　もち花や母が心の闇の梅　（同）

【句意】餅花《もちばな》は母の心の闇に咲いたウメの花だ。毎年餅花を作ってくれた母を思い出して作った句であろう。いつも心配ばかり掛けていた母親の心を「母が心の闇」といったのであろう。『後撰集《ごせんしゅう》』の藤原兼輔《かねすけ》の和歌「人の親の心は闇にあらねども子を思ふ道にまどひぬるかな」を踏まえた句。冬「もち花」。

【語釈】○もち花　ヤナギの枝にちぎった餅を花のように付けたもの。年末に餅を作るさいに餅花を作る。一二八の句参照。○心の闇　子供を思うあまり理性を失った親の心。

二四一　質におかん露さへ氷る年の昏《くれ》

隠士肖柏《しょうはく》は露をやりてことたりしが

（『東日記』延宝9）

【句意】質におこうとする露さえ氷って役に立たない、この年末は。肖柏が「露」という言葉を質において年末の支払いに充てたという逸話を踏まえた句。冬「年の昏」。

【語釈】○隠士　隠者。世捨て人。○肖柏　室町時代後期の著名な連歌師。○ことたりし　間に合わせた。○質借金の担保として相手に渡す品物。その品物を渡すことを「質におく」という。○年の昏　年の暮れ。年末。当時は商品を買った代金をお盆や年末にまとめて払う慣習であったから、一般庶民にとってお盆の前や年末はつらい時期であった。

【備考】肖柏が露を質においたという逸話を、言水が何によって知ったのか不明である。「露」という言葉を質においたのは肖柏の師である宗祇《そうぎ》だという伝承もある。これについては前田金五郎氏の『西鶴織留《おりどめ》』（角川文庫）の補注三三一に詳しい。「露」という言葉を質においたということは、金を返すまでは「露」という言葉が使えないということである。連歌において「露」は秋を代表する季語であり、これが使えないことは連歌師にとってきわめて不自由である。

二四二　在江《ざいえ》法師麦の秋風と読《よめ》りけり　（同）

【句意】江戸にいる法師が「麦の秋風」と詠んだ。能因《のういん》法師が「都をばかすみとともに立ちしかど秋風ぞ吹く白河の関」という名歌を詠んだが、それをまねて江戸に滞在している法師が無風流な夏のムギ刈りを詠んだというのである。夏「麦の秋」。

【語釈】○在江　江戸に滞在していること。辞書に見えない言葉だが、江戸時代の実用書『男重宝記《なんちようほう》』巻一の八「大名衆のつかい詞《ことば》の事」に「江戸に居るを在江《ざいえ》という」とあるのでこれに従う。○麦の秋　麦秋。初夏の麦の熟するころ。

二四三　下戸花に腹を切《きる》べし芳野越《よしのごえ》　（同）

【句意】下戸は花の下で切腹して死ぬべきだ、花の吉野山を越えて行くのに酒が飲めないとは。サクラに酒は付きもので、酒を飲めないようでは花を見る資格が無いというのである。下戸の知人をからかったのであろう。春「花」。

【語釈】○下戸　酒を飲めない人。○芳野越　吉野山を越えて行くこと。現在も吉野山は奈良県を代表する観光地であり日本一のサクラの名所。

二四四　芋の葉の露しばし銀持賤屋哉《かねもつしずやかな》　（同）

【句意】イモに露が降りてしばらくの間貧乏な家も金持ちになった気分だ。露を銀貨に見立てた句。秋「露」。
【語釈】○芋　サトイモ。大きな葉に露が降りるとキラキラと光って銀貨のように見える。○露　露に豆板銀《ぎん》の「露」をかける。豆板銀は江戸時代の通貨で豆のような形をした銀貨。これを俗に「露」と言った。○賤屋　みすぼらしい家。歌語。

二四五　瓢箪《ふくべ》より利休が術を獣炭《けものずみ》　（『東日記』延宝9）

【句意】ヒョウタンにほどこした利休の工夫よりも、これを応用した獣炭の工夫の方が面白い。冬「獣炭」。
【語釈】○瓢箪　ヒョウタン。利休がそのわびしい姿を愛し、これを細工させて茶道で使う炭斗《すみとり》に用いたという。また花入れにも用いられた。○利休　茶道における第一人者。○術　工夫。あるいは細工。○獣炭　炭の粉を練ってけだものの形に作ったぜいたくな炭。江戸時代初期の歳時記『増山井《ぞうやまのい》』に冬の季語として記載されている。また『和漢朗詠集』冬の部「炉火」の項に用例が見える。

二四六　居士《こじ》が娘宝引縄《ほうびきなわ》も捨《すて》つらん　（『後れ双六』延宝9）

【句意】龐《ほう》居士の娘の霊昭女《れいしょうじょ》は宝引縄も捨てるだろう。潔癖な娘はばくちに類する宝引きには目もくれなかっただろうというのである。春「宝引縄」。
【語釈】○居士　高い徳を備えた隠者。ここは龐居士のこと。龐居士は中国の唐代の隠者。その娘の霊昭女はタケかごを売って父を養ったという有名な話がある。○宝引縄　正月の宝引きに使う縄。一三四の句参照。

二四七　花近し髭《ひげ》に伽羅《きやら》たく初連歌《はつれんが》　（同）

【句意】サクラが咲く時期も間近だ、ひげにキャラをたきしめて初連歌を行っている。連歌師の宗祇《そうぎ》が見事な髭を生やしていたことは有名で、この髭に香をたきしめていたという逸話がある。この句は初連歌にのぞむ宗祇の様子を詠んでいる。春「初連歌」。

【語釈】○髭　ここは宗祇の髭。○伽羅　香木の最高級品。特別な場合にこれを衣類などにたきしめる。○初連歌　新年初めての連歌の会。

二四八　黄舌《こうぜつ》は酒有《あり》て汝《なんじ》何有て呼子鳥《よぶこどり》　（同）

【句意】ウグイスは酒が有るから客を呼ぶ、お前は何が有るから客を呼ぶのだ、ヨブコドリよ。『和漢朗詠集』春の部「鶯《うぐいす》」に収録される漢詩「台頭《たいとう》に酒有りて鶯客を呼ばう」を踏まえた句。春「呼子鳥」。

【語釈】○黄舌　まだ幼くて音声がととのわないこと。謡曲「歌占《うたうら》」に「当面黄舌の囀《さえず》り、鶯の子は子なり」とある。ただし言水はウグイスの漢字表記に「黄鳥」があるので「黄舌」をウグイスの意味で使ったのであろう。○呼子鳥　実体不明の鳥。『古今集』解釈の秘伝の一つになっている。俳諧では春の季語とする。

更衣《ころもがえ》

二四九　在《あり》つる女蛇《じや》に替《かわ》り鳧《けり》水衣《みずごろも》　（『後れ双六』延宝9）

【句意】今ここにいた女がヘビに変わった、水衣を着て。女の執念がヘビとなって男を殺す謡曲「道成寺《どうじようじ》」を踏まえた句。夏「水衣」。

【語釈】○更衣　冬用の着物から夏用の着物に替えること。夏の季語。○鳧　助動詞「けり」の当て字。俳諧ではしばしば使われる。○水衣　能衣装の一つ。また夏の作業着の意味で使われることもあった。三〇九の句参照。歳時記には見当たらないが夏の季語とする。

二五〇　暮《くれ》安し樒《しきみ》折《おる》僧早松茸《さまつたけ》　（同）

【句意】夕暮れの訪れが早くなった、シキミを折り取った僧がサマツタケを見つけた。夏「早松茸」。

【語釈】○樒　モクレン科の常緑小高木。仏事に用いられ「仏前草」という異名がある。○早松茸　きのこの一種。形はマツタケに似ているが香りがない。

芳野《よしの》にて

二五一　此《この》川はうるかの郡《こおり》みよし野や　（同）

【句意】この川はうるかで知られている郡で、吉野の中にあるよ。秋「うるか」。

【語釈】○芳野　吉野の当て字。現在の奈良県の吉野山地を占める吉野郡一帯の総称。大和国《やまとのくに》の歌枕。○うるか　アユのはらわたを塩漬けにしたもの。アユは吉野の名産であったから、うるかも吉野の名産だったのであろう。○郡　行政区画の称。「ぐん」とも。ここは吉野郡。○みよし野や　吉野だの意。「みよし野」は「吉野」を美化した言い方。「や」は切れ字として使われる文字だが、ここは強意の助詞。

二五二　鵜《う》に習《え》へ星の小川の朝烏《あさがらす》　（同）

【句意】ウを見習って渡してやれ、七夕の渡る小川に鳴く朝ガラスよ。カササギのように天の川に橋を架けることは無理だとしても、ウを見習って小川に橋を架けることぐらいはカラスでもできるだろうというのである。「鵜のまねをする烏」ということわざを踏まえた句。秋「星の小川」。

【語釈】○鵜　水鳥。水中にもぐって魚を取る。鵜飼いに使われている。○星の小川　七夕の織女星《しよくじよせい》の渡る小川。織女星が渡るのは天の川だが、その途中小川もわたっただろうと言水は想像したのである。

【備考】この句は清風《せいふう》編『おくれ双六』の秋の部「星合《ほしあい》」の項に収録されている。七夕の句である。

二五三　芋虫や殻に干さるる月日照《つきひでり》　（同）

【句意】イモムシがひからびるまで明るい月の光に照らされているよ。明月の夜はサトイモを月に供えるのが当時の慣習だが、サトイモの葉を食べた罰でイモムシは殻になるまで月の光にさらされているというのである。秋「月日照」。
【語釈】○芋虫　チョウやガの幼虫。サトイモの葉を食べるのでイモムシと呼ばれる。○月日照　月が太陽のように明るく輝くという意味の言水の造語であろう。

二五四　山折敷《やまおしき》小豆選《えらび》や片時雨《かたしぐれ》　（『後れ双六』延宝9）

【句意】山折敷にアズキを入れてより分けているよ、外は片時雨の空模様だ。農家の素朴な生活を詠んだ。冬「片時雨」。
【語釈】○山折敷　山家で製作した粗末なおしき。都会で作られた精巧なおしきに対していう。『毛吹草《けふきぐさ》』に大和国《やまとのくに》（現在の奈良県）の特産品に山折敷をあげる。おしきは木製の角形の盆。○小豆選　アズキ選び。形のよいアズキと虫食いなどでいびつになったアズキをより分けること。餡《あん》を作るには形のよいものを使う。○片時雨　空の一方で降り片方では晴れている、という降り方をする時雨。

雪の牛といふ題《う》に
二五五　かまど詣《もうで》牛の子寒し里の雪　（同）

【句意】かまど詣でに出かけたところ、子ウシが寒そうだった、村には雪が降っている。冬「雪」。
【語釈】○かまど詣　未詳。荒神《こうじん》はかまどの神といわれているから荒神を祭る神社に参詣することであろう。

二五六　初明《はつあけ》ぬ稲負《いなおお》せ松の下は国　（『歳旦発句牒』天和2）

【句意】新しい年の春が明けた、「稲負せ松」の下には日本の国が広がっている。松飾りが並んだ元日の朝の情景を詠んでいるのであろう。春「初明ぬ」。

【語釈】○初明ぬ　元旦の朝を迎えたことをいう言水の造語であろう。○稲負せ松　稲負鳥《いなおうせどり》をもじった言水の意味不明の造語で、正月の松飾りを『古今集』の意味不明の鳥の名を借りて表現したのであろう。「稲負鳥」は『古今集』に詠まれた鳥だが実体は不明で『古今集』解釈の秘伝になっている。

二五七　雪路《ゆきじ》ふかく水仙刈《かり》つ夜の鰒《ふぐ》　（『武蔵曲』天和2）

【句意】雪の深い道を分け入ってスイセンを刈りとった、夜のフグのために。冬「雪・水仙・鰒」。

【語釈】○水仙　ここにスイセンが詠み込まれているのは、スイセンにはフグの毒にあたったさいに解毒の効果があると思われていたからであろう。小野眞孝氏の『川柳江戸の民間療法』にフグの毒に対して解毒の効果があるものとして、梅干し、玉露茶、ナンテンの葉のしぼり汁、ツワブキの汁、アシの根の汁など二十品目が挙げられている。ここにスイセンはないが、言水はスイセンも効果があると聞いていたのであろう。○鰒　美味だが猛毒がある魚として知られている。「フグは食いたし命は惜しし」ということわざがある。七八の句参照。

二五八　早松茸《さまつたけ》内裏に沙汰《さた》あり女護《にょご》の島　（『三ケ津』天和2）

【句意】サマツタケを内裏に届けるように注文があった、女官ばかりが住む女護の島から。エロチックな連想を誘う句。夏「早松茸」。
【語釈】○早松茸　マツタケの季節に先立って夏にとれるキノコ。形はマツタケに似ているが味がおちる。○内裏　皇居。当時は多くの女官が住んでいた。○沙汰　通知。通報。ここはサマツタケの注文。○女護の島　女性ばかりが住んでいるという伝説上の島。一八四の句参照。ここは内裏の中で女官ばかり住んでいる場所の比喩《ひゆ》。

二五九　武蔵野はつばなにいやし花見妻　（『後様姿』天和2）

【句意】武蔵野はツバナが一面に自生し荒れ果てた感じで見栄えがしない、花見に出かける妻も着飾っているが武蔵野のツバナ同様見栄えがしない。春「つばな・花見」。
【語釈】○武蔵野　関東平野の一部。一九二の句参照。○つばな　チガヤの花。原野・路傍・堤防などに広く自生する。鑑賞するような花ではない。

二六〇　棕櫚《しゅろ》吹《ふく》や紙帳《しちょう》も夢の破損寺　（同）

【句意】シュロの木に風が吹き、紙の蚊帳も夢に見るだけの荒れ寺だ。蚊帳も無い荒れ寺にとまったときの句である。夏「蚊帳」。

【語釈】○樱櫚　異国風の感じのする木で寺などに植えられていることが多い。○紙帳　蚊帳。紙で作った蚊帳。アサなどで作られるが江戸時代には紙製のものもあった。「紙帳」と書いてもカヤと読むことが多い。

二六一　貧家命富《とみ》遅《おそ》花茄子《はななすび》秋小角豆《ささげ》　（同）

【句意】貧しい家ながら命には恵まれ、花の時期が遅いがナスビも実り秋にはササゲも実る。貧しいが食べるものには不自由しない生活である。この句は「貧家命富」で切れる。漢字ばかりならべたところが言水の工夫である。秋「秋小角豆」。

【語釈】○遅花茄子　遅く花を付けるナスビ。言水の造語である。ナスビは他の野菜より成長が遅い。○小角豆　マメ科の一年草。夏の季語だがこの句は秋のササゲを詠んでいる。

二六二　比《ころ》は文鎮《ぶんちん》いかばかり　栬《もみじ》遠津山《とおつやま》　（同）

【句意】時代は文鎮のころ、どれほどモミジがすばらしかったであろう、遠くの山では。文永という年号を文鎮ともじり、軍記物の語りをまねて「比は文鎮」という文句を作った。秋「栬」。

【語釈】○文鎮　文字を書くときに紙の上に置く文房具。ここは「文永」のもじり。文永はモンゴル（国名は元《げん》）が日本を侵略しようとしたころの年号。この事件を「文永の役《えき》」という。○遠津山　遠くの山。「遠津」は名詞に付いて遠いことを表す。

花洛《からく》の杯に江戸の友人正義《せいぎ》問《わ》はれしにかく云《いい》送る

二六三　富士奇也《なり》松も都の時雨屑《くず》　　（『後様姿』天和2）

【句意】江戸から見る富士山はすばらしい、マツはすばらしいといっても都のマツは時雨が降り残した屑のようなもので、富士山の眺めにかなわない。『新古今集』の慈鎮《じちん》の和歌「我が恋は松を時雨の染めかねて真葛《まくず》が原に風さわぐなり」を踏まえた句。冬「時雨」。

【語釈】○花洛　花の都。京都。○杯　さかずきごと。宴会。「花洛の杯」は京都における宴会。○正義　言水の江戸在住時代の友人であることはわかるが、具体的な関係は不明。言水編『東日記《あずまにっき》』にも入集《にっしゅう》していない。

二六四　松しまの月さかせたらなん江戸ざくら　　（『松嶋眺望集』天和2）

【句意】松島の月を咲かせたい、江戸ザクラの咲くころに。春の江戸ザクラのころに同時に秋の松島の月を見たいというのである。「月を咲かせたい」というような奇矯な表現が当時の流行。春「江戸ざくら」。

【語釈】○松しま　日本三景の一つである宮城県の松島。芭蕉も手紙で「松島の月の朧《おぼろ》なるうち、塩竈《しおがま》の桜ちらぬ先に」（惣七・宗無宛て。元禄二年二月十六日付）と書いているように、当時は松島は月の名所と思われていた。陸奥国《むつのくに》の歌枕。○月さかせたらなん　月を咲かせたい。「さかせたらなん」は「さかせたし」という願望を表す表現にさらに願望を表す助詞の「なん」が付いた形。文法的には誤りである。○江戸ざくら　サクラの一品種。関東に多く見られるのでこの名がついたという。

二六五　さぎしまの月はゆるぎの酒盛也《さかもりなり》　（同）

【句意】鷺島《さぎしま》の月はサギで知られるゆるぎのもりの酒盛りのようで、からだがゆらゆら動いておぼつかない。船の上から眺めた月であろう。秋「月」。

【語釈】○さぎしま　鷺島。現在の宮城県沖の松島湾に浮かぶ島の一つ。○ゆるぎ　万木《ゆるぎ》の杜《もり》。現在の滋賀県高島郡安曇川《あどがわ》町付近。近江国《おうみのくに》の歌枕でサギの名所。「さぎ」の縁で「ゆるぎ」を出した。

二六六　蛇《じや》がさきや天地にむらがるいそちどり　（同）

【句意】蛇がさきでは空にも地上にもチドリが群がっている。冬「いそちどり」。

【語釈】○蛇がさき　松島湾のみさきの一つ。○いそちどり　磯辺《いそべ》にいるチドリ。ハマチドリ。群れをなして飛び交う習性がある。

二六七　ゑ《え》の木じまや矢尻帰雁《やじりきがん》の一里山　（同）

【句意】榎島《えのきじま》は矢尻のように一直線に帰って行くガンが目印にする一里山だ。江戸時代の街道ではエノキを植えて一里塚の目印にしたことから、榎島を一里塚ならぬ一里山ともじったのである。春「帰雁」。
【語釈】○ゑの木じま　榎島。塩竈《しおがま》の浦（松島湾の南西部の湾）に浮かぶ島の一つ。○矢尻　矢の先端で狙った対象に突き刺さる部分。ここは一直線に飛ぶガンの比喩。

二六八　ちりぶる花ぬるとも木陰羅紗《らしゃ》羽織　（『家土産』天和2）

【句意】水しぶきが飛び散るように花が散る、たとえ濡れても木陰に入ろう、羅紗羽織が濡れないように。『拾遺《しゅうい》集』のよみ人しらずの和歌「桜狩り雨はふりきぬおなじくは濡るとも花の影に隠れむ」を踏まえた句。春「花」。
【語釈】○ちりぶる　水などのしぶきが飛ぶこと。『日本国語大辞典』では『日葡《にっぽ》辞書』の用例を挙げるのみで他に用例は無い。○羅紗羽織　羅紗で作った羽織。羅紗は地の厚い毛織物の一種。

二六九　留主嫗《るすうば》に飴《あめ》買ふ《う》花の夕《ゆうべ》かな　（『打曇砥』天和2）

【句意】留守番をしてくれた婆さんにみやげとして飴を買った、花見帰りの夕暮れに。春「花」。
【語釈】○留主　「留守」の慣用的当て字。○嫗　老女。オウナとも。振り仮名は原本に従った。

二七〇　妻にせよつまにせむ《ん》我《わが》手に安し松の羽　（『歳旦三物集』天和3）

【句意】妻にしてほしいというなら妻にしよう、あなたは私の手の中のマツの羽根《はね》のようなもので、どうにでもなります。羽衣伝説を踏まえた句である。二三九の句参照。春「松の羽」。

【語釈】○我手に安し　自分の手の中にあるように自由にできる。○松の羽　正月の羽根突きの羽根。ただしこれは言水の造語であろう。「松」は正月の松飾りの「松」と羽衣伝説の「松」をかけた。「羽」は羽衣の意に羽根突きの「羽根」をかけた。

二七一　茎立《くくたち》を折《おり》てさとるに早し涅槃粥《ねはんがゆ》　（『虚栗』天和3）

【句意】茎立を折ってすばやく悟った、今日は涅槃がゆを振る舞われることを。春「茎立・涅槃」。

【語釈】○茎立　ナ・ダイコン・カブの類は晩春になると茎を伸ばしてつぼみをつける。これを茎立という。○涅槃粥　二月十五日に涅槃会《え》を行う寺で参詣者にふるまうかゆ。涅槃会は釈迦《しやか》の死（入滅という）を追悼して行う法会。なお涅槃には悟りの境地という意味がある。

二七二　姿旦夕《たそがれ》て卯花《うのはな》に文をよむ女　（同）

【句意】姿が夕暮れの日差しにかすんで、ウノハナのかげで手紙を読んでいる女がいる。周囲の人には見られたくない恋文であろう。夏「卯の花」。

【語釈】○旦夕て　夕暮れになって。「旦夕《たんせき》」は朝と晩の意味だが、ここはタソガレ。千春編『武蔵曲《むさしぶり》』の嵐雪《らんせつ》の句に

「たそがれ」を「旦夕」と書いた用例がある。このような特殊な当て字はこの当時の俳諧の特徴。○卯花　初夏に白い花が咲きその様子は雪景色にたとえられる。

二七三　のりものや小人払《こびとはらい》しけさの雛《ひな》　（『空林風葉』天和３）

【句意】乗り物が行く、小人が先払いをして今朝のひなを守りながら。ひな祭りの情景である。ひな祭りの日にひな人形を小さな乗り物に乗せて、親類に甘酒や草餅《くさもち》などを配る風習があった。去来・凡兆編『猿蓑《さるみの》』の荻子《てきし》の句「春風にこかすな雛の駕籠《かご》の衆」は同じ情景を詠んでいる。春「雛」。

【語釈】○のりもの　引き戸が付いた特製の駕籠。特別な人だけに乗ることが許された。ここはひな人形をのせるミニチュアの乗り物である。○小人　武家の雑用を務めた召使い。○払し　人を遠ざける。先払いをすること。

二七四　山まつり松をそめかねつ汗時雨　（同）

【句意】山祭りをしてもマツの葉を染めることはできないよ、汗の時雨では。いくら汗を流して祈っても、山の神の心を動かすことはできないというのであろう。初冬の時雨は木の葉を染める。『新古今集』の慈鎮《じちん》の和歌「我が恋は松をみどりに染めかねて真葛《まくず》が原に風さわぐなり」を踏まえた句。夏「汗」。

【語釈】○山まつり　猟に出たり山林を伐採したりするさいに山の神をまつること。鈴木棠三氏の『日本年中行事辞典』によると、熊本県天草地方の「山祭り」では「男女ともに盛んに酒宴を開」いたとあるから、汗が出るほど激しく踊り狂ったのであろう。　○汗時雨　汗が時雨のように噴き出ることであろう。言水の造語。

二七五　妻ごめのちや屋歌近し御輿川《みこしがわ》　　　　　（同）

【句意】女性と二人きりで茶屋にいると茶屋歌が近く聞こえる、御輿川のほとりで。京都の祇園《ぎおん》祭りの光景であろう。祇園祭りでは五月末日の夜に御輿洗いの行事を行う。夏「御輿川」。

【語釈】○妻ごめ　愛する男女が一緒にいること。ここは男性が美女を独り占めにしていることをいうのであろう。『古今集』の仮名序に引用されているスサノヲノミコトの和歌「八雲《やくも》立つ出雲《いずも》八重垣《やえがき》妻ごめに八重垣つくるその八重垣を」で知られた言葉。○ちや屋歌　茶屋で歌われている歌。「茶屋」は料亭。○御輿川　御輿を洗う水を汲む川。固有名詞ではない。

二七六　すめるかなふじの下柴《したしば》夏火燵《こたつ》　　　　　（同）

【句意】このようなところでよく住めるものだ、富士山のふもとの下柴の生えたところで夏もこたつにあたって寒さをしのぎながら。夏でも寒い富士山のふもとの暮らしを詠んだ。『伊勢物語』九段に「時知らぬ山は富士の嶺《ね》いつとてか鹿の子まだらに雪の降るらむ」と詠まれているように、富士山は一年中雪が降っているというのが当時の通念。夏「夏」。

【語釈】○ふじ　富士山。○下柴　高い樹木のかげに生える背の低い雑木。○火燵　「こたつ」の慣用的当て字。

皇宮山蚶満種寺《こうぐうさんかんまんしゅじ》

朝日岫《くき》を出《い》でて法灯明《あきらか》なり。島はちぐさの色にさかり、岩石松を生《うみ》て浪《なみ》みどりなり。衆魚遊び、鴎《かもめ》の声満々として風葉おのづ《ず》から小船を漕《こ》ぐ。西は漫々《まんまん》として夕陽《せきよう》可なり。南北に人家あって白雲を継ぎ、鳥海《ちょうかい》東に聳《そび》へ《え》て高し。古《いにしえ》への法師、能因《のういん》・西行《さいぎょう》が眺めいかなるや。藤原の顕仲《あきなか》はさまよふ《う》身にしも、あまたたび眺めをなせり。われ行脚せる満夏《まんか》に来て、夕べあり、月あり。

二七七　月は蚶潟《きさがた》や下戸はみのがす芦間蟹《あしまがに》

（「真蹟」貞享1）

【句意】月は蚶潟がすばらしい、月明かりのもとでアシの間にカニが動いているが下戸はこれを見逃すだろう。酒好きの上戸には見逃せないカニなのであろう。秋「月」。

【語釈】○皇宮山蚶満種寺　皇后山干満珠寺とも。元禄五年（一六九二）に刊行された不玉編『継尾《つぎお》集』に「皇后《こうごう》山蚶満種寺と額《がく》し侍《はべ》る」とあるから、言水は額に従ったのであろう。しかし「皇后」を「皇宮」と誤った。現在の秋田県由良郡象潟《きさかた》町に現存する蚶満寺。多数の著名人が訪れた名刹《めいさつ》で芭蕉も訪れている。○岫　陸地が海に突き出たところ。○法灯　仏の教えを灯火にたとえた語。○鳥海　鳥海山。山形・秋田両県の県境にそびえる火山。出羽富士、秋田富士などと呼ばれている。○能因　平安時代の僧侶。歌人として有名。東北地方を行脚した。○西行　平安末期から鎌倉初期の僧侶。歌人として有名で東北地方を行脚した。○藤原の顕仲　平安時代中期の歌人。身分が低く出世できないみずからの境遇を「年ふれど春にしられぬ埋もれ木は花の都にすむかひ《い》ぞなき」と詠んだという。東北地方を放浪したこともあったか。○蚶潟　象潟とも。江戸時代はキサガタというのが普通。現在の秋田県由良郡象潟町。○下戸　酒が飲めない人。○芦間蟹　アシの生い茂っている水辺にいる小さいカニであろう。焼いて食べると酒の肴《さかな》として絶品なのであろう。『夫木抄《ふぼくしょう》』に「横走る芦間の蟹の雪降ればあなさむけにや急ぎ隠るる」という源仲正《なかまさ》の和歌がある。

仮寝《かりね》して

二七八　夜や秋や海士《あま》のやせ子や鳴く鴎《かもめ》　（同）

【句意】夜といい秋といい寂しいかぎりだ、あまのやせた子供が泣いているのか、あるいはカモメが鳴いているのか。漁村の貧しい生活が思いやられる句である。秋「秋」。

【語釈】○仮寝　旅先で宿泊すること。○海士　漁師。ここは海に潜ってアワビなどを取る女性。二の句参照。○やせ子　やせた子供。食べるものも十分にない貧しい暮らしが思いやられる。

【備考】方設編の言水追悼集『海音集《かいおんしゅう》』には「きさがたに旅ねして」という前書きがある。

蚶満種寺にて

二七九　経音荻《きようおんおぎ》にあり己《おの》れ角《つの》折る磯螺《いそさざえ》　（同）

【句意】オギの間から経を読むような音が響いてくる、これを聞けばみずから自分の角を折るだろう、磯のサザエは。心のないサザエでもありがたいお経を聞けばおとなしくなるだろうというのである。秋「荻」。

【語釈】○蚶満種寺　二七七の句参照。○経音　お経を読む声。辞書には見当たらない言葉である。「妙音」（非常に美しい音声）のもじりであろう。○角折る　強情を張るのをやめておとなしく相手の言うことを聞く。○磯螺　磯にいるサザエ。殻の表面に小さい角のようなとげがある。

袖かけ堂
いにし西明寺殿《さいみようじどの》、きぬをなん掛け初《そ》め玉へ《え》しよし、里人のかたる。野逸《やいつ》旅がれのあは《わ》せ一つ、いかでかぬぎかけむ。

二八〇　とは御無理袷《あわせ》一つの秋なれば　（「真蹟」貞享1）

【句意】袖掛け堂に着物を一枚寄進しろと言われてもそれは無理、私は袷一枚で秋を過ごしているのだから。秋「秋」。

【語釈】○袖かけ堂　蚶満寺（二七七の句参照）にあるお堂。不玉編『継尾集』にも見え「納髪骨」という注記がある。死者の髪の毛や骨を納めるお堂である。この句の前書きによると、北条時頼《ときより》が絹を掛けて奉納したことがこのお堂の名称の由来らしい。○西明寺殿　正しくは「最明寺殿」。鎌倉幕府五代の執権《しつけん》である北条時頼のこと。晩年出家して最明寺入道と称した。変装して諸国を回り、勧善懲悪《かんぜんちようあく》を行ったという伝承で有名。謡曲「鉢木《はちのき》」はその伝承に基づいて作られている。○野逸　私。みずからを卑下した言葉。ただし辞書に見当たらない言葉である。○旅がれ　旅の途中で金品の持ち合わせがないこと。○あはせ　袷。夏用の着物。四月一日の衣替えでは冬の着物である布子《ぬのこ》から夏用の袷に替える。

二八一　寝覚有り梅の開《ひらく》る音百里　（『白根嶽』貞享2）

【句意】目が覚めた、百里かなたでウメの花が開く音が聞こえそうな静かな朝だ。元日の早朝の静けさをオーバーに表現した。春「梅」。

【語釈】○寝覚有り　目が覚めたこと。「有り」という意表をつく表現は当時の流行。

【備考】この句は調実編『白根嶽《しらねがたけ》』でも尚白編『孤松《ひとつまつ》』でも春の部の正月の項に収録されている。

二八二　夜々《よよ》の火燵《こたつ》は美女の情哉《なさけかな》　（同）

【句意】毎夜私を暖めてくれるこたつは美女の情けのようだ。暖かいこたつで寝ていると、美女を抱いているような気持ちがするというのである。冬「火燵」。

【語釈】○火燵　当時の慣用的当て字。

二八三　洛陽ノ曙《あけぼの》ニ夢富士《ふじをゆめむ》
明初《あけそめ》ぬ獏《ばく》のあぐみし東山《あずまやま》　（『稲莚』貞享2）

【句意】夜が明け始めた、バクが食いあぐねたらしく昨晩の富士山の夢が脳裏に残っている。夢を食べるというバクも富士山は大きすぎて食べられなかったのだろう、というのである。春「句意による」。

【語釈】○洛陽　京都。当時言水は京都に住んでいた。○獏　悪夢を食べてくれるという伝説上の動物。ただしこのころは悪夢だけではなく、どのような夢でも食べると思われていたようである。○東山　東の山の意味で富士山を指す。振り仮名は原本に従った。富士山は初夢で見ると縁起のよいものの一つ。

二八四　松に雪残る世とはん不審紙《ふしんがみ》

あかし人《ひと》まるの御廟《ごびょう》にまふ《もう》でて

（『稲莚』貞享2）

【句意】マツの枝に雪が積もっている、このマツに私のこの後の人生について尋ねたい、不審紙を付けて。歌聖といわれる柿本人麻呂《かきのもとのひとまろ》に俳人としての自分の今後を聞きたいというのである。冬「雪」。

【語釈】○人まるの御廟　現在の兵庫県明石市人丸町にある柿本《かきのもと》神社。祭神は柿本人麻呂。人麻呂は人麿・人丸とも書きヒトマルとも呼ばれた。○不審紙　書物の疑問の箇所に張っておく紙。現在の付せんのようなもの。

二八五　馬蹄《ばていひ》氷を解けて我《わが》影野狐《やこ》を迷《まよわ》せり

山野のゆふべに

（同）

【句意】ウマが通ったあとはひづめで氷が溶け、私の姿が野ギツネを迷わせる。人家も無い山野を夕方に越えて行く情景である。普通はキツネが人を迷わせるのだが、めったに人の通らない山野ではキツネが人影に迷うのである。冬「氷」。

【語釈】○馬蹄　ウマのひづめ。このウマは街道で人を運ぶウマである。○野狐　野にすむキツネ。振り仮名は原本に従った。

二八六　我かへ《え》せ芦《あし》に角生魚《つのおい》白く　　（同）

難波《なにわ》を出《いで》んとせしに、一時軒《いちじけん》と益友《えきゆう》ととどむ。

【句意】私を帰してほしい、アシに若芽が出た難波の光景も、白魚《しろうお》の味も十分堪能させてもらいました。難波の俳人たちに引き留められたさいに詠んだ句である。春「芦に角生」。

【語釈】○難波　現在の大阪。○一時軒　大阪の俳人岡西惟中《いちゅう》。○益友　大阪の俳人武村益友。○芦の角　アシの若芽。難波江（現在の大阪湾）にはアシが繁茂していた。『新古今集』に「津の国の難波の春は夢なれや芦の枯れ葉に風わたるなり」という西行の有名な和歌がある。○魚白く　魚が白い。『毛吹草《けふきぐさ》』では摂津国《せっつのくに》（現在の大阪府・兵庫県にわたる地域）の名産としてシロウオを挙げているので、この句で詠まれているのはシロウオだと考えておきたい。

【備考】この当時言水は京都に住んでいたが、この句を詠んだときは九州へ行く途中だったようである。

二八七　膾《なます》網に有り防風《ぼうふ》しらずや沖の浜　　（同）

筑前《ちくぜん》沖の浜にて

【句意】なますの材料は網の中にある、これに付け合わせるボウフが沖の浜にはたくさん生えている。土地の人はボウフを知らないのか、だれもとる人がいないのである。春「防風」。

【語釈】○筑前　筑前国《ちくぜんのくに》。現在の福岡県。○沖の浜　現在の福岡県福岡市博多区沖浜《おきのはま》町。○防風　ハマボウフウのこと。セリ科の植物。海辺の砂地に生える。若い茎や葉は食用になる。振り仮名は原本に従った。

ひがし山の花に

二八八　我がうつつ菜たね花踏《ふむ》山桜　（『稲莚』貞享2）

【句意】私はうっかりしていてナノハナを踏んでいた、ヤマザクラに見とれて。春「菜たね花・山桜」。

【語釈】○ひがし山　京都の東山。ふもとに清水寺や知恩院があり花の名所であった。遊女のいる店などもあり歓楽街でもあった。○菜たね花　菜種油が採れる花。ナノハナ、アブラナ。

筑前《ちくぜん》かねが崎にいは浪《なみ》のおかしきを

二八九　浪着せて若和布《わかめ》帯せり岩姿　（同）

【句意】波を着せてワカメの帯をさせたようだ、岩の姿は。岩に波が押し寄せワカメが岩を取り巻いている様子。春「若和布」。

【語釈】○筑前　現在の福岡県。二八七の句参照。○かねが崎　金御崎《かねみさき》とも。現在の福岡県宗像《むなかた》市鐘崎《かねざき》。筑前国の歌枕。

二九〇　わら屋根に烏《からす》見ぬ日ぞ濡燕《ぬれつばめ》　（同）

【句意】ワラ屋根にカラスを見かけない日は雨に濡れたツバメが羽を休めている。カラスに追い払われないので、ツバメはゆっくりと羽を休めているのである。春「燕」。

二九一　牛部屋に昼みる草の蛍哉《かな》　（同）

【句意】ウシ小屋で昼間見つけた、草の中のホタルを。ウシのえさに刈り取ってきた草の中にホタルがいたのである。夏「蛍」。

鳴滝《なるたき》秋風子《しゆうふうし》亭にて

二九二　蚊を鳴《なつ》て瀑布《ばくふ》萌黄《もえぎ》にそむ夜哉　（同）

【句意】カが鳴いており庭の滝が萌黄色に染まっているよ、夜の月明かりで。夏「蚊」。

【語釈】○鳴滝　現在の京都市の地名。鳴滝川の谷沿いに位置し、渓流が滝となって水音が高くそれが地名の由来だという。当時の別荘地。山城国《やましろのくに》の歌枕。○秋風子　三井秋風。京都の俳人。鳴滝に豪勢な別荘を建てて風流三昧《ざんまい》の生活を送り、財産を失ったという。「子」は敬称。○蚊を鳴て　カが鳴いて。韓退之《かんたいし》の「孟東野《もうとうや》に送る序」の「鳥を以《もつ》て春に鳴り」などという表現を借りた特殊な言い方。「蚊を以て夏に鳴り」を短縮したのである。○瀑布　滝。○萌黄　やや黄色がかった緑色。

【備考】一時期漢詩文調という特殊な俳諧が流行したが、秋風は特にその俳風を好んだ。この句は彼の好みに合わせて作られたとみてよい。

二九三　毛虫落《おち》てままこと破る木陰哉《かな》　（『稲筵』貞享2）

【句意】上からケムシが落ちてきてままごと遊びが中断した、木陰では。女の子たちが木陰でままごと遊びをしていたら、上からケムシが落ちてきて大騒ぎになったのである。夏「毛虫」。

二九四　飯櫃《めしびつ》に菅笠《すげがさ》着せつ早苗雨　（同）

【句意】飯びつに菅笠をかぶせた、早苗に雨が降ってきたので。田植え時のような忙しい時期は飯びつにごはんを入れて持参し、田で昼飯を食べたのである。夏「早苗」。

【語釈】○飯櫃　ごはんを入れる木製のおけ。○菅笠　農作業や旅行などにかぶる当時の一般的な笠。○早苗雨　早苗に降る雨。田植えのときに降ってきた雨。言水の造語であろう。なお「早苗」は田植えに植えるイネの苗のことだが、田植えそのものをいうこともある。

梅圃《ばいほ》興行

二九五　下戸照るや瓜《うり》の枯葉《かれは》に難波鮨《なにわずし》　（同）

【句意】下戸がうきうきしているよ、ウリの枯れ葉の上にのせられている難波鮨を見て。『新古今集』の西行の和歌「津の国の難波の春は夢なれや芦の枯れ葉に風わたるなり」により、「枯葉」と「難波」は縁語になる。夏「瓜・鮨」。

【語釈】○梅圃　未詳。大阪の人であろう。○興行　句会を主催すること。○下戸照る　下戸が喜んでいるというのであろう。和歌に用いられる「下照《した》る（赤く照りはえること）」のもじりであろう。「下戸」は酒が飲めない人。○難波鮨　難波名産のすし。『毛吹草』に摂津国《せっつのくに》の名産としてエブナを材料とした「雀《すずめ》ずし」を挙げる。「難波」は現在の大阪。摂津国は現在の大阪府北西部と兵庫県南東部を併せた地域。摂津国の一部が難波。

二九六　布子《ぬのこ》着し翁《おきな》。いかにととへ《え》ば氷室守《ひむろもり》　（同）

【句意】布子を着た老人に、どうして夏に布子を着ているのか問いかけたら、私は氷室守だという。氷室で仕事をしている老人は、夏でも布子を着ているのである。夏「氷室守」。

【語釈】○布子　冬に着る木綿の綿入れ。○翁　老人。○いかに　物事を問い詰める言葉。どうしたのか。○氷室守　氷室の番人。「氷室」は真冬にとった氷を夏まで貯蔵しておく施設。一一四の句参照。

【備考】句の中に句点（ただし当時は句点と読点の区別はない）を用いることはこの時期に一時流行した。

ある人のもとに

二九七　風雅樹《き》に吹《ふい》て我《わが》口を閉夜《とず》の蟬《せみ》　（同）

【句意】木に吹く風の音に風雅な趣を味わい、私は句もできず夜のセミの声を聞いています。上の句が極端な字余りになっている。このような字余りは当時の流行。夏「蟬」。

【語釈】〇風雅　風流なこと。また広く文芸を指す。本来は『詩経』に由来する言葉。

二九八　長《ひととなり》て左網《さで》にかざせり枕蚊屋《まくらがや》　（『稲莚』貞享2）

【句意】一人前に成長した男が、さでの代わりにかざして小魚をねらっているよ、枕蚊帳を。自分が赤ん坊のときに使っていた枕蚊帳を、大人になってからさでの代用として使っているのである。夏「蚊屋」。

【語釈】〇長て　一人前に成長すること。当時は数え年十五歳くらいで元服して大人の仲間入りをする。振り仮名は原本に従った。〇左網　小魚をすくう網。交差させたタケや木に網を張ったもの。「叉手」または「小網」と書く。「さで網」とも。〇枕蚊屋　子供の枕もとをおおう小さい蚊帳。「蚊屋」は当時の慣用的表記。

橋上涼《きょうじょうのすずみ》

二九九　塵《ちり》はゆるさじ此《この》橋汗の捨所《すてどころ》　（同）

【句意】ちりで汚すことは許さない、この橋は汗の捨て所のような場所だから。涼しい風が吹いて昼間の汗が引いてゆく橋を、ごみで汚さないでほしいというのである。夏「汗」。

三〇〇　瓜《うり》苦く風に味噛《かむ》夕べかな　（同）

【句意】ウリが苦い、風に吹かれてウリの味を噛みしめている夕暮れの寂しさよ。旅の途中夕方になって、泊まる場所が見つからず途方に暮れている様子か。空腹を満たすために道路わきのウリを取って食べたら、まだ熟していなかったのであろう。夏「瓜」。

長崎に入《いり》て
三〇一　草枕家猪《ぶた》に夏なし痩《やせ》法師　（同）

【句意】旅の途中長崎でブタを見かけたが、夏なのにやせもせずまるまると太っている、やせ法師のような自分にはうらやましい。江戸や京都ではブタを見ることはめったになかったであろうが、長崎ではあちらこちらにブタを飼う家があったのであろう。夏「夏」。

【語釈】〇草枕　旅の枕詞。この当時は旅そのものを指す。〇家猪　「豚」の当て字。このブタは長崎にやってくるオランダ人の食用として飼われているブタであろう。

三〇二　夙《つと》に起《おき》て妻に芭蕉《ばしよう》を縫《ぬわ》せけり　（同）

【句意】朝早く起きて妻に芭蕉布《ぬの》を縫わせている。これも旅の途中九州で見た光景であろう。バショウは俳諧では秋のあわれを代表する植物として扱われているが、九州に来てみたら生計を支える重要な収入源だったのである。その意外さを詠んだ。秋「芭蕉」。

【語釈】○夙に　朝早く。○芭蕉　庭園などに植えられている木。中国原産といわれている。ここは芭蕉布のことであろう。芭蕉布はイトバショウの繊維で織った布。盛夏の着物である単衣《ひとえ》や蚊帳などに用いられる。沖縄および奄美大島の特産品だが、『毛吹草《けふきぐさ》』では薩摩国《さつまのくに》（現在の鹿児島県）の特産品に「芭蕉布」をあげているから、九州の各地で織られたのであろう。

三〇三　恋しらぬ柊《ひらぎ》よ梶《かじ》の葉の一夜《ひとよ》　（『稲莚』貞享2）

【句意】とげをはやしているとは恋を知らないヒイラギだ、カジの葉に願いごとを書いて星にささげる夜なのに。七夕を詠んだ句である。秋「梶の葉」。

【語釈】○柊　ヒイラギのこと。モクセイ科の常緑樹。葉の形はカジに似ているが葉の回りにとげがある。振り仮名は原本に従った。○梶　クワ科の落葉高木。葉は広い卵形。当時はこの葉に詩歌や願いごとを書いて七夕に供えた。

雨七夕

三〇四　星のはける足駄《あしだ》によるべし秋の牛　（同）

【句意】織女星《しょくじょせい》がはいている足駄に慕い寄ってくるだろう、秋のウシは。前書きにあるように雨の七夕を詠んだ句である。七夕の夜織女星と会うために牽牛星《けんぎゅうせい》はウシを連れてやってくるが、雨が降ればこのウシも織女星に会うことが出来ない。しかし織女星のはいている足駄ならば、これに引かれて多くのウシがやって来るだろうというのである。

【語釈】○星　織女星。一年に一度だけ天の川を渡って牽牛星に会うことができる。ただし雨が降れば会うことが出来ない。○足駄　板状の高い歯を付けた履き物。雨の日に用いる。『徒然草』九段に「女のはける足駄にて作れる笛には、秋の鹿、必ず寄る」と記されているが、当時の人は足駄のままでもシカが寄ってくると思っていたようである。言水の句はこれを踏まえて、織女星のはいた足駄にはシカではなくウシが寄ってくるというのである。秋「句意」。

三〇五　　中暮日《さるぼじつ》の船に

高灯籠《たかとうろう》旅人だすけの澪木哉《みおぎかな》　（同）

【句意】高灯籠は旅人を助けてくれる水路を示す杭のようなものだ。船旅では澪木が水路を示してくれるが、夜の道では高灯籠が標識になって旅人を助けてくれるのである。秋「高灯籠」。

【語釈】○申　未詳。申年のことか。原本に振り仮名は無い。○暮日　日暮れ。○高灯籠　死者の霊をなぐさめるために七月の盂蘭盆会《うらぼんえ》（お盆）に立てる高い灯籠。死後七回忌まで立てる。○澪木　水路を示す杭。「みおつくし」とも。原本は「漂木」だが誤記とみて改めた。

三〇六　肥後《ひご》の国加藤清正《きよまさ》の廟《びよう》に詣《もう》で

爰《ここ》に秋あつて朝鮮扇破れけり　（『稲莚』貞享2）

【句意】さて、秋がおとずれて朝鮮扇が破れた。朝鮮扇が破れて使えなくなったのである。「朝鮮扇が破れた」ということで、朝鮮に出兵した加藤清正が戦いに敗れて帰国したことを暗示する。秋「秋」。

【語釈】〇肥後の国　現在の熊本県。〇加藤清正　安土桃山時代の武将。関ヶ原の戦いで徳川方に付き、戦後家康から肥後一国を与えられた。日本が朝鮮と戦った文禄《ぶんろく》・慶長《けいちよう》の役《えき》で大活躍をしたことで有名。しかし日本は戦いに勝つことができなかった。〇廟　死者の霊を安置する堂。ここは清正の霊を安置した廟。彼は死後熊本の本妙寺に葬られた。〇爰に　話題を転換するときなどに使う言葉で謡曲などに多く用いられる。さて。ここは秋になったことを強調するために使われている。〇朝鮮扇　朝鮮で作られた扇。清正は朝鮮から帰るときに扇を持ち帰っただろうと言水は想像したのである。

三〇七　野夫《やふ》簑《みの》を家路にふるふ《う》いなご哉《かな》　（同）

【句意】農夫が家に帰る途中簑のイナゴを振るい落としている。秋「いなご」。

【語釈】〇野夫　農夫。〇簑　スゲやワラなどで編んだ雨具。農夫にとっては雨が降ったときの作業着になる。

【備考】三五四に類似する句がある。

肥後の国白川の辺《ほとり》に旧跡をたづ《ず》ねて

三〇八　月や恥ぬ檜垣《ひがき》の女浴時《ゆあみどき》　（同）

【句意】月に対して恥ずかしくないのか、檜垣の女が湯浴《ゆあ》み時に行水をしているよ。想像の句である。秋「月」。

【語釈】〇白川　肥後国（現在の熊本県）中央部を流れる川の名。〇旧跡　歴史的な事件などがあった場所。ここは檜垣の女がいたという伝承がある場所。〇檜垣の女　檜垣の嫗《おうな》とも。平安時代中期の伝説的な女流歌人。謡曲「檜垣」に取り上げられて広く知られた。〇浴時　湯浴みをする時刻。夕方。「浴」は湯に入って体を洗うこと。ただしこの句の場合は川で体を洗っているのであろう。

佐渡の国、越《こし》の湖にまかりてこと葉の茂き中にもながめありて

三〇九　風《かざ》を《お》れの蒲《がま》や槌《つち》うつ水衣《みずごろも》　（同）

【句意】風で吹き折れたガマを刈り取って槌で打っているよ、水衣を着て。夏「蒲・水衣」。

【語釈】〇佐渡の国　現在の新潟県の佐渡島。当時は一つの国として扱われていた。〇越の湖　未詳。『歌枕名寄』に「うらみてもなににかはせんあはでのみこしの水海みるめなければ」という藤原俊成の和歌をあげる。〇こと葉の茂き　すでにいろいろと言い尽されているということか。〇ながめありて　眺めがよい。風景が美しい。〇風をれ　樹木などが風で吹き折れること。〇蒲　池や沼に生える植物。高さは一メートル五〇センチほどになる。〇槌　手にもって物をたたく道具。〇水衣『日本国語大辞典』によれば能衣装だと説明しているが、能衣装に限らず

漁師や木こりなどのたけの短い作業着を一般に「水衣」と呼んでいたのであろう。二四九の句参照。

北国にて

三一〇　鮭飛《さけとび》ぬすくふ《う》べきにもやつれ笠　（『稲莚』貞享2）

【句意】サケが飛び跳ねている、すくい取ることができそうだが、私の破れ笠では無理だ。笠でサケをすくい取ることができそうなほど、多くのサケが泳いでいるのである。秋「鮭」。

【語釈】○北国　新潟県から福井県にかけた地域。ここは新潟あたりを指す。○やつれ笠　古びて壊れそうになっている笠。笠は旅人の必需品。「やつれ」は体力が衰えてみすぼらしくなることをいうが、それを古びた笠に転用した。

三一一　馬上松さむし時雨ぬ先も羽織笠　（同）

【句意】馬上から見るマツは寒々としている、まだ時雨が降り出す時期ではないが羽織を頭からかぶって寒さを防いでいる。秋「時雨ぬ先」。

【語釈】○時雨　晩秋から初冬に降る雨をいうが俳諧では冬の季語になっている。この句では「時雨ぬ先」とあるから季節は晩秋である。○羽織　上から着る丈が短めの着物。防寒や礼装などを目的に着る。この句では旅行用の羽織である。それを頭からかぶっているのを「羽織笠」といったのである。

三一二　目に枯し里は。柿の枝末《しずえ》に立吹矢《たつふきや》　　（同）

【句意】目の前の冬枯れの村では、カキの木の下の枝に吹き矢の矢がささったままになっている。たまたま見かけた情景を句にしたのであろう。冬「枯し」。

【語釈】○枝末　正しくは「下枝」。下の方の枝。○吹矢　筒の中に矢を入れて息を強く吹いて矢を飛ばす道具。これで小鳥などを獲る。

【備考】発句《ほっく》（俳句）に句点（ただし当時は句点と読点の区別はない）を入れるのはこの時期に流行した。

三一三　鶏頭の世を遁《とげ》て。水仙玉を盛《さかり》けり　　（同）

【句意】ケイトウが枯れて果てて、スイセンが今を盛りと花を付けている。スイセンの花を「玉」と表現した。冬「水仙」。

【語釈】○世を遁て　遁世《とんせい》のこと。遁世は世を逃れて仏道修行をすることだが、言水は人生の終末を迎えるという意味で用いた。この場合はケイトウが枯れ果てることをいう。「遁」の読みは原本に従った。

三一四　やや泣《なけ》り雪に指さす朝火燵《ごたつ》　　（同）

【句意】少し泣いた、雪を指さしているよ朝のこたつにあたりながら。子供の様子であろう。明け方にぐずっていた子供が、こたつにあたたまって機嫌が直り、外の雪を指さして喜んでいるのであろう。冬「火燵」。

【語釈】○雪に指さす　雪に向かって指さす。つまり雪を指さすということ。○火燵　「こたつ」の慣用的当て字。

三一五　水時雨せり鴨《かも》の青羽を鴛《おしもみじ》 （『稲莚』貞享2）

【句意】池の水に時雨が降り込んでおり、カモの青い羽をオシドリのモミジ色が引き立てている。冬枯れの季節だが時雨・カモ・オシドリが美しい光景を作り上げているのである。冬「時雨・鴨・鴛」。

三一六　灯《ともし》して雪夜の奥や徳利狩《とくりがり》 （同）

【句意】松明を灯して雪の降る道を遠くまで徳利を求めて歩くことだ。旅の体験を詠んだのであろう。夜になっても泊まる場所が見つからず、遠くまで泊まる場所を探して歩いているのであろう。早く宿屋を見つけて一杯やりたいという気持ちを「徳利狩」といったのである。冬「雪夜」。

【語釈】○灯して　たいまつを灯して。オオカミやクマなどに襲われないようにするためにも、夜道を行くときはたいまつが欠かせない。○徳利狩　徳利を探し回ること。徳利は酒を入れる容器。「とっくり」とも。徳利を探すとは酒を求めることであり、この句では早く酒を飲みたいという気持ちを表現するために「徳利狩」という言葉を使った。

三一七　国栖魚《くずうお》に日覆《うしだ》ふ歯朶の折葉哉《おりはかな》 （『歳旦三物集』貞享3）

【句意】アユに日が当たらないようにシダの葉を折ってかぶせてある。春「歯朶」。
【語釈】○国栖魚　アユの異名。アユは大和国《やまとのくに》（現在の奈良県）吉野郡国栖地方の名産（二五一の句参照）。このアユは塩漬けのアユであろう。江戸時代の食物事典『本朝食鑑《しょっかん》』の「鮎《あゆ》」の項に「煮塩有り、塩漬け有り」とある。

三一八　道とはゞ《わん》西吟桜《さいぎんざくら》ころまつ雨　（『庵桜』貞享3）

【句意】そのうち訪ねて行こう、西吟ザクラが咲くころを待ちながら雨を眺めている。西吟の庵《いおり》のサクラが咲いたら彼を訪ねようというのである。春「桜」。
【語釈】○西吟桜　西吟の庵にあるサクラ。西吟の庵にはみごとなサクラがあったのであろう。西行ゆかりの西行ザクラ（謡曲の曲名にもなっている）にちなんで言水が仮に称した名称であろう。西吟は俳人で西鶴と親しく当時摂津国《せっつのくに》桜塚《さくらづか》（現在の大阪府豊中市桜塚）に隠棲《いんせい》していた。別号に桜山子《おうざんし》。○雨　『和漢朗詠集』に「雨」と題して「養い得てはおのずから花の父母《ぶも》たり」という紀長谷雄《きのはせお》の漢詩がある。雨は花を育てる父母だというのである。これを踏まえて雨が降れば西吟ザクラも咲くだろうというのである。

三一九　雨声《うせい》松を呼んで。桜茶に咲け初咄《はつばな》し　（同）

【句意】雨がマツの木に音を立てて降っている、サクラよ茶に誘われて咲いてくれ、初話に興を添えるために。雨は花の父母といわれているが（三一八の句参照）、この雨でサクラが咲けば、茶の湯の席の会話も一段と楽しくなるだろうというのである。春「桜」。

【語釈】○雨声　雨の音。漢詩にしばしば使われる言葉。

【備考】西吟編『庵桜《いおざくら》』に西吟が付記した前書きがあり、これによるとこの句は西吟亭で詠まれたことが判明する。「初咄し」とあるから、この句が詠まれたとき言水と西吟は初対面であったと思われる。句中に句点（ただし当時は句点と読点の区別はない）を用いるのは当時の流行。

三二〇　山桜乞食《こじき》に相撲とらせけり　（『庵桜』貞享3）

【句意】ヤマザクラのもとで乞食に相撲をとらせている。花見の情景である。花見客の中に乞食に金をやって相撲を取らせて楽しんでいる人物がいるのである。三四三の句参照。春「ヤマザクラ」。

三二一　馬子《まご》の袖に昼顔かかる仮寝哉《かりねかな》　（『一橋』貞享3）

【句意】馬子の袖にヒルガオがかかっているよ、道ばたで仮眠をとっているあいだに。ヒルガオのつるが伸びて馬子の袖に届いているのである。かなり長い仮眠であったことがわかる。夏「昼顔」。

【語釈】○馬子　街道で駄馬《だば》を引いて人や荷物を運ぶことを職業としている人。当時は下層階級と見なされていた。○昼顔　道ばたなどに生える雑草の一種だが花はアサガオに似て美しい。○仮寝　仮眠をとること。和歌などに使われる上品な言葉で馬子には不似合い。そのアンバランスがおかしい。

三二二　浅芽生《あさじう》の砧《きぬた》に踊る狐《きつね》哉　（『京日記』貞享4）

【句意】野原まで聞こえてくるきぬたの音に合わせて踊っているよ、キツネが。想像の句である。秋「砧」。

【語釈】○浅茅生　雑草が生い茂った野原。本来は浅茅（たけの低いチガヤ）が一面に生えている所をいう。○砧「砧」とも。布をやわらかくするために槌《つち》で布を打つこと。きぬたの音は当時の秋の風物詩であった。

三二三　年玉に梅折《おる》小野の翁《おきな》かな　（同）

【句意】年玉にするためにウメを折り取っているよ、小野の炭売りの老人が。ひいきをしてくれる客にウメを贈ろうというのである。春「年玉・梅」。

【語釈】○年玉　新年の贈り物。現在は正月に親が子供に与える物品をいうが、当時は大人同士のやりとりが普通で、年玉として贈られるのは扇子や紙などが多かった。○小野　現在の京都市の北部、八瀬《やせ》の近くにあった地名。炭の産地として知られた。○翁　老人。ここは炭売りの老人。

三二四　人浅し水に妻負《う》ふいなご哉　（同）

【句意】人の愛情は浅い、危険を冒して水の上を妻をおぶって渡っていくイナゴに比べれば。イナゴが別のイナゴを自分の背中に乗せているのを見かけることがあるが、これを妻を背負っているると見なしたのである。秋「いなご」。

三二五　さざん花に囮《おとり》鳴《なく》日のゆふべ《う》かな　（『京日記』貞享4）

【句意】サザンカのあたりでおとりの鳥が鳴いている、夕方に。冬「さざん花」。

【語釈】○囮　小鳥を誘い寄せるために使う同類の鳥。おとりの声に誘われてやってきた小鳥をつかまえるのである。

ある御方の御庭しづ《ず》かなる日

三二六　ふかぬ日の風鈴《ふうりん》は蜂《はち》のやどり哉《かな》　（同）

【句意】風が吹かない日は風鈴をハチが自分の巣にしているよ。風鈴にハチがとまっているのを見て即興的に作った句であろう。高貴な人に招かれたときの句である。春「蜂」。

【語釈】○風鈴　一応フウリンと読んでおくが、延宝《えんぽう》八年（一六八〇）刊の辞書『合類節用集《ごうるいせつようしゅう》』では「フウレイ・フリョウ」の二種の読みを記す。○やどり　仮の住まい。

三二七　うこ木摘む蝸虫《でむし》もろき落葉《おちば》哉　（同）

【句意】ウコギの葉を摘んでいたらカタツムリがぽろりともろくも落ちた、落ち葉のように。春「うこ木摘む」。

【語釈】○うこ木　人家の庭に植えて垣根にすることの多い低木。若葉は食用にする。○蝸虫　カタツムリ。デンデンムシともいう。

三一八　御簾《みす》の外《と》や朝がほに自脈《じみやく》とる女　（同）

【句意】御簾の外に出てアサガオを見ながら自分の脈をとっている女がいる。高貴な女性が自脈をとっていることに違和感を覚えたのである。秋「朝がほ」。

【語釈】○御簾　高貴な家のすだれ。この言葉で女性の身分が想像される。○自脈とる　自分で自分の脈をはかる。これによって自分の体調のよしあしを判断するのである。

三一九　人魂《ひとだま》の果《はて》や見るらん鉢たたき　（同）

【句意】人魂がどこへ行くのか見とどけるだろう、鉢たたきは。夜中に墓場をめぐる鉢たたきなら、人魂がどこへ行くのか見る機会もあるだろうというのである。冬「鉢たたき」。

【語釈】○人魂　空中を飛ぶ死者のたましい。墓場に出ることが多い。○鉢たたき　空也《くうや》上人の忌日である十一月十三日から大晦日までの間、毎晩念仏と和讃《わさん》をとなえながら京都の墓場や町中を巡った空也念仏の集団。四一五の句参照。

晩夏

三三〇　草蒸《むし》て蟬《せみ》のとりつく鳥居哉《かな》　（『京日記』貞享4）

【句意】草が熱せられて蒸し暑く、セミがしがみついているよ鳥居に。セミも暑さにたえかねて石の鳥居にしがみついている、というのである。夏「蟬」。

閑居冬　いとはぬはわ《わ》が袖の霜

三三一　須磨《すま》の苫吾世《とまわが》に成《なり》ぬ冬ぼたん　（同）

【句意】須磨の苫が世間でもてはやされる時を迎えた、冬ボタンの覆いとして。もてはやされるのは冬ボタンなのだが、それを覆っている苫がもてはやされるといったところが俳諧。冬「冬ボタン」。

【語釈】○須磨　現在の兵庫県神戸市西部。『源氏物語』の巻名になっており著名な地名。摂津国《せっつのくに》の歌枕。○苫　スゲやカヤを編んだもの。小さい家屋や船の屋根として用いられる。ここは冬ボタンを雪や寒さから守る覆いとして使われているのである。

【備考】前書きは静かな一人暮らしの冬の様子である。自分は着物の袖に霜が降りたとしても、その冷たさも気にしないというのである。

三三二　ゆふ涼《う》み沢瀉《おもだか》ゆする蛙《かわず》かな　（同）

【句意】夕涼みをしていると、オモダカをゆすっているよ、カエルが。オモダカの先端にカエルが飛び移ってオモダカが揺れたのである。見たままの情景であろう。夏「ゆふ涼み」。

【語釈】○沢瀉　水田や池などに生える植物。長い茎があり先端に白い花が咲く。

三三三　鼻紙やひつじに尽す秋のくれ　（同）

【句意】ヒツジが鼻紙を食べるのが面白く、一枚ずつ食べさせていたら鼻紙が無くなった、秋の夕暮れに。秋「秋のくれ」。

【語釈】○ひつじ　『本朝食鑑』の「羊」の項に、「近世（近年）、華《か》（中国）より来て、世（世間）、いまだ蓄育《ちくいく》せず。（中略）牧家《ぼくか》（ヒツジを飼っているもの）、戯れに紙を与えて食わしむれば、羊喜びて紙を食う」と記されている。日本ではこの当時ヒツジはまだ家畜として飼われていなかったが、紙を食べることは知られていたのである。

但馬《たじま》の国豊岡《とよおか》にて豊《とよ》なる様を

三三四　雲雀《ひばり》ききき牛に眠れる男哉　（同）

【句意】ヒバリの声を聞きながらウシのそばに寝ている男がいる。春風駘蕩《しゅんぷうたいとう》という言葉がぴったりする光景である。「豊岡」という地名のとおり庶民の心も豊かなのである。春「雲雀」。

【語釈】○但馬の国　現在の兵庫県北部。○豊岡　当時は京極家《きょうごくけ》三万三千石の城下町。現在の兵庫県豊岡市。○豊なる　豊かである。

三三五　ぬのこ着て草より出《いで》ぬ氷室守《ひむろもり》　（『京日記』貞享4）

【句意】冬物の布子《ぬのこ》を着て草むらから出てきたよ、氷室守が。氷室守は真夏でも冬物の布子を着て仕事をしているのである。夏「氷室守」。

【語釈】○ぬのこ　布子。冬に着る綿入れの着物。○氷室守　冬の氷を夏まで蓄えておく氷室の管理人。一一四の句参照。

【備考】二九六の句を作り替えたか。

三三六　瓜《うり》小屋も夢なし網代守《あじろも》る男　（同）

【句意】ウリ小屋でウリの番をしている人も夢を見る暇はない、網代守《もり》の男同様に。「瓜の番、目をただらかす」ということわざがあるように、ウリの番は収穫時期には寝る暇もないつらい仕事であった。夏「瓜」。

【語釈】○瓜小屋　ウリの番をする小屋。盗まれたり鳥や獣に食べられないように見張っているのである。○網代　川の瀬に設けた魚を捕る設備。この番をする人を網代守という。夜にかがり火をたいて寝ないで番をするのである。

三三七　三《み》よし野の伯父は思はぬ霞哉《かな》　（同）

元朝《がんちょう》

【句意】吉野にいる伯父のことを思うことなく霞のたなびく美しい吉野山に見とれている。言水の伯父が吉野にいたのであろう。春「霞」。

【語釈】○元朝　元日の朝。元旦。○三よし野　奈良県の吉野地方。「三」は美称。大和国《やまとのくに》の歌枕。○伯父　言水の伯父であろう。

三三八　伯母の礼遅き伏見の桃見《ももみ》哉　（同）

【句意】伯母の礼状がようやく届いた、伏見のモモ見物に行ってしばらくたってから。当時は個人的な手紙は人に頼んで届けてもらうのが普通だったから、届く日数は不定である。使用人に届けさせることもあった。春「桃見」。

【語釈】○伯母　言水の伯母であろう。○伏見　モモの名所である京都の伏見山。山城国《やましろのくに》の歌枕。

三三九　はつ夜　円《ゆめみけり》　西に松島東の須磨　（同）

初夢　東国《あなたの》　西国《こなたの》行脚して

【句意】元日の夜夢を見た、西には松島、東には須磨がある夢を。正しい位置関係は「西に須磨東の松島」である。

春「はつ夜」。

【語釈】○はつ夜　元日の夜のことであろう。ただし「はつ夜」にこのような意味は無い。言水独自の用法といってよい。○松島　陸奥国《むつのくに》（現在の宮城県を含む広い地域）の松島。東北地方の代表的な名所。陸奥国の歌枕。○須磨　現在の兵庫県の須磨。『源氏物語』の巻の名にもなっている名所。摂津国《せっつのくに》の歌枕。

【備考】延宝（一六七三〜一六八一）から元禄（一六八八〜一七〇四）にかけて、俳壇では漢字では表現できない和語に対して、無理に漢語をあてた世話字《せわじ》というものが流行する。たとえば元禄九年（一六九六）刊の俳書『反古《ほご》集』の下巻は全体が世話字の辞書になっているが、この中に「ユメアハセ」に「圓（円の旧字体）」が当てられている。この句の「東」「西」「円」の振り仮名は原本に従ったが、このような読みは右の風潮を示す一例である。

糺納涼《ただすどうりょう》

三四〇　水にひぢ《じ》て岩に着せけり麻頭巾《あさずきん》　（『京日記』貞享4）

【句意】水に濡れたので岩にかぶせた、麻頭巾を。濡れた麻頭巾を岩の上で乾かしたのである。夏「麻頭巾」。

【語釈】○糺納涼　京都の下鴨《しもがも》神社の神域である糺の森で行われた納涼の行事。多くの参詣人で賑わった。「納涼」は当時ドウリョウと読むのが一般的。○ひぢて　水にひたす。ぬらす。○麻頭巾　アサで作った夏用の頭巾。

朝《あさ》之《の》芍薬《しやくやく》

三四一　おほ《お》かたはしやくやく咲《さけ》り茶筅髪《ちやせんがみ》　（同）

【句意】ほとんどのシャクヤクの花が開いた、その形は茶筅髪にそっくりだ。夏「しやくやく」。

【語釈】○芍薬　ボタンにおくれて茎の先端にボタンに似た美しい花をつける。「立てば芍薬、座れば牡丹」などと美人の形容にも使われる。○おほかた　大部分。ほとんど。和歌にしばしば使われる言葉。○茶筅髪　男子の髪の結い方で形が茶筅に似ている。「茶筅」はお茶を点《た》てるときに茶碗のお茶をかきまぜる道具。

三四二　暮風《ぼふう》して袖に飛込《とびこむ》胡蝶《こちよう》かな　（同）

野分《のわき》

【句意】夕方風が吹いて袖に飛び込んできたよ、チョウが。秋「暮風」。

【語釈】○野分　台風を含む強い風。ノワケとも。秋の季語。したがってこの句は秋の句となる。○暮風　夕暮れに吹く風。これを秋の季語に用いたのである。○胡蝶　チョウ。チョウの種類ではない。

三四三　君が代や乞食《こじき》の相撲山ざくら　（同）

ひがし山時めきて

【句意】平和な世の中だ、乞食が相撲をとっているよ、ヤマザクラの下で。春「山ざくら」。

【語釈】○ひがし山　京都の行楽地。清水寺や知恩院などがある地域。サクラの名所。○時めきて　人が大勢出てにぎわっている様子。○君が代や　平和な世の中をことほぐ決まり文句。「君」は天皇、あるいは将軍を意識した言葉。

【備考】三二〇の句を作り替えたか。

三四四　絹着たる節季候者《せきぞろもの》の果てならん　（『京日記』貞享4）

【句意】絹の着物を着て年末の物乞いをする節季候は、かつては世間で尊敬されていた人物のなれの果てであろう。絹の着物を着るほど裕福であった人物が、おちぶれて物乞いのような生活をするようになっても、昔の絹の着物を着ているのである。冬「節季候」。
【語釈】○絹　絹の着物。贅沢品《ぜいたくひん》である。○節季候　年末に特殊ないでたちで珍妙な踊りをし、家ごとに物乞いをして回った人たち。最下層階級の人々である。○者　「物」の誤りであろう。「物」は「物の数」というときの「物」で、「取りあげて数えたてるほどのもの」という意味であろう。なお尚白編『孤松《ひとつまつ》』では「者」は「物」と記されている。

三四五　妹《いも》来《こ》ぬ夜蚊帳《かちよう》や夢にくひ《い》さきし　（同）

【句意】愛する女性が約束を破って来なかったので、夢の中で蚊帳を食い裂いた。夏「蚊帳」。
【語釈】○妹　妻、あるいは恋人。ここは時々通ってくる愛人であろう。○蚊帳　カヤと読む場合は「蚊屋」と書くのが当時の慣例。

三四六　薄《すすき》喰《く》ふ猫も哀《いとお》し夕涼み　（同）

【句意】ススキを食べるネコもかわいそうだ、夕涼みの暗がりで。夏「夕涼み」。

【語釈】○薄　この句ではアオススキと呼ばれている夏のススキ。○哀し　かわいそうだ。原本に振り仮名はないがイトオシと読んだ。ただし「哀」をイトオシと読んだ例は見当たらない。

三四七　かづ《ず》き拾ふ嵯峨《さが》に暮風《ぼふう》のゆふ《う》べ哉《かな》　（同）

小車《おぐるま》のきしりゆくあと、なつかしきみやこの空、心なきのわけや、拾は《わ》ば形見、心ある暮風《ぼふう》や

【句意】かずきを拾った、嵯峨に心地よい風が吹きはじめた夕暮れに。高貴な女性が忘れたかずきを拾ったのである。秋「暮風」。

【語釈】○小車　公家が外出するときに乗る牛車《ぎっしゃ》。○心なきのわけ　不注意なこと。ここは帰りにかずきを忘れたこと。○暮風　夕暮れの風。三四二の句参照。○かづき　公家や武家の娘が外出するときに、顔を隠すために用いる薄い着物。現代仮名遣いでは「かずき」。○嵯峨　京都の嵯峨。多くの寺院があり人々の行楽の場所であった。山《やま》城国《しろのくに》の歌枕。

【備考】句の中の「暮風のゆふべ」の「暮風」は原本では「慕風」。誤記とみて改めた。三八八の句参照。

三四八　朝がほ《お》の花見せむ《ん》月の此《この》夜哉　（同）

【句意】アサガオの花見をしよう、すばらしい月明かりのこの夜に。有明《ありあけ》の月明かりの中でアサガオが咲いたのであろう。秋「朝がほ」。

三四九　地蔵いねず樗《おうち》花咲《さけ》り郭公《ほととぎす》　（『京日記』貞享4）

【句意】地蔵も寝ないで待っている、ホトトギスが鳴くのを、オウチの花が咲いたがホトトギスがまだ鳴かない。夏「樗花・郭公」。

【語釈】○地蔵　道ばたに作られたほこらに安置されている地蔵尊であろう。○樗　センダンとも。落葉の高木で夏に淡い紫色の穂状の花が咲き、秋に実がなる。○郭公　ホトトギスの当て字の一つ。

三五〇　犬ほへ《え》て我《われ》寝ざめけり月の蝕《しょく》　（同）

　月　蜀犬《しょくけん》は日にほゆる

【句意】イヌが吠えて私は目が覚めた、今日は月食だ。「月」の題で詠まれた句。蜀のイヌは日に吠えるが日本のイヌは月に吠えるという洒落《しゃれ》。秋「月」。

【語釈】○蜀犬は日にほゆる　日を見ることが少ない蜀では日を見るとイヌが吠える。転じて、了見が狭いことをいうことわざ。重頼《しげより》編『懐子《ふところご》』巻三に「五月雨は犬の声きく日より哉」という徳元《とくげん》の句の典拠として、このことわざが記されている。重頼はこのことわざを、漢詩を作るための参考書『円機活法《えんきかっぽう》』から引いたようである。「蜀」は中国四川省《しせんしょう》の古名。○月の蝕　月食。

秋夕《あきのゆうべ》

三五一　みそさざい牕《まど》に墨のむ夕かな　（同）

【句意】ミソサザイが窓のところにあった硯の墨を飲んでいる、夕方に。秋「みそさざい」。

【語釈】○みそさざい　全長一〇センチほどの小鳥。現在は冬の季語になっているが『増山井《ぞうやまのい》』など江戸時代初期の歳時記には秋の季語とする。

一心院の下にて酒中の吟

三五二　身にしむや念仏吹越《ふきこ》す山ざくら　（同）

【句意】身にしみてありがたい、念仏を唱える声が風にのって聞こえてくる、ヤマザクラの下まで。一杯やりながら花見をしていた自分を反省したのである。春「山ざくら」。

【語釈】○一心院　京都東山の知恩院に隣接する寺。○吹越す　風が運んでくる。

三五三　花に寝て盃蟻《さかずきあり》の千引《ちびき》かな　（同）

【句意】花の下に寝て目覚めると、杯にアリがたかっている、大勢で千引きの岩を引くように。杯を千引きの岩に見立て、群がるアリをそれを引く人の群れに見立てた。春「花」。

【語釈】○千引　千引きの岩。千人で引かなければ動かないような岩。

三五四　我が門《かど》に簑打《みのうち》ふるふいなご哉《かな》　（『京日記』貞享4）

【句意】自分の家の入り口で簑をふるったらイナゴが飛び出してきた。秋「いなご」。

【語釈】○門　家の入り口。玄関先。○簑　雨のときの農作業に着る。

【備考】三〇七の句を作り替えたか。

三五五　桜狩《さくらがり》まだ湯具《ゆぐ》かけし幕見えず　（同）

【句意】サクラ狩りではさまざまな幕を見るが、まだ湯具を掛けた幕を見たことがない。当時の上流階級の人はサクラ見物のさいは周囲を幕で囲う。春「桜狩」。

【語釈】○桜狩　サクラを見に出かけること。花見。○湯具　下半身を覆う女性の下着。昭和になってもまだ使われており、腰巻きといった。○幕　花見の宴に張る幕。当時は張り渡した綱に小袖《こそで》（着物）をかけて幕の代用にすることもあった。これを小袖幕といった。きれいな小袖をかけて見栄《みえ》を張り合ったのである。ただし湯具を小袖幕に使うことなどありえない。

三五六　百舌鳴《もずない》て朝露かはく《わ》木槿《むくげ》かな　（同）

【句意】モズが鳴きはじめてムクゲの朝露も乾いた。秋「百舌・露・木槿」。

【語釈】○百舌　小鳥。秋になると梢《こずえ》でキーキーキーと鋭く続けて鳴くので、「百舌鳥」とも記される。○木槿　生け垣などに用いられる木。夏から秋にかけて花が咲くが、花は朝に咲いて夕方にはしぼんで落ちるので、アサガオとともに人生のはかなさの象徴になっている。

三五七　あるじなき庵《いおり》にて
染《そめ》ばやも昼顔に露なし硯《すずり》なし　（同）

【句意】染めたいと思ってもヒルガオに露もなければ硯もない。亡くなった人の庵を訪れて詠んだ句である。死者の霊を弔うために、白いヒルガオを墨染めの衣の色に染めたいが、水も硯もないからそれもできないというのである。夏「昼顔」。

三五八　やよひの比《い》ふはの関《ころ》にて
物たらぬゆふ《わ》がほや《う》槿《あさがお》や風破《ふわ》の春　（同）

【句意】物足らないよ、夜にさくユウガオや朝に咲くアサガオでは、不破《ふわ》の春はサクラがあるからすばらしい。春「春」。
【語釈】○やよひ　弥生。三月の異名。○ふは　不破。美濃国《みののくに》（現在の岐阜県）の地名。古代の関所の遺跡として有名。美濃国の歌枕。「風破」は当て字。○ゆふがほ　夕顔。夏の夕べに白い花が咲き朝にしぼむ。夏の季語。○槿　朝顔。花は明け方に咲き日が昇るとしぼむ。秋の季語。

三五九　月ながら内裏にきかぬ碪哉《きぬたかな》　（『京日記』貞享4）

【句意】月夜だが内裏では聞こえてこない、きぬたを打つ音が。月明かりの日は夜なべ仕事にきぬたを打つのに都合がよいが、内裏ではきぬたの音が聞こえないというのである。秋「月・碪」。
【語釈】○碪「砧」とも。布を柔らかくするために槌《つち》で布を打つこと。当時は秋の風物詩。六二の句参照。

三六〇　大年《おおどし》の富士見てくらす隠居哉　（同）

【句意】大晦日《おおみそか》の急がしい一日を富士山を見て過ごすことだ、隠居の身は。冬「大年」。
【語釈】○大年　大晦日。西鶴が『世間胸算用』の序文で「一日千金の大晦日」と書いているように、商人にとっては一年でもっとも貴重な日。○隠居　仕事を息子に任せて自由に暮らすこと。現在の定年退職者のようなものだが隠居するには年齢の決まりはない。

三六一　行々《ゆきゆき》て虹の根ひくし山桜　（同）

【句意】どんどん歩いていくと虹の端が低くなってゆく、虹の端ではヤマザクラが盛りだ。春「山桜」。

【語釈】○行々て　どんどん歩いて行く。○山桜　山に生えているサクラを含め野生のサクラ全体をいう言葉。茶色の若葉が出ると同時に花が咲く。

【備考】言水自選『初心もと柏《かしわ》』には「東山の花に」という前書きがある。「東山」は現在でもサクラの名所になっている京都の東山である。

七夕

三六二　星待《まち》て水虫つるむ今宵《こよい》かな　（『孤松』貞享4）

【句意】星が夜空に現れるのを待って水虫が交尾をする、今日の七夕の夜に。秋「句意による」。

【語釈】○星　牽牛星《けんぎゅうせい》と織女星《しょくじょせい》。七夕の夜に天の川を渡って一年に一度会う。○水虫　水に棲む虫。特定の虫ではない。○つるむ　交尾をする。男女が交わる。

試筆

三六三　霞けり比叡《ひえ》は近江《おうみ》の名所ならず　（『歳旦三物集』貞享5）

【句意】霞がかかっている、あのすばらしい比叡山《ひえいざん》は近江国《おうみのくに》の名所ではない。比叡山は近江国の名所ではなく、都（京都）の名所に入れるべきだというのである。春「霞」。

【語釈】○試筆　書き初め。新年の書き初めとしてこの句を書いたのである。○比叡　比叡山。京都市と滋賀県大津市の境にある山。信仰の山として、また歌枕として知られたところ。当時は近江国の歌枕とされていた。○近江　近江国。現在の滋賀県。○名所　当時は歌枕と同じ意味で使われることが多い。

【備考】言水自選『初心もと柏《かしわ》』では下五は「物ならず」と作り変えられている。

三六四　　賀茂市原《かもいちはら》をわけて
初寅《はつとら》や道々匂《にお》ふ梅の花　　（『前後園』元禄2）

【句意】初寅参りで賑わっている、どの道にもウメの花のいい匂いがする。春「初寅」。

【語釈】○賀茂　京都の賀茂神社（上賀茂神社と下鴨神社の総称）。山城国《やましろのくに》の歌枕。○市原　現在の京都市左京区中部。鞍馬山の山口に位置する。「市原野」とも。○初寅　新年になって初めての寅の日。この日に毘沙門天《びしゃもんてん》に参詣するのが当時の慣習。これを「初寅参り」という。言水の住む京都では鞍馬寺《くらまでら》に参詣する。

三六五　雪の戸や若菜《わかな》ばかりの道一つ　　（同）

【句意】雪の降り込む戸口を出ると若菜をとるためだけに踏み固めた道が一筋見える。正月七日になっても雪が降り止まない情景である。春「若菜」。
【語釈】○若菜　正月七日の七草がゆに入れる春の七草の総称。正月七日には七草がゆを食べる。

三六六　涅槃会《ねはんえ》やさながら赤き日の光
　　夕陽《せきよう》西に珠数《じゆず》とりて　（同）

【句意】涅槃会の今日、昼間同然に赤々と輝いているよ、夕日が。春「涅槃会」。
【語釈】○夕陽西に　太陽が沈んでいく西の方角に極楽往生の地があるといわれている。夕陽は夕日。○珠数　数珠の慣用的当て字。○涅槃会　釈迦の入滅《にゆうめつ》（死）を追悼する行事。釈迦が入滅したといわれている二月十五日に行う。

三六七　拾はぬを人の咄《はなし》よ鹿の角　（同）

【句意】自分は拾ったことはないのに、人は拾ったと噂をしているよ、シカの角を。言水自身の体験を詠んだ句か。春「鹿の角」。
【語釈】○鹿の角　落ちたシカの角であろう。『毛吹草《けふきぐさ》』「誹諧《はいかい》四季之詞《ことば》」では「鹿の角落《つのおち》」を二月の季語とする。江戸時代の百科事典『和漢三才図会』によればシカの角は解熱剤や強精剤などとして用いられたようである。

三六八　須磨《すま》にばかりあさづき忌《いみ》てせし御祓《みそぎ》　（『前後園』元禄2）

【句意】須磨に限ってアサヅキを嫌って御祓をすることだ。アサヅキのにおいを嫌って、アサヅキを食べたあと御祓をするということか。春「あさづき」。

【語釈】○須磨　現在の兵庫県神戸市須磨区。『源氏物語』の巻の名になっており著名な地名。摂津国《せっつのくに》の歌枕。○あさづき　各地の山野に自生するが、野菜としても栽培される。汁の実やあえ物などにする。「あさつき」とも。○御祓　河原などで水で身を洗い清めること。六月末日に行われていた行事で俳諧では夏の季語になっている。ただしこの句では「あさづき」が季語であり「御祓」は年中行事の御祓とは別のものと考えるべきであろう。

八瀬《やせ》にて

三六九　風呂風呂に桜は焼《た》かぬ情哉《なさけかな》　（同）

【句意】どの風呂でもサクラの木を薪《たきぎ》にしない、風流な人たちだ。春に美しい花を咲かせるサクラの木を薪にはしないということで、八瀬の人々の心を賞賛したのである。春「桜」。

【語釈】○八瀬　現在の京都市左京区の地名。山城国《やましろのくに》の歌枕。高野川《たかのがわ》の谷あいにある景勝地。釜風呂という現在のサウナのような風呂があった地として有名。

三七〇　瑞籬《みずがき》や夜桜に寝ぬ物ぐるひ《い》　（同）

【句意】神社の瑞籬のところに人がいる、夜ザクラにみせられて夜も寝ないで見物しているのは物狂いのようだ。春「桜」。
【語釈】○瑞籬　神社や皇居などの周囲に設けた垣根。○物ぐるひ　精神に異常をきたした人。特に能・狂言などに登場する一時的に異常な振る舞いをする人物。

三七一　朝ねがみ桜に氷る素顔哉　（同）

【句意】朝起きると髪は乱れ、昨晩のサクラのせいで氷ったように生気のない顔だ。夜ザクラ見物の翌朝の様子である。春「桜」。
【語釈】○朝ねがみ　朝寝髪。朝起きたときの乱れた髪。○氷る　無表情で生気のない様子。

三七二　松に釘《くぎ》うたで藤《ふじ》見る女かな　（同）

【句意】マツに釘を打ち込むのかと思ったら、何もしないでフジを見ている女がいる。夜の光景である。女性が憎む相手を呪《のろ》い殺すために、神社や寺の木に憎む男に見立てたワラ人形を打ち付け、大きな五寸釘を打ち込むことが行われた。丑《うし》の時刻（午前二時ごろ）に行われたので丑の時参りという。このことを踏まえた句。春「藤」。
【語釈】○釘うたで　釘を打たないで。

三七三　芍薬《しやくやく》に夜る夜る弥陀《みだ》の歩み哉《かな》　（『前後園』元禄2）

【句意】シャクヤクにひかれて毎晩阿弥陀《あみだ》様が歩いてやってくる。美しい下女をシャクヤクにその主人を阿弥陀にたとえて、毎晩主人が下女のもとに忍んでくる情景を詠んだのであろう。夏「芍薬」。

【語釈】○芍薬　ボタンに似た花。美しい花でシャクヤクを美人に見立てて「立てば芍薬、座れば牡丹」などという。

三七四　釣《つり》そめて蚊屋《かや》面白き月夜哉　（同）

【句意】釣り始めてしばらくの間は蚊帳の中で寝るのがおもしろい、とくに月夜の夜は。蚊帳の中で寝ると気分が変わって面白いのである。とくに蚊帳の中から見る月は特別な風情がある。夏「蚊屋」。

【語釈】○蚊屋　「蚊帳」の慣用的当て字。

三七五　朝陽《あさひ》より傾城匂《けいせいにおう》ふあやめ哉　（同）

【句意】朝日をあびて傾城のにおうような美しさをたたえている、アヤメの花は。アヤメの花が紫色であることを考慮すると、『万葉集』の大海人皇子《おおあまのおうじ》の和歌「紫のにほへ《おえ》る妹《いも》をにくくあらば人妻ゆゑ《え》に我《われ》恋ひ《い》めやも」を踏まえたのかもしれない。夏「あやめ」。

【語釈】○朝陽　朝日。○傾城　遊女。ここは太夫《たゆう》・天神《てんじん》などの高級な遊女。○匂ふ　内部からにじみでる美しさをいう。○あやめ　初夏に美しい紫色の花をつける。美人の比喩《ひゆ》として用いられる。

ぼくぼくとゆく道暮《くれ》て

三七六　家々や蔀間《ひま》に榾《ほた》焼《く》五月雨《さつきあめ》　（同）

【句意】どの家でも蔀《しとみ》で囲った家で榾を燃やしている、五月雨の降る中で。雨が降り続く季節に放置しておけばワラ屋根が腐り、虫もはびこる。それを防ぐために夏でも榾をたくのである。旅中の句である。夏「五月雨」。

【語釈】○ぼくぼくと　とぼとぼと歩く様子。○蔀間　振り仮名は原本に従ったが、「蔀」にヒという読みはない。また「蔀間」は辞書には見当たらない。『角川大辞源』には「蔀」の用例として「蔀屋《ほうおく》」を記す。意味は「しとみで囲った貧しい家」である。「蔀間」はこの「蔀屋」と同じものと考えておく。○榾　いろりやかまどで燃す薪。すぐに燃え尽きないように大きな枝などを用いる。

三七七　六月《みなづき》の蜜柑《みかん》見せけり氷室守《ひむろもり》　（同）

【句意】六月にミカンを見せてくれたよ、氷室守が。六月は一年で一番暑いときでミカンがあるはずがない。氷室守が氷室に保管してあったミカンを見せてくれたのである。夏「六月」。

【語釈】○六月　『万葉集』によみ人知らずの和歌として「水無月《みなづき》の土さへ《え》さけて照る日にもわが袖ひめや君に逢はず《わ》

して」とあるように一年で一番暑い月。○蜜柑　当時は春の終わりころまでミカンがあったようだが六月にはない。○氷室守　氷室の管理人。「氷室」は冬の氷を夏まで蓄えておく施設。一一四の句参照。

三七八　ゆふべ《う》ゆふべ《う》地蔵にすだく藪蚊《やぶか》哉《かな》　（『前後園』元禄2）

【句意】夕べになるといつも地蔵堂に集まっているよ、ヤブカが。夏「藪蚊」。

【語釈】○地蔵　道ばたなどにある地蔵堂であろう。今でも道ばたに地蔵をまつった小さいほこらを見かけることがある。○藪蚊　やぶなどに生息しているカのことで特定の種類のカではない。

志名《しな》の浦にて

三七九　白雨《ゆうだち》にやれぬ葉も有《あり》志名の蓮《はす》　（同）

【句意】激しい夕立にも破れないハスがあるよ、志名のハスには。夏「白雨・蓮」。

【語釈】○志名　志那とも。琵琶湖に面した村。『増補大日本地名辞書』には「この地、湖村なれば水田に多く蓮を植う。夏日観《み》るべし」とある。ハスの名所。○白雨　「夕立」の慣用的当て字。もとは中国の言葉。

如琴子《じょきんし》が父の追悼に送《おくる》

三八〇　汗やつす清水や父に似ぬ姿　（同）

【句意】清水で汗を拭いてくつろぐ姿は父に似ていない。如琴の父が亡くなったときに追悼として彼に送った句である。如琴の父は行儀正しい人だったのであろう。夏「汗」。

【語釈】○如琴子　言水編『三月物《みつきもの》』に名が見える。京都の人であろう。「子」は敬称。○やつす　行儀をくずすこと。

比叡《ひえ》にて

三八一　高根より礫《つぶて》うち見ん夏の海　（同）

【句意】高い峰から小石を投げてみたい、夏の海に向かって。比叡山《ひえいざん》に登ったときの句である。「海」は琵琶湖である。夏「夏の海」。

【語釈】○比叡　比叡山。信仰の山として有名。近江国《おうみのくに》の歌枕。三六三の句参照。○礫　投げるための小石。○海　湖。当時は「湖」も「うみ」ともいい「海」の字を当てることもあった。

三八二　見にゆかん広沢星の逢ふ《う》姿　（同）

【句意】見にゆこう広沢の池へ、星が会う姿を見るために。七夕の句である。牽牛星《けんぎゅうせい》と織女星《しょくじょせい》が会うのを見に行こうというのである。秋「星の逢ふ」。

【語釈】○広沢　現在の京都市右京区嵯峨広沢町にある広沢の池。月の名所として知られていた。山城国《やましろのくに》の歌枕。

○星　ここでは七夕の星。

三八三　飛魂《ひとだま》は消《きえ》て梢《こずえ》の灯籠《とうろ》哉《かな》　　（『前後園』元禄2）

【句意】人魂が消えたと思ったら梢のかげの灯籠の灯火だった。盂蘭盆会《うらぼんえ》（現在のお盆）の句。秋「灯籠」。

【語釈】○飛魂　人魂の当て字。亡くなった人の霊。青白く尾を引いて空中を飛ぶ。振り仮名は原本に従った。○灯籠　トウロウとも。お盆のときに新仏を供養するためにかかげる灯籠で、高い柱にちょうちんをつり下げた高灯籠のこと。二〇〇の句参照。

三八四　あはれ《わ》なる唱歌《しょうが》はきかぬ踊《おどり》哉　　（同）

【句意】悲しみをそそるような哀れな歌が聞かれない、踊りの歌には。本来は死者の霊を慰めるために行われた踊りが、宗教的な意味を失って娯楽的になった状況を詠んだ。秋「踊」。

【語釈】○唱歌　笛などに合わせてうたう歌。○踊　現在の盆踊り。当時は小町おどりとか木曽踊りなどといわれた。

三八五　城跡《しろあと》を泣く人誰《たそ》やそばの花　　（同）

【句意】城の遺跡を見て泣いているのは誰だろう、城の遺跡はソバ畑となり花が咲いている。泣いているのはかつて有った城にゆかりの人なのであろう。秋「そばの花」。

三八六　更々《ふけふけ》て鞠垣《まりがき》すごしけふ《きよう》の月　（同）

【句意】次第に夜が更けて鞠場の垣根が物寂しい、名月の光に照らされて。秋「けふの月」。

【語釈】○更々て　夜が次第に更けてゆくことをいうのであろう。○鞠垣　鞠場の周囲にめぐらしたタケ垣。鞠場は鞠をするコート。「鞠」は鞠を蹴りあう競技の蹴鞠《けまり》のこと。○すごし　現在は「ぞっとする」という意味で使われるのが普通だが、古くは物寂しい様子をいう場合にも使われた。ここはその意味。木下長嘯子《ちようしようし》の和歌や文章を収めた『挙白集《きよはくしゆう》』に「夕されば雲吹きみだる山風に一こゑ《え》すごく雁なきわたる」とある。○けふの月　今日の月。八月十五日の仲秋の名月のこと。

三八七　一つ橋思案さだむる野分《のわき》哉　（同）

【句意】一つ橋のところまで来て決断する、野分の中を進むか戻るかを。秋「野分」。

【語釈】○一つ橋　丸木を一本渡しただけの橋。非常に危ないことをいうたとえとして、「一つ橋を渡るよう」ということわざができた。○野分　秋から冬にかけて吹く強い風。台風を含む。三四二の句参照。

三八八　比叡《ひえ》高く吹《ふき》かへ《え》さるる暮風《ぼふう》哉　（同）

【句意】比叡山《ひえいざん》の高い峰から吹き返されている、夕暮れの風が。高く吹き上がった風が山の頂上から吹き戻されてくるのである。秋「暮風」。

【語釈】○比叡　比叡山。三六三の句参照。○暮風　原本は「慕風」だが、誤記とみて改めた。三四七の句参照。これを秋の季語に用いた。

三八九　風呂の貝吹《ふき》っくれけり秋の里　（『前後園』元禄2）

【句意】風呂の準備ができたことを知らせるホラガイを吹いてくれた、秋の村で。ひなびた山里の温泉の体験を詠んだのであろう。秋「秋」。

【語釈】○貝　ホラガイであろう。ホラガイは法会《ほうえ》や戦陣などに用いられたが時刻を知らせる時にも用いられた。俳諧辞書『類船集』では「法螺貝《ほらのかい》」の付合語の一つに「湯屋」がある。ホラガイは風呂の準備ができたことを知らせる合図に使われたのであろう。ただしこの「湯屋」は大寺院の風呂を指すか。○吹っくれけり「吹いてくれた」という意味の方言であろう。どこかの山里の方言をそのまま用いたのであろう。

三九〇　比《ころ》とては高野《こうや》も淋《さび》し神無月《かみなづき》　（同）

【句意】時期からいっても当然のことだが高野山も寂しい、神無月は。冬「神無月」。

【語釈】○比 時節。 ○高野 霊場として有名な和歌山県の高野山。 ○神無月 カンナヅキとも。 初冬の十月。 時雨の降る寂しい時期である。

三九一 比叡あたご雲の根透《すけ》り村時雨 (同)

【句意】比叡山から愛宕山《あたごやま》にかけて雲に覆われているが、 雲の端が透けて空が見え、 時おり時雨が降ってくる。 冬「村時雨」。

【語釈】○比叡 比叡山。 三六三の句参照。 ○あたご 京都の愛宕山。 比叡山と東西相対してそびえている。 山頂に愛宕神社がある。 ○雲の根 岩の意味である「雲根《うんこん》」を訓読した言葉だが、 この句の場合は雲の端の方をいうのであろう。 ○村時雨 降ったり止んだりしながらしばらくすると降り止む小雨。 晩秋から初冬にかけて見られる現象だが俳諧では冬の季語。

三九二 捨馬《すてうま》に念仏《ねぶつ》すすむる枯野《かれの》哉《かな》 (同)

【句意】捨てウマに念仏をすすめているよ、 枯れ野で。 ウマが念仏を唱えることができるはずはないが、 ウマの飼い主が「お前も念仏を唱えろよ」 などと語りかけているのである。 役に立たなくなった老馬を捨てるにあたって、 せめて往生するよう願っているのである。 冬「枯野」。

三九三　煤《すす》はきの日は牛はなつ野づら哉《かな》　　（『前後園』元禄2）

【句意】煤掃きの日はウシを自由に遊ばせているよ、野原に。忙しい大掃除の日にウシだけがのんびり遊んでいる情景。農村の煤掃きであろう。

【語釈】○煤はき　煤掃き。年末の大掃除。一家全員で行う。一応十二月十三日と決まっていたが固定していたわけではない。○野づら　野原。

三九四　節季候《せきぞろ》の来てひとつ子の踊《おどり》哉　　（同）

【句意】節季候が来て一人っ子が節季候のまねをして踊っているよ。大事な一人っ子が物乞いのまねをするのは、両親には見たくない姿であろう。冬「節季候」。

【語釈】○節季候　年末にやってくる物乞い。三四四の句参照。節季候は珍妙な踊りを踊って物乞いをした。○ひとつ子　兄弟のいない子。一人っ子。

三九五　容義《ようぎ》自慢花まで遅し御忌参《ぎょきまいり》　　（『続阿波手集』元禄2）

【句意】美人であるとうぬぼれている女性はサクラが咲くのが待ち遠しく、御忌参りに着飾って出かける。美しい女性にとって花見は自分の美貌《びぼう》を見せる絶好の機会であり、美しく着飾って出かける予定だが、花見まで待ちきれず御忌参りに着飾って出かける女性を詠んだ。春「御忌参」。

【語釈】○容義　容儀。顔立ち。器量。○御忌参　京都の知恩院で行われる法然《ほうねん》上人の忌日の法会に参詣すること。一月十九日から二十五日まで行われた。宗教行事だが新しい着物を仕立てて参詣する女性も少なくなかったようである。「御忌詣で」とも。九三の句参照。

三九六　入《いり》あひの黒《い》みを染《そめ》ぬ桜かな　（『せみの小川』元禄2）

【句意】暗くなっていく夕暮れの色を染めることはない、サクラの花は。寺の夕暮れは黒いままの方がよいというのである。言水自選『初心もと柏《かしわ》』に「知恩寺に遊ぶ」という前書きがあるから寺の夕暮れの情景である。春「桜」。

【語釈】○入あひ　入相。太陽が沈むころ。夕方。

三九七　蘭鉢《らんばち》は雪を持《もっ》らん福寿草《ふくじゅそう》　（『万歳楽』元禄3）

【句意】ラン用の鉢に雪があったらしくその鉢にフクジュソウが咲いた。雪のおかげでフクジュソウが育ったのだろうというのである。春「福寿草」。

【語釈】○蘭鉢　ランを植えてあったラン用の植木鉢であろう。蘭はラン科の花の総称。秋の七草のフジバカマを指すこともある。○福寿草　冬の末から早春にかけて芽をだし正月ごろに黄色い花をつける。「福寿草」という名のとおり、めでたい花として珍重され正月の飾りに用いられる。言水は雪がフクジュソウを育てると考えていたのであろう。

三九八　今迄《いままで》に雪の都と読《よめ》るなし

（『万歳楽』元禄3）

【句意】今まで雪の都と詠んだ人はいない。「雪の都」が和歌などの題材になったことはないが、雪の都もなかなかすばらしいというのである。自然の美しさを代表するものとして「雪月花」といい、月には「月の都」という言葉があり花には「花の都」という言葉がある。しかし雪には「雪の都」という言葉はない。冬「雪」。

三九九　尼寺よ只《ただ》菜の花の散る径《こみち》

（『新撰都曲』元禄3）

【句意】尼寺があるよ、ただナノハナの散る小道があるだけで通る人はだれもいない。春「菜の花」。

四〇〇　見てゆくや早苗のみどり里の蔵

（同）

【句意】見ながら歩いて行くよ、早苗のみどりと村の白壁の蔵を。言水自選『初心もと柏《かしわ》』に「鳥羽《とば》にて」という前書きがある。鳥羽を通ったときの光景である。当時の鳥羽は農村地帯であった。田植えがすんだ田には緑の早苗が風になびき、ところどころに村の有力者の白壁の蔵が見えるのである。夏「早苗」。

【語釈】○早苗　田に植える前のイネの苗。○蔵　穀物や家財道具を保管しておく倉庫。外壁は白壁に塗るのが普通。

秋の夕ぐれ

四〇一　法師にもあはず鳩吹《はとふく》男かな　（同）

【句意】秋の夕暮れの名歌を詠んだような法師にも会わず、見かけたのはハトを吹く男だけ。秋「鳩吹」。

【語釈】〇法師　僧侶。ここは西行《さいぎょう》と寂蓮《じゃくれん》を指す。「三夕《さんせき》の歌」といわれる秋の夕暮れの名歌を詠んだ三人の作者のうち、西行と寂蓮は法師。残る一人は藤原定家《ていか》。〇鳩吹　両方の手のひらを合わせて息を吹き込み、ハトの鳴き声のような音をだすこと。猟師が互いに合図をしたり獲物をおびき寄せるのに使う。

四〇二　火の影や人にてすごき網代守《あじろもり》　（同）

【句意】火の明かりに照らされたのが、人間であることがわかっているのに不気味だ、網代守は。火の明かりに浮かび上がった網代守の姿が不気味に見えたのである。冬「網代守」。

【語釈】〇影　光。明かり。「月影」といえば月の光である。〇すごき　ぞっとする。気味が悪い。〇網代守　網代の番人。「網代」は京都の宇治川でヒオという魚を捕るために用いられた装置。網代守はかがり火を焚いて網代の番をする。

吉野興《よしののきよう》

四〇三　人々に同じ様《さま》なし山桜　（同）

【句意】人々に同じ姿をしたものはいないが、ヤマザクラはどれも同じで一様に美しい。言水自選『初心もと柏《かしわ》』に「みよし野にて」という前書きがある。吉野山のサクラ見物のときに詠んだ句である。春「山桜」。
【語釈】○様　姿。様子。○山桜　野生のサクラ。三六一の句参照。

四〇四　卯花《うのはな》も白し夜半《よなか》の天河《あまのがわ》　（『新撰都曲』元禄3）

【句意】ウノハナも白く、夜中の天の川も白々と見える。地上も上空も白いのである。夏「卯花」。

四〇五　見に来たる人かしましや須磨の秋　（同）

【句意】見に来た人はがやがやとやかましいことだ、せっかく須磨の秋にやってきたのに。『源氏物語』の「須磨の巻」に「またなくあわれなるものは、かかる所の秋なりけり」と書かれているように、須磨は秋のさびしさを代表する場所である。それを味わおうとしない見物人の無風流な態度を詠んだ句。秋「秋」。
【語釈】○須磨　現在の兵庫県神戸市西部。三三二の句参照。

四〇六　凩《こがらし》の果《はて》はありけり海の音　（同）

【句意】木枯らしの最後がここにあった、湖では波の音が響いている。木枯らしは進路をさえぎる木をなぎたおし葉を散らしながら、ごーごーと音を立てて進んでいくが、さえぎるもののない湖ではただ波の音が聞こえるばかりだというのである。木枯らしは湖に出たところで木枯らしではなくなったのである。乾裕幸氏は、「果はありけり」は謡曲「東北」の「霞の関を今朝越えて、果てはありけり武蔵野を」によったと述べている（『新編俳句の解釈と鑑賞事典』）。冬「凩」。

【語釈】○凩　木枯らし。冬のころに吹く強風。○果　最後。○海　原本によれば、言水自筆の資料に「湖上眺望」とあるというからこの「海」は湖である。三八一の句参照。具体的には琵琶湖を指すのであろう。

【備考】この句は言水の生涯の名句として有名で、この句によって彼は「木枯らしの言水」といわれた。ただしこの句は言水自選『初心もと柏《かしわ》』にはとられていない。

四〇七　蓮池《はすいけ》に生れて常のかはづ哉《わずかな》　（『雀の森』元禄3）

【句意】ハス池にうまれながら、このカエルは普通のカエルだ。極楽に縁の深いハス池に生まれたカエルなら何か特別な特徴を備えていてもよさそうだが、普通のカエルと変わりがないというのである。春「かはづ」。

【語釈】○蓮　仏菩薩《ぶつぼさつ》が蓮華《れんげ》の台座に座っているように、ハスは極楽往生とかかわりの深い特別な植物である。

四〇八　しほ干《おひ》には淀《よど》まで浅し水車《みずぐるま》　（同）

【句意】潮干の日には淀の方まで水が浅く、水車が止まっている。春「しほ干」。

【語釈】○しほ干　潮干。潮が引くこと。特に三月三日前後の大潮の日。○淀　現在の京都市伏見区。淀川に沿う低湿地帯。淀城があり当時は稲葉氏十万石の城下町。○水車　淀川の水を淀城に汲み上げる大きな水車。

四〇九　此月《このつき》におられぬ梅の御館《みたち》哉　　（『仮橋』元禄3）

水口《みなくち》にて　夜梅

【句意】このすばらしい月では、御館のウメを折り取って持ち帰ることはできません。すばらしい月明かりに照らされているウメの枝を折り取る、などという無風流なことはできないというのである。御館の主人から、ウメをひと枝持って帰ってもよいと言われたのであろう。春「梅」。

【語釈】○水口　現在の滋賀県南東部。東海道の宿場。当時は加藤氏二万石の城下町。○御館　貴人の屋敷。ここは水口藩主加藤氏の屋敷であろう。水口城は小規模な城だったので言水は御館と記したのであろう。

四一〇　守《も》る人と違《う》ふ氷のつかひ《い》かな　　（『物見車』元禄3）

【句意】氷室《ひむろ》の番人と違う人が氷の使いをつとめている。氷室の番人と別人が宮中まで氷を運んできたのである。夏「氷のつかひ」。

【語釈】○守る人　氷室の氷を管理する氷室守。一一四の句参照。○氷の使ひ　氷を運ぶ役目の人。氷を宮中まで運ぶ責任者であろう。

四一一　行《ゆ》く我もにほへ《おえ》花野を来るひとり　（同）

【句意】花野に行く自分もにおってほしい、花野の方からやって来る人から、いいにおいがただよってくる。秋「花野」。

【語釈】〇花野　花が咲き乱れている秋の野原。

四一二　蕣《あさがお》は蒔《ま》かぬ翁《おきな》ぞ初ざくら　（『団袋』元禄4）

【句意】アサガオの種をまかない老人が初ザクラを眺めている。無常を象徴するアサガオの種を蒔こうとしない老人が、同じように無常を象徴するはかない初ザクラを楽しんでいるという矛盾を詠んだ。春「初ざくら」。

【語釈】〇蕣『方丈記』に「あるじと栖《すみか》と、無常を争うさま、いわば朝顔の露に異ならず」と記されているように無常を象徴する花。〇初ざくら　サクラは「花七日」という言葉があるように花期の短いはかない花である。

四一三　初春を夷《えぞ》や鮭《さけ》干《ほす》千々《ちぢ》の松　（同）

【句意】正月を祝うために夷の地では人々はサケを干しているだろう、無数のマツの枝に。サケを日干しにしているのである。春「初春」。

【語釈】〇夷　東北地方から北海道にかけて居住した民族。〇千々　非常に数が多いこと。数千。

四一四　神無月《かみなづき》火ともす禰宜《ねぎ》の直《なお》き哉《かな》　（『帆懸船』元禄4）

【句意】神無月なのに御神前に火をともす禰宜は実直だ。神が留守になる神無月は御神前の火をともす必要もないのだが、禰宜は実直に毎日火をともしているというのである。冬「神無月」。

【語釈】○神無月　十月の異名。十月には諸国の神が出雲《いずも》大社に集まり、出雲（現在の島根県）以外の諸国の神社では神がいなくなるという伝承によって、「神無月」という異称が生まれたという。○禰宜　神職の総称。ここは神社の神主。○直き　実直であること。

四一五　鉢叩《はちたたき》更に都の声音なし　（同）

【句意】鉢叩きの唱える言葉にまったく都のみやびな感じがない。鉢叩きの唱える念仏や和讃《わさん》にひなびた田舎なまりがあるというのである。冬「鉢叩」。

【語釈】○鉢叩　空也《くうや》上人の命日の十一月十三日から大晦日まで、念仏や和讃を唱えながら京都の町中を勧進し、京都郊外の墓所などをめぐった半僧半俗の宗教集団。三二九の句参照。○声音　音声。

四一六　芹摘《せりつみ》に

浮草《うきくさ》にあらず芹ひくちから哉　（『渡し船』元禄4）

【句意】浮き草ではないので、セリを摘むにも力がいる。一見浮き草のように見えるセリを摘みとろうとしたが、すぐには抜けなかったのである。春「芹」。

【語釈】○浮草　水面に浮かんで生育する草の総称。○芹　湿地や沢などに生える。春の七草の一つ。

四一七　神路山《かみじやま》
　　　宮杉《みやすぎ》は身にしむ雪の雫《しずく》哉　（同）

【句意】伊勢神宮の宮スギを見ているとありがたさがしみじみと身に伝わってくる、スギの葉から雪のしずくがたれている。冬「雪」。

【語釈】○神路山　伊勢神宮の神域をめぐる御山の総称。伊勢国《いせのくに》の歌枕。○宮杉　伊勢神宮外宮《げくう》の三の鳥居のあたりに五百枝《いおえ》のスギという老木があったという。「宮杉」はこれを指すのであろう。ただし「宮杉」は言水の造語か。

四一八　山ほととぎす
　　　二の鳥井《とりい》こゆる迄《まで》なし郭公《ほととぎす》　（『団袋』元禄4）

【句意】二の鳥居を越えるまでもなかった、ホトトギスの鳴き声は。二の鳥居を越える前にホトトギスの声が聞こえたのである。夏「郭公」。

【語釈】○山ほととぎす　山にすむホトトギス。ホトトギスは山から村里へ下りてくると考えられていた。村里に下りてくると山ホトトギスとはいわない。○二の鳥井　二の鳥居。伊勢神宮外宮《げくう》の二の鳥居。表参道の入り口にある一の鳥居を少し行くと二の鳥居がある。「鳥井」は「鳥居」の当て字。

【備考】言水自選『初心もと柏《かしわ》』に「山田原にて」と前書きがある。「山田」は伊勢神宮外宮の所在地。

嵯峨《さが》の庵《いおり》にて

四一九　誰《たが》酒ぞ椎柴《しいしば》匂《にお》ふ夜《よる》の雨　（『団袋』元禄4）

【句意】誰が持ってきてくれた酒だろう、椎柴のにおいがただよう夜に、雨の音を聞きながら一杯やることにしよう。中国の文人を気取ったか。秋「椎柴」。

【語釈】○嵯峨　現在の京都市左京区の嵯峨。閑静なところとして知られており、別荘などがあった。三四七の句参照。○椎柴　薪にするためのシイの木などの雑木。

四二〇　巻柏《いわひば》の月に手をさす今宵哉《こよいかな》　（同）

【句意】イワヒバが月に向かって手を指しのばしているよ、名月のこの夜に。岸壁のイワヒバの直立する茎を、手を指しのばした様子に見立てたのである。秋「月」。

【語釈】○巻柏　山地の岸壁などにはえている常緑多年草。イワマツあるいはイワゴケなどともいう。直立した二〇センチほどの茎がある。○手をさす　手をさしだす。手をさしのばす。

湖上にて

四二一　こがらしは比叡《ひえ》に悪《にく》むを真《ま》とも哉　（同）

【句意】木枯らしは比叡山《ひえいざん》では憎まれているのに真正面から吹き付けている。さえぎる物がない湖を吹き抜けた風が、まともに比叡山に吹き付けているのである。冬「こがらし」。

【語釈】○湖上　湖のほとり。「湖」は琵琶湖《びわこ》である。○比叡　比叡山。三六三の句参照。○真とも　まとも。真正面。

神前法楽《ほうらく》

四二二　羽《は》をすれど藤《ふじ》には染《そま》じ宮烏《みやがらす》　（『藤波集』元禄4）

【句意】羽《はね》をこすりつけても黒い羽が藤色には染まることはないだろう、宮ガラスは。永遠に変わらない神の威徳をたたえたのであろう。春「藤」。

【語釈】○神前法楽　神社に奉納すること。○宮烏　神社の境内にすむカラス。

四二三　花摘《はなつみ》や先行人《さきゆくひと》は児《ちご》の母　（『京の水』元禄4）

【句意】今日は花摘みの儀式の日だ、先を急いで行くのは児の母だ。比叡山に児として修行している子供に会えるかもしれないと思って、母親が先を急いで比叡山に登るのである。俳諧辞書『類船集』に「児」の付合語に「ひえの山」がある。夏「花摘」。

【語釈】○花摘　花摘みの儀式。四月八日の比叡山戒壇堂《かいだんどう》の仏生会《ぶっしょうえ》に参詣すること。女性は比叡山に登ることを許されていなかったが、この日は東坂本《ひがしさかもと》の花摘社に参詣することを許された。○児　寺院などに召し使われている少年。

四二四　六月《ろくがつ》や芭蕉《ばしょう》ゆすりて露深し　（『京の水』元禄4）

【句意】六月だ、バショウをゆすってみたら露がばらばらと落ちてきた。一年で一番暑い季節の六月なのにバショウに夜露がたまっていたのである。夏「六月」。

四二五　郭公《ほととぎす》馬士《まご》の寝てゐ《い》る松いやし　（同）

【句意】ホトトギスが鳴いた、馬子の寝ているマツの木陰が下品に見える。風流の極みであるホトトギスの声と、マツの木陰で寝ている馬子の下品さとの対比を詠んだ。

【語釈】○馬士　馬子に同じ。三二一の句参照。

四二六　夕涼み妬《ねた》しや湖《にお》の有所《ありどころ》　（『我が庵』元禄4）

【句意】夕涼みをしていると、ねたましくなるよ琵琶湖《びわこ》のあるところが。琵琶湖の近くならいつも涼しい風が吹いているだろうと想像したのである。言水は京都の住人だが京都の夏は特に暑い。夏「夕涼」。

【語釈】○湖　鳰《にお》の湖《うみ》と呼ばれた琵琶湖。鳰はカイツブリの異名。振り仮名は原本に従った。

四二七　来る秋を蟬《せみ》何か啼《なく》紅《ただ》す鯉《ごい》　　　（同）

【句意】来る秋をセミは何を思って鳴いているのだろう、糺の森ではコイが勢いよく泳いでいる。秋はセミにとって死の季節だが、コイは相変わらず元気に泳いでいるのである。夏「来る秋・蟬」。

【語釈】○糺鯉　糺の森の池のコイ。言水の造語であろう。糺の森は京都の下鴨神社の境内の森。この森は盛夏の六月には京都の人たちの遊楽の場になっていたようである。三四〇の句参照。

四二八　送火《おくりび》の身にはかからぬ詠《ながめ》かな　　　（『柏原集』元禄4）

【句意】大文字山《だいもんじやま》の送り火は体に火の粉もかからずよい眺めだ。身近に行う送り火では火の粉が体にかかることもあるが、山の上で行われる大文字の送り火は火の粉をあびる心配はない。秋「送火」。

【語釈】○送火　お盆の終わりに死者の霊を送る行事。今でも行われているところが多い。この句は京都の大文字山の送り火であろう。

四二九　荒れてよし名月ばかり志賀伏見《しがふしみ》　　（『色杉原』元禄4）

【句意】荒れ果てているほうがよい、名月の日だけは、志賀と伏見は。名月の夜は志賀と伏見は荒れ果てているから風情があるというのである。秋「名月」。

【語釈】○志賀　近江国《おうみのくに》（現在の滋賀県）の琵琶湖岸南西部一帯の地名。現在の大津市一帯の地。かつて天智天皇が都を置いたところだがその後荒廃した。近江国の歌枕。○伏見　現在の京都市伏見区。豊臣秀吉が伏見城を築き城下町として発展したが豊臣家の滅亡後はさびれた。山城国《やましろのくに》の歌枕。

四三〇　我《わが》さきの人を佐久羅《さくら》のくもり哉《かな》　　（『ひこばへ』元禄4）

【句意】自分の先を急ぐ人がサクラのくもりのようで心が晴れない。先を急いで行く人の群れで、せっかくの花見物の楽しい気持ちが損なわれたのである。春「佐久羅」。

【語釈】○我さき　自分の前。「我」の読みは原本に従った。○佐久羅　サクラを万葉仮名風に表記した。○くもり　心にわだかまりがあること。

遊君《ゆうくん》に替《かわ》りて

四三一　身をおもへ《え》ばいなする蚊屋《かや》の蛍哉　　（『蓮の実』元禄4）

【句意】自分の境遇を思えば、かわいそうになって逃がしてやった、蚊帳の中のホタルを。蚊帳の中でホタルの光を楽しもうとしたのだが、遊郭という狭い世界に閉じ込められたみずからの境遇を思うと、蚊帳の中に閉じ込められたホタルがかわいそうになって逃がしてやったのである。前書きは遊女に代わって遊女の気持ちを詠んだという意味である。夏「蛍」。

【語釈】○遊君　遊女。遊女は遊郭という狭い世界に閉じ込められた不自由な境遇である。○身　自分の境遇。○いなする　帰らせる。自由にしてやる。○蚊屋　「蚊帳」の慣用的当て字。

四三二　孕《はら》ませし罪を法師の御祓《みそぎ》哉　（同）

【句意】女性を妊娠させた罪を恐れて法師が御祓をしているよ。女性を妊娠させたことは法師の大罪であり、当時の社会では公になれば死罪である。仏教徒である法師が神事である御祓で罪を逃れようとしているおかしさを詠んだ。夏「御祓」。

【語釈】○孕ませし　女性を妊娠させること。法師にとって仏教の基本的な戒律を破る大罪。○御祓　身に罪や穢れがあるときに川原などで罪や穢れを水で洗い流す神事。

大内《おおうち》のほとりにて

四三三　名月や下部《しもべ》は何を書白洲《かくしらす》　（同）

【句意】名月はすばらしい、町人らしい男が何を書いているのだろう、白洲の道ばたで。普通の町人らしい男が、名月を眺めなら和歌か何かを紙に書き付けている姿を詠んだ。秋「名月」。
【語釈】○大内　内裏。○名月　八月十五日の仲秋の名月。○下部　身分の低い者。また召使い。○白洲　白い砂を敷いた場所。ここは内裏の塀に沿った砂利道をいうのであろう。

四三四　茶屋引《ひき》て水ながれけり今朝の秋　（『常陸帯』元禄4）

【句意】茶屋が引き払って水が清らかに流れている、秋になった朝に。秋の訪れとともに下鴨《しもがも》神社の境内の糺《ただす》の森では、御手洗川《みたらしがわ》のほとりに軒を連ねていた茶屋が姿を消して、水の流れが一望できるようになったのである。秋「秋」。
【語釈】○茶屋　街道などで茶などを提供する店。ここは京都の下鴨神社で行われた御手洗詣での期間中、御手洗川のほとりで酒食を提供した仮店舗《かりてんぽ》であろう。御手洗詣では六月十九日（または二十日）から月末にかけて行われた。

四三五　美しや麦踏《ふむ》とがはなき雉子《きぎす》　（『新花鳥』元禄4）

【句意】美しいなあ、ムギ畑を踏み荒らす困った行為をだれもとがめない、キジに対しては。春「雉子」。
【語釈】○とが　罰せられるべき行為。原本によれば律友編『四国猿《しこくざる》』では「科」という漢字表記。

四三六　木枯《こがらし》にあらぬは今日の幟《のぼり》かな　（同）

【句意】木枯らしが吹いているような音が聞こえるが、木枯らしの音でないことは今日立てたばかりの幟がはためく様子でわかる。木枯らしの音のように聞こえるのは風にはためく幟の音だというのである。夏「幟」。

【語釈】○木枯　秋の終わりから初冬にかけて吹く冷たい強い風。冬の季語。○幟　端午《たんご》の節句に立てる飾り。

四三七　はづ《ず》かしと送り火捨《す》《て》ぬ女がほ《お》　（『大湊』元禄4）

【句意】恥ずかしいといって送り火を捨てた、女が恥ずかしそうな顔付きで。手に持っていた送り火の炎が一瞬明るく燃え上がったので、顔を見られるのが恥ずかしく女がそれを捨てたのである。秋「送り火」。

【語釈】○送り火　お盆のときに死者の霊を送るためにアサがらなどを燃やすこと。○女がほ　女の顔立ち。あるいは顔つき。

四三八　夏の夜にかへ《え》ぬぞあはれ《わ》鉢叩《はちたたき》　（同）

【句意】夏の夜に変更しないのはまことに感心なことだ、鉢叩きは。夏の夜に変更すれば楽なのに、鉢叩きは冬のもっとも寒い時期に京都の内外をめぐり歩く。そのことに感動したのである。冬「鉢叩」。

【語釈】○鉢叩　冬の寒い時期に京都の町や墓所を念仏を唱えながら廻り歩く空也《くうや》念仏の集団。三二九の句参照。○あはれ　心の底から湧き出る感動や感情を表す言葉。

四三九　石班魚《ごり》鳴《な》て母と娘の浴《ゆあみ》哉《かな》
山家《さんか》秋夕《あきのゆうべ》
（『遠眼鏡』元禄4）

【句意】ゴリが鳴いている近くで母と娘が行水をしているよ。前書きによれば山村の秋の夕暮れの情景である。秋「石班魚鳴て」。

【語釈】○石班魚　清流の中の石の間などに生息する小魚。「いしぶし」ともいい「石班魚」「石伏魚」という漢字を当てる。また「かじか」と呼ぶ地方もある。振り仮名は原本に従った。○浴　湯をわかして体を洗うこと。風呂に入ることだけではなく、盥に湯を入れて体を洗う行水をいうこともある。この句では行水であろう。

【備考】ゴリは鳴かない。ゴリの別名をカジカというが当然カジカも鳴かない。ところが清流には鈴を振るような美声でなくカジカガエルというカエルが棲んでいる。このカジカガエルが小魚のカジカと混同されてカジカが鳴くという誤解が生まれた。これがさらにゴリが鳴くという誤解を生みだすことになったのであろう。

四四〇　思ひ出《いいで》ぬ二日灸《ふつかやいと》を恋の種
（同）

【句意】思い出した、恋のめばえた二日灸のことを。子供のころに二日灸をしてくれた女性に、ほのかな恋心をいだいたことを思い出したというのである。春「二日灸」。

【語釈】○二日灸　フツカギュウとも。二月二日にすえる灸。この日に灸をすえると健康を保つことができると考えられていた。　○種　物事が生じる原因やきっかけ。

四四一　紙鳶《いかのぼり》裸子《はだかご》はみぬ都かな　（『京羽二重』元禄4）

【句意】たこを揚げている子供に裸の子供はいない、さすがに都は上品だ。田舎では裸でたこを揚げている子供を見かけることもあるが、京ではまったく見かけないというのである。春「紙鳶」。

【語釈】○紙鳶　正月にあげるたこである。関東では「たこ」といい、関西では「いかのぼり」という。

四四二　難波《なにわ》にて
誰礫《たがつぶて》氷が上の玉がしは《わ》　（『よるひる』元禄4）

【句意】だれが投げた小石だろうか、氷の上にあるのは。小石は当然水に沈むが、氷が張っているために水の上にあるという情景である。冬「氷」。

【語釈】○難波　大阪。　○礫　何かに向かって投げつける小石。　○玉がしは　水中にある石。『日本国語大辞典』では「玉かしわとは、みなぞこの石をいうなり」という浮世草子『小夜衣《さよごろも》』の用例をあげる。

四四三　雲にあへ《え》る月のあかつきは
入月《いるつき》の魂咲《さく》か花木槿《はなむくげ》　（『六歌仙』元禄4）

【句意】山に沈んだ月の魂が地上に残って咲いたのか、この美しいムクゲの花は。明け方の情景である。秋「花木槿」。

【語釈】○花木槿　ムクゲの花。明け方に咲いて夕方にはしぼんで落ちる。三五六の句参照。

【備考】前書きは、名月の翌朝の光景を詠んだことを示している。名月は雲で見えなかったのである。

四四四　神の森四角には見ぬさくら哉《かな》　（『八重桜集』元禄4）

【句意】神社の森では塀に沿って周囲を一通り歩くだけですますような見方をしない、サクラがあちらこちらにあるので。春「さくら」。
【語釈】○神の森　辞書には見えない言葉だが神社の森という意味であろう。○四角　境内の塀に沿って歩くことであろう。神社の塀は四角に作られている。

四四五　神楽歌《かぐらうた》かかむばせ《んばしょう》をの広葉哉　（同）

【句意】神楽歌を書こう、バショウの広葉には。七夕の日にはカジの葉に願い事などを書くが、バショウの葉は広くて大きいから神楽歌を書こうというのである。秋「ばせを」。
【語釈】○神楽歌　神楽にあわせてうたう歌。ここは民間の里神楽でうたう歌であろう。○ばせを　芭蕉。葉は長楕円形で大きい。中国の書家の懐素《かいそ》は貧乏で紙が買えなかったので、バショウの葉に字を書いて書道に励んだという。

四四六　望月《もちづき》南都に詣《もうで》て
陽焔《かげろう》の羞明《はじあけ》がたや釈迦《しやか》の顔
（『きさらぎ』元禄5）

【句意】かげろうの恥だ、釈迦入滅の日の明け方に釈迦の顔を明るく照らしているのは。かげろうは春のぽかぽか陽気の日に見られる現象だが、人々が悲しみにくれるこの日に、おだやかな陽気をもたらしているかげろうは恥ずべきだというのであろう。春「陽焔」。

【語釈】○望月　満月。ここは二月の満月。○南都　奈良。○陽焔　「陽炎」とも。暖められた空気によって景色が揺れ動いて見える現象。○釈迦　二月十五日の満月の日に亡くなった。西行の家集『山家集《さんかしゅう》』に「願はく《わ》は花のもとにて春死なむ《ん》そのきさらぎの望月のころ」という和歌がある。釈迦が亡くなった二月十五日に私も死にたいという意味の和歌である。この日各寺院では本堂に釈迦の像を飾って涅槃会《ねはんえ》を行う。

【備考】前書きによれば二月十五日に奈良を訪れて詠んだ句である。

四四七　何袋
女郎花《おみなえし》うてば扇の匂《におい》ひかな
（『阿誰軒俳書目録』元禄5）

【句意】オミナエシを打ったら扇にたきしめた香の匂いがした。秋「女郎花」。

【語釈】○何袋　賦物《ふしもの》という連歌以来の古い様式。「何」のところに発句《ほっく》（俳句）の一字を入れて「袋」という文字と合わせて一語の熟語を作る。この句の場合は句中の「匂」を入れると「匂袋《においぶくろ》」という熟語が出来る。○女郎花秋の七草の一つ。『万葉集』に「手に取れば袖さへ《え》匂ふおみなへ《え》しこの白露に散らまく惜しも」と詠まれている。

【備考】井筒屋《いづつや》庄兵衛《しようべえ》編『誹諧書籍目録《はいかいしよじやく》』の跋文《ばつぶん》を依頼された際に、庄兵衛（俳号は阿誰《あすい》）と二人で連句を作成したときの発句である。原本には跋文を依頼されたことを記した前書きがあるが省略した。

四四八　淀鯉《よどごい》よ死なば桜の二三月　（『かり座敷』元禄5）

【句意】よどゴイよ死ぬならサクラが咲く二月か三月がいいよ。四四六の句にあげた西行の歌を参照。春「桜・二三月」。

【語釈】○淀鯉　淀川でとれるコイ。美味として知られた。特に淀川の水車《みずぐるま》（四〇八の句参照）あたりでとれるコイは絶品とされた。

海辺にて

四四九　蛤《はまぐり》の気は消果《きえはて》ぬ夕雲雀《ゆうひばり》　（同）

【句意】蜃気楼《しんきろう》が消えてしまって空には夕ヒバリが鳴いている。春「夕雲雀」。

【語釈】○蛤の気　蜃気楼。空中に風景が浮かびあがって見える蜃気楼は、蜃というオオハマグリが吐き出す気によって生じると思われていた。○夕雲雀　夕方に鳴くヒバリ。

四五〇　潮ささぬ沢水甘し杜若《かきつばた》　（同）

【句意】潮が上ってこない沢の水は甘い、沢の岸にカキツバタが咲いている。夏「杜若」。

【語釈】○杜若　美しい花で美人の比喩《ひゆ》として用いられている。

四五一　猫逃《にげ》て梅匂《におい》ひけり朧月《おぼろづき》　（同）

【句意】ネコが逃げてウメのにおいがただよってきた、空には朧月がかかっている。逃げたネコがウメの木に駆け上がったので、花が揺れてウメのにおいがただよったのである。春「梅・朧月」。

【備考】言水自選『初心もと柏《かしわ》』で「梅匂ひけり」が「梅動《ゆすり》けり」に作り変えられている。

新樹

四五二　偶人《かたしろ》に目ふさぐ森の若葉哉《かな》　（『吉備の中山』元禄5）

【句意】かたしろに目をふさいで通り過ぎる、森の若葉の間を。気味が悪いのでかたしろを見ないようにして通り過ぎるのである。夏「若葉」。

【語釈】○新樹　若葉の茂った木。○偶人　ここは身代わりとして用いる人形。人を呪い殺そうとするさいにその人物のかたしろを作り、心臓部に当たるところなどに五寸釘を打ち込む。三七二の句参照。

四五三　花の幕碁うつも京の姿かな

（『時代不同発句合』元禄5）

【句意】花見の幕の中で碁を打っているのも都らしい風情である。花見では酒を飲んでどんちゃん騒ぎになるのが普通だが、花見がてら碁を楽しんでいる姿に都の風情を感じたのである。春「花」。

【語釈】○花の幕　花見の席を囲う幕。上流階級の花見である。一〇〇、三五五の句参照。

四五四　元日や婿《むこ》の肴《さかな》に網代守《あじろもり》

（『眉山』元禄5）

【句意】元日だ、婿に食べさせる肴として氷魚《ひお》を届けてくれたよ、網代守が。催馬楽《さいばら》の「我家《わいえ》」という歌を踏まえたのであろう。二一三の句参照。春「元日」。

【語釈】○婿　娘の夫。○網代守　網代の番人。「網代」は魚をとる設備。四〇二の句参照。

四五五　薬玉《くすだま》や灯《ともし》の花のゆるぐ迄《まで》

（『都の枝折』元禄5）

【句意】薬玉が飾ってある、灯火に照らされた花がかすかに揺れている。夏「薬玉」。

【語釈】○薬玉　五月五日の端午の節句に用いる飾り。麝香《じゃこう》や沈香《じんこう》などの薬を玉にして錦の袋に入れて造花などを結びつけ、五色の糸を飾って長くたらしたもの。

四五六　とかせばや礫《つぶて》ひとつに玉巻葛《たままくくず》　（同）

【句意】解かせたい、小石ひとつだけで、巻き葉になっているクズの葉を。小石を一発で命中させて、巻き葉になっているクズの葉を開かせたいというのである。夏「玉巻葛」。

【語釈】○とかせばや　解きほぐしたい。開かせたい。「ばや」は願望の終助詞。○礫　小さい石。三八一の句参照。○玉巻葛　初夏のころのまだ開かないで巻き葉になっている状態のクズ。

四五七　乗掛《のりかけ》の鶉《うずら》も鳴《なけ》り関送り　（同）
　　おしみゆく名残もかぎりある関の戸にしののめて

【句意】乗掛のウマの上でウズラも鳴いた、関送りの悲しさに。別れて行く立志《りゅうし》をウズラにたとえたのである。送られる立志も泣き、見送る言水も泣いたのである。秋「鶉」。

【語釈】○関の戸　関所の門。この「関」は「逢坂《おうさか》の関」だと考えられるが、当時の逢坂の関には建物そのものがない。名前だけが残ったのである。○しののめて　明け方を意味する「しののめ」という名詞を動詞化した言水の造語。夜が明けかかり。○乗掛　街道で料金をとって旅人を運ぶウマ。一定量の荷物を乗せることもできる。○鶉　キジ科の鳥。和歌の題材にもなっている。○関送り　京都から旅立つ人を国境の逢坂の関まで送ること。逢坂の関まで見送るのが当時の慣習。

【備考】原本によると「江戸へ帰る立志への餞別吟《せんべつぎん》」だという。立志は江戸の俳人である。

梅は難波《なにわ》の家に置《おい》て心かるきは行脚の様《さま》、あやしや扉、たたくは轍士《てつし》、出《いづ》るは我

四五八　うかれ出て津軽《つがる》に寝るか朧月《おぼろづき》　（『誹諧白眼』元禄5）

【句意】うかれて家を出て津軽で旅寝をするつもりなのか、朧月のもとで。旅に出る俳人の轍士が言水宅を訪れたときに彼に贈った餞別《せんべつ》の句である。春「朧月」。

【語釈】○梅　王仁《わに》の作とされる『古今集』仮名序の「難波津に咲くやこの花冬ごもり今をはるべと咲くやこの花」という和歌はウメの花を詠んだといわれているが、この和歌によりウメは難波の名物になった。○難波　大阪。当時轍士は大阪に住んでいた。○轍士　行脚俳人として知られた。○津軽　現在の青森県の津軽地方。

北陸にかへ《え》る僧に

四五九　京笠《きょうがさ》はたよはき《わ》物ぞ雪時雨　（『浦島集』元禄5）

【句意】京都の笠はきゃしゃにできているから、北陸地方のみぞれに耐えられないでしょう。前書きによれば北陸に帰る僧に贈った餞別の句である。冬「雪時雨」。

【語釈】○京笠　辞書に見えない語だが、京都で作られた笠のことであろう。○たよはき　かよわい。虚弱である。○雪時雨　雪まじりの雨。みぞれ。

四六〇　切残《きり》す物は桜よけふ《きょう》の月　（同）

【句意】切り残して大切にされているのはサクラの木だ、名月は誰に守られることもなく美しく輝いている。秋「けふの月」。

【語釈】○けふの月　今日の月。八月十五日の仲秋の名月。

四六一　元日にさへ《え》着ぬ衣《きぬ》ぞあがた召《めし》　（同）

【句意】元日にさえ着ない特別な着物を着て、あがた召の行事に参加する。この行事は江戸時代には無くなっており想像の句である。春「あがた召」。

【語釈】○あがた召　平安時代以後国司《こくし》など地方官を任命する毎年恒例の春の行事。

四六二　くまぬ井を娘のぞくな半夏生《はんげしょう》　（同）

【句意】うっかりふたをとって使わない井戸を覗いてはいけないよ、娘よ、半夏生の日に。夏「半夏生」。

【語釈】○井　井戸。つるべを下ろして縄で汲み上げるようになっている。○半夏生　一年間を七十二分して季節の変化を示す「七十二候」の一つで、夏至から十一日目に当たる日。この日は毒気が降るというので井戸にふたをしたり、野菜を食べないなどの俗習がある。

四六三　干網《ほしあみ》の間《ま》は鱸《すずき》釣浦《つるうら》半《わ》かな
与謝《よさ》の海　繁昌《はんじよう》の地
（『浦島集』元禄5）

【句意】干してある網の間に見える陸地は、スズキを釣るのに適当な入り組んだ海岸になっている。秋「鱸」。

【語釈】○与謝の海　宮津湾《みやづわん》の古名。宮津は現在の京都府北西部の地名。日本三景の一つである天《あま》の橋立《はしだて》があり行楽地として有名。○干網　干してある網。○鱸　スズキ科の海産魚。全長約一メートルに達する。美味の魚として有名。中国・晋《しん》の張翰《ちようかん》は故郷のスズキの味が恋しくなって官職を捨てて故郷に帰ったという有名な逸話がある。○浦半　浦回。海岸線が入り組んで湾曲したところ。

炉はまだし閑窓《かんそう》のゆふぐれ
四六四　飛石《とびいし》に一葉《ひとは》一葉よ秋の蔦《つた》
（同）

【句意】庭の飛び石に一葉ずつ散っているよ、秋のツタモミジが。世捨て人の境涯にある人が茶を楽しんでいる情景である。秋「秋」。

【語釈】○炉　茶道において湯をわかすための設備。床《ゆか》を正方形に切って作る。冬と春に用いる。○まだし　まだその時期に至らない。○閑窓　世捨て人のような人が住む家。○飛石　庭園を散策するために飛び飛びに置かれた石。

ここは茶室に面した庭の飛び石。　○蔦　山林に自生し大木や岸壁にはい登って成長する。秋に美しく紅葉する。

四六五　よしや死ね塔にあたりて落《おつ》る鴨《かも》　（同）

【句意】どうなってもかまわないがいっそ死んでしまえ、塔にぶつかって落ちてくるカモは。落ちてきたら拾って帰ろうというのである。カモの肉は美味。冬「鴨」。

【語釈】○よしや　どうなってもかまわないという気持ちを表す語。　○塔　五重の塔。

四六六　夕ぐれは山臥《やまぶし》見まふ《う》田植かな　（『冬ごもり』元禄5）

【句意】夕暮れになると山臥が田植えの様子を見に来る。自分が所有する田の田植えであろう。夏「田植」。

【語釈】○山臥　「山伏」とも。修験道の行者。僧侶の一種だが僧侶とは異なる特殊な姿をしており、祈禱《きとう》や占いで生計を立てていた。　○見まふ　見舞う。様子を見に来る。

井手《いで》にて

四六七　山ぶきは人のうら屋ぞ井手の里　（『七瀬川』元禄5）

【句意】ヤマブキは人の住む裏屋にもあるよ、井手の里では。玉川まで行かなくてもみすぼらしい裏屋にもヤマブキが生えているというのである。春「山ぶき」。

【語釈】○井手　現在の京都府南部。「井手の玉川」はヤマブキの名所で山城国《やましろのくに》の歌枕。○うら屋　町の裏や路地などに建てられた粗末な家。

四六八　須磨の秋三日月からは来《こ》ぬ人ぞ

（『七瀬川』元禄5）

【句意】須磨の秋は満月のときが一番すばらしいが、そのすばらしさは三日月ごろから来ないとわからない。満月のときだけ来ても須磨の本当のすばらしさはわからないというのである。秋「秋」。

【語釈】○須磨　現在の神戸市須磨区の海岸付近。『源氏物語』の「須磨の巻」で「またなくあわれなるものは、かかる所の秋なりけり」と書かれて以来須磨は秋の寂しさを代表する名所となった。摂津国《せっつのくに》の歌枕。

【備考】言水自選『初心もと柏《かしわ》』に「十五夜」と前書きがある。この句は仲秋の名月の句として詠まれたことがわかる。

四六九　伊勢参りみやこみかへ《え》せ花曇り

（『この華』元禄6）

【句意】伊勢参りに行く人よ、振り返って都の方を見なさい、花曇りの都が一望できますよ。春「花曇り」。

【語釈】○伊勢参り　伊勢神宮に参詣すること。江戸時代の伊勢神宮は一大観光地であった。○みやこ　京都。○花曇り　サクラの咲く時期の曇りがちな天候。

【備考】『初心もと柏』に「日岡峠《ひのおか》にて」という前書きがある。「日岡峠」は現在の京都府東山区粟田口《あわたぐち》から蹴上《けあげ》を経て山科《やましな》へ抜ける峠。ここから京都が一望できたのであろう。

四七〇　蝶逃《ちょうにげ》て雉子《きじ》ふくれけり山颪《やまおろし》　（『白川集』元禄6）

【句意】チョウが逃げてキジの羽がふくれあがった、山颪に吹かれて。春「蝶・雉子」。

【語釈】○山颪　山から吹きおろす風。

四七一　幕の湯も自然一葉《ひとは》の柳哉《かな》　（『青葉山』元禄6）

即興　秋柳《あきのやなぎ》

【句意】幕で囲んだ風呂の湯にも、偶然一枚のヤナギの葉が落ちてくるかもしれない。幕で囲っても、人の目を完全に遮断することはできないというのである。秋「一葉」。

【語釈】○幕の湯　幕で回りを囲んだ湯。貴人などが入る湯である。この句は温泉における高貴な女性の入浴を想定しているのであろう。　○自然　偶然。

【備考】季節のわかりにくい句だが前書きによって秋の句とする。「一葉」はキリの葉を指し秋の季語になっているので、この「一葉」はその転用と考えてこれを季語とする。

四七二　鳴子引《ひき》二日の月も便り哉　（同）

【句意】鳴子引きは二日の月の薄明かりをたよりに畑の番をしている。夜になってイノシシなどが畑を荒らしに来ないように見張っているのである。秋「鳴子」。

【語釈】○鳴子引　鳴子を鳴らす人。「鳴子」は綱を引くとカラカラと鳴るようになっている。○二日の月　月齢が二日の月で、わずかに肉眼に見える程度の細い月。○便り　力になってくれるもの。

四七三　思ひ出《いいず》る赤人《あかひと》にまでの鏡餅《かがみもち》　（『佐良山』元禄6）

【句意】思い出す、赤人にまで鏡餅を供えたことを。赤人の肖像画に鏡餅を供えたのである。子供時代の思い出か。春「鏡餅」。

【語釈】○赤人　万葉歌人の山部《やまべの》赤人。柿本人麻呂《かきのもとのひとまろ》とともに歌聖と呼ばれた。

追悼

四七四　行魂《ゆくたま》や雪吹《ふぶき》も白き花の果《はて》　（同）

【句意】亡くなった人の魂が飛び去って行くよ、吹雪が白い花のように舞っている西の果てまで。亡くなった人の魂が西方浄土を目指して、吹雪の中を飛んでいくというのである。冬「雪吹」。

【語釈】○行魂　辞書にはない言葉である。言水の造語か。極楽浄土を目指して西の方へ行く魂のことであろう。○

雪吹　「吹雪」とも。強い風とともに雪が降ること。

四七五　つたなしや虫ふく中に尼一人　（『花圃』元禄6）

【句意】品が無いよ、虫をつかまえる人たちの中に尼さんが一人いる。虫をつかまえることは、仏に仕える尼さんらしくないというのである。秋「虫」。

【語釈】○つたなし　品格が劣っていること。下品だ。言水自選『初心もと柏《かしわ》』では「あさまし」と推敲されている。○虫ふく　虫をとること。かつて宮中に秋の野で虫をつかまえて天皇に奉る「虫選《むしえらび》」という慣例があった。その「虫選」で虫をとる方法を「虫ふく」という。

四七六　児《ちご》の筆かりつ法師も梶《かじ》の歌　（同）

【句意】児の筆を借りた、法師もカジの葉に和歌を書くために。カジの葉に和歌を書いて七夕に手向けるのは子供じみており、法師らしくない行為である。秋「梶の歌」。

【語釈】○児　寺院や公家などに召し使われた少年。○梶　カジの木。七夕のときはこの葉に願い事や歌などを書いて七夕に手向ける。

四七七　団栗《どんぐり》は小春《こはる》に落《おっ》る端山《はやま》かな　（『流川集』元禄6）

【句意】ドングリは小春になってから落ちるよ、端山では。冬「小春」。
【語釈】○団栗　クヌギの実。ただし似たような実を総称してドングリということもある。本来は秋の季語。○小春　初冬十月の異名。○端山　人里に近い小山。

四七八　残《のこ》いたか見はつる月を筆の隈《すみ》　（『西鶴置土産』元禄6）

【句意】書き残したか、この世で最後に見た月の印象を、文章の片隅に。秋「月」。

【語釈】○残いたか　「残したか」の俗な言い方。○見はつる　見果つる。一生で見ることの最後。見おさめる。○筆の隈　文章の片隅。「筆」は文章の意。

【備考】西鶴《さいかく》を追悼する句であり、西鶴の辞世の句「浮世の月見過ごしにけり末《すえ》二年」を踏まえて作られている。

四七九　御蓬萊夜《みほうらいよ》は薄絹《うすぎぬ》も着《きせ》つべし　（『遠帆集』元禄7）

【句意】この立派な蓬萊に、夜は寒さを防ぐためにきっと薄絹を着せるでしょう。貴人の家の豪華な蓬萊を詠んだのである。実際に薄絹を着せると思っているわけではない。春「御蓬萊」。
【語釈】○御蓬萊　貴人の家の特別に立派な蓬萊なので「御」を付けた。「蓬萊」は神仙の山である蓬萊山をかたどった飾り物で、正月に客をもてなすために作られる。○薄絹　薄くて軽い絹織物。

四八〇　芹薺《せりなずな》ごぎやう《よ》につまるこたへ哉《えかな》　（同）

【句意】春の七草を聞かれて、セリ・ナズナ・ゴギョウまですらすら言えたが、そのあとは忘れて答えに窮した。このあとはハコベラ・ホトケノザ・スズナ・スズシロである。春「芹・薺・ごぎやう」。

四八一　左義長《さぎちょう》に尻あぶりゐ《い》るも男気《おとこぎ》ぞ　（同）

【句意】左義長で着物をまくり上げて尻を火で温めているのも、男らしい気性の表れだ。人前で尻を丸出しにして得意がっている男がいるのである。春「左義長」。

【語釈】○左義長　正月に使用した門松や注連縄《しめなわ》などを持ち寄って焼く行事。「どんど焼き」とも。○男気　男らしい気性。

四八二　付けゆくや岸の款冬《やまぶき》おやの杖《つえ》　（『童子教』元禄7）

【句意】付いてゆくよ、岸のヤマブキを見ながら親の杖代わりとして。年老いた親を気遣いながら、息子があとに付いてゆくのである。春「款冬」。

【語釈】○款冬　「山吹」の慣用的当て字。「岸のやまぶき」は和歌にしばしば用いられる言葉である。

四八三　曇るとて茶摘《ちやつみ》は帰る時鳥《ほととぎす》　（『童子教』元禄7）

【句意】曇ってきたというので茶摘みは仕事を中断して帰った、折しもホトトギスが鳴いた。夏「時鳥」。

四八四　鶏合《とりあわせ》尾に櫛《くし》とるぞ人ごころ　（同）

【句意】鶏合のニワトリの尾羽をくしで整えてやっているのは人間らしい心遣いだ。鶏合をするのは無頼の若者が多かったようだが、そのような者でも自分のニワトリをかわいがるのである。春「鶏合」。

【語釈】○鶏合　闘鶏《とうけい》。ニワトリを闘わせる遊び。もとは宮中で行われた遊びだが江戸時代には民間でも行われた。江戸時代初期の歳時記『増山井《ぞうやまのい》』に「京童《わらべ》（京都の無頼の若者たち）はいつもすることなれば、雑《ぞう》（無季）にして置くべきか」という松永貞徳《ていとく》の言葉を記しているが、一応春の季語に定まっている。

四八五　常に見ぬ曙《あけぼの》ひとつ汐干《しおひ》かな　（同）

【句意】いつも見かけたことのない明け方の星を一つ見つけた、潮干狩りに出かける日に。夜が明けきらないうちに潮干狩りに出かける光景。春「汐干」。

【語釈】○曙　明け方。ここは明け方に輝いている星を指すのであろう。この星は「明けの明星」といわれる金星であろう。○汐干　ここは潮干狩りのこと。言水は京都の住人なので京から潮干狩りに出かけるとすれば、堺（現在の大阪府堺市）か住吉（現在の大阪市住吉区）の海岸である。

四八六　燕《つばくろ》の巣も拝みけり風破《ふわ》の関　（同）

【句意】ツバメの巣も拝んだ、不破《ふわ》の関で。不破の関の跡に仏をまつる祠《ほこら》があったのであろう。それを拝んでふと見たら視線の先にツバメの巣があったのである。春「燕の巣」。

【語釈】○燕　ツバメとも。○風破の関　不破の関。美濃国《みののくに》（現在の岐阜県）にあった古い関所の跡。美濃国の歌枕。

【備考】順水《じゆんすい》が出した「燕」という題で即席に作られた句である。順水はアマチュア俳人。紀伊国《きいのくに》（現在の和歌山県）の富豪。和歌山本町三丁目に住む。この句を収録する『誹諧《はいかい》童子教』の編者。

真葛ケ原《まくずがはら》にて

四八七　我恋《わがこひ》ぞ慈鎮《じちん》の残す郭公《ほととぎす》　（同）

【句意】私の恋の句を詠もう、慈鎮が読み残したホトトギスに託して。慈鎮は時雨に託して切ない恋を詠んだが、自分はホトトギスに託して恋の思いを詠もう、というのである。『新古今集』の慈鎮の和歌「わが恋は松をしぐれの染めかねて真葛が原に風さわぐなり」を踏まえた。夏「郭公」。
【語釈】○真葛ケ原　クズの生い茂った原。のちに現在の京都の円山公園付近一帯の台地の地名になる。○慈鎮　慈円のこと。『新古今集』を代表する歌人の一人。死後に天皇から慈鎮の諡号《おくりな》を賜った。

四八八　御衣縫《おんぞぬ》ふ人昼蚊屋《ひるがや》のやどり哉《かな》　（『童子教』元禄7）

【句意】高貴な人の着物を縫う人は昼間から蚊帳をつって、その中を居場所にして仕事をしているよ。カがひどいので蚊帳をつって、その中で仕事をしているのである。夏「蚊屋」。

【語釈】○御衣　貴人の着物。お召し物。○昼蚊屋　昼間につる蚊帳。「蚊屋」は「蚊帳」の慣用的当て字。○やどり　ここは一時的に過ごす場所をいう。

【備考】順水《じゅんすい》が出した「蚊帳」という題で即興的に作られた句である。順水については四八六の句参照。

餞別《せんべつ》

四八九　京団《きょううちわ》賀田《かだ》の女に言伝《ことづて》ん　（同）

【句意】京都のうちわを賀田の女に届けてくれるよう頼みたい。順水（四八六の句参照）に対する餞別の句として作られたのであろう。京うちわをあげますからおみやげとして持ち帰って、あなたが親しくしている賀田の女性にあげてくださいというのである。夏「団」。

【語釈】○京団　京都の深草で作られたうちわ。○賀田　現在の和歌山市加太《かだ》。かつては水陸交通の要衝であった。「賀田」は当て字だが古い文献には「賀田」と書いた例もある。順水の別宅があったか。

四九〇　稲妻に京の白壁湖《にお》の水　（『丹後鰤』元禄7）

【句意】稲妻と京都の大商人の白壁作りの家並みと琵琶湖の水と。京都とその近辺の印象的な光景を三つ並べたのである。秋「稲妻」。

【語釈】○稲妻　秋の夜空に光る電光。○白壁　建物の外側を白いしっくいで塗った建物。ここは大きい商家を指す。○湖　琵琶湖を指す。琵琶湖を別名「鳰《にお》の湖《うみ》」という。四二六の句参照。

四九一　火燵《こたつ》出て古郷《ふるさと》こひ《い》し星月夜　（同）

【句意】こたつを出て夜空を見上げると故郷が恋しくなる、今晩は美しい星月夜だ。冬「火燵」。

【語釈】○火燵　当時の慣用的な表記。「炬燵」とも。冬の季語。○古郷　故郷に同じ。○星月夜　月がなくて星が明るく輝いている夜空。秋の季語だがこの句では「火燵」が季語になる。

四九二　艮《うしとら》に織出《おり》す雲よはなの綾《あや》　（『熊野烏』元禄7）

【句意】北東の方角に布を織りだしたように雲が広がっている、花の模様のように美しく。春「花」。

【語釈】○艮　北東の方角。○綾　いろどりや美しさを表す言葉。

四九三　芦田鶴《あしたず》の香《か》を嗅出《かぎいだ》す粽《ちまき》かな　（『墨吉物語』元禄8）

【句意】アシの生えた水辺に棲んでいたツルの匂いがするよ、ちまきを食べると。夏「粽」。

【語釈】○芦田鶴　ツルの異名。ツルはアシの生えている水辺にいることが多い。○粽　端午の節句に食べる食べ物。ササ・コモ・アシなどで餅米を包んで蒸したもの。一〇九の句参照。

高野にて

四九四　何ぼとけのせ来る秋の暁雲《やまかずら》　（『鳥羽蓮華』元禄8）

【句意】どの仏が妻を乗せてやってくるだろうか、山の峰には秋の明け方の雲がたなびいている。妻が亡くなったときの追悼の句である。釈迦が入滅《にゅうめつ》（死）してから五十六億七千万年後に弥勒菩薩《みろくぼさつ》がこの世に現れて人々を救済してくれるというが、高野山の名所案内『高野山通念集《つうねんしゅう》』によれば、そのとき弘法《こうぼう》大師も弥勒菩薩とともに高野山に戻ってくるという伝承があったらしい。それを踏まえて、妻が暁の雲に乗って高野山に現れると想像したのである。秋「秋」。

【語釈】○高野　高野山。和歌山県にある弘法大師によって開かれた霊場。宗派を問わず遺骨を高野山に納めるのが慣習になっていた。○暁雲　明け方に山の端にかかる雲。振り仮名は原本に従う。

【備考】言水自選『初心もと柏《かしわ》』の自注にはこの句について、「妻に別れし秋、高野に詣でぬ。この地、後仏《ごぶつ》（弥勒菩薩）を誓う御山なり。この暁の雲には我が妻ものせくるか」と記されている。

四九五　花手まりうつ木《ぎ》に数を添《そえ》にけり　（『夏木立』元禄8）

【句意】テマリバナが咲いてウノハナの白さにさらに白を加えた。ウノハナが咲き、続いてテマリバナが咲く初夏の情景を詠んだ。夏「花手まり・うつ木」。

【語釈】○花手まり　テマリバナのことであろう。初夏のころに球形の白い花をつける。江戸時代初期の歳時記『増《ぞう》山井《やまのい》』では四月の季語とする。現在はオオデマリと呼ばれている。○うつ木　ウノハナの木。初夏に枝先に白い花が群がって咲く。夏を知らせる花として知られる。

四九六　恋めけり星のあふ《う》夜の猫のこゑ《え》　（同）

【句意】恋をしているように聞こえる、二つの星が会う七夕の夜のネコの鳴き声は。秋「星のあふ夜」。

【語釈】○星のあふ夜　牽牛星と織女星が会う七夕の夜。

【備考】「猫の恋」であれば春の季語だがこの句では「星のあふ夜」が季語になる。

四九七　ぬき足に虫の音《ね》わけてきく野哉《かな》　（同）

【句意】足音をしのばせて虫の鳴き声を草をかきわけて聞いている、野原で。秋になると携帯用のあんどんを提げて野に出て、虫の声を聞くことは当時の人の楽しみの一つであった。秋「虫の音」。

勧修寺《かんじゅじ》にて

四九八　菜の蝶《ちよう》は菜に居る御所の桜哉《かな》　（『平包』元禄9）

【句意】ナノハナを好むチョウはナノハナに止まっている、御所のサクラが美しく咲いているのに。春「蝶・桜」。

【語釈】○勧修寺　現在の京都市山科区にある。通称を山科門跡《やましなもんぜき》と呼ばれた格式の高い寺。この句の「御所」はこの寺を指す。カジュジ、カジュウジとも。○菜の蝶　ナノハナを好むチョウ。「菜」はナノハナ。

この日の即興

四九九　つなぎ馬なき花よはし《わ》山桜　（同）

【句意】つなぎウマのようにあなたを京都につなぎ留めておきたいが、まだ咲かない花はあなたをつなぎ留める力は弱い、せめてヤマザクラが咲くまで居てください。原本の注によれば、江戸の俳人東潮《とうちよう》を迎えて興行した句会で作られた発句である。春「山桜」。

【語釈】○この日　東潮を迎えて句会を行った日。○つなぎ馬　杭《くい》などにつなぎとめてあるウマ。

五〇〇　野の宮は見せじ東の山桜

かみの園生《そのう》に遊ぶ旅人に　（同）

【句意】野の宮は見せません、東山のヤマザクラが咲くまでは。原本の注によれば東潮《とうちょう》に対する挨拶の句である（四九九の句参照）。東山のヤマザクラが咲くまでは江戸に戻しませんというのである。春「山桜」。

【語釈】○かみの園生　上京《かみぎょう》の庭園。上京には内裏を中心に公家など上流階級の邸宅があった。○野の宮　伊勢神宮の斎王《さいおう》を務める皇女あるいは女王が、一年間潔斎《けっさい》のためにこもる宮殿。京都の嵯峨野にあった。○東の山　東山。麓《ふもと》には清水寺や知恩院などがありサクラの名所であった。「東の山」に「山桜」をかける。

五〇一　をとやいつ師走の風鈴《ふうりん》けさの梅　（『枕屏風』元禄9）

【句意】音を聞いたのはいつのことだろう、師走の風鈴の音に気づいて戸を開けてみたら今朝はウメが咲いていた。軒先に放置されたままになっていた風鈴が、ウメが咲いたことを知らせてくれたのである。冬「師走」。

【語釈】○風鈴　当時はフウレイ、あるいはフリョウと呼んだようだが、一応フウリンという現代の読み方に従っておきたい。三二六の句参照。

五〇二　早乙女の見に行《ゆく》宮の鏡かな　（同）

【句意】早乙女が見に行くよ、神社の鏡を。若い早乙女が顔が泥で汚れていないか、近くの神社の鏡で確かめるのである。泥田で作業をするわけだから当然顔も泥で汚れる。若い娘らしい行為である。夏「早乙女」。

【語釈】○早乙女　田植えをする女性。必ずしも若い女性とは限らないがここは若い女性。○宮の鏡　神社の御神体の鏡。鏡を御神体としてまつっている神社は多い。この句では神主もいないごく粗末な神社であろう。

五〇三　須磨人《すまびと》の猫抱《だく》もみしけふ《きよう》の月
　　　そぞろ寒げのはじめとて　（『枕屛風』元禄9）

【句意】須磨の人がネコを抱いているのを見た、仲秋の名月の夜に。寒いのでネコを抱いて体を温めながら、月見をしている人がいたのである。秋「けふの月」。

【語釈】○そぞろ寒げ　寒い季節でもないのに何となく寒く感じられること。○須磨人　須磨に住んでいる人。「須磨」については三三一の句参照。○けふの月　今日の月。八月十五日の仲秋の名月。

五〇四　蓮《はす》に鷺《さぎ》秋来《こ》ぬ秋の夕《ゆうべ》かな　（同）

【句意】ハス池にシラサギが来ている、まだ秋は来ないのだが秋の夕べのような感じがする。ハスの花とシラサギは夏の風物だが、その清楚な取り合わせが秋らしい感じだというのである。夏「蓮」。

【語釈】○鷺　サギ科の鳥の総称だが、単にサギといえばシラサギを指すのが普通。シラサギは近代になって夏の季語として扱われるようになるが、当時はまだ季語になっていない。

五〇五　山茶花《さざんか》や時雨の亭《ちん》の片びさし

【句意】サザンカが咲いているよ、時雨の亭の片びさしの屋根の下に。冬「山茶花」。

【語釈】○時雨の亭　京都の小倉山にあったという藤原定家の別荘。ただしこの句は知人の別荘をふざけて「時雨の亭」といったのであろう。○片びさし　一方だけに傾斜した簡素な作りの屋根。

五〇六　児《ちご》つれぬ法《のり》のうき世ぞ順の峰　（『反故集』元禄9）

【句意】児を連れてゆかないのが仏法で定めた現世の掟だ、順の峰入りに。順の峰入りには児を連れて行かないと決められているというのである。

【語釈】○児　寺院で召し使われている少年。しばしば男色《なんしょく》（男同士の同性愛）の対象とされた。○順の峰　順の峰入り。峰入りは修験者が大和国《やまとのくに》吉野郡（現在の奈良県南部）の大峰山《おおみねさん》に入って一定期間修行すること。コースを変えて春と秋の二度行われる。春に行うのを順の峰入りといい、紀伊国《きいのくに》熊野（現在の和歌山県熊野市）から前鬼《ぜんき》・後鬼《ごき》と登り大峰山葛城《かずらぎ》に出るコースをとる。

五〇七　犬猫は外に臥《ふす》夜の蚊遣《かやり》かな　（同）

【句意】イヌとネコは外で寝ている夜、家の中では蚊遣りを焚いている。イヌとネコは蚊遣りの煙を嫌って外で寝ているのである。夏「蚊遣」。

【語釈】○蚊遣　マツやスギの葉などをいぶしてカを追い払うこと。

五〇八　蚊柱《かばしら》の礎となるすて子哉《かな》　（『反故集』元禄9）

【句意】蚊柱の礎となっているよ、捨て子が。捨て子にカが集まって蚊柱のような状態になっているのである。「柱」と「礎」は縁語。夏「蚊柱」。

【語釈】○蚊柱　カが縦に連なり群がって飛び柱のように見えること。○礎　建物の柱の土台になっている石。

五〇九　石仏雨に気づよし杜若《かきつばた》　（同）

【句意】石仏は雨が降っても平気な顔をしている、雨に濡れているカキツバタはかわいそうだ。夏「杜若」。

【語釈】○石仏　石で作った仏。ここは祠《ほこら》もない道ばたの地蔵などであろう。木造の仏なら雨で朽ちてゆくが石仏は雨が降っても何の影響もない。○気づよし　平然としている。○杜若　やや大ぶりの紫色の美しい花をつける。

五一〇　白昼《はくちゆう》に雉子《きじ》拾《い》ひけり年の暮《くれ》　（同）

【句意】昼間にキジを拾ったよ、年末に。誰かが落としたキジを拾ったのである。落とした人物はキジを年末の贈り物にしようとしていたのであろう。言水自身の体験を詠んだのであろうが特異な体験である。

【語釈】○雉子　キジの肉は美味として珍重されたから、贈り物として利用されることも多かったと思われる。○年の暮　年末。あわただしく人が行き交う時期。キジを落としても気がつかないということもありうる。

五一一　呉羽《くれは》ぎぬ蠅《はえ》はあづ《ず》まの咄《はな》し哉　（『呉羽絹』元禄9）

【句意】呉羽絹の里でハエ同然のつまらない私は江戸の話でもすることにします。自らをハエにたとえて、古い歴史のある池田にふさわしい話題が無いことを卑下した。池田の人に招待されたときの挨拶の句である。夏「蠅」。

【語釈】○呉羽ぎぬ　呉羽絹。中国風の織物。「呉羽」は「呉服《ごふく》」のこと。中国の呉の国の織物の技術を日本に伝えた子孫が摂津国《せっつのくに》池田（現在の大阪府池田市）に住んでいたという。重頼《しげより》編『毛吹草《けふきぐさ》』では、摂津国の名産に「池田に呉服《くれは》・綾服《あやは》の御衣《おんぞ》」を挙げる。○あづま　東《あずま》。江戸を指す。

五一二　匂《にお》ひ《い》来る早稲《わせ》の中より踊《おどり》哉
　　壬生《みぶ》の辺《あたり》にまかりて　（『陸奥鵆』元禄11）

【句意】イネの香が匂ってくるわせの中から踊りの人たちが現れた。秋「踊」。

【語釈】○壬生　現在の京都市中京区西部の地名。当時は農村地帯。○早稲　早く成熟するイネ。収穫する時期が早い。○踊　現在の盆踊り。季吟編『山の井』には「盂蘭盆《うらぼん》」（現在のお盆）の項に「かけおどり」を付記する。

五一三　井手の蛙《かわず》踏《ふま》るる時は念仏《ねぶつ》哉《かな》　（『寄生』元禄11）

【語釈】○井手　現在の京都府南部。ヤマブキとカエルで有名な玉川が流れている。四六七の句参照。

【句意】井手のカエルは踏まれるときは念仏《ねんぶつ》を唱える。春「蛙」。

五一四　羽織着よ鞍馬《くらま》法師も年男　（『能登釜』元禄12）

【句意】羽織を着なさいよ、鞍馬寺の法師も年男を務めるときは。一般の家庭では年男は羽織を着るが、法師が羽織を着ることはなかったであろう。

【語釈】○羽織　着物の上にまとう衣類。防寒用にも用いるが、儀式などの場では時期にかかわらず羽織を着るのが当時の慣例。○鞍馬法師　現在の京都市左京区の鞍馬山にある鞍馬寺の僧侶。○年男　新年の儀式を行うために一家の中から選ばれた男性。門松を立て座敷を清め若水を汲んだりする。節分の豆まきも行う。晴れの儀式だから年男は当然羽織を着る。

五一五　焼飯《やきめし》もならぬ鵜舟《うぶね》の篝《かがり》哉　（同）

【句意】焼き飯もできないよ、鵜舟のかがり火では。夏「鵜舟」。

【語釈】○焼飯　焼いたおむすび。携帯用の弁当などに利用された。七〇の句参照。　○鵜舟　鵜飼いの舟。かがり火を焚いて魚をおびき寄せる。

五一六　さればこそ簑《みの》着たる人朧月《おぼろづき》　（同）

【句意】思っていた通りだ、簑を着た人が通ったあと朧月が雨でかすんでいた。簑を着た人が通ったので雨が降っているらしいと思っていたら、その通り雨が降っていたというのである。降っているのがわからないほど細かい雨が降っていたのである。春「朧月」。

【語釈】○さればこそ　思っていたとおり。　○簑　カヤやワラなどで編んだ雨具。

五一七　来る人に風蘭《ふうらん》おろす軒端《のきば》哉　（『小弓俳諧集』元禄12）

【句意】訪ねてくる人に見せるためにフウランを下ろす、軒端から。夏「風蘭」。

【語釈】○風蘭　暖地の山中の老木などに着生するラン科の常緑多年草。観賞用として木片などにつけて栽培される。　○軒端　屋根の軒。軒先。

五一八　胎内を出《いで》けん時もおぼろ月　（『北之筐』元禄12）

【句意】母の胎内を出たときも朧月であっただろう。みずからの生誕のときを想像した句か。春「おぼろ月」。

五一九　鄙《ひな》にわたらひ《い》て
顔ばかりみえて物喰《くう》蚊遣《かやり》哉《かな》　（同）

【句意】食事をしている人たちの顔ばかりが見え、蚊遣りの煙がただよってくる。家の中で蚊遣りをたいて夕食を食べている人たちの顔だけが、すだれごしに見えるのである。農家の夕食の光景である。夏「蚊遣」。

【語釈】○鄙　いなか。○わたらひ　生計を立てる。五七五の句参照。○蚊遣　マツやスギの葉などをいぶしてカを追い払うこと。

【備考】言水は東北地方や九州方面などを旅行している。この句は旅の途中に見かけた光景だが、彼は骨董商《こっとうしょう》だったという説があることを考えると、こうした旅は骨董収集の旅だったかもしれない。

五二〇　蟷螂《とうろう》のすべりていかるふくべ哉　（同）

【句意】カマキリが滑り落ちて怒っているよ、ヒョウタンに向かって。秋「蟷螂」。

【語釈】○蟷螂　カマキリのこと。○ふくべ　ヒョウタンの中味を取り除いて酒などを入れる容器に加工したもの。

外側は磨けばつるつるになる。

五二一　木枯《こがらし》の匂《にお》ひ嗅《か》ぎけり風呂あがり　（同）

【句意】木枯らしのにおいを嗅いだ、風呂上がりに。木枯らしそのものににおいはないが、回りの木々のにおいを運んできたのであろう。冬「木枯」。

【語釈】○木枯　晩秋から初冬にかけて吹く強い風。俳諧では冬の季語。○風呂　原本によれば言水編『続都曲《ぞくみやこぶり》』に「南禅《なんぜん》浴室」という前書きがあるというから、この風呂は京都の南禅寺の風呂である。当時は一般家庭にまだ風呂は無かった。

五二二　　貞徳翁《ていとくおう》五十回忌鳥羽《とば》に於《おい》て

凩《こがらし》や山枯《やまがら》も泣く五十年　（同）

【句意】木枯らしが吹きヤマガラも鳴いている、貞徳の五十回忌を迎えて。冬「凩」。

【語釈】○貞徳　近世俳諧の祖といわれている松永貞徳。京都の人。承応《じょうおう》二年（一六五三）十一月十五日に没し鳥羽の実相寺《じっそうじ》に葬られた。五十回忌は元禄十五年（一七〇二）である。○凩　木枯らし。四〇六、五二一の句参照。○山枯　ヤマガラの当て字。「山雀」と書くのが普通。愛玩用として飼われることが多い。

【備考】この句を収録する『北之筥《きたのはこ》』の序文は元禄十二年に書かれているが、実際に刊行されたのは貞徳の五十回忌である元禄十五年以後と考えられる。

五二三　淀《よど》の橋みじかき人の師走哉《かな》

（『伊達衣』元禄12）

【句意】淀の小橋《おばし》のようにせわしなく人が行き交うよ、師走には。

【語釈】○淀の橋　京都と大阪をつなぐ交通の大動脈であった淀川にかかる橋。大橋と小橋があったが、ここは小橋のことであり「みじかき」の枕詞《まくらことば》のように用いた。○みじかき　気が短い。せっかちなこと。○師走　十二月。この時期は借金取りや物売りの人たちが特にあわただしく行き交った。

五二四　はつ空や有《う》の福禄寿《ふくろくじゅ》無《む》の悪魔

（『歳旦三物集』元禄13）

【句意】まだ明け切らぬ正月の空に、南極星の化身といわれる「有の福禄寿」が姿を現し、「無の悪魔」の姿は無い。わかりにくい句だが、年が明けて福禄寿が姿を現し悪魔が姿を消したというのであろう。春「はつ空」。

【語釈】○はつ空　正月の空。○有　仏教語の「有無」の「有」。『織田仏教大辞典』によると、「有無」の「有」は「有とは常見《じょうけん》、我有り法有りと執《しゅう》ずる邪見」だという。○福禄寿　七福神の一つ。福禄寿の像は福・禄・寿の三徳を表しているという。また南極星の化身ともいわれている。○無　仏教語の「有無」の「無」。『織田仏教大辞典』によれば「無とは断見、我も無く法も無しと執ずる邪見」だという。○悪魔　『織田仏教大辞典』によれば「仏道を障碍《しょうげ》する悪心の総称」だという。

五二五　年木樵《としきこ》る山のいそがし啄木《てらつつき》　（同）

【句意】年木を伐採する山では人が忙しく働いている、それに合わせるようにキツツキが忙しく木をつついている。冬「年木樵る」。

【語釈】○年木樵る　年木用の木を伐採して適当な長さに切りそろえること。「年木」は新年にたく薪。これを年内に準備しておくのが当時の慣習。○啄木　キツツキの異名。

東山の亭にて

五二六　菜の花や淀《よど》も桂《かつら》も忘れ水　（『珠洲の海』元禄13）

【句意】ナノハナが一面に咲いている、その中を淀川も桂川も忘れ水となって流れている。東山の料亭から眺めた光景である。東山から眺めると淀川も桂川も小川のように見えるのである。春「菜の花」。

【語釈】○東山　京都の東山。清水寺などがある。二八八の句参照。○亭　料亭であろう。○菜の花　当時は菜種油が灯火用に使われたので各地に広大なナノハナ畑があった。○淀　淀川。京都と大阪を結ぶ交通の大動脈。○桂　桂川。現在の京都市西部を流れる川。○忘れ水　草原などを見えたり隠れたりしながら絶え絶えに流れて行く小川。

【備考】言水の代表作の一句である。

五二七　肩ぬがぬ涼みさすがの都かな

東川《とうせん》　我京《わが》ほむるにはあらねど

（『続都曲』元禄13）

【句意】肩を脱いで肌をさらすことなく上品に夕涼みを楽しんでいる、さすがに都の人はみだしなみがいいことだ。京都の鴨川《かもがわ》の年中行事である夕涼みの情景を詠んだのである。夏「涼み」。

【語釈】○東川　京都の東を流れる鴨川。言水の造語であろう。鴨川の四条河原では毎年六月に茶店や酒亭が河原で桟敷などを設けて客をもてなす行事が行われた。○肩ぬがぬ　上半身だけ着物を脱いで肌を出すようなことをしない。肌を出すのは失礼な行為である。

五二八　賑《にぎわ》はしや女の矢取り秋の暮《くれ》

聖護院《しょうごいん》の森

（同）

【句意】賑やかなことだ、矢取り女の声が秋の夕暮れに響いている。秋「秋の暮」。

【語釈】○聖護院　現在の京都市左京区の地名。聖護院や熊野神社などがある。カブやダイコンの産地として有名。○矢取り　土弓《どきゅう》場《ば》で客の射た矢を拾い集める女。土弓場は楊弓《ようきゅう》（小形の弓）を射て遊ばせる店。

五二九　矢数射る若衆《わかしゅ》に望《のぞみ》なかりけり

いかめしや矢数《やかず》の場《にわ》

（同）

【句意】矢数を射る若者を恋人にしたいという望みはない。いかに美少年であっても筋肉もりもりのごつい体をした若者を、恋人にしたいという気持ちがわいてこないというのである。男性同士の恋愛である男色《なんしよく》を詠んだ句である。当時は男色はごく普通に行われていた。夏「矢数」。

【語釈】○矢数　京都東山三十三間堂で行われた通し矢の行事。夕方から始めて翌日の夕方に終わるのを大矢数といった。言水が京都に住んでいた貞享《じようきよう》三年（一六八六）に、和歌山藩の和佐大八郎が八千百三十三本の大記録を作っている。一七六の句参照。○若衆　男色の相手をいう場合もあるがここは若者の意。

五三〇　石打《うつ》て立《たた》する鴫《しぎ》はあはれ《わ》なし　　鴫たつ沢　（同）

【句意】石をぶつけて飛び立たせたシギにしみじみとした趣はない。三夕の歌として有名な『新古今集』の西行《さいぎよう》の和歌「心なき身にもあはれ《わ》は知られけり鴫立つ沢の秋の夕暮」を踏まえた句。自然に飛び立ったシギならしみじみしたおもむきはあるが、石を投げて飛び立たせたシギに、そのようなおもむきはないというのである。秋「鴫」。

五三一　島原や根深《ねぎ》の香《か》もあり夜の雨　　洛西　（同）

【句意】島原ではネギのにおいもほのかにただよっている、夜の雨の中で。冬「根深」。

【語釈】○洛西　京都の西。早くからさびれた。○島原　京都の地名。現在の京都市下京区。遊郭《ゆうかく》があったことで有名。周囲は畑であった。

旅行

五三二　更級《さらしな》や馬の恩しる秋の月　（『続都曲』元禄13）

【句意】更級に着いた、ウマの恩をありがたく思った、秋の月を眺めながら。更級で秋の月を眺めることができるのもウマのお陰だというのである。ウマに乗って山道を登ったのであろう。秋「秋の月」。

【語釈】○更級　信濃国《しなののくに》更級。現在の長野県長野市と千曲市の一部の地名。月の名所として有名な姨捨山《おばすてやま》がある。信濃国の歌枕。一四三の句参照。○秋の月　「月」は単独で秋の季語になるが「秋の月」といったのは仲秋の名月の意味なのであろう。

世人目高し、独吟《どくぎん》すべきにあらず、年は六十誹《はい》八十

五三三　口に手をあてててこころの月見かな　（同）

【句意】だまったままで心の中で月見をする。秋「月見」。

【語釈】○世人　世間の人。○目高し　鑑賞力が優れている。○独吟　一人で作成する連句。○年は六十誹八十

人間の寿命は六十歳が限界だが俳諧は八十歳になっても極められないというのであろう。「高野《こうや》六十那智《なち》八十」ということわざのもじりであろう。「誹」は「誹諧《はいかい》（俳諧）」のこと。○口に手を当てる」という形で立項し「陰口をきく」と説明しているが、ここは口から外に出さないということであろう。つまり句を人に披露しないのである。

【備考】わかりにくい前書きだが、次のような意味だと思う。世の中の人はすぐれた鑑賞力をもっており、つまらない句を披露しても笑いものになるだけである。しかし俳諧は一人で作るべきものではない。これからも八十歳になるまで精進したい。なおこのとき言水は五十一歳。

五三四　嵯峨《さが》鮎《あゆ》も渋《さび》けり京の人心　（同）

【句意】嵯峨のアユもさびた色になって川を下り始めるころだ、京都の人はこれを待ちかねている。四季折々の楽しみを求めているのが、京都の人たちに共通した気持ちだというのであろう。秋「鮎も渋けり」。

【語釈】○嵯峨鮎　嵯峨でとれるアユ。嵯峨は現在の京都市右京区の地名。保津川《ほづがわ》北岸の地域。アユは嵯峨の名物。○渋けり　秋の産卵期にアユが鉄さびのような色になること。このようなアユを「錆鮎《さびあゆ》（渋鮎とも）」とか「落ち鮎」という。一一二三の句参照。

五三五　冬牡丹《ふゆぼたん》抃《てうつ》に蔵の谺《こだま》かな　（同）

【句意】冬ボタンの見事さに思わず手を打ったらその音が蔵の壁にこだました。冬「冬牡丹」。
【語釈】○抃　手をたたくこと。『合類節用集《ごうるい》』という辞書にこの文字を取り上げており「テウツ」と振り仮名を振る。

五三六　夕ぐれや烏《からす》もふたつ池の鴛《おし》　（『金毘羅会』）

【句意】夕暮れだ、カラスも二羽ならんでとまっている、池のオシドリを見習って。冬「鴛」。
【語釈】○鴛　オシドリ。いつもオスとメスがつがいでいる鳥として知られている。仲のよい夫婦をオシドリ夫婦という。

五三七　ぬすみ出す娘蚊遣《かやり》の火影かな　（同）

【句意】盗み出す娘を蚊遣りの火影をたよりに探している。若い男女が駆け落ちをしようとしている場面であろう。夏「蚊遣」。
【語釈】○蚊遣　カを追い払うためにマツやスギの葉などをいぶすこと。○火影　火の明かり。

五三八　淀《よど》にて
名月や汲《くま》ぬもさむき水車《みずぐるま》　（同）

【句意】名月が輝いている、水を汲み上げない姿が寒々としている、淀の水車は。修理中で止まっている水車を詠んだ句である。名所案内『淀川両岸一覧』を見ると、「淀の車の修理なりたるをみて」という前書きのある和歌のあとに、この句が記されている。秋「名月」。

【語釈】○淀　現在の京都市伏見区の地名。淀川に沿う低湿地帯。○名月　八月十五日の仲秋の名月。○水車　淀《よど》城《じょう》に水を引き入れるために用いられた水車。四〇八の句参照。

五三九　たつ鴫《しぎ》よ酒気《さかけ》もさめて人ごころ　（『和漢田鳥集』元禄13）

【句意】飛び立っていくシギよ、酒の酔いもさめて普通の気持ちに戻った。秋の情趣にひたっていたのだが普段の状態に戻ったのである。西行の和歌（二〇八、五三〇の句参照）を踏まえたのであろう。秋「鴫」。

五四〇　涼みより直《すぐ》に送れり橋の音　（『一番鶏』元禄14）
沾徳《せんとく》が馬もどろと

【句意】四条河原の納涼のにぎわいを見物したあとすぐに見送った、橋を行くウマの足音を聞きながら。沾徳を見送ったときの句である。彼がウマに乗って京都を去ったことが前書きでわかる。夏「涼み」。

【語釈】○沾徳　江戸の俳人。元禄十四年（一七〇一）に京都を訪れ言水などと交流があった。○とどろ　荒々しい足音をたてること。○涼み　ここは鴨川の四条河原の涼み（五二七の句参照）。河原に桟敷や床几《しょうぎ》などが設けられ大いににぎわった。

五四一　幾涼み秋の蛙《かわず》の乙鳴《おくれなき》　（『いふもの』元禄14）

【句意】何度も夕涼みをして秋になり、秋のカエルが時期に遅れて鳴いている。カエルは春から鳴き始め夏にもっとも盛んに鳴く。秋「秋」。

【語釈】〇乙鳴　時期に遅れて鳴くこと。「乙」は特殊な用字である。他に用例を見いだせない。「乙」の振り仮名は原本に従った。

五四二　破鐘《われがね》もかすむたぐひか鳰《にお》の海　（『一字之題』元禄15）

【句意】三井寺の破損した鐘の音も霞むものの仲間入りをするのか、霞んでいる琵琶湖《びわこ》の水面に絶え絶えに響いている。一面に霞んでいる琵琶湖に鐘の音が響いている情景。琵琶湖では鐘の音まで霞んでいるというのである。春「かすむ」。

【語釈】〇破鐘　三井寺の鐘。この鐘について京都の名所案内『京羽二重織留《おりどめ》』に「破鐘《はしよう》　これ竜宮より来たる古《こ》鐘《しよう》、俵藤太秀郷《たわらのとうだひでさと》これを寄進す」と記されている。「三井寺」は現在の滋賀県大津市にある園城寺《おんじようじ》の別称。琵琶湖に面している。〇たぐひ　仲間。同類。〇鳰の海　琵琶湖の異名。鳰はカイツブリのこと。琵琶湖はカイツブリが多い。

五四三　うぐひ《い》すよ薪割音《まきわる》も朝もよひ《い》　（同）

【句意】ウグイスが鳴いている、まきを割る音も聞こえてくる、朝食のしたくをしているようだ。春「うぐひす」。

【語釈】○割　原本には「刻」と記し「割」の誤記と注記する。原本の注記に従う。○朝もよひ　朝早く朝食のしたくをすること。

五四四　牛の子の嗅《かぎ》ゆくあとの野むめ《う》哉《かな》　（同）

【句意】子ウシが道ばたの木のにおいをかぎながら歩いて行く、そのあとに野生のウメの花が咲いている。春「野むめ」。

【語釈】○野むめ　野生のウメ。「むめ」は当時の慣用的表記。

五四五　猿牽《さるひき》の猿が綰《わげ》ゆく柳かな　（同）

【句意】サル回しが連れているサルが丸く曲げていったよ、ヤナギの枝を。サル回しの肩に乗っていたサルが通りすがりにヤナギの枝を曲げたのである。春「柳」。

【語釈】○猿牽　サル回し。町の中などでサルに芸をさせて金をかせいで暮らしている芸人。当時は一般の庶民と区別されており、居住地も一般人と別の地域に定められていた。○綰ゆく　曲げてゆく。原本では「舘ゆく」と記し「綰ゆく」の誤記と注記する。原本の注記に従った。

五四六　をし曲《お》む《ゆが》わらびも風のゆくて哉《かな》
（『一字之題』元禄15）

【句意】押し曲げられたワラビの形も風の吹いてゆく方向を示している。春「わらび」。

【語釈】○ゆくて　進んで行く方向。

五四七　夜桜にあやしやひとり須磨《すま》の蜑《あま》
（同）

【句意】夜ザクラのもとにあやしいことだ、一人の須磨のあまがたたずんでいる。謡曲「松風」を踏まえた句。夜ザクラのもとにたたずむ女性を、「松風」の登場人物である松風か村雨の亡霊と見たのであろう。この二人の女性は須磨のあまである。春「夜桜」。

【語釈】○須磨　現在の兵庫県神戸市西部。摂津国《せっつのくに》の歌枕。○蜑　海にもぐってアワビなどを取ることを仕事とする人。この句では女性。

ふしみ山にて

五四八　桃は只《ただ》桃の花にて桃の花
（同）

【句意】モモはごく普通のモモの花だが、それにしてもここのモモの花は別格だ。モモのシーズンの伏見山の美しさを絶賛したのである。春「桃の花」。

【語釈】○ふしみ山 京都の伏見にある山。モモの名所。『都林泉名所図会《みやこりんせんめいしょずえ》』の「伏見山」の説明に「桃花ひまなく弥生《やよい》の盛りには遠近人《おちことびと》ここに遊宴す」とある。

五四九 梨のはなうるはし《わ》尼が念仏迄《ねぶつまで》 (同)

嵯峨《さが》のいほり《お》にて

【句意】ナシの花は清楚で美しい、尼の唱える念仏まで清楚な感じだ。嵯峨の知り合いの尼さんの庵《いおり》で作られた句である。春「梨のはな」。

【語釈】○嵯峨 京都の嵯峨。閑静なところで当時の別荘地。○梨のはな 清楚な尼の比喩《ひゆ》。白楽天《はくらくてん》の「長恨歌《ちょうごんか》」に「梨花一枝《りかいっし》、春、雨を帯ぶ」という文句がある。楊貴妃《ようきひ》の美しさをナシの花にたとえたのである。

五五〇 尾を引けば草にとらるる雉子哉《きぎす》 (同)

【句意】尾を長く引いているので草に尾をとられるよ、キジは。キジは尾が長いのでそれが草に邪魔されて草原を自由に歩けないというのである。春「雉子」。

五五一　此礫《このつぶて》ひばり落《おち》たる所まで　（『一字之題』元禄15）

【句意】この小石をヒバリが降りた所まで投げてみよう。春「ひばり」。

【語釈】○礫　手で投げるための小石。○ひばり落たる　空高くさえずっていたヒバリが地上に降りること。

五五二　玉川や屋根に鳴《なき》しは何がはづ《わず》　（同）

【句意】玉川のほとりの家の屋根に鳴いているのは、何というカエルだろうか。カエルで有名な井手の玉川のほとりに泊まったときの句であろう。井手の玉川のカエルはカジカガエルという種類だったようだが、当時の人がそのことを知っていたかどうか不明。春「かはづ」。

【語釈】○玉川　山城国《やましろのくに》井手（現在の京都府綴喜郡）の玉川。カエルの名所。山城国《やましろのくに》の歌枕。○がはづ「かはづ」が連語により濁音になったものか。「かはづ」はカエルの雅語。

【備考】「何がはづ」は原本のままである。「何かはづ」の誤記であろう。

五五三　地にすみれ雲に紫盧舎那仏《るしやなぶつ》　（同）

ならにまかりて

【句意】地には紫色のスミレが咲き雲は紫色にたなびいて、大仏様もいらっしゃる。奈良の気高い宗教的な雰囲気を詠んだ句。春「すみれ」。

【語釈】○雲に紫　雲が紫色にたなびいている様子。紫雲《しうん》はめでたいことの瑞兆《ずいちょう》。○盧舎那仏　奈良東大寺の大仏。

五五四　山ぶきやおらで渦まく淵《ふち》の上　（同）

【句意】ヤマブキがみごとだ、折り取られることなく散ったヤマブキの花が渦巻いている、淵のほとりに。春「山ぶき」。

五五五　いたどりも壇のつつじの木間《このま》哉《かな》　（同）

【句意】イタドリが壇の上に何本も立てられており、その間からツツジが見える。何本も立ち並んでいるイタドリを木立に見立てた句。年中行事の解説書『日次紀事《ひなみきじ》』によると、当時四月一日に貴船《きふね》の神事が行われており、この神事は「虎杖祭《いたどり》り」とか「虎杖競べ」と呼ばれていた。この句は貴船の神事を詠んだのであろう。したがって夏の句である。貴船は京都の貴船神社である。夏「句意による」。

【語釈】○いたどり　山野に自生するタデ科の多年草。身近によく見かけるが観賞用になる植物ではない。一メートルほどに成長する。若い茎は食べられる。漢字で「虎杖」と書く。○壇　仏などを安置し供え物を並べる台。

五五六　白藤《しらふじ》に来ぬ人起《おこ》せ六《むつ》の鐘　（『一字之題』元禄15）

【句意】シラフジがすばらしい、これを見にこない人を起こしてやれ、六つの鐘よ。春「白藤」。

【語釈】○白藤　白い花が咲くフジ。ヤマフジの園芸品種の一つ。○六の鐘　明け方の六つに鳴る鐘。六つという時刻は朝と夕方の二度あるがここは夜明けの時刻。明け六つ。当時は時刻を鐘の音の数で知らせた。

五五七　あふひ《おい》草かかるや賀茂《かも》の牛の角　（同）

【句意】アオイグサが引っかかっているよ、賀茂神社のウシの角に。夏「あふひ草」。

【語釈】○あふひ草　アオイ（フタバアオイ）のこと。賀茂神社の葵《あおい》祭りの神事に用いられる。○賀茂　京都の賀茂神社（上賀茂神社と下鴨神社の総称）。四月に行われた賀茂神社の葵祭りは京都の三大祭りの一つである。この祭りの行列に牛車《ぎっしゃ》が使われる。七四一の句参照。

【備考】言水自選『初心もと柏《かしわ》』では「葵草かかれとてしも牛の角」と作り変え「たらちねはかかれとてしも烏羽玉のわがくろかみをなでずやありけむ」という本歌を記すが、本歌取りの句に作り変えたことでかえって句意が不明瞭になった。

五五八　ほととぎす桜は杣《そま》に伐《き》られけり　（同）

【句意】ホトトギスが鳴いた、サクラの木は木こりに切られてしまったが。サクラの木が切られたのは残念だが、その埋め合わせをしてくれるようにホトトギスが鳴いたのである。夏「ほととぎす」。
【語釈】○杣　木こり。

五五九　さみだれや富てさびしき表蔵《おもてぐら》　（同）
【句意】五月雨《さみだれ》が降っている、富の象徴なのに寂しく感じられるよ、表蔵は。夏「さみだれ」。
【語釈】○表蔵　表通りに面した蔵。一般の庶民には金持ちであることを誇示するように見える。

五六〇　島田のやくゐ《い》なも雨の一夜妻《ひとよづま》　（同）
【句意】島田の宿ではクイナも雨の日の一夜妻になるだろう。島田の一夜を遊女と過ごすより、クイナの鳴き声を聞いて過ごそうというのである。夏「くゐな」。
【語釈】○島田　駿河国《するがのくに》志太郡島田（現在の静岡県島田市）。東海道の宿場町。宿場町には飯盛女《めしもりおんな》という遊女がいるところが多かった。島田にも飯盛女がいた。○のや　「の」という格助詞に「や」という間投助詞が付いた形。『万葉集』や『古今集』で「近江のや」という形で用いられている。「や」と同じ働きをする。○くゐな　ヒクイナを指す。水郷や低地帯に生息する。カタカタと戸をたたくような声で鳴く。○一夜妻　一晩だけ男性の相手をつとめる女性。遊女。

五六一　卯花《うのはな》に道あり牛のひとつ鳴《なき》　（『一字之題』元禄15）

【句意】ウノハナが咲き乱れている中に道があり、ウシが一声鳴いて通り過ぎた。ウノハナにはホトトギスが鳴きそうなものだがウシが鳴いたというのである。夏「卯花」。

【語釈】○卯花　初夏に咲く花。夏を知らせる花である。○ひとつ鳴　辞書に見えない言葉だが一度だけ鳴くことであろう。

五六二　君来《き》ませ篠《ささ》のほたるの羽づくろひ《ぃ》　（同）

【句意】あなたこちらへいらっしゃい、ササにとまったホタルが羽づくろいをしていますよ。女性が男性に呼びかけた句として作られている。夏「ほたる」。

【語釈】○羽づくろひ　鳥などが飛び立つ前に乱れた羽をくちばしなどで整えること。ホタルが飛び立つ前に羽を広げる行為を羽づくろいに見立てた。

五六三　夜あらしや念仏《ねぶつ》も砕くせみのから　（同）

【句意】夜の嵐が念仏も砕いている、セミの抜け殻のように。嵐の音で念仏を唱える声がきれぎれに聞こえてくるのである。それをすぐに壊れてしまうセミの抜け殻にたとえた。夏「せみのから」。

五六四　うかれいでて扇しめれり星月夜　（同）

【句意】浮かれ出てふと気がつくと扇が夜気でしめっていた、星月夜の夜に。星月夜の美しさに見とれて、扇が夜気でしめるほど長時間外にいたのである。秋「星月夜」。

【語釈】○扇　夏に限らずつねに扇を携えているのが当時の男性の慣習。○星月夜　月がなく星の光が月夜のように明るい夜。

五六五　父と呼び母いまだあり蓮《はす》の花　（同）

【句意】父と呼んだ人はすでに亡く、母はまだこの世にある、ハスの花に父の面影をしのんでいる。言水自選『初心もと柏《かしわ》』の自注によると、自分の菩提寺《ぼだいじ》を訪れたさいにハスの花を見て父の面影をしのんだ句である。夏「蓮の花」。

五六六　肝氷《こお》る夜や楼《たかどの》の下いづ《ず》み　（同）

【句意】肝が氷るような寒い夜、高い建物から下の泉を見下ろして肝を冷やすような恐ろしさを感じた。冬「氷る」。

【語釈】○肝氷る　肝も氷るような寒さを表現していると同時に、驚き恐れることをいう「肝を冷やす」の意味をかねる。○楼　高く作った建物。楼閣。

五六七　団魚《すぽん》つる狐《きつね》や荻《おぎ》の朽《おぼろ》船　（『一字之題』元禄15）

【句意】スッポンを釣っているよ、キツネがオギで作った壊れそうな船に乗って。幻想的な架空の句である。秋「荻」。

【語釈】○団魚　スッポン。カメの仲間。浅い水底に棲む。肉は美味として知られる。江戸時代には「泥亀」と表記されるが「団魚」の表記は見当たらない。振り仮名は原本に従った。○荻　水辺または陸地に繁殖する植物。○朽船　壊れかけた船。振り仮名は原本に従った。

五六八　山はぎのそへ《え》竹もなし去《さり》ながら　（同）

【句意】ヤマハギの木のそえダケになるような力はありません、それでもよいとおっしゃるなら。原本によると、信濃国《しなののくに》（現在の長野県）の元水《げんすい》という人が入門を申し出たときの句だという。あなたを導くような力はありませんと謙遜したのである。秋「山はぎ」。

【語釈】○山はぎ　山にはえているハギ。葉が茂ると枝がしなやかに曲がる。○そへ竹　草木が倒れたり曲がったりしないように支えとするタケ。○去ながら　そうではあっても。「去」は当て字。

五六九　しらつゆのしらけ仕舞や淀《よど》の水　（同）

【句意】白々と美しく輝いていた白露も最後は淀川の水となって流れ下る。言水自選『初心もと柏《かしわ》』の自注には「大ひえ・愛宕《あたご》・あらしの山の」とある。これによれば比叡山・愛宕山・嵐山の白露が流れ落ちて、最後は淀川に合流するというのであろう。秋「しらつゆ」。

【語釈】○しらけ仕舞　白く輝いていた最後の状態という意味の言水の造語であろう。○淀　淀川。京都から大阪に流れ下る大河。五二六の句参照。

五七〇　花あれば薄《すすき》ではなし花すすき　（同）

【句意】花があればただのススキではないよ、花があると花ススキという優雅な名前で呼ばれるようになる。秋「花すすき」。

【語釈】○花すすき　穂の出たススキ。尾花とも。風になびく様子は優雅である。

五七一　文持《ふみもち》てかぶろ付《つけ》けり蘭《らん》の舟　（同）

【句意】手紙を持ってかぶろを尾行した、ランの舟のあるところまで。ランの舟に乗っている遊女に、かぶろから手紙を渡してもらおうというのである。秋「蘭」。

【語釈】○かぶろ　太夫や天神などの高級遊女に仕えている少女。○蘭の舟　ランで作った美しい舟。「蘭舟」という形で中国の詩文に見える言葉。ただしここでは単に美しい舟の意で用いたのであろう。金持ちの客が遊女を連れて船遊びをしているのである。

五七二　後《うしろ》から物めさせけり雁《かり》の声　（『一字之題』元禄15）

【句意】後ろから着物をお着せする、折しもカリの声が聞こえた。女性が男性の後ろから羽織などを着せている情景である。秋「雁」。

【語釈】○物めさせけり　ここでは「物」は「衣類」の意で「めさせけり」は「着せてやる」の丁寧な言い方である。

五七三　柴栗《しばくり》よ鹿《しか》の涙は落《おち》はてず　（同）

【句意】シバグリのシーズンだ、シカはまだ涙を流しきっていない。シバグリが落ちる季節になったが、メスを呼ぶオジカは涙を流しきることなく、盛んに鳴きながらメスを求めている、というのである。シカが涙を流すことはないが、言水は鳴きながら涙を流していると想像したのである。

【語釈】○柴栗　野生の栗で実は小さい。ササグリとも。

五七四　口説《くぜつ》してつゆさへ《え》うたぬむし籠哉《こかな》　（同）

【句意】口げんかをして、女性は露さえ打とうとしない、虫かごに。男女が口げんかして女性の方が虫かごに露を打つことを忘れているのである。多分言水の実際の体験を詠んだのであろう。この当時言水は内縁の妻と二人で暮らしていたようである。秋「むし籠」。

【語釈】〇口説　男女間の痴話げんか。〇露　水滴。水滴を垂らすことを「露を打つ」という。虫かごの草などに水滴を垂らしてやらないと虫がすぐに死んでしまう。

五七五　朝霧や今は何ふむ水車《みずぐるま》　　（同）
　　　田舎わたらひ《い》に

【句意】朝霧がたちこめている、今の時期に何のために踏んでいるのだろうか、水車を。田植えが終わったころならば、田に水を引くために水車を踏んでいる光景はあちこちに見られたであろうが、水が不要になった収穫時期に水車を踏んでいる姿を見て不審に思ったのである。秋「朝霧」。

【語釈】〇田舎わたらひ　行商などをして地方をめぐること。『伊勢物語』二三段に見える言葉。五一九の句参照。〇水車　水の流れる力を利用して、車輪を回転させて水を汲み上げて田などに送りこむ装置。足で踏んで車輪を回転させるものもあった。ここは足で踏むタイプの水車である。

五七六　更《ふけ》ゆくや欠《あくび》を自慢秋の月　　（同）

【句意】夜が更けてゆくよ、あくびをするのも自慢の一つだ、秋の月を眺めながら。長時間にわたって月を眺めていたことを自慢するように、あくびをして見せるのである。

五七七　胴切《どうぎり》のうづら《ず》よ殿の小長刀《こなぎなた》　（『一字之題』元禄15）

【句意】胴切りにされたウズラは殿の小長刀の腕前を示している。草むらで殿が小長刀を振り回していたら偶然ウズラを胴切りにしたのであろう。それを殿の小長刀の腕前がすばらしいといいなしたのである。秋「うづら」。

【語釈】○胴切　胴体を横一直線に切ること。○うづら　原野の草むらに生息する鳥。○殿　主君や主人をいう武家社会の言葉。○小長刀　一メートルくらいの小さいなぎなた。戦場でも使われるもので子供用ではない。

沢の辺《ほとり》にて

五七八　淋《さび》しさも二つの鴫《しぎ》に笑ひ《い》けり　（同）

【句意】一羽なら寂しい感じがするシギも、二羽並んでいると何となくおかしい。『新古今集』の西行の和歌「心なき身にもあはれ《わ》は知られけり鴫立つ沢の秋の夕暮」を踏まえた。西行の和歌のシギは一羽だから「あはれ」なのである。秋「鴫」。

五七九　菊に来て長生《おいさき》つらし土竜《もぐらもち》　（同）

【句意】キクを見に来たが、長寿に縁がある美しいキクを見ているとこれからの老後がつらい、自分の人生はモグラのようにお先真っ暗だ。「長生」の振り仮名は原本に従う。秋「菊」。

【語釈】○長生　年をとってからの余生。○土竜　ムグラモチとも。モグラの異名。モグラは土の中で生息する。

五八〇　いぬほえて家に人なしつた栬《もみじ》　（同）

【句意】イヌがほえているが家には人がいない、庭のツタモミジが美しい。秋「つた栬」。

【語釈】○つた栬　木にからまったツタの葉が美しく色づくこと。

五八一　はつ栬《もみじ》坊主持《もち》して九折《つづらおり》　（同）

【句意】初モミジがきれいだ、荷物を坊主持ちしてつづら折りの坂道を上った。秋「はつ栬」。

【語釈】○坊主持　交代で荷物を運ぶこと。道で坊主に出会うと荷物を運ぶ人が交代する。○九折　くねくねと曲がった坂道。

時雨のづしと名だたる所にて

五八二　しぐれぬも時雨のづしのしぐれ哉《かな》　（同）

【句意】時雨が降っていないときも時雨の辻子《づし》はしぐれている。「時雨のづし」には地名そのものに「時雨」とあり、いつもしぐれているというのである。冬「時雨」。

【語釈】○づし　京都市中の小道のこと。京都では一つの道路から次の道路に抜ける小道が縦横に通じているが、この小道を「づし」といい、漢字で「辻子」と書く。『京羽二重』や『京町鑑《まちかがみ》』などの京都の名所案内に多くの辻子が記載されているが「時雨のづし」は見えない。脱落したか。○名だたる所　有名な所。

五八三　美しや乞食《こじき》に霜の花衣　（『一字之題』元禄15）

【句意】美しいことだ、乞食に霜の花衣を着せたようだ。道ばたにうずくまっている乞食の着物に霜がおり、花模様のように見えるのである。この乞食は死んでいるのであろう。いつもぼろを着ている乞食が、最後に「霜の花衣」を着てあの世に旅立ったというのであろう。冬「霜」。

【語釈】○乞食　物乞いで暮らしている人。一般の人と区別されていた。○花衣　表は白、裏は紫または青紫の衣。華やかで美しい着物。

五八四　霜月の晦日《みそか》よ京のうす氷　（同）

【句意】今日は十一月晦日だ、京都では薄氷が張った。冬「霜月・うす氷」。

【語釈】○霜月　十一月。○晦日　月の最後の日。大の月であれば三十日、小の月であれば二十九日。当時は月の大小は毎年変わる。

五八五　津和《つわ》の葉やあられ待《まち》えて破《やぶれ》けむ　（同）

【句意】ツワブキの葉はあられが降ると破れるだろう。青々と大きいツワブキの葉もあられにたえられないだろうというのである。冬「津和の葉」。

【語釈】○津和　ツワブキ。葉は厚くて濃い緑色であられでも破れそうな感じはしない。

五八六　大《おお》つづみ焦《あぶ》る夜もある霙哉《みぞれかな》　（同）

【句意】大つづみを火であぶって音の調整をする夜もある、外はみぞれが降っている。湿気があると大つづみの音がにぶくなる。冬「霙」。

【語釈】○大つづみ　能楽で用いる大型のつづみ。「つづみ」は楽器の一種で胴の両端に皮を張ったもの。漢字で「鼓」と書く。○霙　雨交じりの雪。

五八七　いつも鵜のゐ《い》る石もなしけさの雪　（同）

【句意】いつもウのいる岩も見えない、今朝の雪に埋もれて。冬「雪」。
【語釈】○鵜　湖や河口で餌をあさるカワウと海岸に生息するウミウの二種がある。鵜飼いで知られているのはウミウ。ここはカワウか。○石　ウの止まるような大きな石で現在の感覚では岩である。

五八八　助鷹《すけたか》の株《くい》にとまるは儀成《なる》べし　（『一字之題』元禄15）

【句意】助タカが戻ってきて杭に止まっているのは、義を心得ているというべきだ。助タカが自分勝手な行動をしないで次の指令を待っているのである。冬「助鷹」。
【語釈】○助鷹　鷹狩りで、すでに放ったタカに加勢させるためにあとから放つタカ。○儀　「義」の当て字。「義」は儒教における五つの徳目である「五常」の一つ。他人に対して守るべき正しい道を「義」という。

五八九　わる口を書て去《い》けり借《かし》ぶすま　（同）

【句意】悪口を書いて客が去った、借りたふすまがひどかったので。旅館で別料金で借りた貸しぶすまがあまりにもひどかったので、客が壁か障子に悪口を書いたのである。冬「借ぶすま」。
【語釈】○借ぶすま　旅館で別料金を払って借りるふすま。「ふすま」は現代の掛け布団。ただし形状が異なる。当時の旅館はふすまが無いことが多かったが、別料金を払えばふすまを貸してくれるところもあったのである。なお当時は「借」と「貸」は同じ意味で使われた。

五九〇　来ぬ人よ炉中に煙《けぶ》る椎《しい》のから　（同）

【句意】恋人がまだ来ない、いろりの中で煙っているよ、食べかすのシイのからが。シイの実を食べながら恋人を待っているのである。秋「椎」。

【語釈】○炉　いろり。

五九一　梅匂《にお》ふ時松風拝め若自《も》然《し》　（同）

【句意】ウメの花がにおうとき松風を拝みなさい、ひょっとすると道真公《みちざねこう》の姿が現れるかもしれない。原本の注によれば菅原道真の八百回忌に詠まれた句である。『大鏡』などに載る道真の和歌「東風《こち》吹かばにほひ《おい》おこせよ梅の花あるじなしとて春を忘るな」を踏まえた。春「梅」。

【語釈】○梅　菅原道真が愛したことで知られる。道真をまつる天満宮《てんまんぐう》には必ずウメの木がある。○若自然　もしかして、ひょっとすると。「自然」は当時「もしかすると」という意味で使われた。これを「若」でさらに強めた。

五九二　腰かけて涼《すずむ》か抱《だく》か虎が石　（『ふたつの竹』元禄15）

【句意】腰をかけて涼みますか、あるいは抱き上げてみますか、虎が石をどうしますか。原本によると、江戸へ帰る了我法師に対する餞別の句である。彼をからかったのである。了我は江戸の人で沾徳《せんとく》（五四〇の句参照）の門人。夏「涼」。

【語釈】○虎が石　曽我十郎の愛人の虎御前の伝説にまつわる石。現在の神奈川県大磯町にある。美男であれば持ち上げることができるが、美男でなければ持ち上げることはできないという。

五九三　比叡《ひえ》にこそ額《ひたい》の皺《しわ》は朝霞《あさがすみ》　（『花見車』元禄15）

【句意】比叡山《ひえいざん》を仰ぎ見るからこそ額《ひたい》に皺ができる、朝霞のかかった比叡山は美しい。額の皺は比叡山を仰ぎ見るからできるのであって、年のせいではないというのである。言水自選『初心もと柏《かしわ》』の自注によればこのような解釈になる。春「朝霞」。

元日

五九四　太箸《ふとばし》や御祓《おはらい》の木のあまりにて　（『歳旦三物集』元禄16）

【句意】太ばしはおはらいに用いた木のあまりで作った。春「太箸」。

【語釈】○太箸　正月に雑煮を食べるために使うはし。折れないように太く作ってある。○御祓　年中行事の解説書『日次紀事《ひなみきじ》』によると、十一月に伊勢神宮の御師《おんし》が京都にやってきて御祓・熨斗《のし》・鰹節《かつおぶし》・麩海苔《ふのり》などを檀家に贈ると記されている。この「御祓」であろう。「御祓の木」はこれらの贈り物を入れる包装に使われた木材であろう。

五九五　梅の花匂《にお》ふや馬子《まご》に折られても　（『柏崎』元禄16）

【句意】ウメの花がいい匂いを放っている、馬子のような心ない者に折られても。春「梅」。

【語釈】○馬子　街道で人や物を運ぶことを仕事としている人。下層の無教養な人と見られていた。三二一、四二五の句参照。

五九六　はつ夢や正《まさ》しく去年《こぞ》の放亀《はなしがめ》　（同）

【句意】初夢に現れたのはたしかに去年放生会《ほうじようえ》で放してやったカメだった。春「はつ夢」。

【語釈】○放亀　放生会で放してやったカメ。放生会は捕らえた魚や鳥などを池や野に放ってやる宗教行事。もとは仏教に基づくが、神仏習合の結果、神事として京都の石清水八幡宮《いわしみずはちまんぐう》で始まった。寺院でも行う。

六角堂《ろつかくどう》にて

五九七　六角の柳や紙鳶《いか》のかかり初《ぞめ》　（同）

【句意】六角堂のヤナギにたこがひっかかったが、これがこの年のたこのかかり初めだ。このあと多くのたこが木の枝にひっかかることになるだろうというのである。春「紙鳶」。

【語釈】○六角堂　現在の京都市中京区六角町にある頂法寺《ちようほうじ》の通称。○紙鳶「いかのぼり」のこと。たこ揚げの

「たこ」。昔は子供にとって正月の代表的な遊びだった。京都を中心とする関西地方では「いか」あるいは「いかのぼり」といった。四四一の句参照。

五九八　群《むれ》かへ《え》る蚊のかたまりや暁雲《やまかずら》　（『柏崎』元禄16）

【句意】群がって巣に帰っていく力のかたまりは山にかかる雲のようだ。夏「蚊」。

【語釈】○暁雲　明け方山の端にかかる雲。四九四の句参照。

五九九　はつ風や松も蘇鉄《そてつ》も秋の市　（同）

【句意】初風が心地よい、マツやソテツの若木も売られているよ、秋の市で。秋「秋の市」。

【語釈】○はつ風　初風。季節の初めに吹く風。特に秋についていう場合が多い。ここも秋の初風。○市　一定の場所に多数の商人が集まり品物を売買すること。現在もなお存続している。ここは植木屋が集まる植木市か。

六〇〇　冬ごもりさがせ玉子のあり所　（同）

【句意】冬ごもりの季節だからといって家の中にいないで、卵のある場所を探せ。使用人のいるような大きな農家で、主人が使用人に卵を探すように命令している情景であろう。昔はニワトリを放し飼いにしている農家が多く、毎日あちらこちらを探してニワトリが生んだ卵を集めたのである。冬「冬ごもり」。
【語釈】○冬ごもり　冬になって家の中に閉じこもっているような生活をすること。

六〇一　三隅《みすみ》つる蚊屋《かや》も侘《わび》しき砧《きぬた》哉《かな》　（同）

【句意】三隅を釣るかやも侘しい、夜中にきぬたの音が聞こえる。かやは四隅を釣るようになっており三隅しか釣ることができないということはない。かやを釣るひもが一箇所なくなっていたのであろう。旅の途中に泊まった安宿の体験か。秋「砧」。
【語釈】○蚊屋　「蚊帳」の慣用的当て字。カを防ぐために四隅を釣って寝床をおおうもの。○砧　布を柔らかくするために布を槌《つち》で打つこと。きぬたの音は秋の風物詩であった。
【備考】「蚊屋」は夏の季語であり「砧」は秋の季語だが、この句は初秋の句と考えた。秋になってもまだカがいるのである。

六〇二　うかれ出《い》づ蕗《ふき》のとうもぐ朧月《おぼろづき》　（『生絹』元禄17）

【句意】うかれて外に出た、フキノトウをとるために、朧月の夜に。春「蕗のとう・朧月」。

六〇三　夜着《よぎ》きても愛宕《あたご》は早し杜鵑《ほととぎす》　（同）

【句意】夜着を着てもまだ寒い、愛宕山ではホトトギスが鳴くのが早い。ホトトギスの声が聞こえたので夜具を身にまとって外に出たのである。夏「杜鵑」。

【語釈】○夜着　現在の掛け布団に相当する寝具。大型の着物のような形で綿を入れてある。○愛宕　京都の愛宕山。愛宕神社がある。○杜鵑　ホトトギスの当て字の一つ。ホトトギスには当て字が多い。

当麻寺《たいまでら》にてまんだらを拝し

六〇四　有難《ありがた》や炉に臥《ふす》夢も仏達《ほとけたち》　（『生絹』元禄17）

【句意】ありがたいことだ、いろりのそばでうたた寝をしていても夢の中に仏たちが現れた、これも当麻寺で曼荼羅《まんだら》を拝んだおかげだ。冬「炉」。

【語釈】○当麻寺　現在の奈良県葛城《かつらぎ》市当麻にある古い寺。○まんだら　仏・菩薩《ぼさつ》を一定の枠の中に配置して図示したもの。当麻寺の曼荼羅は昔から有名で現在国宝に指定されている。○炉　いろり。

寄廓雪《くるわのゆきによす》

六〇五　かられてはおはれ《わ》行《ゆき》けり雪の道　（同）

【句意】遊女がほかの客に借りられて男に背負われて行くよ、雪の道を。揚屋《あげや》で働く若い男がほかの揚屋まで遊女を背負っていく光景である。遊女は雪道を歩くことはできない。揚屋は遊女を呼んで遊興する店。冬「雪」。

【語釈】○廓　遊郭。周りを囲い多くの遊女が暮らしている特殊な町。○かられて　借りられて。ほかの客から遊女を借りられて。すでに客に呼ばれている遊女を別の客が呼ぶことを「借る」という。借りられたら譲るのが遊郭で遊ぶルール。

六〇六　行者《ゆくもの》は隔夜《かくや》計《ばかり》ぞ花の影　（『染糸』元禄17）

【句意】通り過ぎて行くのは隔夜参詣の修行者だけだ、サクラの木の下を。サクラ見物の人はござなどを敷いて座って花を楽しんでいるが、隔夜参詣の修行者だけがサクラの木の下を通り過ぎて行くというのである。『論語』「子罕《しかん》篇」の「逝《ゆ》く者は斯《か》くの如《ごと》きかな、昼夜を舎《お》かず」を踏まえた。春「花」。

【語釈】○行者　通り過ぎて行く者。○隔夜　隔夜参詣をする人。「隔夜参詣」は神社や寺を一日に一箇所ずつ泊まって参詣して回ること。

梅の宮にて

六〇七　桜迄《まで》の曙《あけぼの》いくつ梅の宮　（『東西集』元禄17）

【句意】サクラが咲くまであと何度あかつきをみるだろうか、梅宮《うめのみや》大社ではウメが咲いている。数日中にはサクラも咲くだろうというのである。春「桜」。

【語釈】○梅の宮　梅宮大社。現在の京都市右京区梅津フケノ川町にある神社。

六〇八　あまつさへ経木《きようぎ》まで踏《ふむ》鵜川哉《かな》

（『東西集』元禄17）

【句意】普段殺生戒《せっしょうかい》を犯しているのにさらに経木まで踏んでいくよ、鵜飼いをする漁師は。鵜飼いの漁師が放置されていた経木をうっかり踏んだのである。夏「鵜川」。

【語釈】○あまつさへ　それぱかりかさらに。鵜飼いの漁師がウを使ってアユを獲るのは、仏教の五戒である殺生戒を犯している。経木を踏んで行くのはさらに仏教の尊厳を犯す行為である。○経木　追善供養などのために薄く削った木片にお経の文句を記したもの。○鵜川　鵜飼いをすること。謡曲「鵜飼」には日々殺生戒を犯している漁師の苦しみが描かれている。

六〇九　子《ね》まつりの夜や灯《ともしび》の花ごころ

（『浜荻』元禄17）

【句意】子祭りの夜はともしびの明かりに照らされて心がうきうきする。冬「子まつり」。

【語釈】○子まつり　十一月の子の日に大黒天をまつること。一般市民は商売繁盛を願って大豆と二股《ふたまた》大根を供える。季吟編『山の井』には、祇園社《ぎおんしや》の氏子たちが小さいみこしを町々でかつぎ回ったあと、大道に薪を積んで御火焼《おほたけ》（オホタキ・オヒタキとも）の神事を行うと記されている。御火焼は京都の各神社で行う神事で、神前の庭に薪を積み、神《み》酒《き》を供え、火をつけてもやす。○花ごころ　陽気な心。うきうきする気持ち。

六一〇　寄花《はなによする》碪《きぬた》
花よ風砧《きぬた》の槌《つち》も幕の鎮《しず》
（『三年草』元禄17）

【句意】花よ風に負けるな、きぬたの槌も花見の幕の重しになるだろう。春「花」。

【語釈】○碪　「砧」とも。布を柔らかくするために槌で打つこと。○幕　花見の席を作るために周りに張りめぐらす幕。一〇〇の句参照。○鎮　重し。紙などが風で飛ばされないようにするために用いる。ここは花見の幕が風にあおられないように、砧の槌を重し代わりに用いたというのである。

【備考】前書きは、「花」を詠みながら同時に「碪」を詠み込んだという意味である。春の季題である「花」と秋の季題である「きぬた」を同時に詠み込んだ遊びの句である。

六一一　六月廿二日　東山興行
我恋《わが》は夜鰹《よがつお》に逢《あ》ふはしゐ《い》哉
（『のぼり鶴』元禄17）

【句意】私の恋は夜ガツオに会ってかなえられた、端居《はしい》をしていて。端居をしていたら恋い焦がれていた夜ガツオに会うことができたというのである。夏「夜鰹」。

【語釈】○東山　京都の東山。景勝の地として有名。麓に清水寺や知恩院などがある。ここは東山の料亭であろう。宇城《うしろ》由文氏の『池西言水の研究』によれば、元禄十七年（一七〇三）六月二十二日に、江戸の俳人である沾州《せんしゅう》や序令《じょれい》を迎えて東山で句会が行われた。○夜鰹　漁獲したその夜のうちに小舟で市場に運ばれたカツオ。高値で取引された。ただし京都に夜ガツオはない。これは江戸からやってきた珍客を、江戸人が珍重する夜ガツオにたとえたのである。○はしゐ　暑さを避けて風通しのいい縁先などにいること。

六一二　白玉も紙燭《しそく》よせけり冬牡丹《ふゆぼたん》　（『夢の名残』宝永2）

【句意】白玉ツバキも紙燭を引き寄せたよ、冬ボタンの庭で。冬ボタンを見に来た人が近くにあった白玉ツバキを紙燭を近づけて眺めている光景。冬「冬牡丹」。

【語釈】○白玉　白玉ツバキのことであろう。ツバキは春の季語だが、白玉ツバキには冬から花を付ける早咲きのものもあったのであろう。○紙燭　携帯用の照明器具。紙や布を細く巻いて蝋《ろう》を塗ったもの。

六一三　はや花に女夫《めおと》物くふ後堂《うしろどう》　（同）

【句意】花見に来てはやくも夫婦でご馳走を食べているよ、後堂で。花よりご馳走という夫婦である。春「花」。

【語釈】○女夫　夫婦。○後堂　寺の本堂の後ろ。ただし寺の名は不明。

六一四　まだ死《しな》ぬ気に伽羅《きやら》さがす時雨哉《かな》　（同）

【句意】まだ死ぬ気はないようでキャラを探しているよ、時雨の中で。金に糸目を付けずキャラを求めようとしている、贅沢な暮らしをしている人を詠んだのであろう。冬「時雨」。
【語釈】○伽羅　香木の最高級品。輸入品である。

海棠《かいどう》が祖父夢遊居《むゆうきょ》のふるごとをおもひ《い》て
六一五　花もなし雑煮からして夢の味　（同）

【句意】花もなかった、正月の雑煮にしても夢の中で味わうだけ、雑煮を食べることもできなかった。海棠の祖父の時代のことを思い出して作った句である。海棠は金持ちだったようだが、祖父の時代は雑煮さえ食べられない貧しい暮らしをしていたのであろう。春「花」。
【語釈】○海棠『夢の名残』の編者。摂津国《せっつのくに》池田（現在の大阪府池田市）の人。○夢遊居　夢遊居士と称した海棠の祖父の住まい。○からして「…をはじめとして」の意を表す言葉。

柳橋夜雨《やなぎばしやう》
六一六　三ケ月《みかづき》や柳は賊《やぶ》らぬ夜の雨　（『柏崎八景』宝永2）

【句意】三日月が見える、ヤナギの葉を破らないほどのおだやかな夜の雨だ。春「柳」。
【語釈】○賊らぬ　破らない。『角川大字源』に「賊」の中世・近世の古訓として「ヤブル」を挙げているのでその読みに従った。

【備考】この句以下六二九の句までは郁翁《いくおう》編『柏崎《かしわざき》八景』に収録されており、そのうち六二三までの八句は「柏崎八景」を詠んだものである。この句は「柳橋夜雨」の句で、以下も前書きが八景の名称となっている。八景それぞれの名称については注を略した。柏崎は越後国《えちごのくに》の柏崎（現在の新潟県柏崎市）である。当時の柏崎は北国街道の宿場町。原本では八景の名称を句の上に記すがこれを前書きとして扱った。「八景」として八つの景勝地を選出するのは中国の「瀟湘八景」に始まるもので、日本では「近江八景」「金沢八景」が知られている。

鏡沖秋月《かがみおきしゅうげつ》

六一七　山伏《やまぶし》や禰宜《ねぎ》も夜田《よだ》刈る秋の月　（『柏崎八景』宝永2）

【句意】山伏や神主も夜にイネを刈っているよ、秋の月明かりのもとで。天候か何かの関係で大急ぎでイネを刈り取る必要に迫られて、山伏や神主も自分が所有する田のイネを刈っているのである。秋「秋」。

【語釈】○山伏　修験者。○禰宜　神社の神主。○夜田　夜の田。忙しいときには月明かりをたよりに夜もイネを刈った。

栄松晩鐘《さかえまつばんしょう》

六一八　入《いり》あひや法師《い》も袷帷子《あわせかたびら》か　（同）

【句意】入相《いりあい》の鐘を突いているよ、坊さんも袷帷子を着ることがあるのか。坊さんが袷帷子を着て鐘を突いていることに違和感を覚えたのであろうが、違和感を覚えた理由はわからない。夏「袷帷子」。

【語釈】○入あひ　入相の鐘。寺で夕方に突く鐘。　○袷帷子　現行の辞書では「裏地付きの帷子」と説明する。「袷」は裏地の付いた着物で綿入れの着物から綿を除いたもの。夏の暑さが厳しくなる前、また暑さのピークを過ぎたころに着る。一〇五の句参照。「帷子」は麻で仕立てた裏地のない着物で夏の盛りに着用する。「袷帷子」は麻素材で裏地のある着物か。

六一九　蠅《はえ》の命帆にとまりけり干鰯舟《ほしかぶね》　（同）

下宿帰帆《しもじゆくきはん》

【句意】ハエが命がけで帆にとまっているよ、干鰯舟で。干鰯舟の帆にハエが群がって必死にしがみついている光景である。夏「蠅」。

【語釈】○干鰯舟　干鰯を運ぶ舟。「干鰯」は脂をしぼったイワシとニシン。肥料として使われた。干鰯がつくられたことで農業生産力がいちじるしく向上したという。

六二〇　山松よ嵐の晴《はれ》て紙鳶《いか》の骨　（同）

米山晴嵐《よねやませいらん》

【句意】山のマツを見上げると、嵐が止んで晴れた空のマツの枝にたこの骨が引っかかっている。春「紙鳶」。
【語釈】○山松　山に生えている野生のマツ。○紙鳶　「いかのぼり」とも。空に挙げるたこのこと。たこはタケを細くけずった骨を組んで紙を貼って作る。四四一の句参照。

六二一　橋姫や入日《いりひ》を袖の花戻り　鵜河夕照《うがわせきしょう》　（『柏崎八景』宝永2）

【句意】橋姫が入り日の光を袖に受けて花見から戻ってきたよ。春「花戻り」。
【語釈】○橋姫　橋を守る女神。『源氏物語』の巻名としても知られるが、ここは村の女性を橋姫に見立てたのである。○花戻り　花見の帰り。

六二二　雪の夕《ゆうべ》みじかき下戸の谺《こだま》哉《かな》　黒姫暮雪《ぼせつ》　（同）

【句意】雪の降った夕方、下戸が黒姫山に向かって叫んだらこだまが短く返ってきた。冬「雪」。

六二三　塩乙女あなづる雁《かり》の餌《え》ばみ哉《ず》　中浜落雁《なかはまらくがん》　（同）

【句意】塩乙女をばかにしているのにカリが平気で餌をあさっている。塩乙女がカリを追い払おうとしているのにカリが平気で餌をあさっているのである。古浄瑠璃《こじようるり》『山椒太夫《さんしようだゆう》』を踏まえたか。この中に主人公の母親が佐渡で鳥追いをさせられている場面がある。秋「雁」。

【語釈】○塩乙女　未詳。潮汲みに従事する女性か。「潮汲み」は塩を作る海水を汲んで運ぶこと。○あなづる　あなどる。ばかにする。○餌ばみ　鳥などが餌を食べること。

【備考】以上が「柏崎八景」の句である。

六二四　月花に遊ぶ世をしれ年男　（同）

【句意】月や花をながめて浮かれる世の中の楽しさを知れ、年男よ。謹厳実直に正月の行事を遂行しようとする年男をからかったのである。春「年男」。

【語釈】○年男　若水を汲んだり神棚に灯明をあげるなど、正月の行事全般を遂行する人。一家の中でそれにふさわしい人物が選ばれる。現在はその年の干支《えと》に当たる男性がつとめる。

六二五　つむ女我が世をいのれ紅の花　（同）

【句意】ベニバナを摘む女たちよ、自分の人生が幸せであるように祈りなさい、ベニバナに対して。都会の女性を華やかに彩るベニバナも、それを摘み取る農家の娘たちには何の恩恵ももたらさないのである。夏「紅の花」。

【語釈】○紅の花　ベニバナとも。化学染料が普及する以前は黄色や紅色の染料として利用された。また頰紅《ほお》や口紅の原料ともなった。

六二六　涼めただ砂魚《はぜ》呼《よぶ》川も歌枕　（『柏崎八景』宝永2）

【句意】故郷に帰ったらただゆっくりと夕涼みをしてください、ハゼが集まってくる川も歌枕として知られていますね。原本によれば、『柏崎八景』の編者である郁翁《いくおう》が京都から柏崎に帰るさいに贈った餞別《せんべつ》の句である。夏「涼め」。

【語釈】○砂魚「沙魚」と書くのが一般的。特定の魚の名称ではなくハゼ科に属する魚の総称。釣りをする人に人気のあるハゼは正確にはマハゼだという。○呼　呼び集める。ここは「集まる」という意味。○歌枕　古くから和歌に詠まれてきた地名。ただしこの句の「川」が具体的にどの川を指すのか不明。信濃国《しなののくに》の歌枕になっている「筑摩河《ちくまがわ》（千曲川）」か。筑摩河は越後国に入ると「信濃川」と呼ばれる。

六二七　おもへ《え》ただ空を桂《かつら》の太郎月《たろうづき》　（同）

【句意】ひたすら思いをこめて空を仰げ、桂川の上にかかる太郎月が曇らないように。秋「太郎月」。

【語釈】○桂　京都の桂川。また月に巨大なカツラの木があるという伝説があり、このカツラの意味を兼ねているのであろう。○太郎月　一年の最初の月の意味で正月の異名。言水はこれを仲秋の名月の意味で使ったようである。

一応この言葉を秋の季語としておく。

【備考】言水自選『初心もと柏《かしわ》』の自注において、言水は「新月を初陽《しよよう》にたとえたり」と述べている。「新月」について、季吟編『山の井』では仲秋の名月を「新月、いも名月ともいうべし」と記している。つまり「新月」は仲秋の名月の異名だというのである。これによって言水の自注の意味を考えると、彼は仲秋の名月を正月である「初陽」にたとえたということになる。わかりやすくいえば正月の異名である「太郎月」を仲秋の名月の意味で用いたというのである。この自注は完全なこじつけで、こんなことが許されるはずがない。なお『初心もと柏』ではこの句は秋の部に収録されている。

六二八　扨《さて》は夢ひよ鳥殺す冬椿《ふゆつばき》　(同)

【句意】さては夢だったのか、ヒヨドリを殺したと思ったのは、フユツバキは無事だった。ヒヨドリがツバキの花を荒らすので、それを殺す夢を見たのであろう。冬「冬椿」。

七夕屏《へい》

六二九　星に借す画屏《がへい》も小袖尽哉《こそでづくしかな》　(同)

【句意】七夕に貸してやる絵屏風《えびようぶ》も、小袖尽くしの図柄だ。前書きによって七夕の句であることがわかる。七夕に飾ることを七夕に貸すと表現したのである。秋「句意による」。

【語釈】○七夕屏　七夕に飾る屛風。○星　七夕の夜に会うという牽牛星《けんぎゅうせい》と織女星《しょくじょせい》。○借す　貸す。当時は「借」と「貸」は同じ意味に用いられた。○画屏　絵を描いた屛風。○小袖尽　いろいろな小袖の模様を描いたもの。小袖は着物。

【備考】原本では「七夕屏」は句の上に記されている。

六三〇　菅笠《すげがさ》に汝《なれ》も取付《とりつ》けきりぎりす

（『銭龍賦』宝永2）

【句意】菅笠にお前もしがみつけ、キリギリスよ。当時の人は秋になると携帯用のあんどんを持って野原に出て虫の声を聞いて楽しんだ。その中に自分がしがみつきたくなるような美人がいたのである。キリギリスに託して自分の気持ちを詠んだのである。秋「きりぎりす」。

【語釈】○菅笠　スゲの葉で編んだ笠。女性専用ではないがここは女性の笠。江戸時代の女性風俗の解説書『近世女《おんな》風俗考』によれば元禄六年（一六九三）から宝永（一七〇四～一七一一）の中ごろまで女性のかぶり物として流行したという。「菅笠」の「菅」は原本では「管」。右ワキに「菅」と訂正する。原本の注記に従った。○きりぎりす　古くは現在のコオロギを指していたといわれているが、このころになると現在のキリギリスを指すようになっていたと思う。

迎光庵《ぎょうこうあん》にて即興

六三一　又ひとつ鉦《かね》におちけり藪椿《やぶつばき》

（『やどりの松』宝永2）

【句意】また一つ、鉦の音で落ちたよ、ヤブツバキの花が。春「藪椿」。
【語釈】○迎光庵　正しくは「仰光庵」。京都の俳人雲皷《うんこ》の住まい。○鉦　念仏を唱えながら鳴らす「たたきがね」。○藪椿　やぶに生えているツバキ。ツバキが散るときは一つの花がまるごとぽろりと落ちる。なおモクセイ科の常緑小高木のネズミモチも別名をヤブツバキというがこれは別物。

内宮《ないくう》にて
六三二　萱《かや》ぶきや雀《すずめ》も産《うぶ》のちからぐさ　（同）

【句意】カヤぶきの家にスズメが盛んに鳴いている、これもお産を間近に控えた女性には気持ちの支えになる。たまたま訪れた家に出産を間近に控えた女性がいたのである。秋「ちからぐさ」。

【語釈】○内宮　伊勢神宮の内宮。○産　産女《うぶめ》のことであろう。「産女」は出産を控えた女性である。振り仮名は原本に従った。○ちからぐさ　たよりになるもの。心のささえとなるもの。なお植物名にチカラグサがあり秋の季語になっている。この句の「ちからぐさ」は植物名ではないが言水をこれを季語としたのである。

【備考】原本によれば五晴編『俳諧五子稿』に「内宮山本太夫にて」という前書きがあるという。山本太夫は伊勢神宮内宮の御師《おんし》（伊勢参宮の世話役）であった。伊勢では「太夫」は御師のことである。なお「御師」は一般にオシといわれているが、伊勢神宮に限ってオンシという。

寄扇子恋《せんすによするこい》と云《いう》題にて

六三三　さあ歌が恋か扇子で妹《いも》が頬《つら》　（『やどりの松』宝永2）

【句意】さあ和歌ができた、恋をしたせいだろうか、扇子でかわいい女性の顔が隠れているよ。扇子で顔を隠している女性に恋心をいだいたのである。「貧の盗みに恋の歌」ということわざがある。貧乏になると人の物を盗もうと思い、恋をすると自然に和歌ができる、という意味である。このことわざを踏まえた。前書きは扇子を詠み込んで恋の句を作ったという意味。夏「扇子」。

【語釈】○恋か　恋をしたからだろうか。○妹　年ごろの若い娘。○頬　顔。近世後期になると相手を侮辱するような言葉になるが、当時はそのような意味はなかった。振り仮名は原本に従った。

六三四　秋来《き》ぬと里眺めけり白幽子《はくゆうし》　（同）

【句意】秋が来たとしみじみと村を眺めた、白幽さんは。『古今集』の藤原敏行《としゆき》の和歌「秋来ぬと目にはさやかに見えねども風の音にぞおどろかれぬる」を踏まえた。秋「秋」。

【語釈】○白幽子　江戸時代前期の書家。「子」は敬称。『大辞典』によると京都の北白川の山中に住み、石川丈山《じょうざん》の友人だったという。宝永六年（一七〇九）没。

六三五　蓑虫の悪奴《あいつ》と鳴《なけ》り啄木鳥《てらつつき》　（同）

【句意】ミノムシがあいつがうらやましいと鳴いている、キツツキに向かって。自由に動くことができないミノムシが、高い木を飛び移りながら木をつついているキツツキをうらやましがっているのである。秋「蓑虫・啄木鳥」。

【語釈】○蓑虫　『枕草子』「虫は」の段に「八月ばかりになれば、ちちよ、ちちよとはかなげになく」と記されて以来、文芸の世界ではミノムシは鳴く虫として扱われてきたが、実際には鳴かない。○悪奴　相手をののしる語。振り仮名は原本に従った。○啄木鳥　キツツキの異名。

六三六　節季候《せきぞろ》に犬の鳴《なか》ぬはめでたさか　（同）

【句意】年末の物乞いである節季候が来てもイヌがほえないのは、めでたい正月のせいか。異様な姿をした節季候が来ればば当然イヌがほえるはずだが、イヌがほえないのはすぐにめでたい正月がやってくることを、イヌもわかっているからだろうか、というのである。冬「節季候」。

【語釈】○節季候　年末になると米や銭をもらいながら市中をめぐる物乞いの集団。赤い布で顔を隠すなど異様な様子をしている。三四四、三九四の句参照。

六三七　手向《たむけ》ばや大津出て摘む忘草《わすれぐさ》　（『東山万句』宝永3）

【句意】手向けたい、大津に出かけて摘んだワスレグサを。春「忘草」。

【語釈】○大津　現在の滋賀県大津市。芭蕉にゆかりの深い土地。○忘草　ヤブカンゾウの異名。俳諧では夏の季語。
【備考】原本の注によれば芭蕉十三回忌の追悼句である。芭蕉が亡くなったのは元禄七年（一六九四）十月だが、宝永三年（一七〇六）三月に支考の主催で、京都の双林寺において芭蕉十三回忌の追善法要が行われた。これはそのときに詠まれた句である。『俳諧御傘《ごさん》』に「雑《ぞう》（無季）なり」とあるように、「忘草」は季語にならないが、言水は芭蕉の「わすれ草菜飯につまん年の暮」という句の「わすれ草」を詠みこんで、これを春の季語に用いたのであろう。このような強引な季語の使い方は六二七の句にも見える。

六三八　しかぞすむ雑煮数の子みやこ草　（『蓬壺集』宝永3）

元日、我が家は京のただ中

【句意】このように豊かに暮らしています、正月を迎えて雑煮や数の子もあり門松も飾っています。『百人一首』の能因の和歌「我が庵《いお》は都のたつみしかぞ住む世をうぢ《じ》山と人はいふ《う》なり」を踏まえた。春「雑煮」。
【語釈】○しかぞすむ　このように住んでいます。○みやこ草　門松のこと。俳諧辞書『類船集』の「松」の項に「正月の門松なり」と記して「都草」をあげる。

六三九　行蝶《ゆくちょう》や牛にあたつて石仏　（同）

【句意】飛んでいったチョウがウシにあたって石仏になった。春「蝶」。

六四〇　顔書《かかん》む粽《ちまき》のかしらほのぼのと

　　　玉しきの宮人《みやびと》よりちまきを得て　　（同）

【句意】顔を描こう、ちまきの頭の部分がほんのりと白い。ちまきの上の方が白いのでそこに顔を描こうというのである。子供のような発想であり、ちまきを贈ってくれたのは女性であろう。夏「粽」。

【語釈】○玉しきの　玉を敷いたように美しいこと。○宮人　宮中に仕えている人。○粽　端午の節句に食べる食べ物。ササやマコモなどで餅米《もちごめ》を包んで蒸したもの。○かしら　頭。また頭の部分。

六四一　奥床し梶《かじ》の葉ねぎる申左独《もさひとり》

　　　七夕に、あづま人の打《うち》むれて、六角堂の辺《あたり》に家ごとなど物しける其中《そのなか》に　　（同）

【句意】大人が集まって七夕祭りをするのはおくゆかしい、その中にカジの葉を値切っているずうずうしい男が一人いる。カジの葉を値切って買うような人はあまりいなかったであろう。秋「梶の葉」。

【語釈】○あづま人　東《あずま》の人。江戸の俳人であろう。○六角堂　京都の頂法寺の通称。五九七の句参照。○家ごと　家族でする行事であろう。ここは七夕の行事。○物しける　行う。○梶　カジの木。クワ科の落葉高木。当時はこの葉に詩歌や願い事を書いて七夕に供えた。三〇三の句参照。○申左　古い用例は見当たらないが、のちの「猛者」のことであろう。ただしここはずうずうしい男というほどの意味であろう。振り仮名は原本に従った。

宗祇《そうぎ》の像に讃《さん》す

六四二　笠さげてしらぬ翁《おきな》ぞ村しぐれ

（『蓬壺集』宝永3）

【句意】笠を手に提げて見知らぬ老人がいるよ、村時雨が降る中に。前書きにあるとおり、宗祇を描いた絵に賛として作られた句である。笠は旅の象徴である。言水自選『初心もと柏《かしら》』の自注によれば、「しらぬ翁」は宗祇の和歌「うつし置く我が影ながら世のうさをしらぬ翁ぞうらやまれぬる」によったという。冬「村しぐれ」。

【語釈】〇宗祇　室町時代の著名な連歌師。彼の「世にふるもさらに時雨のやどりかな」という句は当時広く知られていた。また彼は日本各地を旅をしたことでも知られている。〇讃す　絵の中にその絵にちなんだ詩歌を書き付けること。「賛」とも。〇村しぐれ　断続的に降るしぐれ。しぐれは晩秋から初冬に降る雨だが俳諧では冬の季語。

六四三　玉川や蛙《かわず》ながるる馬の沓《くつ》

（『津の玉川』宝永3）

【句意】玉川でカエルが流れていると思ったらウマのくつだった。『初心もと柏』の自注によれば、この句は『新古今集』の藤原俊成《しゅんぜい》の和歌「駒とめてなほ水《お》かはむ《わ》山吹《やまぶき》の花の露そふ井手《う》の玉川」によって作ったという。春「蛙」。

【語釈】〇玉川　井手の玉川。「井手」は現在の京都府南部の地名。「井手の玉川」は山城国《やましろのくに》の歌枕でありカエルとヤマブキの名所。〇馬の沓　蹄《ひづめ》を痛めないようにウマに履かせるワラ製の履き物。「うまぐつ」とも。

試筆

六四四　はつ空や烟草《たばこ》ふく輪の中の比叡《ひえ》　（『歳旦三物集』宝永４）

【句意】正月の空だ、口から吐き出したたばこの煙の輪の中に比叡山が見える。春「はつ空」。

【語釈】○試筆　書き初め。○比叡　比叡山《ひえいざん》。京都の北東に見える山。信仰の山として有名。三六三の句参照。

きさらぎ三十日は其角《きかく》の日也《なり》。一とせ初礼《はつれい》の星月夜たかく世に唱へ《え》しをおもへ《え》ば今

六四五　きさらぎや汝《なんじ》が葬もほし月夜　（『筆の帰雁』宝永４）

【句意】二月だ、あなたの葬式も二月の星月夜の夜だった。前書きから其角に対する追悼句であること、さらに彼の「年立《としたつ》や家中の礼は星月夜」という句を踏まえて作られていることがわかる。春「きさらぎ」。

【語釈】○きさらぎ　二月の異名。○其角　江戸の俳人。芭蕉の門人。宝永四年（一七〇七）二月三十日に亡くなった。言水が江戸にいた一時期其角ときわめて親密な関係であった。○初礼　念頭の挨拶。○星月夜　月がなく星が明るく輝いている夜。

【備考】其角の忌日については二月の二十九日説と三十日説がある。おそらく其角は二十九日の夜に亡くなったのだが、彼の死亡が確認されたのは夜が明けてからだったのであろう。当時は夜明けから新しい一日が始まったから、夜のうちに亡くなったとしても夜が明ければ三十日になる。其角の葬儀はその日のうちに行われたと思われるが、三十日は月末で月は出ない。

六四六　一思案《ひとしあん》扨《さて》も皺《しわ》なし秋の月　（『我身皺』宝永４）

【句意】一思案してもわからない、それにしても皺一つ無いよ、秋の月は。秋の月は若い女性のように皺もなく美しく輝いているが、なぜいつまでもこれほど美しいのかわからないというのである。秋「秋の月」。

【語釈】○一思案　ゆっくりと考えること。○扨も　感動詞。それにしてもまあ。○秋の月　五三二の句参照。

六四七　頤杖《あごづえ》のみじかく妬《ねた》し春の不尽《ふじ》　（同）

【句意】ほおづえが短いのがしゃくだ、春の富士山をゆっくり眺めようとしているのに。はらばいになってほおづえをして、富士山を眺めているのである。ほおづえが短いので上の方まで見えないのである。春「春」。

【語釈】○頤杖　ひじを立ててあごを手のひらで支えること。ほおづえ。○妬し　思いどおりにならないのが残念だ。しゃくにさわる。○不尽　富士の当て字。富士山。

六四八　君来《こ》ずば明日吹《ふけ》蚊帳の富士颪《ふじおろし》　（同）

【句意】あなたが来なかったら明日は吹いてほしい、かやの中まで富士おろしが。かやの中で男を待っている女の気持ちを詠んだのであろう。『古今集』のよみ人しらずの和歌「君来ずはねやにも入らじ濃紫《こむらさき》わがもとゆひ《い》に霜はおくとも」を踏まえたか。夏「蚊帳」。

【語釈】○君　和歌では恋しい男の意味で使うのが普通。ここもその意味であろう。○富士颪　富士山から吹き下ろす強い風。女性の荒れ狂う気持ちの比喩《ひゆ》として用いたのであろう。

六四九　暁の雪嗅不二《かぐふじ》の暴風哉《あらしかな》　（同）

【句意】明け方に雪の匂いをかいだ、富士山の嵐が運んできたらしい。冬「雪」。

六五〇　よし富士に紙子《かみこ》ぬれてもひとつ橋　（同）

【句意】とにかく富士山にチャレンジしてみよう、紙子が雨に濡れようとも、丸木橋を渡るような危ない目にあおうとも。冬「紙子」。

【語釈】○富士　富士山。当時は富士講といって夏に団体で富士山に登る人が多かったが、冬に富士山に登る人はいなかったであろう。○紙子　紙で作った着物。冬に常用された。六六の句参照。○ひとつ橋　丸木を一本渡しただけの橋。丸木橋。三八七の句参照。

六五一　花薄《はなすすき》借《かり》たる風や去所《いにどころ》　（『花すすき』宝永4）

【句意】花ススキが借りた風に運ばれてゆくよ、行く先はどこだろう。ススキの穂が風の力で飛んでいくのである。原本によれば好春《こうしゅん》の追悼句である。彼は京都の俳人で宝永四年（一七〇七）七月十一日没。秋「花薄」。

【語釈】〇花薄　穂の出たススキ。〇去所　去って行くところ。行く先。

難波《なにわ》の梅に

六五二　宿の梅も水間《みずま》の銭のふとり哉《かな》　（『海陸前集』宝永4）

【句意】大阪の人々の家のウメも、水間寺の銭が増えていくのにあやかって見事に咲いているよ。春「梅」。

【語釈】〇難波　大阪。「難波」と「梅」は密接な関係がある。一五八の句参照。〇宿　家。すみか。〇水間　水間寺。和泉国《いずみのくに》の水間（現在の大阪府貝塚市）にある寺。江戸時代、この寺で賽銭《さいせん》を借りると商売が繁盛するという伝承があった。賽銭を借りた人は翌年に二倍にして返した。〇ふとり　ふとること。ここは増加すること。

六五三　花瓜《はなうり》や弦《つる》をかしたる琵巴《びわ》の上　（『類柑子』宝永4）

【句意】ウリの花が弦《げん》の代用としてつるを貸してくれたので、琵琶《びわ》の上に妙《たえ》なる音が響いている。夏「花瓜」。

【語釈】〇花瓜　ウリの花。〇弦　楽器の琵琶の弦《げん》にウリのつるをかける。〇琵巴　楽器の「琵琶」の当て字。

【備考】天和《てんな》元年（一六八一）六月、芭蕉・其角《きかく》（六五四の句参照）とともに、言水が対馬藩《つしまはん》宗家の茶道の宗匠を務める河野松波《しょうは》を訪ねたときの句。松波亭には弦を張っていない無弦の琵琶が飾られており、その上にヒョウタンで作った花生けがあって、ウリの花が生けられていたという。其角の俳文「瓜の一花」（『類柑子《るいこうじ》』所収）参照。

六五四　けふ《きょう》の月公家《くげ》うつむかば花薄《はなすすき》　（『艶賀松』宝永5）

【句意】今日の月はすばらしい、公家がうつむいたら花ススキの美しさに感動するだろう。公家が高殿で月見をしている光景であろう。名月もすばらしいが眼下の花ススキの眺めもすばらしいというのである。秋「けふの月・花薄」。

【語釈】○けふの月　今日の月。八月十五日の仲秋の名月。○公家　朝廷に仕える人々。○花薄　穂の出たススキ。五七〇の句参照。

六五五　　千代のはじめ
綱引《つなひき》やおばら殿さへ《え》幾廻《いくめぐ》り　（『礫山』宝永6）

【句意】綱引きが始まるよ、正月になってから大原神子《おばらみこ》さえ何度もやってきた。春「綱引」。

【語釈】○千代のはじめ　千年も続くその始まり。ここは正月をことほぐ言葉として用いた。○綱引　正月に行う綱引きの神事。一月十三日に大津の人と三井寺門前の人たちとが野原で大綱を引き合って勝負を争う。○おばら殿　大原神子のこと。江戸時代の生業解説書『人倫訓蒙図彙』に、「今の大原神子というは京のかたほとりに住みて、人の忘れじぶんにはありくなり」とある。物乞いの一種である。大原神社を拠点として神楽や売色もした。

ある御方の旅館を祝ふて《う》

六五六　君涼し馬も御意にて御祓川《みそぎがわ》　（『梅の露』宝永6）

【句意】ご主人も涼しそうだ、ウマも主人の言いつけどおり御祓川でおとなしく体を洗ってもらっている。夏「涼し」。

【語釈】○ある御方　因幡国鳥取新田《いなばのくにとっとりしんでん》の大名池田仲央《なかてる》であろう。七〇二・七四〇の句参照。○御祓川　御祓をする川。特定の川ではない。「御祓」は身にけがれなどがあるときに河原などで水で身を清めること。ここは「ある御方」の馬が体を洗ってもらっているのを御祓に見立てたのであろう。

六五七　梓《あずさ》きく神子《みこ》にほれけり秋の暮《くれ》　（『京拾遺』宝永6）

【句意】梓弓の音を聞いている神子にほれた、秋の暮れに。秋「秋」。

【語釈】○梓きく　梓弓の音を聞く。梓神子はアズサの木で作った小さい弓のつるをたたきながら死者の霊を呼び寄せるが、梓神子がその弓の音に耳をすませているのである。○神子　「巫女」とも。神に奉仕して神楽を舞ったり、祈禱を行って神託を告げたり、死者の霊を呼び寄せたりする者。未婚の女性が多い。ここは死者の霊を呼び寄せる梓神子。

梨在水気《なしにすいきあり》

六五八　梨の花水ごひ鳥《い》や二めぐり　（同）

【句意】ナシの花の水分を求めてミズゴイドリが梨畑を二回りした。春「梨の花」。

【語釈】○水ごひ鳥　アカショウビンの異名。雨が降りそうなとき独特の声でよく鳴くのでミズゴイドリの異名が生じたという。江戸時代の歳時記には見えない鳥である。

六五九　山城《やましろ》に見ぐるし野あり吾木香《われもこう》　（同）

【句意】王城の地である山城国《やましろのくに》に見ぐるし野という変なところがあるよ、この野にもかれんなワレモコウの花が咲いている。秋「吾木香」。

【語釈】○山城　山城国。現在の京都府。皇居が在り王城の地であった。○見ぐるし野　正しくは御栗栖野《みぐるすの》。京都の地誌『菟芸泥赴《つぎねふ》』に「今誤りて見苦《みぐるし》野といえり」とある。御栗栖野は京都北部の郊外にある原野。○吾木香　現在は「吾亦紅」と書く。秋の季語。

六六〇　から崎に串《くし》削るなり秋の雨　（『伝舞可久』宝永6）

【句意】唐崎で髪の毛をすいている、秋の雨の日に。家の中で髪をすいている女性の姿が見えたのである。秋「秋の雨」。

【語釈】○から崎　唐崎。江戸時代には「辛崎」と書くのが普通。現在の滋賀県大津市唐崎。近江国《おうみのくに》の歌枕。○串削る「梳《くしけず》る」の当て字。髪の毛をすくこと。

六六一　頬《つら》ばかりかはらで《わ》妬《ねた》し蓮《はす》の花　（『追分絵』宝永6）

【句意】顔だけは変わらないのがねたましい、ハスの花は。ハスの花を擬人化した句。自分は年老いて皺《しわ》が増えるが、ハスの花はいつまでも変わらないのがねたましいというのである。夏「蓮の花」。

【語釈】○頬　顔。六三三の句参照。

六六二　雷盆木《すりこぎ》もみていね伊勢のつっと入《いり》　（『雷盆木』宝永7）

【句意】すりこぎも見てゆけ、伊勢のつっと入りに。つっと入りのさいには大切にしているものだけではなく、ありふれたすりこぎも見て行けというのである。秋「伊勢のつっと入」。

【語釈】○雷盆木　すりばちに入れた穀類を押しつぶして粉状にする短い棒。○いね　「いぬ（去ぬ）」の命令形。去れ。行け。○伊勢　伊勢国《いせのくに》。現在の三重県の一部。伊勢神宮の所在地。○つっと入　つっと入り。「つと入」とも。無断で他人の家に上がりこんで秘蔵の器物や妻女などを見て行く奇妙な風習。伊勢山田の「つと入」が有名で毎年七月十六日に行われた。「つっと」と「つと」は同じ意味で突然行動することをいう。

六六三　口閉《とじ》て雨をこそのめ五月山《さつきやま》　（『こがね柑子』宝永7）

【句意】無駄な話をしないでのどが乾いたら雨でも飲みなさい、雨に縁のある五月山で。原本の注によれば有馬温泉に行く梅人《ばいじん》という人に贈った句である。夏「五月山」。

【語釈】○口閉て　ものを言わない。黙っている。○五月山　『歌枕名寄《なよせ》』などでは摂津国《せっつのくに》の歌枕とするが普通名詞とする説もある。この句ではこれを普通名詞に取りなして季語とした。

六六四　など着せぬ岩にゑぼしを春の海　二見神石《ふたみしんせき》　（『海陸後集』宝永7）

【句意】なぜかぶせないのか、二見浦《ふたみがうら》の夫婦岩《めおといわ》にえぼしを、おだやかな春の海だ。伊勢の二見浦の光景である。夫婦岩は神石に至る神門だから、えぼしをかぶせたほうがよいというのである。春「春」。

【語釈】○二見神石　伊勢の二見浦（現在の三重県伊勢市二見町の海岸）にある二見興玉《おきたま》神社の興玉石のこと。二見浦の夫婦岩はその神門とされている。一二三〇の句参照。

六六五　桂《かつら》折る左も可なり冬の梅　菅大臣宮《かんだいじんぐう》　（同）

【句意】月のカツラを折るような才能をもっていたのだから、左大臣に昇ることも可能だったのに、北野天満宮《てんまんぐう》には冬のウメが咲いている。言水自選『初心もと柏《かしわ》』の自注によると、この句は『拾遺集』の菅原道真《すがわらみちざね》母の和歌「久方《ひさかた》の月の桂も折るばかり家の風をも吹かせてしがな」を踏まえて作られたという。冬「冬の梅」。

【語釈】○菅大臣宮　京都の北野天満宮。ここには菅原道真がまつられている。○桂折る　月の桂を折ること。「月の桂を折る」というのは中国の故事によることわざで、官吏登用試験に合格すること。ここは学問においてすぐれた才能を発揮したこと。○左　左大臣のこと。天皇に仕える官吏の最高の地位。道真は右大臣にまで昇進したが、左大臣の藤原時平《ときひら》の讒言《ざんげん》により九州の太宰府《だざいふ》に流罪となってこの地で没した。右大臣の上が左大臣。

六六六　栗笑《くりえん》で不動の怒る深山《みやま》かな　（『三山雅集』宝永7）

【句意】クリは笑っているがお不動様は怒っている、深い山の奥で。秋「栗笑で」。

【語釈】○栗笑で　クリのいがが割れて中の実が見える状態になること。○不動　不動明王《みょうおう》。激しい怒りの表情をしているのが特徴。この句は出羽三山《でわさんざん》（山形県の月山《がっさん》・湯殿山《ゆとのさん》・羽黒山）に題材を求めたものだが、三山の一つである湯殿山権現に行く途中に不動明王をまつった堂がある。

六六七　しら糸やひつじさるさるいかのぼり　（『奈良ふくろ角』宝永7）

【句意】白いたこ糸が未申《ひつじさる》の方向にどんどんと伸びて、たこが遠ざかって行く。言水自選『初心もと柏《かしわ》』の自注によると、『夫木抄《ふぼくしょう》』の恵慶《えぎょう》法師の和歌「みちのくの白河こえて別れにしひつじさるさる行けどはるけし」を踏まえた句。春「いかのぼり」。

【語釈】○しら糸　白糸。ここはたこ糸である。○ひつじさる　未申。方角を指す言葉で西南の方角。「ひつじさるさる」は「さる」に「去る」をかけ、さらに「さるさる」と繰り返すことでどんどん遠ざかっていくことを表す。○いかのぼり　空に揚げるたこ。関西では「いかのぼり」という。四四一の句参照。

六六八　人はまだ荊《むばら》には寝ずほととぎす　（同）

【句意】だれもがホトトギスの鳴くのを待ちかねているが、まだイバラに寝るほどの苦労をした人はいない、ホトトギスを聞くために。言水自選『初心もと柏』の自注に『拾遺集』の源公忠《きんただ》の和歌「行きやらで山路暮らしつほととぎすいま一声の聞かまほしさに」を挙げて、この和歌に対して作ったと記している。夏「ほととぎす」。

【語釈】○荊　とげのある低木類の総称。古くはウバラ、あるいはイバラとも。振り仮名は『初心もと柏』に従った。

六六九　父や有る母やどの星けふ《きょう》の恋　（同）

【句意】父は大空のどこにいるのだろうか、母は亡くなったあと、どの星になられたのだろうか、今日は牽牛星《けんぎゅうせい》と織女星《しょくじょせい》の恋が結ばれる日だ。七夕の日に両親を偲《しの》んで詠んだ句。五六五の句参照。秋「句意による」。

六七〇　はつ時雨舌うつ海胆《うに》の味も今　（同）

【句意】初時雨が降ってきた、舌鼓をうつほどおいしいウニの味も今が最高だ。初時雨が降る初冬のウニのおいしさを詠んだ。冬「はつ時雨」。
【語釈】○はつ時雨　その年初めて降る時雨。○舌うつ　舌鼓を打つ。おいしいものを食べたときに思わず発する動作。

三笠山雪

六七一　山余力あり八百八禰宜《はつぴやくやねぎ》やねの雪　（『奈良ふくろ角』宝永7）

【句意】三笠山にはまだ雪を受け入れる余力があるが、多くの禰宜が暮らす家々の屋根は雪で覆われている。冬「雪」。
【語釈】○三笠山　奈良公園の背後にある山。ふもとに春日大社や春日若宮がある。○八百八禰宜　奈良の春日大社の禰宜（神職の人）の数が多いことをいうことわざ。

六七二　桜鹿《さくらじか》水のむ頰《つら》は何の酔《よい》　（同）

【句意】サクラの木の下にいるシカの水を飲んでいる顔つきは、何かに酔っているようだが、何を飲んで酔ったのであろうか。人々は花見酒に酔っているが、シカを何を飲んで酔ったのであろうか、というのである。春「桜」。
【語釈】○桜鹿　振り仮名は原本に従った。ただし辞書には見えない言葉で言水の造語であろう。かりにサクラの木の下にいるシカと考えておく。○頰　顔。六三三の句を参照。

東金堂《とうこんどう》へ絵馬奉れる時

六七三　花鳥に石うつ気なし窓の児《ちご》

【句意】花にやどる鳥に石を投げる気持ちはない、窓の外を眺めている児には。仏の慈悲が寺の児にまで及んでいるのである。春「花鳥」。

【語釈】○東金堂　奈良の興福寺の東金堂。○絵馬　祈願または報謝《ほうしゃ》のために神社や寺院に奉納する額。古くはウマの絵を描いたが、後にいろいろな絵が描かれるようになる。○花鳥　花にやどる鳥。また花と鳥。○児　寺院などで召し使われた少年。

上巳《じょうし》

六七四　勝鳥《かちどり》の代《よ》は若衆《わかしゅ》に抱《だか》れけり　（『十二月箱』宝永7）

【句意】勝負に勝ったニワトリの褒美は若衆に抱かれたことだ。美しい若衆に抱かれてニワトリも満足しただろうというのである。春「勝鳥」。

【語釈】○上巳　三月三日の節句。女性の祝い日で桃の節句ともいわれる。○勝鳥　鶏合《とりあわせ》で勝ったニワトリ。鶏合は三月の節句ごろに行われた遊びで雄鳥《おんどり》を闘わせて勝負を争う。○代　世間の評価。代償。褒美。○若衆　男色《なんしょく》（男同士の同性愛）の相手をつとめる美少年。ここは単に美少年の意味。

六七五　夜桜もおぼろおぼろや何仏《なにぼとけ》
於元正院興行《げんしょういんにおいてこうぎょう》
（『その水』宝永8）

【句意】夜ザクラもおぼろおぼろと霞んでいる、団水《だんすい》はどの仏に導かれてあの世に旅立ったのだろうか。原本の注によれば団水に対する追悼句である。団水は西鶴《さいかく》の門人であり一時大阪に住んでいたが、元禄十四年（一七〇一）から京都に住んでいた。宝永八年（一七一一）一月八日没。春「夜桜」。

【語釈】○元正院　元證院の誤りか。後水尾《ごみずのお》天皇第三の宮である元證院を葬った京都の般舟院《はんしゅういん》のことか。

六七六　あらち山熊打《くまうち》までぞ花の庵《あん》
（『安良智山』正徳1）

【句意】愛発山《あらちやま》ではクマ打ちまでも花のいおりに住んでいる。クマ打ちのような風雅とは無関係な粗末な猟師の家も、春にはサクラが咲いて花のいおりになるというのである。春「花」。

【語釈】○あらち山　現在の福井県敦賀《つるが》市にある山。古代に愛発関《あらちのせき》があった場所で越前国《えちぜんのくに》の歌枕。「有乳山」とも。○熊打　クマを捕らえることを専門としている猟師。「穴熊打ち」とも。○庵　世捨て人などが住む粗末な住まい。「いおり」とも。

六七七　鮒《ふな》くふた鬢《う　びん》そそげたり夕涼《ゆうすずみ》
（『花の市』正徳2）

【句意】フナを食べた日に鬢がそそげたが、そのまま夕涼みをしている。『徒然草』一一八段の「鯉《こい》の羹《あつもの》食いたる日は鬢そそけずとなん」を踏まえた。コイを食べれば鬢はそそげないが、フナではそのような効果はなかったのである。夏「夕涼」。

【語釈】○鬢　頭の左右の髪。○そそげたり　そそげた。脂っ気がなくなって髪の毛がぱさぱさになること。

六七八　名月やいまだ増賀《ぞうが》の裸ごろ　（『千鳥掛』正徳2）

【句意】今日は名月だ、まだ増賀がはだかになるにはふさわしいころだ。名月ごろなら増賀のまねをしてはだかになっても、寒さに耐えられるだろうというのである。秋「名月」。

【語釈】○名月　八月十五日の仲秋の名月。○増賀　平安中期の天台宗の高僧。奇人として知られる。伊勢神宮に参詣したおりに名利を捨てることを決意し、着ている着物をすべて乞食《こじき》に与えて丸はだかになって下向《げこう》したという話が説話集『撰集抄《せんじゆうしよう》』にある。○裸ごろ　はだかにふさわしい時期。「ごろ」は「食べごろ」などの「ごろ」と同じく適切な時期の意。

六七九　神崎《かんざき》やふくべの花の暁は　（『鉢叩』正徳2）

【句意】神崎ではヒョウタンの花が咲いている、その花の咲く暁は蟻道《ありみち》と永遠の別れだった。この句は蟻道に対する追悼句であり、彼をしのぶ長い前書きがあるが本書では省略した。夏「ふくべの花」。

【語釈】○神崎　摂津国《せっつのくに》河辺郡（現在の兵庫県尼崎市・川西市）の神崎川の河口にあたる宿場。江戸時代には港町として栄え、歓楽街であった。伊丹の人が京都に行く場合、神崎から船便を利用することが多かったようである。○ふくべの花　ヒョウタンの花。夏の季語。

【備考】蟻道は摂津国伊丹の酒造家だが俳諧を趣味とし「弥兵衛《やへえ》とはしれど哀れや鉢叩《はちたた》き」という名句を残した。正《しょう》徳《とく》元年（一七一一）五月十三日没。

六八〇　白魚もかごにてやらば有馬山

寄山白魚《やまによするしろうお》

（『把菅』正徳3）

【句意】シロウオもかごに入れて送れば喜ばれるだろう、有馬山では。前書きは山を詠み込んでシロウオの句を作ったというほどの意味。春「白魚」。

【語釈】○白魚　シラウオとも。関西ではシロウオ。○有馬山　摂津国有馬郡（現在の神戸市北区有馬町）付近の山。有馬温泉の所在地。当時の温泉客は長期の湯治が一般的で、客は売りに来る商人から食材を買って自炊した。

六八一　二月《きさらぎ》や又繋《つな》がれて風呂の猿

（同）

【句意】二月になった、また紐《ひも》でつながれているよ、風呂のサルは。サル回しがサルを紐でつないでサルの体を洗っているのである。正月に一稼ぎしたサル回しが二月になってまた稼ぎに出ようとしている情景。サル回しはサルに芸をさせて金をかせいでいる人。サル回しについては五四五の句参照。春「二月」。
【語釈】○風呂　当時は一般の家庭に風呂はないから、これは岩の間に自然にわき出た温泉であろう。

六八二　踊《おど》り声葎《むぐら》に鍵のあらばこそ　（同）

【句意】踊りの歌声がする、むぐらに鍵がかかっているはずもなく、あちらこちらで若い男女がむぐらの中に入り込んで恋を語り合っている。盆踊りの情景である。盆踊りをそっちのけにして、暗闇で男女が恋の語らいをしているのである。秋「踊り」。
【語釈】○踊り　現在の盆踊り。○葎　つる性の雑草が生い茂ったところ。○あらばこそ「あるはずもない」ということを強めた言い方。

六八三　水仙や雪の東坡《とうば》が李節推《りせっすい》　（同）

【句意】きれいなスイセンだ、雪の名文句を詠んだ蘇《そ》東坡が愛した李節推のようだ。スイセンは美少年の李節推のようだというのである。冬「水仙・雪」。
【語釈】○雪の東坡　雪の詩を詠んだ蘇東坡の意味であろう。蘇東坡の雪を詠んだ詩に、「堂中の美人、雪、妍《けん》を争う」という文句がある。この文句は俳諧辞書『類船集』の「雪」の項に引かれており、この詩が当時広く知られていたことがわかる。○東坡　蘇東坡。中国宋代の大詩人。○李節推　蘇東坡の男色《なんしょく》（男性同士の同性愛）の相手として知られている人物。ただしこれは単なる伝承である。

伏見にて

六八四　弾牛《ひくうし》の喘《あえぎ》につらし夏木立　（『把萱』正徳3）

【句意】荷車を引くウシがあえいでいる様子はつらそうだ、夏木立の街道で。夏「夏木立」。

【語釈】○伏見　京都の伏見。モモの名所。京都から伏見街道が通じており牛車《うしぐるま》が往来していた。○弾牛　引くウシ。荷車を引くウシ。「弾」は「引」の当て字。なお原本では「蟬牛」。誤記とみて改めた。

人々半面の美人といふ《う》題にて発句《ほっく》しけるに

六八五　朝ざむや虫歯に片手一寸鏡《ますかがみ》　（同）

【句意】朝の寒さを感じる季節になった、虫歯の様子を片手で鏡をもって見ているよ。美人が顔を横に向けて鏡で虫歯の様子を見ているのである。前書きによると其角《きかく》（六四五の句参照）が点印（句の採点をするときに用いる印）に用いた「半面美人」という言葉を題にして詠んだ句。秋「朝ざむ」。

【語釈】○半面の美人　芭蕉の門人の其角が点印に用いた文句。琴の形をした印で「半面美人」と刻してあった。この印は其角の最高点である。○朝ざむ　朝の寒さを感じる季節。○一寸鏡　鏡を美化した言葉。要するに鏡のこと。

六八六　此国《この》の氷に寝たり酒狂人《しゆきようじん》　（同）

【句意】わが日本にも氷の上に寝た人がいるがこれはただのよっぱらいだ。中国の孝子を二十四人集めた『二十四孝』の中に、王祥《おうしよう》という人物がいる。彼は魚を食べたがっている継母のために、氷った川の上に寝て体温で氷を溶かして魚を得たという。この句はこの話を踏まえた。中国で氷の上に寝た人は親孝行のためであったが、日本で氷の上に寝た人はただのよっぱらいだったというのである。冬「氷」。

【語釈】○此国　我が国。日本。○酒狂人　酒に酔って気が狂ったようになった人。よっぱらい。

雲堂《うんどう》といへ《え》る人の興行に

六八七　花鳥や雲の熟して未開紅《みかいこう》　（『初むかし』正徳3）

【句意】花が咲き鳥が鳴く、雲が熟して赤く色づいてミカイコウの花となった。句会の主催者である雲堂の「雲」の一字を詠み込んだ。春「花鳥・未開紅」。

【語釈】○雲堂　未詳。○興行　句会を主催すること。○花鳥　花にやどる鳥。また花と鳥。○未開紅　ウメの園芸品種。花は紅色大輪。

若草山にて

六八八　人抱《だい》て礫《つぶて》とどむる鹿子《かのこ》かな　（同）

【句意】人が抱きとめて小石を投げるのをやめさせる、子ジカをかわいそうに思って。子供が子ジカに小石を投げようとするのをとめるのである。夏「鹿子」。
【語釈】○若草山　奈良の若草山。○礫　投げつけるための小石。

六八九　文月《ふづき》二十九日世を去りし人のもとへ遣《つかわ》す

涙から明日の名越《なごし》や飛鳥川《あすかがわ》　（『初むかし』正徳3）

【句意】涙のまま明日の名越しの祓《はらえ》を行うことだ、飛鳥川で。夏「名越」。
【語釈】○文月　七月の異称。ただし「文月」は「六月」の誤記であろう。○名越　名越しの祓のこと。毎年夏の終わりの六月末日に行われる身を清める行事。川のほとりで行われる。「夏越《なごし》」とも。六月が小の月であれば二十九日に、大の月であれば三十日に行われる。○飛鳥川　奈良を流れる川。大和国《やまとのくに》の歌枕。

六九〇　海老《えび》の座も越《こえ》ぬべら也小殿《ことの》ばら　（『大三物』正徳4）
元日　六十余歳又化児《じにかす》

【句意】エビが占めていた位置を越えていきそうだ、ゴマメたちが。自分が一族の中で占めていた地位を若い人が越えていきそうだ、というのである。みずからをエビに、一族の若者をゴマメにたとえたのである。春「小殿ばら」。

【語釈】○児　小さい子供。数え年の六十一歳は還暦の歳であり自分の生まれた干支《えと》に戻る。いうなれば子供に生まれ変わって、ここからまた新たに年を重ねていくことになる。○海老の座　正月の飾り物である蓬萊《ほうらい》飾りにおいてエビの占めている位置。言水自選『初心もと柏《かしわ》』の自注で、言水自身が「海老はかざりの一として蓬萊の長たりと説明しているように、エビは蓬萊飾りの最高の位置を占めていたのである。○べら也　推量の助動詞。「…しそうな様子である」の意。○小殿ばら　カタクチイワシを洗ってほしたゴマメのこと。また若い武士たちをいうこともあるがここでは「若者たち」という意味がかけられている。

六九一　蚊遣《かやり》の火や夷《えぞ》のくもりは秋の月　（『翠柏移徙記念集』正徳4）

【句意】蚊遣りの火がかすかに見える、蝦夷《えぞ》の曇った空では秋の月もこのようにしか見えないだろう。『夫木抄《ふぼくしょう》』の西行《さいぎょう》の和歌「こさ吹かば曇りもぞする道《みち》のくの蝦夷《えぞ》には見せじ秋の夜の月」を踏まえた句。「こさ」は蝦夷の人が吐く息で生ずる霧。夏「蚊遣」。

【語釈】○蚊遣　マツやスギの葉などをいぶして力を追い払うこと。この句はこれが季語。○夷　奥羽地方から北海道にかけての地域。「蝦夷」とも。○秋の月　仲秋の名月。五三二の句参照。

【備考】原本の注によれば出典不明。ここに記されている出典は荻野氏の仮題。

六九二　折られけりいらちて梅は何の徳　（同）

【句意】折られた、あせって早く咲いてウメに何の徳があるだろう。冬「句意による」。
【語釈】○いらちて　いらいらする。あせる。
【備考】言水自選『初心もと柏《かしわ》』に「早梅《そうばい》」と題して冬の部に収録されている。

六九三　朧月𠮷𠮷《えへん》かへしつ梅の花
（『伊丹発句合』正徳4）

【句意】朧月の夜、エヘンという咳払《せきばら》いの音が聞こえたのでこちらからもエヘンと返答した、ウメの花を見ながら。「門」という文字を分解した遊びの句。「えへん」は何かの合図か。春「朧月・梅の花」。
【語釈】○𠮷𠮷　表記は原本のまま。咳払いをする声。原本に「エヘン」と振り仮名を振る。

六九四　猟人《りょうじん》に替りて
熊《くま》見せん其子《そのこ》が母に大晦日《おおみそか》
（『晩山歳旦帳』正徳5）

【句意】クマを見せてやろう、その子の母に、大晦日には。『万葉集』の山上憶良《おくら》の和歌「憶良らは今はまからむ《ん》子泣くらむ《ん》そのかの母も我を待つらむ《ん》ぞ」を踏まえた。冬「大晦日」。
【語釈】○猟人　猟師。ここはクマ狩りを専門とするクマ打ち（六七六の句参照）であろう。クマ狩りは冬に行う。
○其子が母　猟師の子供の母。つまり猟師の妻。

大仏供養場

六九五　面白や釈迦《しやか》にかなしきまるなし　（『小太郎』正徳5）

【句意】未詳。原本ではこの句の下五の「まる」の右ワキに「ママ」と注記がある。おそらく出典の版本において文字が脱落していたのであろう。このため句意をとることが困難になった。

【語釈】○大仏供養場　大仏供養が行われた場所。「大仏供養」とは元禄五年（一六九二）に行われた奈良東大寺の大仏開眼供養を指す。この大仏は盧舎那仏《るしやなぶつ》だが、当時盧舎那仏と釈迦は同じものとする考えがあった。

六九六　今朝の霜河豚《ふぐ》の子菫《すみれ》いつまでか　（同）

【句意】今朝は霜が降りた、いつまで待てばフグの子は食べごろになるだろうか、またいつまで待てばスミレが咲くだろうか。冬「霜」。

六九七　天河須磨《あまのがわすま》に歌なし竜田《たつた》にも　（同）

【句意】天の川が美しい、須磨には七夕の恋を詠んだ和歌が無い、竜田にも無い。この句は七夕を詠んだ句である。須磨も竜田も著名な歌枕だが、いずれにおいても七夕の恋を詠んだ和歌がないというのである。秋「天河」。

【語釈】○天河　天の川。七月七日の七夕の行事を詠んだのである。○須磨　現在の兵庫県神戸市西部。『源氏物語』

の巻名にもなっている。摂津国《せっつのくに》の歌枕。○竜田　現在の奈良県生駒郡斑鳩町・三郷町の一帯。大和国《やまとのくに》の歌枕。

六九八　炉の眠浪《ねむりなみ》こそきかね須磨明石《すまあかし》

花洛《からく》の豊《とよ》に

（『小太郎』正徳5）

【句意】いろりのそばでうたた寝をしていると、浪の音こそ聞こえないが須磨か明石にいるような気分だ。京都にいながら須磨や明石を旅しているような気分になるというのである。冬「炉」。

【語釈】○花洛　花の都。京都の異称。○豊　豊かなこと。○炉　いろり。○須磨　六九七の句参照。○明石　国境を挟んで須磨に隣接する地。『源氏物語』の巻名になっている。播磨国《はりまのくに》の歌枕。

六九九　五《いつ》もじに唇くろし園《その》の梅

（『昔の水』正徳5）

匂《にお》ひは仮のものならず、二諦坊《にていぼう》がする墨はいまにつたへ《え》て、ふる郷《さと》の松井が園《その》に時めけり。ゆへ《え》をとふ《う》に、うら人のとまりより、空海《くうかい》にわたつて小《お》はつせや雲井の寮にひろめたまふ《う》。また貫之《つらゆき》が昔を思ふ《う》豊山香《ぶんざんこう》。

【句意】句の最初の五文字を考えているうちに唇が黒くなった、庭にはウメが盛りだ。無意識に筆の先をなめて唇が黒くなったのである。「園の梅」に古梅園を詠み込んだ。出典の『昔の水』は古梅園の主人長江の編。春「梅」。

【語釈】○匂ひは仮のもの　匂いは一時的なもの。『徒然草』八段の「匂いなどは仮のものなるに」による。女性の色香に迷う男の気持ちをいさめた文句。○二諦坊　墨を発明したと考えられている人物。また興福寺の建物とも。江戸時代の生業解説書『人倫訓蒙図彙《じんりんきんもうずい》』の「墨師」の項に、「奈良興福寺の僧二躰坊《にていぼう》（二諦坊）という者仏前の灯明の油煙をもってつくりし」と記されている。奈良の墨造りの老舗《しにせ》として有名な古梅園《こばいえん》は、二諦坊の墨を改良して販売したのが始まりだという。○松井　未詳。明治に刊行された『地名索引』によれば大和国宇陀郡に松井という村があったことがわかる。ここをいうか。○時めけり　もてはやされた。○うら人　浦人。海辺に住む漁師などをいう。○とまり　港。○空海　弘法《こうぼう》大師。平安初期の僧。真言宗の開祖。書の名人として知られる。○小はつせ　初瀬に同じ。大和国の歌枕。○雲井　遠く離れた場所。○貫之　紀貫之。平安時代前期の歌人。書の名人でもあったらしい。○豊山香　墨の名称。円形で朝鮮から渡来したもの。この当時古梅園でも作られていたか。○五もじ　和歌や俳諧の最初の五音（かなで書けば五文字になる）。

七〇〇　冬綿に世のあたたかもかまへ《え》たり　（同）
　　　門に入て豊山香の匂ひ《い》あり

【句意】冬綿によって世のあたたかさも前もって用意している。冬綿があるので冬だが暖かいというのであろう。冬「冬綿」。

【語釈】○門　古梅園（六九九の句参照）の門であろう。○豊山香　墨の名称。六九九の句参照。○冬綿　冬用の綿。ただし綿はもともと冬の衣類などに用いるものであり、「冬綿」という言葉は不自然。この言葉は辞書には見えない。

七〇一　菜に嘆き麦にむさぼるうき世哉《かな》　（『春夏ノ賦』正徳6）

【句意】冬は冷たい水で菜を洗う苦労を嘆き、夏は麦の収穫をむさぼって汗を流して働いている、世の中はつらいことばかりだ。夏「麦」。

【備考】言水自選『初心もと柏』には「麦秋」という前書きがある。

七〇二　　伏陽《ふくよう》へ御着《おんちゃく》を賀して

午時《ごじ》の鐘花柚《はなゆ》めく世の盛り哉《かな》

（『春夏ノ賦』正徳6）

【句意】昼を知らせる鐘が鳴っている、あなたはユズの花のようにかんばしい人生の盛りを迎えられたのですね。伏《ふし》見《み》奉行として伏見に赴任した鋤鱗《じょりん》に対して、季節の花を詠み込んで祝賀の気持ちを表したのである。夏「花柚」。

【語釈】〇伏陽　伏見。　〇午時の鐘　現在の正午ごろにあたる午《うま》の刻に打つ鐘。当時は鐘を鳴らして時刻を知らせた。鐘は寺で用いるのと同じ釣り鐘である。　〇花柚　ユズの花。初夏に紫色をおびた白い花を開きかんばしい香りがするという。なおユズとは別種のハナユというものがあるが、ここはユズの花であろう。

【備考】原本の注に「因州侯《いんしゅうこう》鋤鱗を迎えての吟なり」とある。因州侯は因幡国《いなばのくに》鳥取新田《しんでん》藩主池田仲央《なかてる》であろう。仲央は三万石の大名である。鋤鱗は彼の俳号であろう。因幡国は現在の鳥取県。七四〇の句参照。

七〇三　　題枕《まくらにだいす》

枕《まくら》香《が》も陀羅尼《だらに》の消《きえ》かともしけち

（『豹の皮』正徳6）

【句意】枕に残る香りも陀羅尼を唱える間焚いた香の消え残りか、いいにおいがする、灯火を消したあとで。前書きによれば枕を詠んだ句である。枕にいい匂いがしたのであろう。夏「ともし」。

【語釈】○枕香　枕に残る香り。○陀羅尼　梵語《ぼんご》で書かれた呪文《じゅもん》の一つ。翻訳しないで梵語のまま唱える。○ともし　灯火。同音の「照射（夏の狩りの意）」が夏の季語なので「灯火」の意の「ともし」を夏の季語として用いた。○けち　消ち。「消つ」の連用形。「消つ」は「消す」の古い言い方。一部に古い言い方が残っていたのである。

餞別斯武麿《せんべつしたけまろ》

七〇四　幾清水手してのゆるぎ玉がしは《わ》　（『この馬』正徳6）

【句意】あちらこちらの清水でのどを潤すことになるでしょうが、手で水を汲もうとすると水が揺れて手がカシワの葉のように映るでしょう。旅に出る斯（「斯波《しば》」を略したのであろう）武麿という人に餞別として贈った句である。夏「清水」。

【語釈】○武麿　姓を「斯波」と称したと考えられるが未詳。○玉がしは　カシワの木のこと。「玉」は美称。

七〇五　夜鰹《よがつお》の夜声や合《あわ》す膝鼓《ひざつづみ》　（同）

【句意】夜ガツオを売り歩く魚売りの声に合わせて、待ちかねた買い手が膝鼓を打っている。夏「夜鰹」。

【語釈】○夜鰹　まだ夜が明けないうちに市場に運び込まれたカツオ。新鮮な最上級品のカツオ。○膝鼓　手でひざを叩いて拍子を取ることであろう。

滝下南蔵院《たきのもとなんぞういん》にて仲夏《ちゅうか》十五日
匂《にお》ひは仮のもの成《なる》にとは、石場《いしば》漕《こ》ぎ出る辛崎詣《からさきもうで》、さてとは

七〇六　柴《しば》ぶねや朝帷子《かたびら》もこがれ初《そ》め　（『この馬』正徳6）

【句意】柴船が行き交っている、朝のすずしげな帷子姿の女性を見るにつけても、男たちは大勢の女性が集まる唐崎祭りを待ちこがれる。夏「帷子」。

【語釈】○南蔵院　京都清水寺の音羽の滝の下にある。なお原本は「滝下」を「竜下」と誤る。○仲夏　五月。五月から帷子を着る。○匂ひは仮のもの　『徒然草』八段の文句による。六九九の句参照。○石場　現在の滋賀県大津市の地名。矢橋《やばせ》に渡る渡船場であった。○辛崎詣　唐崎祭りの時に現在の滋賀県大津市の唐崎神社に参詣すること。祭りは六月の末日に行われた。なお唐崎は江戸時代には辛崎と書くのが一般的。○柴ぶね　薪《たきぎ》などを運ぶ小形の船。○帷子　暑さがきびしくなる五月から着る単衣《ひとえ》の麻の着物。

七〇七　行《ゆく》千鳥駅路《えきろ》の鈴のそらね哉《かな》　（『裳々知登梨』享保2）

【句意】チドリが飛んで行く、駅路の鈴の音を聞いたように思ったが聞き違いだった。古代の駅路の鈴の音だと思っ

たのはチドリの鳴き声だったというのである。『百人一首』の清少納言の和歌「夜をこめて鳥の空音《そらね》ははかるとも夜に逢坂《おうさか》の関はゆるさじ」を踏まえた。原本によると「千鳥」という題で詠まれた句。冬「千鳥」。

【語釈】○千鳥　チドリは多くの種類があるが、古来日本では、姿は愛らしくかれんな鳴き声の鳥というイメージで、和歌などに詠まれてきた。○駅路の鈴　古い時代において、使者として遠くにおもむく人に朝廷から与えられた鈴。使者はこの鈴を鳴らしながら旅をした。○そらね　空音。実際に鳴っていないのに鳴っているように聞こえること。

七〇八　此《この》沢に蟬《せみ》は脱《ぬ》けりから衣
　　　　杜若《かきつばた》いとおもしろく咲《さ》けり　（『八橋集』享保2）

【句意】この沢でヤミは殻を脱いで脱皮した、その抜け殻が唐衣《からころも》だ。セミの殻を「から衣」ともじったのである。カキツバタを題材にした句だが句中にカキツバタという言葉は使われていない。ここは『伊勢物語』九段の在原業平《ありわらのなりひら》の和歌「から衣きつつなれにしつましあればはるばるきぬるたびをしぞ思ふ《う》」の最初の一句を取った。この和歌は折《おり》句《く》になっており、各句の最初の文字を抜き出すと「かきつばた」となる。言水はこの歌を利用してこの句を作ったのである。「から衣」という言葉にカキツバタの意を含めたのである。夏「蟬」。

【語釈】○杜若　夏に花が咲く。美しい花で美人の比喩《ひゆ》として用いられている。○此沢　三河国《みかわのくに》の八橋《やつはし》（現在の愛知県知立市八橋町）を指す。八橋はカキツバタの名所。三河国の歌枕。○から衣　唐衣。中国風の衣服。庶民の衣服ではない。

四方拝《しほうはい》

七〇九　もれめやは短山《みじかやま》まで四方拝　　（『初心もと柏』享保2）

【句意】もれることがあろうか、短山まで、四方拝の恩恵に。高い山はもちろん低い山も四方拝の恩恵に浴するというのである。春「四方拝」。

【語釈】〇四方拝　古くから正月一日に行われていた宮中の行事。天皇が清涼殿の庭で四方を拝し国家の安全などを祈る行事。〇短山　低い山。言水自選『初心もと柏《かしわ》』の自注によれば「中臣《なかとみ》の祓《はらえ》」という祝詞の「高山《たかやま》の末、短山の末」という言葉を取ったという。

元日

七一〇　歯朶《しだ》の葉の七符《ななふ》は誰《たれ》を小殿《ことの》ばら　　（同）

【句意】シダの葉の七符分には誰を寝かせるのか、ゴマメよ。十符《とふ》のうち三符《みふ》にゴマメが寝るとして残りの七符に誰を寝かせるのか、というのである。元日の句である。『夫木抄《ふぼくしょう》』のよみ人しらずの「みちのくの十符の菅《すが》ごも七符には君を寝させてわれ三符に寝む」という恋の和歌を踏まえた。この和歌は「十符に編まれた菅ごもの七符にあなたを寝させて私は三符に寝ます」という意味で、いとしい男に添い寝する女の気持ちを詠んでいる。一九九の句参照。この七一〇の句はこの和歌を借りて、正月の飾り物を男女の恋の姿に見立てたのである。春「歯朶」。

【語釈】〇歯朶　「羊歯」とも。新年の飾りとして用いられた。〇符　「節」とも。むしろなどの編み目。〇小殿ば

ら　小さなカタクチイワシを干したもの。タツクリとかゴマメとも呼ぶ。ゴマメと呼ぶのが一般的である。ここは若い男の意味をかけているのであろう。六九〇の句参照。

元日

七一一　福寿草一寸物《ふくじゅそういっすんもの》の始《はじめ》なり　（同）

【句意】正月の花であるフクジュソウは一寸と呼ばれている物の始まりだ。一寸という長さの単位はフクジュソウの花の大きさから始まったというのである。春「福寿草」。

【語釈】○福寿草　正月ごろに直径三センチ（約一寸）ほどの黄色い花を咲かせる。○一寸　約三センチ。当時の日常生活においては長さの最小単位。

着衣始《きそはじめ》

七一二　花染《はなぞめ》の羽袖《はそで》や去年《こぞ》の寒苦鳥《かんくちょう》　（同）

【句意】花染めの着物の袖を羽のようにひるがえして楽しそうだ、去年のカンクチョウは。去年の大晦日《おおみそか》には借金を返すのに苦しんだ人が、正月にはそのことを忘れて、新しい着物を着て気楽に新年を楽しんでいるのを皮肉ったのである。春「句意による」。

【語釈】○着衣始　正月三が日のうち吉日を選んで新しい着物を着始めること。○花染　ツユクサの花の汁で染めること。○羽袖　袖を羽にたとえた語。ここは「寒苦鳥」と縁語になっている。○寒苦鳥　インドのヒマラヤに住むという想像上の鳥。夜の寒さを嘆いて朝になったら巣を作ろうと思うが、朝になって暖かくなると夜の寒さを忘れて巣を作るのをやめるという。ここは借金で苦しんでいた人の比喩《ひゆ》。

元日

七一三　白魚《しろうお》の塵《ちり》も選《えり》けり年男　（『初心もと柏』享保2）

【句意】シロウオのごみまでも取り除いているよ、年男が。年男を務める人物のきちょうめんな行為を詠んだ。春「年男」。

【語釈】○白魚　六八〇の句参照。○年男　正月の行事のいっさいを取り仕切る男性。五一四の句参照。

元日

七一四　人も来る雑煮に鰹《かつお》花かづら《ず》　（同）

【句意】お客さんもやってくる、雑煮に鰹節《かつおぶし》を惜しまず、頭には髪飾りとして花かずらを付けて客を迎えよう。女性の立場で詠んだ句。『初心もと柏《かしわ》』の自注によれば『古今集』の神遊びの歌「巻向《まきむく》の穴師《あなし》の山の山人と人も見るがに山かづらせよ」を踏まえた句。春「雑煮」。

【語釈】○鰹　鰹節のことであろう。○花かづら　季節の花で作った。髪飾り。

元日

七一五　歯固《はがため》やとは云《いい》さして水の恩　（同）

【句意】歯固めの用意はできているかと言いかけて、それよりも大事な水の恩に感謝することを忘れていた。正月を迎えてまっさきに行わなければならないのは、若水を汲むことである。それをうっかりしていたというのである。春「歯固」。

【語釈】○歯固　正月三が日に行う長寿を願う行事。小さい鏡餅を作り、台にのせてダイコン・ダイダイ・タチバナなどを添えて食べる。

聖節

七一六　酢に酢貝酒に礼有り睦月《むつみづき》　（同）

【句意】酢にはスガイがよくなじむ、親類一族も礼をわきまえて適度に酒を飲むのがこのましい、正月の集まりは。「睦」にむつまじいの意をかける。春「睦月」。

【語釈】○聖節　一月一日。つまり元日。○酢貝　巻き貝の一種。サザエに似る。○睦月　ムツキとも。一月。

元日

七一七　鏡餅《かがみもち》多門は鉾《ほこ》をあれ鼠《ねずみ》　（『初心もと柏』享保2）

【句意】鏡餅が飾ってある、多聞天は鉾を持って寺を守っているが、ネズミが寺を荒らしている。田舎の荒れ寺の様子。春「鏡餅」。

【語釈】○多門　「多聞」と書くのが一般的。多聞天。仏法を守る守護神の一つで鉾を持つ。○あれ鼠　暴れ回るネズミ。

元日

七一八　面影や暦左右《まで》指すえ方棚《ほうだな》　（同）

【句意】亡くなった妻の面影が浮かぶ、暦まで恵方棚《えほうだな》のとなりに差し込んで二人で正月を祝ったものだ。春「え方棚」。

【語釈】○左右　マテと読み左右の手の意味だが、それを副助詞の「まで」の意味に転用した。振り仮名は原本に従った。○え方棚　恵方棚。歳徳神《としとくじん》をまつる神棚。正月の神が恵方から来るという信仰に基づいてその年の恵方に当たる鴨居《かもい》につるす。

楽《がく》と云《いう》題にて

七一九　膝枕《ひざまくら》哉物の音《ね》の喜《き》春楽《しゅんらく》　（同）

【句意】女性の膝枕は最高だ、外の物の音が喜春楽をかなでている。女性の膝枕で聞いていると、外の雑音も喜春楽のように聞こえるのである。七・五・五の破調の句。春「喜春楽」。

【語釈】○楽　音楽。○膝枕　女性の膝を枕にして寝ること。○喜春楽　舞楽《ぶがく》の曲名。正月七日に宮中で行われた白馬節会《あおうまのせちえ》で演奏された舞楽。ここは外から聞こえてくる音を喜春楽にたとえた。

南禅禅林金地院《なんぜんぜんりんこんちいん》にて

七二〇　酢をとへ《え》ば無味を答へ《え》つ梅の花　（同）

【句意】酢について問うたところ無味をもって答えたよ、ウメの花が。禅寺にふさわしく禅問答のような句を作ったのである。単なる言葉の遊びで深い意味は無い。春「梅の花」。

【語釈】○南禅禅林　京都の南禅寺。臨済宗南禅寺派の大本山。○金地院　南禅寺の塔頭《たっちゅう》。塔頭は大寺の内にある小さな寺。脇寺とも。○無味　味が無いこと。禅の宝典である『碧巌録《へきがんろく》』五八則に「無味の談、人口を塞断《そくだん》す」という文句がある。言水はこれを利用したのかもしれない。

華頂山《かちょうさん》

七二一　御忌《ぎょき》の鐘皿割る罪や暁雲《やまかづら》　（同）

【句意】御忌の鐘の響きで知恩院《ちおんいん》内の寺の皿が割れたが、この罪は明け方の雲のようにすぐに消えてしまう。知恩院の鐘の音は境内の建物内の皿を割るほど大きいのである。春「御忌」。
【語釈】○華頂山　京都の知恩院の山号。つまり知恩院のこと。○御忌　浄土宗の開祖の法然《ほうねん》上人の忌日に行われる法会。御忌参り。また「御忌詣で」とも。九三の句参照。この期間中に鳴らす鐘の音を「御忌の鐘」といった。○暁雲　明け方山の端にかかる雲。振り仮名は原本に従った。

七二二　釈迦《しやか》霞《かす》みけりや生駒《いこま》は雨ぐもり　（『初心もと柏』享保2）
元禄始《はじめ》　ならの京にて

【句意】釈迦がかすんでいるよ、生駒山は曇って雨がふりそうだ。『初心もと柏《かしわ》』の自注によれば『伊勢物語』二三段の和歌「君があたり見つつを居らむ生駒山雲な隠しそ雨は降るとも」を踏まえた句。破調の句である。春「霞み」。

【語釈】○ならの京　奈良の都。奈良のこと。かつて奈良に都がおかれていた。○生駒　生駒山。大阪府と奈良県の境にある山。河内国《かわちのくに》の歌枕。

【備考】『初心もと柏』の自注に「西に伊胡馬嶽《いこまがだけ》、ひんがしに盧舎那《るしやな》」とある。これによれば西の生駒山と東の東大寺の大仏を遠望して詠んだ句ということになる。言水は東大寺の盧舎那仏を釈迦像と思っていた。六九五の句参照。

七二三　うごくとは土筆《つくし》も雷《らい》の初め哉《かな》　（同）
六角堂月次《つきなみ》之《の》会巻頭

【句意】動くということはツクシも雷が鳴り始めるのを敏感に感じとっているようだ。春「土筆・雷の初め」。
【語釈】○六角堂　京都の頂法寺の通称。○月次之会　毎月決まった日に行われる句会。○雷の初め　立春後初めて鳴る雷。初雷《はつらい》。

七二四　鼠《ねずみ》とるねはんの猫とながめけり　（同）

【句意】ネズミをとる涅槃《ねはん》のネコとながめたことだ。習性は改められないということを詠んだのであろう。人の道をはずれた行為をする者は、涅槃にネズミをとるネコと同じだというのであろう。春「ねはん」。
【語釈】○ねはん　涅槃。釈迦が亡くなった日。二月十五日。

七二五　つま猫の胸の火やゆく潦《にわたずみ》　（同）

【句意】めすネコの胸の火は流れてゆく水の泡のようなものだ。どんなに激しく燃えていてもすぐ消えるというのであろう。さかりの付いたネコの習性を詠んだ。原本では「猫恋」という前書きを書き落した。春「つま猫」。
【語釈】○つま猫　辞書に見えない言葉である。普通は「猫の妻」という。言水の造語か。○潦　雨によってできる水たまり。また水たまりにできる泡。

大井川の辺《ほとり》にて

七二六　ねこの子やいづく筏《いかだ》の水馴竿《みなれざお》　（『初心もと柏』享保2）

【句意】ネコの子はどこへ運ばれてゆくのだろう、いかだを操るさおのままに。いかだの上のネコの行方は、筏士のあやつるさおに任せるしかないというのである。『初心もと柏《かしわ》』の自注には、中国の仏書である『法苑珠林《ほうおんじゅりん》』の「筏は兄弟のごとし」という言葉を引用しているから、この句には仏教的な寓意があるのだろう。春「ねこの子」。

【語釈】○大井川　静岡県を流れる大河。一一八の句参照。○水馴竿　「水馴棹」とも。使い古された船のさお。

仁和寺《にんなじ》のはなに

七二七　腮杖《あごづえ》に阿吽《あうん》さだまる桜かな　（同）

【句意】ほおづえをついて上を見たり下を見たりしているうちに、サクラと気持ちが通じてきたようだ。春「桜」。

【語釈】○仁和寺　京都にある真言宗御室《おむろ》派の総本山。サクラの名所。○腮杖　ほおづえ。振り仮名は原本に従った。○阿吽　仏語。「阿」は口を開いた形。「吽」は口を閉じた形。『初心もと柏』の自注によれば「阿」はあおのくの意、「吽」はうつむくの意に用いたようである。

関白殿房輔公《ふさすけこう》御前《ごぜん》にて即興、花交松《はなまつにまじわる》と云《いう》題

七二八　家づとや桜のあゆむ小松原　（同）

【句意】おみやげにいただいたサクラが歩いています、マツ林の中を。みやげにもらったサクラの枝をかついで家路をたどる様子を詠んだ。春「桜」。

【語釈】○関白　天皇を補佐して天下の政務を執り行った重職。武士が政権をとった鎌倉時代以後その地位は下落した。○房輔　公家《くげ》の鷹司《たかつかさ》房輔。寛文《かんぶん》八年（一六六八）に関白になり元禄十三年（一七〇〇）に没している。○家づと　家へ持ち帰るみやげ。○小松原　マツ林。

題、落花浮水《みずにうかぶ》

七二九　待《まて》おのれ桜敲《たた》きし水馴棹《みなれざお》　（同）

【句意】待て、このやろう、サクラをたたいただろう、そのさおで。いかだの船頭がいかだを進めるさいに、さおでさんざん水に浮かぶサクラの花をたたいただろうというのである。『初心もと柏』の自注によれば、『新古今集』の藤原資宗《すけむね》の和歌「筏士《いかだし》よ待てこととはむ水上はいかばかり吹く山のあらしぞ」を踏まえた句。一〇一の句参照。春「桜」。

祇園《ぎおん》

七三〇　花ぐもり南に黒しかはら竈《がま》　（同）

【句意】花曇りの天気だ、南の方角は黒ずんでいる、瓦を焼くかまどの煙で。春「花ぐもり」。
【語釈】○祇園　京都の祇園。祇園社の門前町として発展し庶民の行楽地であった。サクラの名所でもあった。○花ぐもり　サクラのシーズンの曇った天気。○かはら竈　瓦を焼くためのかまど。

七三一　そめば花そまねば桜はねつるべ
　　桑門友元《そうもんゆうげん》がもとの一木《ひとき》のさくらに書《かき》つけぬ
　　　　　　　　　　　　　　　　　　（『初心もと柏』享保2）

【句意】咲き始めれば花だが、咲き始めないうちはサクラだ、はねつるべのそばのこの木は。花といえばサクラを指すのが常識だが、その常識は間違いで花が咲き始めてサクラが「花」になるというのである。春「桜」。
【語釈】○桑門　僧侶。○友元　言水の門人。○そめば　初《そ》めば。「初む」は「はじまる」の意。○はねつるべ　横木の一方につるべを取り付け他方に重りを付けて、水を汲み上げる装置。

七三二　採桑《くわつみ》の靨《えくぼ》に落《おち》る雲雀《ひばり》かな　　　（同）

【句意】桑摘みのかわいいえくぼに見とれてヒバリが空から落ちた。ヒバリが地上に下りるのを「落ちる」というが、この場合はバランスを崩して落ちたのである。空を飛んでいた久米《くめ》の仙人が若い女性の足の白さに見とれて、神通力を失って空から落ちたという伝説を踏まえた句。一二三一の句参照。春「雲雀」。
【語釈】○採桑　クワの葉を摘み取る女性。クワの葉はカイコの餌である。読みは原本に従った。

七三三　灌仏《かんぶつ》
卯花《うのはな》と闇の明《あけ》けり産《うぶ》の水　（同）

【句意】ウノハナとともに闇の夜が明けた、産湯の用意もできている。釈迦《しやか》誕生の夜明けを詠んだ。夏「卯花」。
【語釈】○灌仏　灌仏会《え》の略。釈迦が誕生したという四月八日に行う仏教行事。一三九の句参照。○産の水　産湯に使う水。産湯は出産直後に新生児を洗う湯である。ただし「産湯の水」という言葉はあるが「産の水」という言葉はない。これは言水の造語であろう。「産」の読みは原本に従う。

七三四　志賀山越《しがやまごえ》
花の魂《たま》入り日や滋賀の子規《ほととぎす》　（同）

【句意】花の魂が西に沈む入り日となり、その入り日がホトトギスに変じて志賀山で鳴いている。この句意は『初心もと柏《かしわ》』の自注によった。夏「子規」。
【語釈】○志賀山越　京都の北白川から山中峠付近を越えて志賀の里（現在の滋賀県大津市内）へ出る道。サクラの名所。なお「滋賀」は「志賀」の当て字。○子規　ホトトギスを「蜀魂」とも書くが、これは蜀《しよく》の望帝《ぼうてい》の魂がホトトギスになったという伝説に基づく。これにより「魂」と「子規」は縁語になる。

七三五　時鳥行基《ぎようき》の縄や山かづら《ず》　（『初心もと柏』享保２）

忍山時鳥《しのぶやまほととぎす》といふ句《う》を望む人有り

【句意】ホトトギスが鳴いた、行基の縄のようだ、横に長くたなびいている明け方の雲は。ホトトギスが鳴いた方角に明け方の雲がたなびいている光景を詠んだ。夏「時鳥」。

【語釈】○忍山　信夫山《しのぶやま》の当て字であろう。信夫山は現在の福島県福島市の市街地の北方にある山。陸奥国《むつのくに》の歌枕。俳諧辞書『類船集』では「時鳥」は「信夫」の付合語。○行基　奈良時代の僧。一般の民衆にも布教し、また道路を修理し堤防を築くなど土木工事にも大きな貢献をしたことで知られる。「行基の縄」はこうした土木工事の測量や境界線などに使った縄であろう。○山かづら　明け方山の端にかかる雲。

【備考】『初心もと柏《かしわ》』の自注に、行基は初めて国郡を分けたと記されているがこれは誤解であろう。

七三六　流れ去る夜やなら茶舟時鳥　（同）

牧方《ひらかた》と云《いう》所にて

【句意】流れにまかせて淀川《よどがわ》を下った夜、枚方《ひらかた》あたりで奈良茶舟が近づいてきてホトトギスが鳴いた。京都から大阪に向かって乗合船で淀川をくだったときの体験である。『初心もと柏』の自注によれば、『拾遺集』の壬生忠見《みぶのただみ》の和歌「いづ《ず》かたに鳴きて行くらむ《ん》ほととぎす淀の渡りのまだ夜深きに」を踏まえた句。夏「時鳥」。

【語釈】○牧方　正しくは「枚方」。「枚」に「牧」を当てるのは当時の慣用。現在の大阪府北東部の地名。淀川の左岸。枚方を中心に、淀川航行の諸船に飲食物を売る独占権が与えられていた。○なら茶舟　簡単な食事である奈良茶飯を売る船。

伏見江《ふしみえ》に聴蜀魄《ほととぎすをきく》

七三七　鯉《こい》はねて水静《しずかなり》也郭公《ほととぎす》　（同）

【句意】コイがはねたあと水面に静寂がもどり、おりしもホトトギスが鳴いた。夏「郭公」。

【語釈】○伏見江　伏見の船着き場をいうのであろう。伏見は京都の伏見。淀川水運の河港として繁栄。○蜀魄　ホトトギスの当て字の一つ。「蜀魂」とも。また「郭公」とも。七三四の句参照。

大原野《おおはらの》にて

七三八　操《さが》しけり清水は朧《おぼろ》ほととぎす　（同）

【句意】探したよ、朧の清水はその名の通り朧にかすんでなかなか見つからない、おりしもホトトギスが鳴いた。大原野にある朧の清水をたずねたときの句である。夏「ほととぎす」。

【語釈】○大原野　現在の京都府西京区大原野。山城国《やましろのくに》の歌枕。○操しけり　探した。「操」は「探」の誤記であろう。振り仮名は原本に従った。

七三九　皷子花《ひるがお》にしばし羽なき蛍哉《かな》　（『初心もと柏』享保2）

【句意】ヒルガオにとまっているホタルはしばらく羽を失っているようだ。羽をすぼめている状態を羽を失ったといったのである。ホタルが羽をすぼめて夜を待っているのである。夏「皷子花・蛍」。

七四〇　因州鋤鱗公《いんしゆうじよりんこう》、伏陽《ふくよう》の御旅館にめされて、都辺《とへん》の有《あり》さまいかにとの御意、何の品なし
宇治瀬田《うじせた》を申す葉うらの蛍かな　（同）

【句意】宇治や瀬田の話を申しましょう、葉の裏にいるホタルのような私には、京都の町の様子はわかりかねます。鋤鱗から京都の町の様子を聞かれたさいに詠んだ句である。世間と没交渉に暮らしている私には町の様子はわかりませんので、そのかわりに名所の宇治や瀬田の話をします、というのである。夏「蛍」。

【語釈】○因州　因幡国《いなばのくに》（現在の鳥取県）。○鋤鱗公　因幡国鳥取新田《とつとりしんでん》藩主池田仲央《なかてる》であろう（七〇二の句参照）。○伏陽　京都の伏見。伏見奉行がおかれていた。このころ仲央は伏見奉行に任命されたのであろう。○御旅館　伏見奉行の役宅であろう。六五六の句参照。○都辺　都のあたり。○宇治　平等院などがある京都の観光名所。山城国《やましろのくに》の歌枕。○瀬田　現在の滋賀県大津市の地名。瀬田の唐橋《からはし》がかかる観光名所。近江国《おうみのくに》の歌枕。

七四一　賀茂《かも》の祭
老楽《おいらく》も二つ鏡やあふひ《おい》草　（同）

【句意】老人も二つ鏡を使って冠に付けたアオイの葉の状態を見ているよ。賀茂の祭りに参列する老人の様子を詠んだ。夏「あふひ草」。

【語釈】○賀茂の祭　京都の上賀茂・下鴨両神社の祭り。葵《あおい》祭りとも。祭りの場などをアオイの葉で飾り、参列の人は衣冠にアオイの葉を付けた。五五七の句参照。○老楽　老年になること。老人。○二つ鏡　合わせ鏡のこと。二枚の鏡を合わせて後ろ姿などを見ること。○あふひ草　アオイグサ。葵祭りで使われるフタバアオイ。

端午

七四二　むづ《ず》かしや粽《ちまき》とく手も桑門《よすてびと》　（同）

【句意】めんどうくさそうだ、粽に巻かれたイグサをほどくお坊さんの手つきは。夏「粽」。

【語釈】○端午　五月五日の端午の節句。粽を食べてお祝いをする。○粽　ササやマコモなどで餅米を包んで蒸したもの。食べるときは巻き付けたイグサをほどいてササやマコモを開かなければならず、さらに餅米がこびりついていて、食べるのに手数がかかる。一〇九の句参照。○桑門　僧侶。読みは原本に従った。

関符《かんぷ》昌貢《しょうこう》年経て此《この》京に席《むしろ》をもよふす《お》にかく云遣《いいつかわ》す

七四三　東嶺《とうれい》に又契る世や水の蟬　（同）

【句意】東山で再び交わる機会が訪れました、水中の虫がセミとなって。水の中にいる虫のような自分がセミになって地上に現れ、久しぶりにあなたとお会いする機会を得ました、というのである。わかりにくい句だが『初心もと柏《かしわ》』の自注によって以上のように解釈した。夏「蟬」。

【語釈】○関符　役職の名称かと思うが未詳。○昌貢　元禄十一年（一六九八）刊『面々硯《めんめんすずり》』以後俳書に名が見える。○此京　今自分がいる京。つまり京都。○席をもよふす　席《せき》を設けること。ここは句会を主催すること。○東嶺　京都の東山。清水寺などがある。京都の行楽地で料亭などが多かった。○契る　交わりを結ぶ。

五月闇

七四四　富士に目はやらでも寒し五月雨《さつきあめ》　（『初心もと柏』享保2）

【句意】富士山を見るまでもなく寒い、五月雨のころは。夏の暑い時期は富士山を眺めると涼しい気持ちになるが、五月雨のころは富士山を見るまでもなく寒さを感じるというのである。夏「五月雨」。

【語釈】○五月闇　梅雨のころの雲に覆われた天候。○五月雨　サミダレとも。現在の梅雨。

昼蚊屋《がや》の題にて

七四五　昼が屋は人魚に網のまよひ《い》かな　（同）

【句意】昼間の蚊帳は人魚を網で覆ったようで男の色欲をそそる。『初心もと柏』の自注によると、蚊帳の中の女性は着物を半ば脱ぎかけた状態である。その女性を人魚に見立てた。夏「昼が屋」。
【語釈】○昼蚊屋　昼蚊帳。昼寝をするためにつった蚊帳。ただし辞書には見えない言葉である。○人魚　上半身が人間の女、下半身が魚という想像上の生物。○まよひ　迷い。心の迷い。ここは色欲の迷い。

南京薬師寺《やくしじ》の絵馬に書《かく》

七四六　涼風《すずかぜ》や眠《ねむ》漕《こ》ぐ舟のやくし寺《でら》　（同）

【句意】涼風が眠りを誘い人々が舟をこいでいるよ、薬師寺で。僧侶のお経を聞きながら人々が眠っているのである。『初心もと柏』の自注によれば出典不明の古歌「三笠山みねこぐ舟の薬師寺淡路《あわじ》の島のからすきのへら」を踏まえた句。夏「涼風」。
【語釈】○南京　奈良。○薬師寺　現在の奈良市西ノ京町にある法相宗《ほっそうしゅう》の大本山。○眠漕ぐ舟　右の自注に「俗言に人のねぶりを舟漕ぐと云《い》う」というとおり、人が眠っていること。「眠」の振り仮名は原本に従った。

七四七　引《ひく》袖も涼し太鼓《つづみ》の四《よっ》がしら　（同）
河東涼《かとうすずみ》

【句意】引く袖も涼しげだ、太鼓《たいこ》の音が四つになったことを知らせている。京都の四条河原の夕涼みの光景である。夕涼みが終了したことを知らせる太鼓が鳴っているのに、袖を引いて女性を口説いている男がいるのである。夏「涼し」。

【語釈】○河東涼　京都の鴨川《かもがわ》で行われた四条河原の夕涼み。○太鼓　振り仮名は原本に従ったが、意味は今日のたいこである。○四がしら「四」は時刻をいう言葉。ここは夜の四つで午後十時ごろ。「がしら」は「頭」のことで物事の最初。つまり「四がしら」は四つのはじめという意味であろう。

七四八　月は山美犬《ちん》こそ眠れたかむしろ

（『初心もと柏』享保2）

【句意】月は山にかかっている、チンが眠っているよ、たかむしろに。『初心もと柏《かしわ》』の自注によれば「月は山」という上の句は後普光園殿《ごふこうおんどの》（二条良基《よしもと》）の「月は山風ぞしぐれににほ《お》の海」からとったという。夏「たかむしろ」。
【語釈】○美犬　イヌのチンの当て字。江戸時代に上流階級の愛玩用として飼うことが流行した。○たかむしろ　タケなどを細く割って編んだむしろ。夏用の敷物として使われた。
【備考】『初心もと柏』では夏の部に収録されているので「たかむしろ」が季語となる。

難波祭通追悼《なにわさいつう》

七四九　引き汐《しお》の世や夜ただ鳴《なく》よし雀《すずめ》

（同）

【句意】引き潮の世の中だ、夜はただ鳴くばかり、ヨシキリのように。前書きにあるように祭通《さいつう》の追悼句である。知人が次々に亡くなっていく状況を「引き汐の世」といったのである。夏「よし雀」。
【語釈】○難波　大阪。○祭通　済通の誤り。アマチュア俳人であったと思われる。○よし雀　ヨシキリ。「行々子」

とも。ヨシの生えた野原にむらがって住む。

紙屋川《かみやがわ》　東《あずま》の立志《りゅうし》、都の棹歌《とうか》、を《お》のを《お》の口ずさぶ中に

七五〇　夏草や魯論《ろろん》かぞふ《う》る紙屋川　（同）

【句意】夏草が生い茂っている、『論語』の言葉をあれこれと取り上げて議論しているよ、紙屋川では。学問の祖である菅原道真《みちざね》をまつった北野天神のそばを流れる紙屋川の水音を、『論語』を議論する人の声に聞きなしたのである。夏「夏草」。

【語釈】〇紙屋川　京都の名所案内『名所都鳥』に、「北野天神の社より二町ばかり西に、北よりながれいでたる小川なり」と説明し、「北野の南に宿紙村《すくしむら》あり。紙をすき出《い》だせるゆえの名なり」と記す。「宿紙」は漉《す》きかえしの紙だが、このころにはすでに行われなくなっていたようである。〇立志　江戸の俳人。父のあとを継いで二世立志となる。宝永二年（一七〇五）没。四五七の句参照。〇棹歌　京都の人。アマチュア俳人であろう。〇魯論　『論語』のこと。本来は魯の国に伝えられた『論語』のテキストのことで、今日の『論語』はこの系統に属する。

享保《きょうほう》の元《はじめ》、豊《とよ》としのはつ秋、打出《うちで》の浜にあそびしも、御代《みよ》がはりのかぎりなき御賀《おんが》、富貴草《とみくさ》によそへ《え》て

乍恐《おそれながら》

七五一　松風の賦をさざ浪《なみ》や早稲《わせ》遅田《おくて》　（同）

【句意】風が松風の歌をかなで、さざ波のようにそよいでいるよ、わせもおくても。将軍家の代替わりをことほいだ句。秋「早稲遅田」。

【語釈】○豊とし　豊かな年。○打出の浜　琵琶湖畔の地名。現在の滋賀県大津市に地名が残る。近江国《おうみのくに》の歌枕。○御代がはり　将軍家の代替わり。享保元年（一七一六）八月に徳川吉宗が八代将軍になった。○富貴草　イネの異名。「富草」とも。○松風　マツに吹く風。古歌に詠まれているみやびな言葉。「松」に徳川家の本姓である「松平」の「松」をかける。○賦　韻を踏んだ詩文。ここは歌というほどの意味。○早稲　早く成熟するイネ。○遅田　成熟するのが遅いイネ。「晩稲」と書くのが一般的。振り仮名は原本に従った。

七夕

七五二　七くさや酢味噌《すみそ》遁《のが》れて秋の花　　（『初心もと柏』享保2）

【句意】春の七草が酢味噌あえになるのを免れて、秋に花を咲かせているよ。春に摘み残された七草が、秋の七夕に花を咲かせている情景。秋「秋の花」。

【語釈】○七くさ　正月の七草の節句に用いられる七種類の植物。四八〇の句参照。○酢味噌　酢味噌あえ。味噌をすって酢を加えて柔らかくした酢味噌で、野菜・魚肉などをあえたもの。

七五三　玉櫛笥《たまくしげ》親のとりをく《お》踊《おどり》かな　　（同）

【句意】親が櫛笥を隠しておく、踊りが行われる日は。娘が美しく化粧していると男から襲われる心配があるので、親が櫛笥を隠すのである。秋「踊」。

【語釈】○玉櫛笥　美しい櫛笥。「玉」は美称。「玉櫛笥」は和歌で用いられた言葉で日常用語ではない。「櫛笥」は化粧道具を入れておく箱。○とりをく　しまっておく。隠しておく。○踊　現在の盆踊り。

神路山《かみじやま》

七五四　笑へとのをしへ《お》《え》や折《おり》て女郎花《おみなえし》　（同）

【句意】このかれんな花は笑って楽しみなさいと教えているのであろうか、折り取ってオミナエシを眺めた。イザナキの神とイザナミの神が人間に初めて男女の交わりを教えてくれたが、これは笑って楽しみなさいという教えだったのだろうか、というのである。オミナエシは女性の象徴として詠み込まれている。『初心もと柏《かしわ》』の自注を参照して一応このように解釈した。秋「女郎花」。

【語釈】○神路山　伊勢神宮の神域をめぐる山。伊勢国《いせのくに》の歌枕。言水は日本人が初めて生まれた地と考えていたようである。

【備考】イザナキ・イザナミの二神は国生みの神話で知られており、男女の交わりを教えてくれたのはセキレイという鳥だというのが当時の一般的な説。言水はそれをオミナエシだと誤解していたか。

七五五　朝霧やさても富士呑《の》む長次郎《ちょうじろう》　（同）

【句意】朝霧が出た、さてはこれが富士山さえ飲みこむという長次郎の正体だったのか。朝霧が富士山を隠したのを、長次郎のマジックに見なしたのである。秋「朝霧」。

【語釈】〇長次郎　塩屋長次郎。元禄時代に評判が高かった手品師。刃物や牛馬などを飲み込んだという。『初心もと柏《かしわ》』の自注にも「行路の牛馬をたちまちにのみ隠す」とある。

釈氏《しやくし》の許《もと》にて

七五六　玉虫は掃捨《はきすて》る師の掟《おきて》かな　（『初心もと柏』享保2）

【句意】タマムシは掃き捨てるのが師の定めた決まりだ。タマムシは女性と見なされて、女人禁制《によにんきんぜい》の僧侶の住まいから掃き出されるのである。御伽草子《おとぎぞうし》の『玉虫の草子』に玉虫姫という美女が登場する。秋「玉虫」。

【語釈】〇釈氏　僧侶。〇玉虫　法隆寺の玉虫の厨子《ずし》の装飾にその羽が用いられたように美しい虫である。現在は夏の季語になっているが、この当時はまだ季が定まっていない。

【備考】この句は『初心もと柏』の秋の部に収録されているので玉虫を秋の季語とした。

追悼

七五七　どこへゆくどこへ白露《はくろ》の節衣《せちごろも》　（同）

【句意】どこへ行くのか、あなたはどこへ行くのか、白露の節衣を着て。『初心もと柏』の自注によれば青木春澄《はるずみ》に対する追悼句である。春澄は京都の俳人で芭蕉とも交流があった。彼は正徳五年（一七一五）七月三十日に亡くなっている。秋「白露」。

【語釈】○白露の節　二十四節気の一つ。「白露」とも。江戸時代初期の歳時記『増山井《ぞうやまのい》』秋の部に「白露の節」として収録し「八月の節也」と記す。「白露の節」に「節衣」をかける。○節衣　正月の宴会である節振舞《せちぶるまい》に着る晴れ着。節小袖《こそで》とも。ただしここは特別な日に着る着物というほどの意味であろう。

七五八　初月《はつづき》の弓に弦《つる》なし雁《かり》の声　（同）

【句意】初月は弓の形をしているがまだつるが張られていない、折しもカリが鳴いた。秋「雁」。

【語釈】○初月　月初めの月。まだ三日月にならない状態の月。三日月になると月の形が弓につるを張った状態になる。

　　　前夜雨いたくふりてけふ《きょう》の快晴

七五九　月を是《ぜ》にひと雲非《ひ》なり今日の山　（同）

【句意】満月を是とすれば一片の雲でも雲は非である、今日の山は快晴で一片の雲もない。名月の情景である。「是非」という言葉を二つにわけて用いた。秋「月」。

【語釈】○是　是非の「是」で善いこと。○非　「是非」の「非」で悪いこと。

七六〇　広沢や禿《かぶろ》も底に月の声　（『初心もと柏』享保2）

【句意】広沢の池にやってきた、禿も池の底にいるらしく池の底から声が聞こえる、まるで月の声のように。島原の遊郭で遊んでいた遊客が、遊女やかぶろを連れて広沢の池で月見をしている光景である。夜の暗がりの中でおしゃべりをしているかぶろの声が、池の底から聞こえてくるようだ、というのである。秋「月」。

【語釈】○広沢　京都の広沢の池。月の名所であった。山城国《やましろのくに》の歌枕。三八二の句参照。○禿　太夫や天神といわれる高級遊女に仕えている少女。

七六一　きさがたや稲木《いなぎ》も網の助杭《たすけぐい》　（同）

【句意】きさがたでは稲木も網を干す助け杭として利用されている。イネを干すための稲木が網を干すのに利用されているのである。秋「稲木」。

【語釈】○きさがた　現在の秋田県南西端にかほ市。かつては宮城県の松島と並ぶ絶景の地として知られていた。当時は蚶潟あるいは象潟と書きキサガタといったが、現在は象潟と書きキサカタという。陸奥国《むつのくに》の歌枕。二七七の句参照。○稲木　刈り取ったイネを干すための設備。何本も並んだ立木にタケざおを横に数本取り付けたものや木やタケを組み合わせたものがある。「はさ」「はざ」「はぜ」などともいう。○助杭　本来の目的以外に利用されている杭という意味であろう。辞書に見えない言葉である。

七六二　鼻紙の間《あい》の紅葉や君がため
高雄《たかお》　（同）

【句意】鼻紙の間にはさんだモミジはあなたへのみやげですよ。高雄山にモミジ見物に出かけ恋人にモミジの葉を持ち帰ったのである。秋「紅葉」。

【語釈】○高雄　現在の京都市右京区梅ケ畑にある高雄山。モミジの名所。「高尾山」とも。○君　あなた。男性を指すことが多いがここは女性。

七六三　鳩《はと》眠る冬木ながらや桔槔《はねつるべ》　（同）
三十余年一むかし都外の閑人《かんじん》を尋ぬ。所は壬生領《みぶりよう》又閑子《ゆうかんし》が許《もと》

【句意】ハトが眠っている冬木をそのまま利用して、はねつるべが作られているよ。三十年余り昔に訪ねた人を再び訪ねたのである。その人の簡素な住まいの情景を詠んだ。冬「冬木」。

【語釈】○閑人　定職をもたず趣味などを楽しんで暮らしている人。○壬生領　京都の郊外。壬生念仏で有名な壬生《みぶ》寺《でら》がある。壬生は壬生寺の寺領であったか。○又閑子　支考編『東山万句』において又閑という人物が言水と一座している。この人物であろう。「子」は敬称。○冬木　冬枯れの木。○桔槔　水を汲み上げる装置。七三一の句参照。

南京研心比丘《けんしんびく》を訪《と》ふ

七六四　炉の炭の痩《やせ》もとはば《わ》や夜半《よわ》の霜　（『初心もと柏』享保2）

【句意】いろりの炭火で痩せた体をいたわっているあなたをお見舞いしたいと、夜中の霜を踏んでやってきました。冬「霜」。

【語釈】○南京　奈良。○研心　僧侶の名であろうが未詳。○比丘　僧侶。○とはばや　訪いたい。お見舞いしたい。

冬椿《ふゆつばき》

七六五　さればこそ茶人しらなみ玉椿　（同）

【句意】やはり思っていたとおり茶人も知らなかった、シラタマツバキが冬の花であることを。ただし季吟編『山の井』ではツバキを春の季語として扱いシラタマツバキも春の季語とする。この句では冬。冬「玉椿」。

【語釈】○さればこそ　やはり思ったとおりだった。○しらなみ　「知らない」に「白波」を言いかける。「白波」はシラタマツバキが白く美しく咲く様子。○玉椿　美しいツバキ。「玉」は美称。ここはシラタマツバキのこと。シラタマツバキはツバキの園芸品種で花は中輪の白色。

七六六　児消《ちごき》ぬ奥はさざん花崩壁《くずれかべ》　（同）

【句意】児を見失った、その奥にはサザンカが咲いていて壁が崩れている、今消えた児はサザンカの化身だったのか。『初心もと柏《かしわ》』の自注に「美童の跡をしたいしにその俤《おもかげ》をうしなう」と記されている。冬「さざん花」。

【語釈】○児　子供。ここは男色《なんしょく》（男同士の同性愛）の相手になりそうな美しい少年。

七六七　空明《くうめい》の姿二つやつは《わ》の花　（同）

【句意】ぼんやりした薄明かりに二つの姿が浮かび上がり、そのそばにツワノハナが咲いている。『初心もと柏』の自注によればきぬぎぬの情景である。「きぬぎぬ」は一夜を共にした男女の別れをいう。冬「つはの花」。

【語釈】○空明　ぼうっとした薄明かり。○つはの花　ツワブキの花。冬に黄色い花が咲く。

七六八　河辺聞千鳥《かわべにちどりをきく》
碁《ご》は妾《しょう》に崩されてきくちどりかな　（同）

【句意】碁はめかけにばらばらにされて腹が立ったが、そのあと二人で一緒にチドリの声を聞いた。一人で棋譜《きふ》を並べていたら、自分を構ってくれないことに怒ってめかけが碁盤をかき回したのである。『初心もと柏』の自注に「崩すは憎し。情は深し」とある。冬「ちどり」。

【語釈】○妾　めかけ。妻以外に金銭の援助を与えて占有している女性。なおこの当時は正式に結婚していない内縁の妻もめかけとして扱われた。「妾」はショウともメカケとも読むことができるが句の調べの関係でショウと読んだ。○ちどり　種類は多いが普通は水辺にいる小型のものを指す。哀調をおびた鳴き声は冬の風物詩である。

北条団水《きたじようだんすい》興行　所は堀川の亭

七六九　はつ雪や菅笠《すげがさ》とつて桜川　（『初心もと柏』享保2）

【句意】初雪が降ってきたので菅笠をぬぎ桜川を渡りました。初雪をサクラに見立て、堀川を桜川に見立てたのである。芝居じみた行為である。冬「はつ雪」。

【語釈】○北条団水　俳人。西鶴の門人。○堀川　京都の中央を北から南に流れる川。○菅笠　スゲで編んだ笠。当時もっとも一般的なかぶり物。○桜川　現在の茨城県の南西部を流れる川。常陸国《ひたちのくに》の歌枕。ここは堀川を桜川に見立てた。

雪

七七〇　枯野《かれの》哉《かな》かれに寝て見ん不二《ふじ》の味　（同）

【句意】すっかり枯れ野になった、そこに寝てみよう、富士山の雄大さを味わうために。冬「枯野」。

【語釈】○かれ　あちら。「枯野」の「かれ」をかける。○不二　富士の当て字。富士山。

七七一　年も今日我慢に暮《くれ》つ白是界《しろぜがい》　（同）

【句意】一年も今日で終わりだが、この一日をじっと耐えて過ごした、白是界の攻撃は厳しかったが。年末は借金取りが押しかける日である。借金取りを白是界に見なし、何とか借金取りを撃退した状況を詠んだ。冬「年も今日」。

【語釈】○白是界　『初心もと柏《かしわ》』の自注に「白是界という能有り。金剛が秘曲にて老品《ろうぼん》なり」とある。能の金剛流の秘曲に「白是界」という曲があるというのだが確認できない。喜多流に「白是界」という曲目があり、曲名に「白」を付けるのは喜多流では最も重いものだという。謡曲に「善界《ぜがい》（是界とも）」という曲がある。これは中国の天狗《てんぐ》の首領が日本に来て仏法の妨げをするが、比叡山《ひえいざん》の僧に降伏《こうぶく》させられるという内容。喜多流の「白是界」はこの善界と同じものである。

七七二　卯《う》の華《はな》の塵《ちり》やけらけら星月夜　（『其暁』享保２）

【句意】ウノハナの散った花びらがきらきら輝いている、星月夜のもとで。原本の注によると岩田涼菟《りょうと》に対する追悼の句である。彼は伊勢の俳人で享保二年（一七一七）四月に没した。四月はウノハナの季節で卯花月《うのはなづき》ともいわれる。夏「卯の華」。

【語釈】○けらけら　きらきらと輝くことであろう。ただし他に用例を確認できない。○星月夜　月はなく星が明るく輝いている夜。

試筆

七七三　綱曳《つなひき》や道に鳥羽絵《とばえ》の男顔　　（『歳旦帳』享保3）

【句意】綱引きが行われているよ、道ばたに鳥羽絵に描かれているような間の抜けた男の顔が見える。春「綱曳」。

【語釈】○試筆　新年に初めて文字を書くこと。書き初め。○綱曳　綱引き。正月の綱引きの神事。一月十三日に大津の人たちと三井寺門前の人たちが野原で大綱を引き合って勝負を争う。○鳥羽絵　日常生活を題材にした戯画。「鳥獣人物戯画」の作者とされる鳥羽僧正にちなんで鳥羽絵と呼ばれた。大津で売られていた。

七七四　雲間《くもすき》に年木《としぎ》樵《こ》る男の子や母や　　（同）

【句意】雲間から漏れる日の光で、年木を切っている男の子供やその母（つまり木を切っている男の妻）の姿が見える。家族全員で年木の準備をしているのである。冬「年木」。

【語釈】○雲間　雲透き。雲の透き間から指している光。○年木　新年に使う柴《しば》や薪《たきぎ》。年末に用意しておく。

【備考】原本によると「年尾（年末）」の句の中の一句。

享保《きようほう》三、閏《うるう》十月二十七日丸山屋阿弥《やあみ》にて興行

七七五　神帰り其座《その》や袖の花鎮《はなしずめ》　　（『一陽集』享保3）

【句意】神様がまもなくお帰りになる、その座を袖ではらって花しずめの祭りをしよう。神様がお帰りになる前に、天気が荒れないように、時期外れだが花しずめの祭りをしようというのである。冬「神帰り」。

【語釈】○享保三　享保三年（一七一八）。○閏十月　享保三年は閏年《うるうどし》で十月が二度あった。あとの十月を閏十月という。○丸山　円山。京都の地名。現在円山公園になっている。景勝地であり遊宴の場所であった。○屋阿弥　円山にあった貸座敷か料亭であろう。○興行　句会を行うこと。○神帰り　十月に出雲大社に集まった諸国の神がその月の晦日《みそか》にそれぞれの神社に帰ること。その日は烈風が吹き荒れるという言い伝えがあった。○花鎮　花しずめの祭り。三月の花が散るころに行われた祭りで、花の飛散を防ぎ疫病の神をしずめるために行われた。

七七六　音淋《さび》しばせを《ばしょう》に落《おち》て松ふぐり　（『成九十三回忌集』享保3）

【句意】寂しい音をたててマツかさがバショウの葉に落ちた。謡曲「芭蕉《ばしょう》」の「芭蕉に落ちて松の声」を踏まえた句。成九《せいきゅう》という人の十三回の追悼句である。成九については未詳。秋「ばせを」。

【語釈】○ばせを　バショウの木。観賞用に庭園に植えられる。左右に広がる大きな葉が特徴。謡曲の「芭蕉」はバショウの精が女性の姿で現れて仏教の功徳を説く。○松ふぐり　マツかさ。また「松ぼっくり」とも。

七七七　牛若《うしわか》の膾《なます》作れりたでのはな　（同）

【句意】牛若のためになますを作った、タデの花を添えて。秋「たでのはな」。
【語釈】○牛若　牛若丸の略称。源義経《よしつね》の少年時代の名前。様々の物語で取り上げられ当時の少年たちのアイドルであった。○膾　魚や野菜などをきざんで酢や酒で調味した料理。○たで　道ばたや水辺に生える植物。葉をかむとヒリヒリと辛い。なますなどの調味料として用いたり、タデ酢の原料とする。「たで」は夏の季語だが「たでのはな」は秋の季語。

七七八　なた豆に借《か》しけり老《おい》の水馴竿《みなれざお》

（『成九十三回忌集』享保3）

【句意】ナタマメに貸してやったよ、年老いて不要になった愛用のさおを。仕事をやめて年老いた船頭が、愛用のさおをナタマメの成長を助ける支柱として利用したのである。秋「なた豆」。
【語釈】○なた豆　豆の一種。食用にする。つるを延ばしながら成長するので、栽培するには何か巻き付くためのものが必要。○水馴竿　長年使い慣れたさお。舟をこぐさおのこと。「水馴棹」とも。

七七九　曇砥《くもりど》のうつつ打《うち》見ん月の雨

（『花林燭』享保4）

【句意】曇砥のようにぼんやりした姿をはっきり見たいものだ、月は涙の雨で曇っている。原本の注によると三井秋風《みついしゅうふう》の三回忌追悼句である。秋風の姿をもう一度見たいというのである。句中に秋風が編集した『うちぐもりど』という句集の書名を詠み込んだ。秋「月」。

【語釈】○曇砥　「内曇《うちぐもり》」あるいは「内曇砥」。砥石の一種。京都の鳴滝や高雄山などで産するもの。○うつつ　夢か現実かわからない状態。

【備考】秋風は鳴滝《なるたき》に豪華な別荘を営み贅沢《ぜいたく》な暮らしをしていたことで知られている。芭蕉もこの別荘を訪れている。

七八〇　牛磨《すり》て雨大原や梨《なし》の花　（『雨の集』享保4）

【句意】ウシが体を擦りつけているよ、雨の大原ではナシの花が咲いている。ウシがナシの木に体を擦りつけているのである。春「梨の花」。

【語釈】○大原　京都の大原。比叡山《ひえいざん》のふもとの静かな山間の地で、寂光院《じゃっこういん》や三千院《さんぜんいん》などがある。

於祇園興行《ぎおんにおいて》四十四《よよし》

七八一　此《この》涼み汝《なんじ》かへ《え》らば入間川《いるまがわ》　（『野馬台集』享保4）

【句意】この夕涼みはあなたが帰ったら何の意味もなくなってしまう。夏「涼み」。

【語釈】○祇園　京都の祇園。料亭がたくさんあった。○興行　句会をすること。原本の注によると、この時の句会では言水を含めて十五人が参加した。○四十四　四十四句で完了する特殊な連句。○涼み　京都の鴨川の四条河原の夕涼み。五四〇の句参照。○入間川　入間川様《よう》。武蔵国《むさしのくに》入間（現在の埼玉県入間市）で用いられたさかさ言葉。言葉を逆にしてわざとわかりにくくした言い方。「花の雲」を「雲の花」といい、「月の鏡」を「鏡の月」といったりすること。「入間様」あるいは「入間言葉」とも。ここは無意味とか座がしらけるというほどの意味。

七八二　君が代や雀《すずめ》の積藁鵙《すすきもず》の杭《くい》
豊年《とよとし》の秋
（『野馬台集』享保4）

【句意】豊かな世の中だ、積んだワラの上をススキの野原のようにスズメが飛び跳ね、モズは杭に止まったままで草の間に隠れることもない。スズメやモズが人を恐れることなく、人家の近くを飛び回っている豊かな世の中をことほいだ句。漢字に別の意味の振り仮名を振った技巧的な句。秋「鵙の杭」。

【語釈】○君が代　穏やかな世の中をたたえる決まり文句。「君」は漠然と世の中を治めている人を指す。○積藁　イネを収穫したあとのワラ。振り仮名は原本に従った。○鵙　「百舌」とも。三五六の句参照。

七八三　蘭《らん》を抱く師の恩高しきりぎりす
岸本の玉藻《たまも》かきあつめて一集の誉《ほまれ》あることを感じて
（『是迄草』享保5）

【句意】ランを抱いているように師の恩は高い香りを放っている、その香りを慕って多くのキリギリスが慕い寄ってくる。岸本調和の門人たちが師の高徳をたたえて句集を編集したことをことほいだ句。この句を収録する『是迄草《これまでぐさ》』は調和の作品などに門人たちの追悼句を加えて出版したもの。秋「蘭・きりぎりす」。

【語釈】○岸本　江戸の俳人岸本調和。正徳《しょうとく》五年（一七一五）没。○玉藻　美しい藻。ここは調和および彼の門人たちの作品の比喩《ひゆ》。○蘭　俳諧ではフジバカマの漢字表記として使われることが多いが、ここは芳香を発するラン科の植物の総称。○きりぎりす　調和の門人たちの比喩。

七八四　梅さむしとてあたたむる燎《にわび》かも　（『一日千句』享保5）

【句意】ウメが寒いというので暖めているのか、庭火《にわび》をたいて。原本には「是は北野にての作とかや」という注がある。つまり京都の北野天満宮《てんまんぐう》で詠まれた句ということになる。天満宮にウメは付きものである。冬「梅さむし」。

【語釈】○燎　庭火。神社などで神楽を奏するとき照明のためにたかれるかがり火。○かも　詠嘆を含んだ疑問を表す語。

七八五　焼《た》く火ともいのらばけふ《きょう》ぞ雲の月

玄々堂《げんげんどう》のぬし、月に宝玉五彩《ほうぎよくごさい》の句々を大成す。予、心ざす所は神風や隠岐《おき》に　（『月筏』享保7）

【句意】燃える火のような激しい恋の成就を祈るなら、今日が絶好だ、雲に月が隠れているから。暗闇の中なら胸の燃える火も相手に見えるだろうというのである。『百人一首』の大中臣能宣《おおなかとみのよしのぶ》の和歌「みかきもり衛士《えじ》のたく火の夜は燃えて昼は消えつつ物をこそ思へ《え》」を踏まえたのであろう。秋「月」。

【語釈】○玄々堂　この句を収録する『月筏《つきいかだ》』の編者羽紅《うこう》の別号。羽紅は京都の人。この羽紅は芭蕉の門人である凡《ぼん》兆《ちょう》の妻の羽紅とは別人。○宝玉五彩　宝石の輝き。ここは美しく輝く月の比喩。『月筏』は秋の月の句だけを集めた句集。○神風や　伊勢神宮関係の言葉にかかる枕詞《まくらことば》。「神風や隠岐」は誤用か。○隠岐　現在の島根県隠岐の島。後鳥羽《ごとば》上皇が流された島。前書きによるとこのとき言水は隠岐を目指して旅立とうとしていたようである。○雲の月　雲に隠れた月。

七八六　袖も嗅衣裏《かぐえり》も桂《かつら》の木かげ哉《かな》　（『海音集』享保8）

【句意】袖もかぐといいにおいがし、着物のえりにもいいにおいがただよう、カツラの木陰にいると。言水は享保五年（一七二〇）春に故郷の奈良に移り、翌年九月に京都に戻っている。この句は京都に戻った歓迎の句会で作られた。京都のにおいは特別だというのであろう。秋「桂」。

【語釈】○衣裏　衣服の首の回りに当たる部分。「襟」とも。○桂　山に生え高さは二〇メートルにもなる高木で美しく黄葉する。蘇東坡《そとうば》の「赤壁賦《せきへきのふ》」（『古文真宝後集』所収）に「桂の櫂《かい》、蘭《らん》の漿《かじ》」とあるように、中国文学では香りの高い木として扱われている。「桂の木陰」は都の比喩として用いられたのであろう。「桂」だけでは季語にならないが言水はこれを季語として用いたのであろう。

七八七　そば切《きり》をうつ手や木曽《きそ》の夏衣　（同）

【句意】ソバを打つ手元があざやかだ、木曽の夏衣もすずしげに。山夕《さんせき》という人が京都から江戸に帰るさいに餞別として送った句である。途中で信州のおいしいソバを食べてくださいというのである。山夕は中山道《なかせんどう》（木曽街道とも）

を通って江戸へ帰ったのであろう。夏「夏衣」。

【語釈】○そば切　かけソバやもりソバなど。○木曽　信濃国《しなののくに》（現在の長野県）の南西部。国内有数の森林地帯。ソバが名物。○夏衣　夏用の単衣《ひとえ》の着物。

七八八　雪の炉や撫《なで》て其器《そのき》も貴妃《きひ》の肌　（同）

漢土《かんど》の一器《いっき》御求《おもとめ》、その銘初雪と有《あり》し。御楽みは

【句意】初雪と名付けられた香炉は、なでていると陶器でありながら楊《よう》貴妃の肌のようになめらかで心地よい。中国産の香炉を手に入れた人にお祝いとして贈った句である。相手が高貴な人物であることは前書きからわかる。冬「雪」。

【語釈】○漢土　中国。○銘　茶道具などに付ける名前。○炉　香炉。○器　うつわ。容器。器具。○貴妃　楊貴妃。絶世の美女といわれた中国唐の玄宗《げんそう》皇帝の妃。

七八九　ぬば玉の夜声や菊に市女笠《いちめがさ》　（同）

住吉市《すみよしのいち》

【句意】夜ふけに声が聞こえて、キクの香りがただよう道を市女笠をかぶった女性が通り過ぎた。秋「菊」。

【語釈】○住吉市　大阪の住吉神社で九月十三日に行われた神事（現在も行われている）。夜になって境内に市が立ち、升が売られたので「升の市」ともいわれる。○ぬば玉の　「夜」にかかる枕詞。○市女笠　女性用の笠。武士の妻

や娘が外出するさいに用いた。

朝鮮人来朝《ちょうせんじんらいちょう》　山科にて

七九〇　枝柿の熟我国《うれわが》の孝を見よ　　（『海音集』享保8）

【句意】枝ガキも甘く熟する時期だ、カキもおいしいが我が国が親孝行を重んじる国であることを見てほしい。秋「枝柿」。

【語釈】○朝鮮人　朝鮮王朝の通信使。○来朝　日本に来ること。来日。享保四年（一七一九）に十七回目の朝鮮通信使の来朝があった。○山科　京都の山科。○枝柿　枝付きのシブガキを干しガキにしたもの。

因州《いんしゅう》城主待々《まちまち》て

七九一　山窓も覗《のぞ》きつくしつ君が駒　　（同）

【句意】山の間を眺めつくしました、あなたの乗ったウマがやってくるかと。無季。

【語釈】○因州　因幡国《いなばのくに》（現在の鳥取県）。○城主　大名。七四〇の句の「因州鋤鱗公《じょりんこう》」を指すのであろう。○山窓　山の間から見える空間。

大井川にて

七九二　風塵《ふうじん》の雲雀《ひばり》落《おち》けりふもと川　（同）

【句意】風塵のようにヒバリが落ちた、ふもとの川に。ヒバリが大井川の河原に降りた情景である。遠くから見ると空からごみが落ちたように見えたのである。春「雲雀」。

【語釈】○大井川　静岡県を流れる大河。一一八の句参照。○風塵　風に巻き上げられたごみ。○落けり　ヒバリが急降下して地上に降りる様子をいう。

千句巻頭

七九三　何と嗅《か》ぐ榊《さかき》の花を人心　（同）

【句意】何となくサカキの花を嗅いでみる、人情の常として。夏「榊の花」。

【語釈】○千句　百句で完了する百韻の連句を十組まとめて作ること。その最初の百韻の発句を巻頭という。○榊　ツバキ科の常緑小高木。枝葉を神事に使うために昔から神社の境内に植えられた。花に香りがある。○人心　人が一般的に備えている心情。

南都へ引《ひき》うつるに

七九四　秋好む人に秋あるいづ《ず》み哉《かな》　（同）

【句意】秋が好きな人には秋の涼しさをたたえている泉の近くが一番だ。言水は享保《きようほう》五年（一七二〇）の春に奈良に移住しているが、そのときの心境を述べた句であろう。泉のほとりに住いを求めたのであろう。ただし翌年九月には京都に戻っている。この句では「いづみ」が季語であろう。夏「いづみ」。

【語釈】○南都　奈良。○秋好む『源氏物語』の登場人物の秋好中宮《あきこのむちゆうぐう》の「秋好」を借りたか。

奈良にて

七九五　句を土産狛《こま》に二月の瓜はなし　（『海音集』享保8）

【句意】発句《ほつく》をみやげにします、ウリの産地で有名な京都の狛にも二月にはまだウリがありませんので。みやげにするものもありませんので、私の発句（俳句）を土産にします、というのである。春「二月」。

【語釈】○狛　山城国《やましろのくに》（現在の京都府）相楽郡《そうらくぐん》の地名。催馬楽《さいばら》に「山城のこまのわたりの瓜つくり」とうたわれているようにウリの産地として知られる。前書きにある奈良は奈良漬という漬け物の産地として知られ、中でも狛のウリの奈良漬は人気があった。○二月の瓜　季節よりも早いウリ。中国唐の玄宗《げんそう》皇帝が、季節に先駆けて二月に楊貴妃《ようきひ》にウリをすすめたという故事に基づく。

七九六　鶯声《ならざけ》の老《おい》やくりごと山かづら《ず》　（同）

【句意】奈良酒の鶯声《おうせい》という銘酒を飲んで、老人の愚痴をくどくどと繰り返している間に夜が明けて、山の端にかかる雲が見えた。春「鶯声」。

【語釈】○鶯声　奈良酒の銘酒である鶯声（オウセイあるいはウグイスノコエというのであろう）という意味であろう。原本の振り仮名は「ナラサゲ」だが誤記とみて改めた。「奈良酒」は奈良地方で作られた酒で、室町時代から江戸時代初めにかけて天下の銘酒とされたが、その後伊丹や池田などの酒におされて評判を失ったという。○くりごと　くどくどと愚痴をいうこと。○山かづら　明け方山の端にかかる雲。

【備考】季語の無い句だが奈良酒に酒の銘柄の「鶯声」をあてることで、これを季語としたのであろう。

道成寺《どうじようじ》にて

七九七　入相《いりあい》も旅僧追《おわ》ゆる枯野《かれの》かな　（同）

【句意】入相の鐘も旅の僧を追いかけているように響いている、枯れ野で。旅の僧と愛を誓い合った女性が裏切られてその僧を追いかけ、女人禁制《によにんきんぜい》の寺の鐘の中に隠れた僧を鐘ごと怒りの炎で焼き殺したという、道成寺説話を踏まえた句。この説話の初期の段階では男女の名はなかったが、後に僧は安珍《あんちん》、女性は清姫《きよひめ》となる。冬「枯野」。

【語釈】○道成寺　現在の和歌山県日高郡にある天台宗の寺。原本は「道戒寺」だが誤記とみて改めた。○入相　日暮れに寺でつく鐘。入相の鐘。○追ゆる　追いかけて行く。

七九八　弘仁寺《こうにんじ》にて
初茸《はつたけ》もあらば我《わが》袖花すすき　（『海音集』享保8）

【句意】ハツタケでも見つかるなら、私の着物の袖で花スキをかき分けて山に入っていくのだが。秋「花すすき」。

【語釈】○弘仁寺　『大和名所図会《ずえ》』に「添上郡虚空蔵《そえかみぐんこくうぞう》、如意山《にょいさん》弘仁寺」と見える。この寺であろう。嵯峨《さが》天皇の勅願寺《ちょくがんじ》であったという。○初茸　キノコの一種。夏から秋にかけて発生する。美味だという。○花すすき　穂が出たススキ。

七九九　春日里《かすがのさと》にて
折《おり》そへよ祇園守《ぎおんまもり》もけふ《きょう》の酒　（同）

【句意】祇園守を折って添えてほしい、今日の酒の席に。京都の思い出として祇園守を添えてほしいというのである。秋「けふの酒」。

【語釈】○春日里　現在の奈良市の中心部にあたる地域。春日大社がある。○祇園守　京都の祇園社（現在の八坂神社）より出す守り札。『大辞典』にやや詳しい説明がある。なお祇園守は池田仲央《なかてる》（七四〇の句参照）の家紋。

【備考】季語のない句である。「けふの酒」を「今日の菊の酒」の意と解しこれを季語とした。

八〇〇　馬に鞍《くら》待てそよ春のうす曇り　（同）

【句意】ウマに鞍を置くのは待て、そよと風の吹く春の空は薄く曇っている。雨が降るかも知れないからしばらく様子を見ようというのである。『頼政集《よりまさ》』の和歌「花咲かばつげよといひし山守の来る音すなり馬に鞍おけ」を踏まえた句。この和歌は謡曲「鞍馬天狗《くらまてんぐ》」に引用されて世に広まった。春「春」。

【語釈】〇そよ　しずかに風の吹く音や物がふれあう音などを表す言葉。『百人一首』の大弐三位《だいにのさんみ》の和歌「有馬山いなの篠原《ささはら》風吹けばいでそよ人を忘れやはする」によって広く知られた言葉。

八〇一　且匂《かつにお》ふ庭や一すね枇杷《びわ》の花　（同）

【句意】冬枯れで見るべきものはないが、その一方で庭では一つのひねくれものがにおいを放っている、それはビワの花だ。冬に花を咲かせるビワを、木の中のひねくれものと見なしたのである。冬「枇杷の花」。

【語釈】〇且　一方では。〇すね　すねること。すなおでないこと。ひねくれていること。

八〇二　父こふる母やむかしに虫の声　（同）

【句意】父が恋しい、母の死も昔のことになった、庭には虫が鳴いている。五六五の句参照。秋「虫の声」。

八〇三　あづ《ず》まやによるの情《なさけ》や鉢叩《はちたたき》　（同）

【句意】あずまやで夜の情趣をあじわっている、鉢叩きの声を聞きながら。空也《くうや》念仏を唱える鉢叩きの哀調を帯びた声が、しみじみとした情感をかもしだしているのである。冬「鉢叩」。

【語釈】○あづまや　「東屋」あるいは「四阿」と書く。庭園などにおいて休憩したり眺望を楽しんだりするために作られた小さい建物。○鉢叩　念仏と和讃《わさん》を唱えながら京都郊外の墓所や市中を巡り歩く空也僧と呼ばれる集団。三二九の句参照。

八〇四　初鶴《はつつる》や其代《そのよ》を今のこがね札　（『海音集』享保8）

【句意】初ツルが舞い降りてきた、昔の金の札が今ツルとなって降りてきたのだろう。ツルを昔の金の札になぞらえたのである。『諸国案内旅雀《たびすずめ》』の「見付《みつけ》より袋井へ壱里《いちり》半」の条に、「この所（いわいという在所）にて、源のよりとも、つるをとらえ黄金の小札《こふだ》に書き付けをしてくびにつけてはなし給《たま》えり」と記されている。この伝承を踏まえたのであろう。冬「初鶴」。

【語釈】○初鶴　冬になって初めて渡来したツル。言水追悼集『海音《かいおん》集』に「初鶴冬、師説」という注記がある。師の説によれば初鶴は冬の季語だという意味である。これは門人の書き入れで「師」は言水を指す。○こがね札　金の札。

八〇五　太麻《ふとあさ》や笠《かさ》も青田のひとつ杭《ぐい》　（同）

【句意】アサの茎が見える、笠を脱ぐにも青田の中ではこれがただ一つの杭になる。汗を拭おうとしても青田の中では脱いだ笠を置く場所もなく、アサの茎を利用してそれに笠をかけているのである。夏「青田」。
【語釈】○太麻　大麻《おおあさ》のことであろう。大麻はアサの漢名だという。あるいは「太」は「大」の誤記か。○青田　イネが青々と茂った田。

八〇六　見かへ《え》りの寝覚《ねざめ》の京や松の花　（同）
【句意】振り返って眺めた早朝の都にはマツの花が咲いている。春「松の花」。
【語釈】○見かへり　振り返ること。○寝覚　眠りから覚めること。ここは人々が目覚めたばかりの早朝をいうのであろう。○松の花　マツに咲く花。マツは百年に一度咲くという。目出度いことをいう決まり文句。

八〇七　玉ゆらに鷗《かもめ》まふ《う》日の柳哉《かな》　（『水の友』享保9）
【句意】ほんのしばらくカモメが舞っていた日にヤナギも風になびいている。春「柳」。
【語釈】○玉ゆら　わずかの間。しばらく。○鷗　原本では舟と鳥を組み合わせた特殊な文字が使われている。誤記とみて仮に「鷗」を当てた。

八〇八　古《いにしえ》のしぐれしぐれや七かまど　（同）

【句意】昔の時雨が何度も色を染めて現在のナナカマドの美しい色になったのだ。古くから時雨が木の葉の色を染めると考えられてきた。それを踏まえた句。冬「しぐれ」。

【語釈】○しぐれ　晩秋から初冬に降る雨。俳諧では冬の季語。時雨が木の葉を美しく染めることを詠んだ和歌は多い。○七かまど　山野に自生している落葉高木。晩秋になると葉が美しく紅葉する。

八〇九　ひいやりとしめ敷島《しきしま》の一雫《ひとしずく》

（『桜雲集』享保15）

【句意】冷や汗が出そうですが、お示しの和歌のひとしずくのような発句を差し上げます。和歌をたしなむ人に対して、つまらない発句でお返しをしますというのである。

【語釈】○ひいやりと　冷たさを感じること。ひんやりと。○しめ敷島　「しめし」に「しきしま」をかける。○しめし　示し。はっきりわかるように見せること。○敷島　敷島の道で、和歌の道のこと。ここでは和歌。

【備考】この句には「誹諧詞《はいかいのことば》」と題する長い前書きがあるが省略した。この前書きはかなりわかりにくいが、言水の知人が歌聖といわれる柿本人麻呂《かきのもとのひとまろ》の木像を手に入れた際にこの句を贈ったようである。

八一〇　引捨《ひきすて》ん此橋立《このはしだて》に松もなし

（『橋立の秋』明和3）

【句意】引き抜いて捨てよう、この橋立にはマツらしいマツはない。どのマツも自分の気に入らないから、全部引き捨てたいというのである。無季。

【語釈】○橋立　現在の京都府宮津市の天《あま》の橋立。日本三景の一つ。マツの木が多い。

八一一　児医師《ちごくすし》雨待《まつ》花や赤蛙《あかがえる》　（『金剛砂』延宝末年）

【句意】子供専門の医者は雨を待つ花のように、アカガエルが冬眠からさめるのを待ちかねている。雨は花を養い育てる父母だが、アカガエルは子供を元気に育てる栄養源として珍重されたのであろう。春「赤蛙」。

【語釈】○児医師　子供を治療する医者。○雨待花　『和漢朗詠集』に「雨」と題して「養い得てはおのずから花の父母《ぶも》たり」という漢詩の一句がある。これを踏まえた語句。三一八の句参照。○赤蛙　カエルの中では一番早く冬眠からさめる。当時は食用にされた。

八一二　東三条鵺《とうさんじようぬえ》は絶《たえ》けりほととぎす　（同）

【句意】東三条ではヌエがいなくなった、今ではホトトギスが鳴いている。夏「ほととぎす」。

【語釈】○東三条　京都の地名。近衛《このえ》天皇を毎晩悩ましたヌエがいたところ。謡曲「鵺」に「東三条の森の方《かた》より、黒雲一村立ち来たって」とある。○鵺　毎晩宮中にやってきて近衛天皇を悩ました伝説上の怪鳥。これを源頼政《よりまさ》が退治した。この逸話は『平家物語』にあり、これをテーマとしたのが謡曲「鵺」。

八一三　鏡山白鬚の祭老《おい》にけり
白鬚祭《しらひげまつり》　（『金剛砂』延宝末年）

【句意】鏡山に映る白鬚の祭りも年をとった。長い伝統を誇る白鬚の祭りを擬人化したのである。秋「白鬚の祭」。

【語釈】○白鬚祭　八月五日に行われる白鬚明神の開帳。白鬚明神は現在の滋賀県高島市鵜川にある神社。創建も古く由緒ある神社である。○鏡山　現在の滋賀県南部にある山。『古今集』の「鏡山いざ立ちよりて見て行かむ《ん》年経ぬる身は老いやしぬると」というよみ人知らずの和歌で知られる。以後「鏡山」を鏡に見立てた和歌は多い。近江国《おうみのくに》の歌枕。

八一四　やき芋や鵙《もず》の草茎《くさくき》月なき里
雨降りければ　（同）

【句意】焼き芋があってもモズの草ぐきのように月は姿を見せず、月のない里は何の風情もない。名月の夜にはゆでたサトイモを供え、またそれを食べながら月を観賞した。名月の夜に雨が降ったのである。秋「月」。

【語釈】○やき芋　サトイモを焼いたものであろう。この句が作られたころはまだサツマイモは普及していない。○鵙の草茎　モズが草むらに隠れて見えないこと。「草茎」は「草潜」とも書く。

八一五　蓼《たで》の秋錦と見るらん犬みかど　（同）

【句意】タデの花が咲く秋の光景を錦のようだと眺めるだろう、犬みかどは。犬みかどはタデのようなつまらない花を見て喜んでいるだろうというのである。犬みかどを軽蔑した句。夏「蓼」。

【語釈】〇蓼　香辛料として食用される植物。道ばたや水辺に生える。秋になると枝の先に小さな花を密生した花穂をつける。〇犬みかど　未詳。「犬」は軽蔑《けいべつ》の意味をこめて使われることが多いから、皇族でもないのに「みかど」と名乗った人物を指すのであろう。みずから「新皇」と称した平将門《たいらのまさかど》を指すか。

八一六　西の海青酢汐《あおずしお》あり沖膾《おきなます》　（『功用群鑑』天和年間）

【句意】九州には青酢汐というものがあり、おきなますを食べるのにわざわざ青酢を作るまでもない。実際に青酢汐というものがあるわけではなく、塩水を青酢に例えたのである。夏「沖膾」。

【語釈】〇西の海　西海道《さいかいどう》。九州を指す。〇青酢　ホウレンソウをゆでてすりつぶし、酢を混ぜて裏ごしにしたもの。〇沖膾　沖でとった魚をすぐになますにして食べる料理。一一二の句参照。

八一七　行女《ゆくおんな》江戸に夫《つま》あり初ざくら　（『入船』元禄年間）

【句意】歩いて行くあの女には江戸に夫がいるのだ、初ザクラは眺めるだけにしよう。魅力的な女性を初ザクラにたとえたのである。春「初ざくら」。

【語釈】○行女　歩いて行く女。○夫　おっと。「つま」という言葉は夫にも妻にも使う。

八一八　松風を盲《めくら》の聞《きけ》り呼子鳥《よぶこどり》

（『入船』元禄年間）

【句意】松風の音を目の不自由な人が聞いた、ヨブコドリの声として。目の不自由な人が松風の音をヨブコドリの声と誤解したというのである。春「呼子鳥」。

【語釈】○盲　目の不自由な人。振り仮名は原本に従った。○呼子鳥『古今集』で詠まれている鳥で実体が不明の三鳥のうちの一つ。実体不明ながら俳諧では春の季語として扱われている。二四八の句参照。

八一九　稲の花吸《わ》はぬを蝶《ちょう》の艶哉《みやびかな》

（同）

【句意】イネの花のような地味な花の蜜《みつ》を吸おうとしないところに、チョウのみやびな性格をうかがうことができる。秋「稲の花」。

八二〇　鶴に逢《あう》ふ御調《みつぎ》拝めり年籠《としごもり》

（同）

【句意】幸運にもツルに出会うことができた、御調の行列を拝んださいに、今年の年籠で。年籠の時に宮中へ御調物を運ぶ行列が通りかかり、その中にツルがいたのである。ツルはめでたい鳥であり、宮中へ運ばれていくツルを見たことは幸運だったといってよい。冬「年籠」。
【語釈】○御調　天皇に差し上げるもの。　○年籠　大晦日《おおみそか》に神社や寺にこもって新年を迎える行事。

八二一　糸ゆふ《う》は見えじ二王《におう》の眼《まなこ》ざし　（『二番船』元禄年間）

【句意】糸遊の様子は見えないだろう、仁王のあのけわしい目つきでは。目をむいたようにけわしい目つきの仁王には、糸遊の微妙な動きは見えないだろうというのである。春「糸ゆふ」。
【語釈】○糸ゆふ　糸遊。陽炎《かげろう》の異名とする説が多いが、『日本国語大辞典』では「春の晴れた日にクモの子が糸に乗じて空を浮遊する現象」という説を採用している。この意味をとりたい。○二王　仁王。仏法を守るために寺の門に安置されている一対の像。○眼ざし　まなざし。目つき。

八二二　桜には来《こ》ぬいひ立《いたて》ぞ逆の峰　（同）

【句意】サクラ見物には来ない理由が逆の峰入りだという。逆の峰入りに参加することを口実に、サクラ見物に参加できないと伝えてきたのである。何ヶ月も先の逆の峰入りではサクラ見物を断る理由にはならない。春「桜」。
【語釈】○いひ立　いいわけ。口実。○逆の峰　逆の峰入り。修験道の修行。修験者が吉野から大峰山に入り熊野に出るコースを取る。これを逆の峰入りという。五〇六の句参照。

八二三　餅花《もちばな》や志賀《しが》は志賀とて山桜

（『二番船』元禄年間）

【句意】餅花は美しい、志賀では志賀の花としてヤマザクラが有名だ。冬の餅花も美しいが、春の志賀のサクラはさらに美しいというのである。冬「餅花」。

【語釈】○餅花　ヤナギやタケの枝に細かく刻んだ餅を付けたもの。花が咲いたように美しい。一二八の句参照。○志賀　現在の滋賀県大津市一帯の地。平成十八年（二〇〇六）に編入されるまで滋賀郡志賀町として名称が残っていた。天智《てんじ》天皇によって大津の宮が置かれた。サクラの名所。○山桜　野生のサクラ。当時もっとも一般的であったサクラ。

八二四　　盃《さかずき》の讃《さん》に
余花《よか》に行《ゆく》嵯峨《さが》まだ寒し一つ酒

（『文蓬莱』元禄年間）

【句意】余花を見に行く嵯峨はまだ寒い、一杯の酒で体を温めた。杯の絵の賛として作られた句。夏「余花」。

【語釈】○讃　絵のかたわらにその絵にちなんで書かれた和歌や漢詩や俳句など。「賛」あるいは「画賛」とも。○余花　初夏になってもまだ咲き残っているサクラ。○嵯峨　京都の郊外。古くは皇族・貴族の別荘が多く設けられた。山城国《やましろのくに》の歌枕。○一つ酒　辞書に見当たらない言葉だが一杯の酒の意か。

八二五　目に近し鼻に匂《におわ》はぬ雪の山

（『えの木』元禄年間）

【句意】目の先に見えるのだが鼻に匂いが感じられない、雪の山は。冬「雪の山」。

念仏院にて

八二六　えり除《のけ》て菩提樹《ぼだいじゅ》ふまぬ落《おち》ば哉《かな》　（『六十四』宝永年間）

【句意】足をおろす場所を選びながら、ボダイジュの葉を踏まないように歩いて行く、落ち葉の中を。冬「落ば」。

【語釈】○念仏院　未詳。○えり除て　選んで避ける、というほどの意味であろう。○菩提樹　中国原産の落葉高木。寺の庭などに植えられる。実は数珠の材料に使われる。

八二七　ひまの駒鞭《むち》うつ鰤《ぶり》の行衛《ゆくえ》哉　（『露沾集』年未詳）

【句意】ひまの駒にむち打ってさらに速めたようにあっという間に月日がたち、その間にブリがどこかに消えた。ブリのシーズンになってもそれを味わう間もなく、ブリがどこかに消えてしまったことを嘆いた句。冬「鰤」。

【語釈】○ひまの駒　月日が早く過ぎ去ることのたとえ。駒はウマのこと。○鰤　美味として知られる大型の魚。歳末の贈り物として珍重される。○行衛　「行方」に同じ。

御追悼

八二八　御袖《おんそで》の露や玉巻《たままく》芭《ば》蕉《しょう》共　（同）

【句意】あなたの涙の露で、あなたの衣はバショウの巻葉のようにしぼんでいることでしょう。『露沾集《ろせんしゅう》』（仮題）に収録されているから、露沾と親しい人が亡くなったときに、彼に送った追悼の句であろう。露沾は陸奥国《むつのくに》（現在の福島県）岩城平《いわきたいら》藩主内藤風虎《ふうこ》の二男。風虎が亡くなったときの追悼句か。秋「露」。

【語釈】○玉巻　クズの新しい葉が美しい巻葉になっている状態。ただしクズ以外の植物にも使われることがある。ここはバショウの巻葉。

八二九　朝がほに昼見《お》ぬものはこてふ哉《ちょうかな》　（「真蹟」）

【句意】アサガオにとまっているのを昼間見たことはない、チョウの姿を。昼間はアサガオの花が咲いていないから、チョウは寄ってこないのである。春「こてふ」。

【語釈】○こてふ　胡蝶《こちょう》。チョウのこと。

八三〇　剃屑《そりくず》は汝《なんじ》が袖の蘭《らん》に置け
　　昼は白蔵主《はくぞうす》、夜は一女《いちめ》、化したり化したりふすまの塵《ちり》　（同）

【句意】私が剃《そ》った髭《ひげ》はお前の袖のランとして蓄えておけ。ふすまの汚れが白蔵主に見えたり市女《いちめ》に見えたりすることをおもしろがって詠んだ句である。剃った髭も蓄えておけば、いずれいい香りを発するだろうというのである。秋「蘭」。

【語釈】○白蔵主　「伯蔵主」とも。キツネが化けた僧侶の名。狂言「釣狐《つりぎつね》」によって広く知られた。○一女　「市女」の当て字。市中で物を売りあるく女性。○剃屑　剃ったひげ。○蘭　芳香を発する植物。七八三の句参照。

吉野にて

八三一　とは申すよし野に夜なし山桜　（同）

【句意】吉野山には夜がないということだ、ヤマザクラのせいで。サクラ見物の人で昼も夜も賑わっているのである。語順を変えて「とは申す」を最初にもってきたのである。春「山桜」。

【語釈】○吉野　現在の奈良県の吉野山。サクラの名所。二五一の句参照。

時鳥《ほととぎす》

八三二　しののめや後家《ごけ》の田長《たおさ》のしのび音《ね》も　（同）

【句意】夜が明けようとしている、ホトトギスの初音が聞こえたが、後家というホトトギスのひそひそ話す声も聞こえた。明け方にホトトギスの初音を聞きに出たところ、後家が一夜を共に過ごした愛人と別れを惜しむ声を聞いたというのである。後家をホトトギスに例えたのである。夏「田長」。

【語釈】○時鳥　夏を知らせる鳥。○しののめ　明け方。○後家　未亡人。○田長　ホトトギスの異名。ホトトギスを「死出《しで》の田長」という。○しのび音　あたりをはばかって、ひそひそと話す声。またホトトギスの初音をいうこともある。

菊

八三三　秋の戸や隠人《いんじん》花の虫選《むしえらび》　（真蹟）

【句意】秋をむかえた家で、隠者がキクについた虫を探して取り除いている。キクの栽培を趣味とする世捨て人の生活を詠んだ。秋「秋」。

【語釈】○秋の戸　他に用例を見ない言葉だが、秋をむかえた家というほどの意味であろう。○隠人　隠者。世捨て人。○虫選　秋になって野原に出て虫を捕らえ、籠《かご》に入れて鳴き声を楽しむこと。もとは公家《くげ》の遊びであった。四七五の句参照。この句の「虫選」は普通の用法ではない。言水独自の用法といってよい。

補1　菫原《すみれはら》白きは下戸の屍《かばね》かな　（『破暁集』元禄3）

【句意】スミレの咲く野原に白い花が咲いているのはその下に下戸の死骸《しがい》が埋まっているからだろう。墓地の光景であろう。当時はまだ土葬が多く死骸を土中に埋めた。その上にスミレが咲いているのである。スミレは通常紫色の花を咲かせるが、白色もあり、白い花が咲いているところでは下戸の死骸が埋められているのだろうというのである。下戸の死骸だから色に出ないという洒落《しゃれ》。春「菫原」。

【語釈】○屍　しかばね。死骸。振り仮名は原本に従う。ただし原本に使われている漢字「膢」は現行の辞書や当時の世話字の辞書に見当たらない。誤記とみて改めた。

補2　矢立《やたて》とる人早乙女《さおとめ》のうた書《かく》か　（同）

【句意】矢立を取り出した人は早乙女の歌を書き取ろうとしているのか。旅人が早乙女の歌に興味をもち、書き取ろうとしているのであろう。夏「早乙女」。

【語釈】○矢立　携帯用の筆記用具。旅行するときなどに用いる。○早乙女　田植えをする女性。かならずしも若い女性とは限らない。田植えをするときはみんなで田植え歌をうたいながら作業をする。

補3　春日野《かすがの》にて
草ふさず夜興《よこう》なき野のすがた哉《かな》　（同）

【句意】草が倒れていない、これが夜興のない野原の様子だ。猟師《りようし》にねらわれるおそれのない春日野では、シカが草むらに身を隠して寝る必要がなく、草むらにはどこにも倒れた草がないのである。「草ふさず」は原本では「草ふさづ」。誤記とみて改めた。冬「夜興」。

【語釈】○春日野　現在の奈良公園付近。このあたりのシカは神鹿《しんろく》として保護されており捕らえることは禁止されていた。○夜興　「夜興引《よこうひき》（ヨコヒキとも）」のこと。冬の夜山中で猟をすること。タヌキやキツネやシカなどを捕る。

補4　塔。水に沈みてむさし杜若《かきつばた》　　（『四国猿』元禄4）

【句意】塔が水に沈んでそのかたわらにムサシカキツバタが咲いている。塔が水に映っているのを塔が水に沈んでいるといったのである。夏「杜若」。

【語釈】○むさし杜若　カキツバタの一品種のように見せかけた言水の造語であろう。「むさし」は武蔵国《むさしのくに》（東京都を中心とする一帯の国名）で「杜若」は水辺に自生する美しい花。

【備考】句中に句点（当時は句読点の区別はない）を打つのは当時流行した技法。

補5　臼起《おき》て待《まつ》声近し青鶉《あおうずら》　　（短冊）

【句意】臼が起きて、待ちかねていた声が近くに聞こえる、青ウズラの声のようだ。わかりにくい句である。後家が若い愛人を待ちかねている様子か。秋「青鶉」。

【語釈】○臼　穀物を粉にしたり餅をついたりする道具。俗に女性を指す場合があるからここは女性のことか。○青鶉　未詳。ウズラの羽は茶色をおびており青くはない。若い男の比喩《ひゆ》か。

補6　朝烏《あさがらす》何んぞ田螺《たにし》の角《つの》もよひ《い》　　（「言水句巻」正徳3）

【句意】朝ガラスがなんだ、タニシには角の用意がある。タニシを狙っているカラスに対して、タニシの方でも対抗する用意ができているというのである。春「田螺」。

【語釈】○朝烏　夜明けに鳴くカラス。○田螺　水田や池に生息する淡水産の巻き貝。○もよひ　準備をすること。用意を調えること。

補7　　人々打群《うちむれ》花見にゆく。道芝にて

行《ゆく》我も花に思慮なし山桜　（同）

【句意】花見に行く私も花に対して何も思うことはない、ヤマザクラの美しさは理屈ではない。春「山桜」。

【語釈】○道芝　「道」をいう歌語。

補8　　あきたつ日湖辺のやどりにて

鳴《なく》と云《いう》て呼《よぶ》に涼しや秋の湘《なみ》　（同）

【句意】鳴くというので呼んでみると涼しさが返ってくるだけ、秋の波とともに。何が鳴くのかわからないが一応このように解釈しておく。秋「秋」。

【語釈】○湘　児水編『常陸帯《ひたちおび》』の世話字（三三九の句参照）の部に「泊湘《ささらなみ》」という用例があるので「湘」をナミと読んだ。

ふしみにて

補9　入《いり》あひや荻《おぎ》の中来るふしみ舟　（「言水句巻」正徳3）

【句意】夕暮れにオギの間をわけてやって来る、伏見舟が。句の左に書き添えられている後書きによると、江口の君《きみ》の絵の賛として作られた句と思われる。江口の君は謡曲「江口」の主人公。秋「荻」。

【語釈】○ふしみ　京都の伏見。○入あひ　入相。夕方。○荻　水辺の湿地に群生する大型の多年草。○ふしみ舟　淀川《よどがわ》水運の中心勢力を占めた川船。

踊の声もかれがれに、早名月の責《せむる》はいの

補10　西行《さいぎよう》の盆のあととへ《え》秋の月　（同）

【句意】お盆で西行の霊を弔ったあと、名月の日にも彼の霊を弔いなさい、仲秋の名月も間近だ。西行は月の和歌を多く詠んでいるので、名月の日は西行の霊を弔わなければならないというのである。前書きは七月半ばのお盆が終わったと思ったら、もう八月十五日の仲秋の名月が迫っているというほどの意味。秋「秋の月」。

【語釈】○踊　今日の盆踊り。○責はいの　せかせますよ。「はいの」は「わいの」の仮名遣いの誤りで、終助詞「わい」に間投助詞「の」がついたもの。○西行　平安時代の末から鎌倉時代初期にかけて数々の名歌を残した著名な歌人。○盆　盂蘭盆《うらぼん》の略で現在のお盆。○とへ　弔ってくれ。○秋の月　仲秋の名月。

補11　盲の稲負世也独梁　豊《とよ》としの分野《ぶんや》　盲《おう》の稲負世也《なりひとりやな》独梁　（同）

【句意】目の不自由な人もイネを背負っており、川では一人で梁を守っている。目の不自由な人がイネを背負っていても、それを奪おうとする者はなく、一人で梁を守っていても、すきを狙って魚を持っていく者もいないのである。前書きは豊年の巡り合わせというほどの意味であろう。

【語釈】○豊とし　作物が豊かに実った年。豊年。○分野　中国の戦国時代に、天文家が諸国を天の二十八宿に配当したもの。この句を作った年は日本に当たる星がいい巡り合わせの年だったのであろう。○盲　目の不自由な人の意。ただし読みは不明。目の不自由な人をいう「めしい」を「めしいい」と誤ったか。○梁　川の瀬に杭《くい》を打って水をせきとめて魚をとる仕掛け。

補12　冬の日閑人を尋《たずね》て　炉《ろ》しづ《ず》かに凩《こがらし》の葉ぞ物狂ひ《い》　（同）

【句意】いろりには静かに火が燃えているが、外では物狂いのように木の葉が舞い散っている。冬「炉・凩」。

【語釈】○閑人　特定の仕事を持たない人。七六三の句参照。○炉　いろり。○凩「木枯らし」の慣用的当て字。秋の末から冬の初めにかけて吹く冷たい強風。俳諧では冬の季語。○物狂ひ　神・怨霊・キツネなどがついて錯乱状態になった人。謡曲には物狂いを主人公とした曲目がいくつもある。

補13　箱ざきや爰《ここ》にては鳩《はと》を呼子《よぶこ》どり　（『枯野塚』宝永2）

【句意】箱崎ではハトをヨブコドリと呼んでいる。春「呼子どり」。

【語釈】○箱ざき　箱崎。現在の福岡県東区の地名。箱崎宮という古い神社があることで知られる。筑前国《ちくぜんのくに》の歌枕。○呼子どり　正体不明の鳥。二四八の句参照。

補14　身一つの寄処《よりどころ》なきあつさ哉《かな》　（「好風宛書簡」）

【句意】自分の体一つさえ居場所もない暑さだ。どこにいても暑いのである。夏「あつさ」。

補15　雪に明《あけ》て烏《からす》と暮《くれ》ぬ出崎松《でざきまつ》　（『おくれ双六』延宝9）

【句意】雪が降り出すとともに夜が明けて、カラスがねぐらに帰るとともに日が暮れた、出崎松で。冬「雪」。

【語釈】○出崎松　未詳。「出崎」は地名と思われるが確認できない。

語彙索引

【語釈】で取り上げた語句、あるいは言及した人名などを現代仮名遣いで表記し五十音順に配列した。アラビア数字は句番号である。カッコ内は【語釈】の表記である。見出し語と【語釈】の表記が一致する場合は【語釈】の表記を省略した。

あ 行

あいつ（悪奴） 635
あいやどり（相やどり） 164
あうん（阿吽） 727
あおいぐさ（あふひ草） 557 741
あおうずら（青鶉） 補5
あおきは（青き葉） 138
あおす（青酢） 816
あおすだれ（青すだれ） 175
あおた（青田） 805
あおばやま（青葉山） 35 195
あかがえる（赤蛙） 811
あかがり 137
あかし（明石） 698
あがためし（あがた召） 461
あかひと（赤人） 473
あきこのむ（秋好む） 794
あきのつき（秋の月） 532 646 691 補10
あきのと（秋の戸） 833
あくま（悪魔） 524
あげどうふ（揚豆腐） 186
あけぼの（曙） 485
あげや（揚屋） 103
あごつえ（頤杖） 647
あごづえ（腮杖） 727
あさがお（槿） 358
あさがお（蕣） 412
あさがらす（朝烏） 補6
あさざむ（朝ざむ） 685
あさじう（浅茅生） 322
あさずきん（麻頭巾） 340
あさづき（あさづき） 368
あさづとめ（朝づとめ） 168
あざてんか（あざ天下） 59
あさねがみ（朝ねがみ） 371
あさひ（朝陽） 375
あさひがたけ（朝日が嵩） 197
あさもよい（朝もよひ） 543
あしだ（足駄） 304
あしたず（芦田鶴） 493
あしたのはら 33
あしちまき（芦粽） 73
あしのつの（芦の角） 286
あしほやま（あしほ山） 193
あしまがに（芦間蟹） 277
あじろ（網代） 336
あじろもり（網代守） 402 454
あすかがわ（飛鳥川） 689
あずきえらび（小豆撰） 254
あずさきく（梓きく） 657
あずま（吾妻） 79
あずま（あづま） 511
あずまびと（あづま人） 641
あずまや（あづまや） 803
あずまやま（東山） 283
あせしぐれ（汗時雨） 274
あたご 391
あたご（愛宕） 603
あだなみ（化波） 177
あたまやく（あたま役） 115
あなしやま（あなし山） 32
あなずる（あなづる） 623
あぶらづき（油月） 11
あべ（安部） 36
あべのむねとう（安部のむねとう） 36
あべのむねとうげ（安部のむねとうげ） 36
あま 67

あま（海士） 2 75 126 278
あま（蜑） 69 185 547
あまがえる（雨蛙） 94
あまつさえ（あまつさへ） 608
あまのがわ（天河） 697
あみひきじぞう（網引地蔵） 115
あめ（雨） 318
あめまつはな（雨待花） 811
あや（綾） 492
あやめ 375
あらうみのしょうじ（荒海の障子） 201
あらちやま（あらち山） 676
あらばこそ 682
ありまやま（有馬山） 680
ありわらび（ありはらび） 34
あるおんかた（ある御方） 656
あれねずみ（あれ鼠） 717
あわじしま（淡路嶋） 112
あわせ（あはせ） 280
あわせ（袷） 105
あわせかたびら（袷帷子） 618
あわれ（あはれ） 438
あん（庵） 676

い（井） 462
いいたて（いひ立） 822
いえごと（家ごと） 641
いえざくら（家ざくら） 129
いえづと（家づと） 728
いか（紙鳶） 597 620
いかだ 101
いかに 296
いかのぼり 667
いかのぼり（紙鳶） 441
ゆきゆきて（行々て） 361
いけるをはなつ（生るを放つ） 121
いこま（生駒） 1 722
いし（石） 587
いしずえ（礎） 508
いしづき（石突） 149
いしば（石場） 706
いしぼとけ（石仏） 509
いしやき（石焼） 123
いせ（伊勢） 230 662
いせごよみ（いせ暦） 173
いせのり（いせ海苔） 175
いせまいり（伊勢参り） 469

いそさざえ（磯螺） 279
いそちどり 266
いそのかみ（石上） 2
いたく 82
いたどり 555
いち（市） 599
いちじけん（一時軒） 286
いちはら（市原） 364
いちめ（一女） 830
いちめがさ（市女笠） 789
いっしんいん（一心院） 352
いっすん（一寸） 711
いつもじ（五もじ） 699
いで（井手） 467 513
いとおし（哀し） 346
いとかもつ（糸貨物） 104
いとひく（糸引く） 51
いとゆう（糸ゆふ） 821
いなおおせまつ（稲負せ松） 256
いなかわたらい（田舎わたらひ） 575
いなぎ（稲木） 761
いなずま（いなづま） 33
いなする 431

いなづま（稲妻） 490
いぬみかど（犬みかど） 815
いね 662
いねのばん（稲の番） 199
いのちのやだね（命の矢種） 176
いぶきやま（伊吹山） 72
いも（妹） 207 345 633
いも（芋） 231 244
いもがら（芋がら） 120
いもせ（妹背） 83
いもむし（芋虫） 253
いらちて 692
いりあい（入あひ） 396 618 補9
いりあい（入相） 797
いりざけ（煎酒） 71
いるまがわ（入間川） 781
いろはづか（色葉塚） 14
いわけなきひと（いはけなき人） 166
いわひば（巻柏） 420
いわふじ（岩藤） 53
いんいつでん（隠逸伝） 191
いんきょ（隠居） 360
いんし（隠士） 241

いんしゅう（因州）　740 791
いんじん（隠人）　833
う（有）　524
う（鵜）　252 587
ういぼとけ（うゐ仏）　139
うおしろく（魚白く）　286
うかわ（鵜川）　608
うきくさ（浮草）　416
うきぐも（うき雲）　44
うこぎ（うこ木）　327
うじ（宇治）　740
うしとら（艮）　492
うしろどう（後堂）　613
うしわか（牛若）　777
うす（臼）　補5
うすぎぬ（薄絹）　479
うずら（うづら）　577
うずら（鶉）　457
うせい（雨声）　319
うたまくら（歌枕）　626
うちでのはま（打出の浜）　751
うつぎ（うつ木）　495
うつぎはら（卯木原）　218
うつせみ（空蟬）　178
うつつ　779
うつわ（器）　788
うのはな（卯花）　272 561
うば（嫗）　269
うぶ（産）　632
うぶね（鵜舟）　515
うぶのみず（産の水）　733
うぶゆ（うぶ湯）　139
うまげた（馬屐踏）　141
うまだらい（馬盥）　183
うまのくつ（馬の沓）　643
うまぶとん（馬蒲団）　97
うみ（海）　381 406
うめ（梅）　458 591
うめのみや（梅の宮）　607
うら（浦）　115
うらしま（浦島）　55
うらしま（浦）　76
うらびと（うら人）　699
うらや（うら屋）　467
うらわ（浦半）　463
うりごや（瓜小屋）　336
うるうじゅうがつ（閏十月）　775
うるか　251
うんどう（雲堂）　687
えきゆう（益友）　286
えきろのすず（駅路の鈴）　707
えじかご（衛士籠）　79
えぞ（夷）　413 691
えだがき（枝柿）　790
えちごぬの（越後布）　102
えどざくら（江戸桜）　158
えどざくら（江戸ざくら）　264
えのきじま（ゑの木じま）　267
えのぐざら（絵具皿）　174
えのしま（江の嶋）　117
えのぼり（絵のぼり）　202
えばみ（餌ばみ）　623
えびのざ（海老の座）　690
えへん（門）　693
えほうだな（え方棚）　718
えま（絵馬）　673
えり（衣裏）　786
えりのけて（えり除て）　826
えんすひん（閻次平）　203
おいさき（長生）　579
おいらく（老楽）　741
おうぎ（扇）　564
おうち（あふち）　44
おうち（樗）　349
おうみ（近江）　363
おうみわん（近江椀）　171
おおい（大井）　227
おおいがわ（大井河）　118
おおいがわ（大井川）　726 792
おおうち（大内）　433
おおかた（おほかた）　341
おおつ（大津）　637
おおつづみ（大つづみ）　586
おおどし（大年）　360
おおとものくろう（大伴の九郎）　211
おおはら（大原）　780
おおはらの（大原野）　738
おおよぎ（大夜着）　80
おき（隠岐）　785
おぎ（荻）　567 補9
おきな（翁）　296 323
おきなます（沖膾）　112 816
おきのいし（沖の石）　131
おきのはま（沖の浜）　287
おくて（遅田）　751

おくりび（送火） 428
おくりび（送り火） 437
おぐるま（小車） 347
おくれなき（乙鳴） 541
おざさのゆき（小笹の雪） 154
おざよごし（お座よごし） 147
おし（鴛） 536
おじ（伯父） 337
おじま（雄嶋） 126
おしゆる（をしゆる） 169
おそざくら（遅ざくら） 28
おそざくら（遅桜） 195
おそはなすび（遅花茄子） 261
おちあゆ（落鮎） 123
おちけり（落けり） 792
おちゃつぼ（お茶壺） 197
おとこぎ（男気） 481
おとり（囮） 325
おどり（踊） 384 512 753 補10
おどり（踊り） 682
おにのま（鬼の間） 145
おにみそ（おに味噌） 26
おの（をの） 18
おの（小野） 45 323
おば（伯母） 338
おばすて（姨捨） 143
おばすてびと（姨捨人） 236
おはつせ（小はつせ） 699
おはらい（御祓） 594
おばらどの（おばら殿） 655
おぼろぶね（朽船） 567
おみなえし（女郎花） 447
おみぬぐい（御身拭） 102 172
おもいのつな（思の綱） 134
おもだか（沢瀉） 332
おもてがえ（表替） 189
おもてぐら（表蔵） 559
おやじ（親仁） 133
おりのこしてや 34
おわゆる（追ゆる） 797
おんぞ（御衣） 488
おんながお（女がほ） 437
おんながみ（女神） 182

か行

かい（貝） 389
がいきごえ（咳気声） 119
かいどう（海棠） 615
かいな 50
かえせ（かへせ） 236
かえりばな（かへり花） 124
かえるご（かへる子） 48
かか 54
かがみても 154
かがみやま（鏡山） 813
かきつばた（杜若） 450 509 708
がく（楽） 719
かくあらば（かくあらば） 237
かくしゃく（角赤） 230
かくや（隔夜） 606
かぐら（かぐら） 156
かぐらうた（神楽歌） 445
かげ（かげ） 24
かげ（影） 402
かげろう（陽焔） 446
かげろうのおの（かげろふの己） 16
かささぎ（鵲） 85
かさのゆき（笠の雪） 6
かじ（梶） 303 476 641
かしぶすま（借ぶすま） 589
かしょう（迦葉） 128
かしら 640
かしわぎ（かしは木） 17
かす（借す） 629
かすが（春日） 13
かすがの（春日野） 14 補3
かすがのさと（春日里） 799
かずき（かづき） 347
かざおれ（風おれ） 309
かだ（賀田） 489
かたしぐれ（片時雨） 254
かたしろ（偶人） 452
かたぬがぬ（肩ぬがぬ） 527
かたの（形野） 45
かたびさし（片びさし） 505
かたびら（帷子） 706
かたみぐさ（かた見草） 191
かちどり（勝鳥） 674
かちょう（蚊帳） 345
かちょうざん（華頂山） 721
かつ（且） 801
かつお（鰹） 714
かつおあみ（鰹網） 115
かつら（桂） 526 627 786

かつらおる（桂折る）　665
かど（門）　354
かとうきよまさ（加藤清正）　306
かとうすずみ（河東涼）　747
かどのもり（門の森）　205
かな（哉）　9　215
かなざわ（金沢）　238
かね（鉦）　631
かねがさき（かねが崎）　289
かねがたけ（かねが嶽）　15
かねのお（かねの緒）　13
かばしら（蚊柱）　508
かばね（屍）　補1
かぶろ　571
かぶろ（禿）　760
がへい（画屏）　629
がま（蒲）　309
かまどもうで（かまど詣）　255
かまのかみ（かまの神）　156
かみがえり（神帰り）　775
かみかぜや（神風や）　785
かみこ（紙子）　650
かみじやま（神路山）　417　754
かみなづき（神無月）　125　390　414
かみのそのう（かみの薗生）　500
かみのにわ（神の庭）　121
かみのぼり（かみ幟）　49
かみのもり（神の森）　444
かみやがわ（紙屋川）　750
かも　784
かも（賀茂）　364　557
かもざけ（鴨酒）　188
かものまつり（賀茂の祭）　741
かもめ（鷗）　807
かや（蚊屋）　374　431　601
かやり（蚊遣）　507　519　537　691
からいど（から井戸）　94
からかさ　146
からく（花洛）　263　698
からころも　708
からさき（から崎）　660
からさきもうで（辛崎詣）　706
からして　615
からすのかしら（烏のかしら）　124
かられて　605
かりね（仮寝）　278　321
かれ　770
かわず（かはづ）　552
かわぶくろ（かは袋）　58
かわやしろ（川社）　182
かわやなぎ（川やなぎ）　51
かわらがま（かはら竈）　730
かをなって（蚊を鳴て）　292
かんくちょう（寒苦鳥）　712
かんこどり（かんこ鳥）　111
かんこどり（諫鼓鳥）　157
かんざき（神崎）　679
かんじゅじ（勧修寺）　498
かんじん（閑人）　763　補12
かんそう（閑窓）　464
かんだいじんぐう（菅大臣宮）　665
がんちょう（元朝）　337
かんど（漢土）　788
かんねぶつ（寒念仏）　159
かんぱく（関白）　728
かんぷ（関符）　743
かんぶつ（灌仏）　733
かんまんしゅじ（蚶満種寺）　279
き（器）　788
ぎ（儀）　588
ぎおん（祇園）　730　781
ぎおんまもり（祇園守）　799
きかく（其角）　645
きがんじま（帰雁嶋）　105
ききぞめ（聞ぞめ）　106
きさがた（蚶潟）　277
きさがた　761
きさらぎ　645
きじ（雉子）　510
きしもと（岸本）　783
きしゅんらく（喜春楽）　719
きそ（木曽）　787
きそはじめ（着始）　160
きそはじめ（着衣始）　712
きづよし（気づよし）　509
きぬ（絹）　344
きぬた（碪）　322　359　610
きぬた（砧）　601
きひ（貴妃）　788
きみ（君）　648　762
きみがよ（君が代）　782
きみがよや（君が代や）　343
きみやおもう（君や思ふ）　199
きもこおる（肝氷る）　566

ぎゃくのみね（逆の峰） 822
きゃら（伽羅） 247 614
きゅうせき（旧跡） 308
きょう（けふ） 98
きょううちわ（京団） 489
きょうおん（経音） 279
きょうがさ（京笠） 459
きょうがのこ（京鹿子） 148
きょうぎ（経木） 608
ぎょうき（行基） 735
ぎょうこうあん（迎光庵） 631
きょうのうみ（今日の海） 69
きょうのきく（けふの菊） 144
きょうのつき（けふの月） 386 460 503 654
きょうほうさん（享保三） 775
ぎょき（御忌） 721
ぎょきまいり（御忌参） 93 163 395
きよもり（清盛） 223
きょろうびょう（虚労病） 178
きりぎりす 630 783
きりずみ（切炭） 151
きりのはこ（桐の箱） 59

きりひおけ（桐火桶） 87
きをます（気を増） 117
きんか（槿花） 16
くいな（水鶏） 221
くいな（くゐな） 560
くうかい（空海） 699
くうめい（空明） 767
くき（岫） 277
くぎうたで（釘うたで） 372
くくたち（茎立） 271
くげ（公家） 654
くさまくら（草枕） 301
くしけずる（串削る） 660
くずうお（国栖魚） 317
くすだま（薬玉） 455
くずのうらは（葛のうら葉） 183
くぜつ（口説） 574
くちとじて（口閉て） 663
くちにてをあて（口に手をあて） 533
くにぞはる（国ぞ春） 132
くにみやげ（国みやげ） 97
くまうち（熊打） 676
くみほうらい（組蓬萊） 92

くもい（雲井） 699
くもいざか（くも井ざか） 27
くもすき（雲間） 774
くもにむらさき（雲に紫） 553
くものつき（雲の月） 785
くものね（雲の根） 391
くもり（くもり） 430
くもりど（曇砥） 779
くもりみず（曇り水） 221
くら（蔵） 400
くらまほうし（鞍馬法師） 514
くりえんで（栗笑で） 666
くりごと 796
くりはら（くり原） 38
くるわ（廓） 605
くれ（暮） 125
くれはぎぬ（呉羽ぎぬ） 511
くろつか（黒塚） 235
くわつみ（採桑） 732
けいせい（傾城） 375
げこ（下戸） 70 243 277
げこいじり（下戸いぢり） 219
げこてる（下戸照ル） 295
けしき（気色） 41

けち 703
けものすみ（けもの炭） 68
けものずみ（獣炭） 245
けらけら 772
けり（梟） 249
げんげんどう（玄々堂） 785
げんしょういん（元正院） 675
けんしん（研心） 764
こいか（恋か） 633
こいしかわ（小石川） 47
こうぎょう（興行） 295 687 775 781
こうぐうさんかんまんしゅじ（皇宮山蚶満種寺） 277
こうこう（耿々） 11
こうし（孔子） 71
こうじゅ（香薷） 179
こうぜつ（黄舌） 248
こうにんじ（弘仁寺） 798
こうのいけ（鴻の池） 188
こうふくじ（興福寺） 31
こうや（高野） 390 494
ごおう（牛王） 85
こおり（郡） 251

こおりのつかい（氷の使ひ）　410
こおる（氷る）　371
こがし　164
こがねふだ（こがね札）　804
こがらし（木枯）　436　521
こがらし（凩）　406　522　補12
こぎの（小着布）　222
ごくらくじ（極楽寺）　106
ごけ（後家）　113　134　832
ここに（爰に）　306
こころうき（心うき）　44
こころなきのわけ（心なきのわけ）　347
こころのやみ（心の闇）　240
こし（越）　309
こじ（居士）　246
こしがわり（腰替り）　160
こじき（乞食）　583
ごじのかね（午時の鐘）　702
こしのやま（越の山）　137
こじょう（湖上）　421
ごぜんく（御前句）　194
こそでづくし（小袖尽し）　629
こたつ（火燵）　276　282　314　491
こちょう（胡蝶）　342
こちょう（こてふ）　829
ごとうち（御当地）　97
ことたりし　241
ことのばら（小殿ばら）　690　710
ことばのしげき（こと葉の茂き）　309
ことよう（こと用）　158
こなぎなた（小長刀）　577
このきょう（此京）　743
このくに（此国）　686
このさわ（此沢）　708
このひ（この日）　499
こはる（小春）　477
こびと（小人）　273
こま（狛）　795
こまつばら（小松原）　728
こまむかえ（駒むかへ）　232
ごみすてぶね（ごみ捨舟）　73
こみなた（小日向）　47
ごり（石斑魚）　439
ごりょかん（御旅館）　740
ころ（比）　103　390
ころもがえ（更衣）　249
ころもがわ（衣河）　122
こんじいん（金地院）　720

さ　行

ざいえ（在江）　242
さいぎょう（西行）　92　277　補10
さいぎょうもどり（西行戻り）　194
さいぎんざくら（西吟桜）　318
さいつう（祭通）　749
さいみょうじどの（西明寺殿）　280
さおとめ（早乙女）　502　補2
さが（嵯峨）　347　419　549　824
さがあゆ（嵯峨鮎）　534
さかき（榊）　793
さかきげん（酒機嫌）　144
さがしけり（操しけり）　738
さかしま（逆）　181
さかずき（杯）　263
さかぞり（逆剃）　82
さがりふじ（さがり藤）　13
さぎ（鷺）　504
さぎしま　265
さぎちょう（左義長）　481
さくら（佐久羅）　430
さくらがり（桜狩）　355
さくらがわ（桜川）　769
さくらじか（桜鹿）　672
さくらのり（桜のり）　20　171
さけいけん（酒意見）　233
さざえがら（栄螺がら）　157
ささげ（小角豆）　90　261
ささちまき（笹粽）　109
ささやきのはし（ささやきの橋）　196
さじすてし（七捨し）　136
さた（沙汰）　258
さだお　213
さつきあめ（五月雨）　744
さつきやま（五月山）　663
さつきやみ（五月闇）　744
さで（左網）　298
さても（扨も）　646
さと（里）　120
さとうみず（砂糖水）　57
さどのくに（佐渡の国）　309

さなえ（早苗） 400
さなえあめ（早苗雨） 294
さぬき（讃岐） 225
さびけり（渋けり） 534
さま（様） 403
さまつたけ（早松茸） 250 258
さらしな（更級） 532
さりどころ（去所） 651
さりながら（去ながら） 568
さる（申） 305
さるさわ（さるさは） 37
さるひき（猿牽） 545
さればこそ 516 765
さん（讃） 824
さんす（讃す） 642
さんまい（散米） 163
しいしば（椎柴） 419
しおおとめ（塩乙女） 623
しおき（塩木） 75
しおひ（塩干） 201
しおひ（しほ干） 408
しおひ（汐干） 485
しおり（枝折） 152 216
しが（志賀） 171 429 823

しかく（四角） 444
しかぞすむ 638
しかのつの（鹿の角） 367
じがみ（地神） 170
しがやまごえ（志賀山越） 734
しきしま（敷島） 809
しきしまのみち（敷島の道） 158
しきぶすま（敷衾） 101
しきみ（樒） 250
しぐれ（時雨） 82 311
しぐれ 808
しぐれのちん（時雨の亭） 505
しず（鎮） 610
しずえ（枝末） 312
しずのと（賤の戸） 229
しずや（賤屋） 244
しぜん（自然） 471
じぞう（地蔵） 349 378
しそく（紙燭） 612
しだ（歯朶） 710
したうつ（舌うつ） 670
したくさ（下草） 148
したしば（下柴） 276
しちき（七騎） 202

しちょう（紙帳） 260
じちん（慈鎮） 487
しち（質） 241
しな（志名） 379
しののめ 832
しののめて 457
しのびね（しのび音） 832
しのぶやま（忍山） 735
しばくり（柴栗） 573
しばぶね（柴ぶね） 706
しひつ（試筆） 363 644 773
しほうはい（四方拝） 709
しまだ（島田） 560
しまばら（島原） 531
じみゃくとる（自脈とる） 328
しめ（注連） 161
しめし（褯） 229
しめし 809
しめしきしま（しめ敷島） 809
しめたる 129
しもつき（霜月） 584
しもべ（下部） 433
しゃか（釈迦） 446
じゃがさき（蛇がさき） 266

しゃくし（釈氏） 756
しゃくやく（芍薬） 341 373
じゃのすし（蛇のすし） 131
しゅうふうし（秋風子） 292
じゅうやがね（十夜鉦） 234
しゅきょうじん（酒狂人） 686
じゅず（珠数） 366
じゅずかけばと（珠数かけ鳩） 163
じゅずぶくろ（珠数袋） 93
じゅつ（術） 245
しゅろ（椶櫚） 260
じゅろうじん（寿禄神） 190
しゅろぼうき（しゅろ箒） 116
じゅんのみね（順の峯） 506
しょう（妾） 768
じょう（情） 54
しょうが（唱歌） 384
じょうご（上戸） 70
しょうごいん（聖護院） 528
しょうこう（昌貢） 743
じょうし（上巳） 674
じょうしゅ（城主） 791
じょうど（浄土） 102

しょうはく（肖柏）　241
じょきんし（如琴子）　380
しょくけんはひにほゆる（蜀犬は日にほゆる）　350
しょくひと（蜀人）　218
じょちゅうぶね（女中舟）　204
じょりんこう（鋤鱗公）　740
しらいと（しら糸）　667
しらかべ（白壁）　490
しらかわ（白川）　308
しらけじまい（しらけ仕舞）　569
しらす（白洲）　433
しらたま（白玉）　612
しらなみ　765
しらば　223
しらひげまつり（白鬚祭）　813
しらふじ（白藤）　556
しらぼし（白干）　227
しらがゆ（白粥）　176
しろうお（白魚）　680 713
しろざとう（白砂糖）　165
しろぜがい（白是界）　771
しわす（師走）　523
じんしゃ（仁者）　61
しんじゅ（新樹）　452
しんぜんほうらく（神前法楽）　422
じんちょうげ（沈丁花）　10
しんのう（神農）　64
すいせん（水仙）　257
すがい（酢貝）　716
すぎやき（杉焼）　232
すげがさ（菅笠）　294 630 769
すけたか（助鷹）　588
すごう（子昂）　232
すごき　402
すごし　386
すすき（薄）　346
すすき（積藁）　782
すずき（鱸）　463
すずな（鈴菜）　1
すすはき（煤はき）　393
すすぶく　165
すずみ（涼み）　540 781
すてごろも（捨衣）　167
すね　801
すぽん（団魚）　567
すま（須磨）　331 339 368 405 468 547 697 698
すまびと（須磨人）　503
すみうり（炭売）　152
すみそ（酢味噌）　752
すみよしのいち（住吉市）　789
すりこぎ（雷盆木）　662
するがまい（するが舞）　181
ぜ（是）　759
せいおん（声音）　415
せいぎ（正義）　263
せいせつ（聖節）　716
せいたかじま（せい高島）　77
せいりょうでん（清冷殿）　27
せきおくり（関送り）　457
せきぞろ（節季候）　344 394 636
せきだい（石台）　206
せきのと（関の戸）　457
せきようにしに（夕陽西に）　366
せきをもよおす（席をもよふす）　743
せじん（世人）　533
せた（瀬田）　740
せちごろも（節衣）　757
せちぶ（節分）　46
せつげつや（雪月夜）　236
せみのきょう（蟬の経）　31
せむるはいの（責はいの）補　10
せり（芹）　416
せりやき（芹やき）　208
せんく（千句）　793
せんだくおけ（洗濯桶）　182
せんだつ（先達）　114
せんとく（沾徳）　540
せんぶえ（千部会）　31
せんぶくちゃうす（千服茶臼）　106
そいね（添寝）　127
ぞうが（増賀）　678
そうぎ（宗祇）　642
そうもん（桑門）　731
そえだけ（そへ竹）　568
そそけたり（そそけたり）　677
そぞろさむげ（そぞろ寒げ）　503
そでかけどう（袖かけ堂）　280
そでみやげ（袖みやげ）　122
そとば（卒都婆）　153
そのあかつき（其暁）　159
そのこがはは（其子が母）　694

そのことよ（其事よ） 69
そばきり（そば切） 787
そま（杣） 558
そまびと（杣人） 6
そめば 731
そよ 800
そらね 707
そりくず（剃屑） 830

た行

だいかぐら（大神楽） 127
だいこうじん（大紅沈） 10
だいこうじんちょうげ（大紅沈丁花） 10
だいなし 86
たいまでら（当麻寺） 604
だいり（内裏） 258 359
たうえおんな（田植女） 107
だうぶつくようば（大仏供養場） 695
たおさ（田長） 832
たかお（高雄） 762
たかどうろ（高灯籠） 200
たかとうろう（高灯籠） 305
たかどの（楼） 566
たかむしろ 748
たからか 46
たきぎののう（薪の能） 211
たきのいと（滝の糸） 53
たきびののう（焼火の能） 167
たぐい（たぐひ） 542
たけ（嵩） 181
たけ（嶽） 210
たけまろ（武麿） 704
たじまのくに（但馬の国） 334
たすけぐい（助杭） 761
たそがれて（旦夕て） 272
ただすごい（糺鯉） 427
ただすどうりょう（糺納涼） 340
たちばな（橘） 25
だっき（妲己） 204
たっしゃ（達者） 158
たつた（竜田） 697
たで 777
たで（蓼） 815
たなぎょう（棚経） 90
たなばたへい（七夕屛） 629
たにし（田螺） 補6
たね（種） 440
たねおろし（種おろし） 168
たびがれ（旅がれ） 280
たびすずり（旅硯） 198
たまがしわ（玉がしは） 442 704
たまがわ（玉川） 157 552 643
たまき（玉城） 24
たまくしげ（玉櫛笥） 753
たましきの（玉しきの） 640
たまつばき（玉椿） 765
たままく（玉巻） 828
たままくくず（玉巻葛） 456
たまむし（玉虫） 756
たまも（玉藻） 783
たまゆら（玉ゆら） 807
たむけぐさ（手向草） 12
たもん（多門） 717
たより（便り） 472
たよわき（たよはき） 459
だらに（陀羅尼） 703
たるし 50
だるまき（達魔忌） 186
だるまでら（達磨寺） 23
たろうづき（太郎月） 627
たわれじま（風流嶋） 177
だん（壇） 555
たんかのくちびる（たんくはの口びる） 43
たんご（端午） 742
たんぽ 236
ちかづき 180
ちからぐさ 632
ちぎる（契る） 743
ちくぜん（筑前） 287 289
ちご 29
ちご（児） 423 476 506 673 690 766
ちごくすし（児医師） 811
ちぢ（千々） 413
ちとせ 55
ちとせやま（千とせ山） 206
ちどり（千鳥） 707
ちどり 768
ちびき（千引） 353
ちまき（粽） 493 640 742
ちまきごめ（粽米） 220
ちゃせんがみ（茶筅髪） 341
ちゃや（茶屋） 434

ちゃやうた（ちゃ屋歌） 275
ちゅうか（仲夏） 706
ちょうかい（鳥海） 277
ちょうじろう（長次郎） 755
ちょうず（手水） 162
ちょうせんおうぎ（朝鮮扇） 306
ちょうせんじん（朝鮮人） 790
ちょうほう（重宝） 158
ちよのはじめ（千代のはじめ） 655
ちりぶる（ちりぶる） 268
ちん（美犬） 748
つがる（津軽） 458
つぎえき（次駅） 158
つきさかせたらなん（月さかせたらなん） 264
つきなみのかい（月次之会） 723
つきのしょく（月の蝕） 350
つきひでり（月日照） 253
つくまひめ（筑摩姫） 217
づし 582
つた（蔦） 464
つたなし 475
つたもみじ（蔦紅葉） 63

つたもみじ（つた栬） 580
つち（槌） 62 309
つつがのう（つつがなふ） 32
つっといり（つっと入） 662
つづみ（太鼓） 747
つつみがたき（皷が滝） 158
つづらおり（九折） 581
つと 122
つとに（夙に） 302
つなぎうま（つなぎ馬） 499
つなひき（綱引） 655
つなひき（綱曳） 773
つねのともしび（常のともしび） 135
つの（角） 212
つのおる（角折る） 279
つばな 259
つばめ（燕） 486
つぶて 551
つぶて（礫） 381 442 456 688
つぼすみれ（つぼ菫） 7
つぼねおんな（つぼね女） 235
つま（夫） 817
つまごい（妻乞） 169

つまごめ（妻ごめ） 275
つまねこ（つま猫） 725
つゆ（露） 244 574
つら（頬） 633 661 672
つらゆき（貫之） 699
つる（弦） 653
つるむ 362
つわ（津和） 585
つわのはな（つはの花） 767
てい（亭） 526
ていか（定家） 99
ていとく（貞徳） 522
てうつ（抃） 535
でざきまつ（出崎松） 補15
てっし（轍士） 458
ででむし（蝸虫） 327
てむきぐさ（手向草） 12
てらつつき（啄木） 525
てらつつき（啄木鳥） 635
てるて 18
てをさす（手をさす） 420
てんかげい（天下芸） 176
てんかのふゆ（天下の冬） 87
てんのう（天王） 96

といたひらめ（戸板ひらめ） 150
とう（塔） 465
とうえんめい（陶淵明） 110
とうか（棹歌） 750
どうぎり（胴切） 577
とうこんどう（東金堂） 673
とうさんじょう（東三条） 812
どうじきょう（童子教） 233
どうじょうじ（道成寺） 797
とうしん（灯心） 95
とうじんだこ（唐人だこ） 104
とうせん（東川） 527
とうだいじ（東大寺） 10
とうどのよしの（唐土のよしの） 57
とうば（東坡） 683
とうみょうじ（とうみやうじ） 11
とうれい（東嶺） 743
とうろ（灯籠） 383
とうろう（蟷螂） 520
とえ（とへ） 補10
とおち（十市） 9
とおつやま（遠津山） 262

とが 435
とかせばや 456
とかむり（戸冠） 209
ときめきて（時めきて） 343
ときめけり（時めけり） 699
ときやある（時やある） 225
とく（徳） 130
どくぎん（独吟） 533
とくりがり（徳利狩） 316
とこ（床） 101
とこのやま（床の山） 64
としおとこ（年男） 514 624 713
としぎ（年木） 774
としきこる（年木樵る） 525
としごもり（年籠） 820
としだま（年玉） 323
としのくれ（年の昏） 241
としのくれ（年の暮） 510
としのしわ（年の皺） 239
としはじめ（年始） 197
としはろくじゅうはいはちじゅう（年は六十誹八十） 533
としわすれ（年忘） 130
とどろ 540
となりおとこ（隣男） 207
との（殿） 577
とばえ（鳥羽絵） 773
とびいし（飛石） 464
とふのすがごも（十符の菅ごも） 199
とぶらい（弔） 167
とへん（都辺） 740
とま（苫） 331
とまり 699
とみくさ（富貴草） 751
ともし 703
ともしして（灯して） 316
とよ（豊） 698
どようぼし（土用干し） 225
とよおか（豊岡） 334
とよとし（豊とし） 751 補11
とよなる（豊なる） 334
とらがいし（虎が石） 592
とらづかい（虎づかひ） 132
とりあわせ（鶏合） 484
とりおく（とりをく） 753
とりのこ（鳥の子） 9
とわばや（とはばや） 764
どんぐり（団栗） 477

な行

ないくう（内宮） 632
なおき（直き） 414
ながじけ（長じけ） 170
ながめありて 309
なぎさ（渚） 73
なごし（名越） 118 689
なしのはな（梨のはな） 549
なす（奈須） 136
なすがみ（那須紙） 202
なすのがわ（那須野川） 123
なだたるところ（名だたる所） 582
なたねはな（菜たね花） 288
なたまめ（なた豆） 778
なつぎく（夏菊） 110
なつくれて（夏くれて） 58
なつごろも（夏衣） 787
なっとう（納豆） 234
ななかまど（七かまど） 808
ななくさ（七くさ） 752
なにふくろ（何袋） 447
なにわ（難波） 286 442 458 652 749
なにわずし（難波鮨） 295
なにわづ（難波津） 158
なのちょう（菜の蝶） 498
なのはな（菜の花） 526
なばたけ（菜畠） 187
なべずみ（鍋ずみ） 217
なまかべ（なま壁） 63
なます（膾） 777
なまやいと（生灸） 81
なみ（湘） 補8
なみのゆき（浪の雪） 150
なめしがわ（鞣革） 56
ならざけ（鶯声） 796
ならちゃぶね（なら茶舟） 736
ならのきょう（ならの京） 722
なるこひき（鳴子引） 472
なるたき（鳴滝） 292
なれたる（馴たる） 131
なれよる（馴よる） 134
なわのうら（縄のうら） 185
なんきょう（南京） 746 764
なんぜんぜんりん（南禅禅林）

720
なんぞういん（南蔵院） 706
なんと（南都） 446 794
にお（湖） 426 490
においのたま（匂ひの玉） 177
においはかりのもの（匂ひはかりのもの） 699 706
におう（匂ふ） 375
におう（二王） 821
におのうみ（鳰の海） 542
にがつどう（二月堂） 4 95
にがつどうぎょう（二月堂行） 94
にがつのうり（二月の瓜） 795
にしき（錦） 93
にしきべり（錦縁） 145
にしのうみ（西の海） 816
にていぼう（二諦坊） 699
にのとりい（二の鳥井） 418
にもちこぶ（荷持瘤） 52
にょごのしま（女子の嶋） 184
にょごのしま（女護の嶋） 258
にわたずみ（潦） 725
にわび（燎） 784
にんぎょ（人魚） 160 745
にんなじ（仁和寺） 727
にんにくせん 5
ぬえ（鵺） 812
ぬのこ（布子） 296
ぬのこ 335
ぬばたまの（ぬば玉の） 789
ねぎ（祢宜） 414 617
ねざめ（寝覚） 806
ねざめあり（寝覚有り） 281
ねずなき（鼠鳴） 89
ねたし（妬し） 647
ねぬなわ 221
ねのびして（子日して） 206
ねはん 724
ねはんえ（涅槃会） 366
ねはんがゆ（涅槃粥） 271
ねまつり（子まつり） 609
ねむこぐふね（眠漕ぐ舟） 746
ねもせぬ 19
ねんぶついいん（念仏院） 826
のういん（能因） 107 277
のうめ（野むめ） 544
のきば（軒端） 517
のこいたか（残いたか） 478
のづら（野づら） 393
のどのせき（喉の関） 78
のどひる（咽干る） 69
ののみや（野の宮） 500
のぼり 142
のぼり（幟） 436
のみのきば（蚤の牙） 140
のみのさと（蚤の里） 189
のもり（野守） 26 168
のや 560
のり（血） 216
のりかけ（乗掛） 457
のりもの 273
のわき（野分） 342 387

は 行

ばいほ（梅圃） 295
はえはらい（蝿はらひ） 118
はおり（羽織） 311 514
ばかがい（馬鹿貝） 76
はがため（歯固） 715
ばく（獏） 215 283
はぐき（葉ぐき） 43
はくぞうす（白蔵主） 830
ばくふ（瀑布） 292
はくゆうし（白幽子） 634
はぐろ（歯黒） 15
はくろのせち（白露の節） 757
はぐろふで（歯黒筆） 169
はこざき（箱ざき） 補13
はごのさぎ（羽子の鷺） 205
はごろも（羽衣） 239
はざむらい（葉侍） 138
はしい（はしゐ） 611
はしだて（橋立） 810
はしひめ（橋姫） 621
ばしょう（芭蕉） 302
ばしょう（ばせを） 445 776
はす（蓮） 407
はぜ（砂魚） 626
はそで（羽袖） 712
はだかごろ（裸ごろ） 678
はち（鉢） 237
はちたたき（鉢たたき） 329
はちたたき（鉢叩） 415 438 803
はつあけぬ（初明ぬ） 256

はつうま（初午） 135
はつおばな（初尾花） 192
はつかぜ（はつ風） 599
はつがつお（初鰹） 55
はづくろい（羽づくろひ） 562
はつざくら（初ざくら） 412
はつざけ（初鮭） 142
はつしぐれ（初時雨） 88
はつしぐれ（はつ時雨） 670
はつせ 3
はつせ（初瀬） 200
はつぞら（はつ空） 524
はつたけ（初茸） 798
はつづき（初月） 758
はつつる（初鶴） 804
はつどし（初年） 190
はつとら（初寅） 364
はつはなび（初花火） 204
はっぴゃくやねぎ（八百八禰宜） 671
はつやいと（はつ灸） 166
はつよ（はつ夜） 339
はつれい（初礼） 645
はつれんが（初連歌） 247

はて（果） 406
ばてい（馬蹄） 285
はとふく（鳩吹） 401
はなあらし（鼻あらし） 183
はなうり（花瓜） 653
はなうるし（花漆） 76
はなかずら（花かづら） 99 714
はなぐもり（花曇り） 469
はなぐもり（花ぐもり） 730
はなごころ（花ごころ） 609
はなごろも（花衣） 583
はなしがめ（放亀） 596
はなしずめ（花鎮） 775
はなすすき（花すすき） 570 798
はなすすき（花薄） 651 654
はなすり（花すり） 198
はなぞめ（花染） 712
はなぞやどり（花ぞやどり） 100
はなたちばな（花橘） 108
はなつみ（花摘） 423
はなてまり（花手まり） 495
はなとり（花鳥） 673 687
はなの（花野） 411
はなのたき（花の滝） 71

はなのにわ（花の庭） 41
はなのまく（花の幕） 453
はなばしら（鼻柱） 108
はなましば（花真柴） 214
はなむくげ（花むくげ） 229
はなむくげ（花木槿） 443
はなもどり（花戻り） 621
はなゆ（花柚） 702
はねつるべ 731
はねつるべ（桔槹） 763
はまおぎ（浜荻） 75
はまぐりのき（蛤の気） 449
はまゆみ（濱弓） 29
はやしけり 158
はやま（端山） 477
はらいし（払し） 273
はらませし（孕ませし） 432
はらみいね（はらみ稲） 33
はるかり（春かり） 138
はるをもちこす（春を持越す） 175
はんげしょう（半夏生） 462
はんどく（槃特） 130
はんみのだるま（半身の達磨） 23

はんめんのびじん（半面の美人） 685
ひ（非） 759
ひあし（日足） 17
ひいやりと 809
ひえ（比叡） 363 381 388 391 421 644
ひがきのおんな（檜垣の女） 308
ひがしのやま（東の山） 500
ひがしやま（ひがし山） 288 343
ひがしやま（東山） 526 611
びく（比丘） 764
ひくうし（弾牛） 684
ひげ（髭） 247
ひごのくに（肥後の国） 306
ひざくら（火桜） 95
ひざつづみ（膝鼓） 705
ひざまくら（膝枕） 719
ひじて（ひぢて） 340
ひたいがみ（ひたい紙） 226
ひだり（左） 665
ひつじ 333
ひつじさる 667

ひとごころ（人心）　793
ひとしあん（一思案）　646
ひとだま（人魂）　329
ひとだま（飛魂）　383
ひとつご（ひとつ子）　394
ひとつざけ（一つ酒）　824
ひとつなき（ひとつ鳴き）　561
ひとつばし（一つ橋）　387
ひとつばし（ひとつ橋）　650
ひととなりて（長て）　298
ひとはいさ（人はいさ）　219
ひとはのきり（一葉の桐）　59
ひとまるのごびょう（人まるの御廟）　284
ひとよづま（一夜妻）　560
ひな（鄙）　519
ひのためし（氷様）　133
ひばりおちたる（ひばり落たる）　551
ひふきだけ（火吹竹）　75
ひま（蔀間）　376
ひまのこま（ひまの駒）　827
ひむろもり（氷室守）　114　179　223　296　335　377
ひめもも（姫桃）　42
ひや　110
ひやぎらい（冷ぎらい）　214
びゃくじゃさん（白蛇散）　117
びょう（廟）　306
ひょうしじんじゃ（拍子神社）　12
ひらかた（牧方）　736
ひらぎ（柊）　303
ひるがお（昼顔）　321
ひるがや（昼蚊屋）　488　745
ひるぎつね（昼狐）　135
ひろさわ（広沢）　382　760
びわ（琵巴）　653
びわのさね（枇杷のさね）　116
びん（鬢）　677
びんぼがみ（貧乏神）　161
ふ（符）　710
ふ（賦）　751
ふうが（風雅）　297
ふうじん（風塵）　792
ふうらん（風蘭）　517
ふうりん（風鈴）　326　501
ふえたけ（笛竹）　35
ふきこす（吹越す）　352
ふきっくれけり（吹っくれけり）　389
ふきや（吹矢）　312
ふぐ（鯸）　153
ふぐ（鰒）　257
ふくじゅそう（福寿草）　397　711
ふぐじる（ふぐ汁）　78
ふくべ（瓢箪）　245
ふくべ　520
ふくべのはな（ふくべの花）　679
ふくよう（伏陽）　702　740
ふくろくじゅ（福禄寿）　524
ふけふけて（更々て）　386
ふさすけ（房輔）　728
ぶざんこう（豊山香）　699　700
ふじ（富士）　92　650
ふじ　276
ふじ（不尽）　647
ふじ（不二）　770
ふじおろし（富士颪）　648
ふじばかま（藤袴）　5
ふしみ（伏見）　200　338　429　684
ふしみ　補9
ふしみえ（伏見江）　737
ふしみぶね（ふしみ舟）　補9
ふしみやま（ふしみ山）　548
ふじわら（藤原）　30
ふじわらのあきなか（藤原の顕仲）　277
ふしんがみ（不審紙）　284
ぶた（家猪）　301
ふたえだな　30
ふたつかがみ（二つ鏡）　741
ふたみ（二見）　230
ふたみしんせき（二見神石）　664
ふつかのつき（二日の月）　472
ふつかやいと（二日灸）　440
ふづき（文月）　689
ふですてまつ（筆捨松）　238
ふでのうみ（筆の海）　67
ふでのすみ（筆の隅）　478
ふとあさ（太麻）　805
ふどう（不動）　666
ふとしく　108
ふとばし（太箸）　594
ふとり　652
ふなだいく（船大工）　51

ふね（舟） 46
ふぶき（雪吹） 474
ふゆき（冬木） 763
ふゆごもり（冬籠） 150
ふゆごもり（冬ごもり） 600
ふゆわた（冬綿） 700
ぶり（鰤） 827
ふるさと（古郷） 491
ふろ（風呂） 81 521 681
ふわ 358
ふわのせき（風破の関） 486
ぶんごうめ（豊後梅） 40
ぶんちん（文鎮） 262
ぶんや（分野） 補11
べにのはな（紅の花） 625
べらなり（べら也） 690
べんじて（弁） 189
へんじょう（遍昭） 90
べんべん 28
ほうぎょくごさい（宝玉五彩） 785
ほうし（法師） 208 401
ほうじょうだんすい（北条団水） 769

ぼうずもち（坊主持） 581
ほうとう（法灯） 277
ほうびき（宝引） 134
ほうびきなわ（宝引縄） 161 246
ぼうふ（防風） 287
ほうれんそう（ほうれん草） 8
ほおずきぐさ（鬼灯草） 184
ぼくぼくと（ぼくぼくと） 376
ほし（星） 304 362 382 629
ほしあみ（干網） 463
ほしかぶね（干鰯舟） 619
ほしたばこ（干たばこ） 185
ぼじつ（暮日） 305
ほしづきよ（星月夜） 491 564 645 772
ほしのあうよ（星のあふ夜） 496
ほしのうし（星の牛） 203
ほしのおがわ（星の小川） 252
ほた（榾） 376
ぼだいじゅ（菩提樹） 826
ぼたんか（ぼんたんくは） 43
ほっけじ（法花寺） 8
ほっこく（北国） 310
ほととぎす（郭公） 349

ほととぎす（杜鵑） 603
ほととぎす（子規） 734
ほととぎす（蜀魄） 737
ほととぎす（時鳥） 832
ぼふう（暮風） 342 347 347 388
ほりかわ（堀川） 769
ほわた（穂綿） 212
ぼん（盆） 補10

ま　行

まいたけ（舞たけ） 22
まきえ（蒔絵） 76
まく（幕） 355 610
まくずがはら（真葛ケ原） 487
まくづくし（幕づくし） 100
まくのゆ（幕の湯） 471
まくら（枕） 54
まくらが（枕香） 703
まくらがや（枕蚊屋） 298
まご（馬子） 321 595
まご（馬士） 425
ますかがみ（一寸鏡） 685
まぜる 41

まだし 464
まつ（松） 38
まつい（松井） 699
まつかぜ（松風） 751
まつしま（松島） 264
まつしま（松しま） 339
まつのはな（松の花） 806
まつのはね（松の羽） 270
まつのよ（松の代） 205
まつふぐり（松ふぐり） 776
まで（左右） 718
まとも（真とも） 421
まなこざし（眼ざし） 821
まなこだま（眼玉） 98
ままこ（まま子） 193
ままははごころ（継母心） 212
まよい（まよひ） 745
まりがき（鞠垣） 386
まるやま（丸山） 775
まんだら 604
み（身） 431
みいら（木乃） 143
みおぎ（みほ木） 153
みおぎ（澪木） 305

みかいこう（未開紅） 687
みかえり（見かへり） 806
みがきずな（磨砂） 155
みかさやま（三笠山） 671
みかどびな（御門雛） 201
みかん（蜜柑） 377
みくまりやま（水分山） 174
みぐるしの（見ぐるし野） 659
みけんかも（見けんかも） 207
みこ（神子） 657
みこしがわ（御輿川） 275
みじかき 523
みじかやま（短山） 709
みす（御簾） 328
みずがき（瑞籬） 370
みすがた（御姿） 209
みずくき（水茎） 203
みずぐるま（水車） 408 538 575
みずごいどり（水ごひ鳥） 658
みずごろも（水衣） 249 309
みずま（水間） 652
みずむし（水虫） 362
みそか（晦日） 584
みそかはらえ（晦日はらへ） 58
みそぎ（御祓） 368 432
みそぎがわ（御祓川） 656
みそぎぐし（御祓串） 227
みそさざい 351
みぞれ（霙） 586
みたち（御館） 409
みちしば（道芝） 補7
みちひ（満干） 98
みつぎ（御調） 820
みと（御戸） 4
みなくち（水口） 409
みなづき（六月） 377
みなれざお（水馴竿） 726 778
みの（簑） 307 354 516
みののたき（美濃の滝） 162
みのむし（蓑虫） 635
みはつる（見はつる） 478
みぶ（壬生） 512
みぶねぶつ（壬生念仏） 103
みぶりょう（壬生領） 763
みほうらい（御蓬萊） 479
みまう（見まふ） 466
みやがらす（宮烏） 422
みやぎの（宮城野） 138 198
みやこ（宮古） 79
みやこ 469
みやこぐさ（みやこ草） 638
みやこぞめ（都染） 88
みやすぎ（宮杉） 417
みやのかがみ（宮の鏡） 502
みやびと（宮人） 640
みやま（御山） 114
みよ（御代） 132
みよがわり（御代がはり） 751
みよしの 19
みよしの（見よしの） 62
みよしの（みよし野） 96
みよしの（三よし野） 337
みよしのや（みよし野や） 251
みよのはる（御代の春） 50
む（無） 524
むいかびきゃく（六日飛脚） 158
むかしおとこ 34
むきけり（向きけり） 88
むぎのあき（麦の秋） 242
むくげ（木槿） 356
あさがお（槿） 358
むぐら（葎） 682
むこ（聟） 454
むこひいな（婿雛） 213
むさし 61
むさしかきつばた（むさし杜若） 補4
むさしの（武蔵野） 192 259
むしえらび（虫撰） 833
むしふく（虫ふく） 475
むしゃづくし（武者尽し） 202
むつみづき（睦月） 716
むつのかね（六の鐘） 556
むばら（荊） 668
むみ（無味） 720
むゆうきょ（夢遊居） 615
むらさき 53
むらしぐれ（村時雨） 391
むらしぐれ（村しぐれ） 642
めあかし（目あかし） 121
めい（銘） 788
めいげつ（名月） 433 538 678
めいしょ（名所） 363
めおと（女夫） 613
めくら（盲） 818
めしいい（盲） 補11

めしつぶ（食粒） 137
めしびつ（飯櫃） 294
めたかし（目高し） 533
めのほとけ（目の仏） 91
もえぎ（萌黄） 292
もくじき（木食） 74
もぐらもち（土竜） 579
もさ（申左） 641
もじ（戻子） 230
もししぜん（若自然） 591
もず（百舌） 356
もず（鵙） 782
もずのくさぐき（鵙の草茎） 814
もち（餅） 210
もちくばり（餅配） 165
もちづき（望月） 446
もちなれり（餅生り） 166
もちのわかば（餅のわか葉） 72
もちばな（餅花） 128
もちばな（もち花） 129 240
もちばな（餅花） 823
もどく 192
もぬけ 119 178
もの（者） 344
ものぐるい（物ぐるひ） 370
ものぐるい（物狂い） 補12
ものしける（物しける） 641
ものめさせけり（物めさせけり） 572
もみがみこ（もみ紙子） 66
もよい（もよひ） 補6
もるひと（守る人） 410
もろこ 21
もろこし 21
もろこしよしの（もろこし吉野） 21
もん（門） 700

や 行

やあみ（屋阿弥） 775
やいつ（野逸） 280
やいと（灸） 166
やえがすみ（八重霞） 96
はっぴゃくやねぎ（八百八祢宜） 671
やかず（矢数） 529
やきいも（やき芋） 814
やきすぎ（焼杉） 232
やきめし（焼飯） 70 515
やくしじ（薬師寺） 7 746
やこ（野狐） 285
やこうのたま（夜光の玉） 24
やじり（矢尻） 267
やせ（八瀬） 369
やせご（やせ子） 278
やたて（矢立） 補2
やつす 380
やつれがさ（やつれ笠） 310
やど（宿） 652
やとり（矢取り） 528
やどり 326 488
やな（梁） 補11
やなぎばえ（柳ばへ） 37
やふ（野夫） 307
やぶか（藪蚊） 378
やぶつばき（藪椿） 631
やぶらぬ（賊らぬ） 616
やまあらし（山あらし） 68
やまいおり（山庵） 237
やまおしき（山折敷） 254
やまおろし（山颪） 470
やまかずら（暁雲） 494 598 721
やまかずら（山かづら） 735 796
やまがら（山枯） 522
やまぐち（山口） 1
やまざくら（山桜） 361 403 823
やまし（山士） 65
やましな（山科） 790
やましろ（山城） 659
やまだち（山賊） 216
やまとうた（大和歌） 48
やまどり（山鳥） 84
やまのにしき（山の錦） 147
やまのべんべん（山のべんべん） 28
やまはぎ（山はぎ） 568
やまぶき（款冬） 482
やまぶし（山臥） 466
やまぶし（山伏） 617
やまほととぎす（山ほととぎす） 418
やままつ（山松） 620
やままど（山窓） 791
やままつり（山まつり） 274
やよい（やよひ） 358

やりばね（やり羽子） 83
やりもち（鑓持） 192
ゆあみ（浴） 439
ゆあみどき（浴時） 308
ゆうがお（夕顔） 180
ゆうがお（ゆふがほ） 358
ゆうかんし（又閑子） 763
ゆうくん（遊君） 431
ゆうげん（友元） 731
ゆうだち（白雨） 379
ゆうひばり（夕雲雀） 449
ゆきおれ（雪折） 65
ゆきおんな（雪女） 45 187
ゆきしぐれ（雪時雨） 459
ゆきならぬひ（雪ならぬ日） 237
ゆきにゆびさす（雪に指さす） 314
ゆきのとうば（雪の東坡） 683
ゆきまり（雪まり） 17
ゆきゆきて（行々て） 361
ゆぐ（湯具） 355
ゆくえ（近衛） 116
ゆくえ（行衛） 827
ゆくおんな（行女） 817
ゆくたま（行魂） 474
ゆくて 546
ゆくもの（行者） 606
ゆでなべ（ゆで鍋） 72
ゆどのみち（湯殿道） 141
ゆのはな（ゆの花） 219
ゆびおる（ゆび折） 50
ゆめみぐさ（夢み草） 19
ゆるぎ 265
よ（代） 674
ようぎ（容義） 395
ようじ（楊枝） 155
よか（余花） 824
よがつお（夜鰹） 611 705
よぎ（夜着） 119 603
よこう（夜興） 補3
よさのうみ（与謝の海） 463
よしすずめ（よし雀） 749
よしだどの（吉田殿） 125
よしの（芳野） 251
よしの（吉野） 831
よしのがわ（吉野河） 20
よしのくず（よしの葛） 57
よしのごえ（芳野越） 243
よしのしずか（よしのしづか） 22
よしや 465
よすてびと（桑門） 742
よだ（夜田） 617
よだれかけ（涎懸） 126
よつがしら（四がしら） 747
よど（淀） 408 526 538 569
よとう（夜盗） 224
よとぎ（夜伽） 221
よどごい（淀鯉） 448
よどのはし（淀の橋） 523
よぶ（呼） 626
よぶこどり（呼子鳥） 248 818
よぶこどり（呼子どり） 補13
よも（四方） 99
よよし（四十四） 781
よをとげて（世を遁て） 313

ら行

らいごう（来迎） 91
らいちょう（来朝） 790
らいのはじめ（雷の初め） 723
らくせい（洛西） 531
らくよう（洛陽） 283
らしゃばおり（羅紗羽織） 268
らん（蘭） 783 830
らんのふね（蘭の舟） 571
らんばち（蘭鉢） 397
りきゅう（利休） 245
りせつすい（李節推） 683
りゅう（竜） 98
りゅうおうとう（竜王湯） 139
りゅうし（立志） 750
りょうじん（猟人） 694
りょがいしらず（慮外しらず） 142
るしゃなぶつ（盧舎那仏） 553
るす（留主） 269
るすづかい（留主づかひ） 224
るりのつぼ（るりのつぼ） 7
ろ（炉） 464 590 604 698 788 補12
ろくしゃく（六尺） 52
ろじげた（炉地下駄） 111
ろっかくどう（六角堂） 597 641 723
ろろん（魯論） 750

わ 行

わかあゆ（若鮎） 3
わかくさやま（若草山） 688
わかごぼう（若牛房） 113
わがさき（我さき） 430
わかしゅ（若衆） 529 674
わがてにやすし（我手に安し） 270
わかな（若菜） 365
わかながき（若菜垣） 207
わかむらさき 97
わかもち（若餅） 162
わくひばち（わく火鉢） 235
わげゆく（綰ゆく） 545
わすれぐさ（わすれ草） 113 166
わすれぐさ（忘草） 637
わすれみず（忘れ水） 526
わせ（早稲） 512 751
わたらい（わたらひ） 519
わびせたい（侘世帯） 180
わらいぐさ（笑草） 179
わらび（はらび） 34

わる（割） 543
われがね（破鐘） 542
われもこう（吾木香） 659

おわりに

林玲子氏の『江戸と上方』（吉川弘文館刊）によると、暇をもてあましている旗本の乱暴狼藉に手を焼いた幕府は、十町に一軒ずつ会所を設け、旗本たちが集まって碁・将棋・俳諧などを楽しめるようにしたという。いつからこのような会所ができたのか正確にわからないが、前後の文章から察するに明暦年間（一六五五〜一六五七）と考えてよかろう。このような会所ができたことで旗本の乱暴狼藉が収まったとも思えないが、ただこのことによって当時世間一般で俳諧がどのように見られていたかわかる。俳諧は碁や将棋と同様だれでもできる娯楽とみられていたのである。

元禄十五年（一七〇二）に俳人の評判記である『花見車』という本が刊行された。著者は轍士《てつし》という俳人で彼は言水とも親しかった。この中に次のような記事がある（現代語に訳して紹介する）。

遊女遊びをして、ひと月に一度ずつ太夫（最高ランクの遊女）を相手に遊んだとして、一年の出費を計算すると、どのように節約しても確実に三十両はかかる。俳諧は時々句会を催し、点者《てんじや》（俳諧の宗匠）に十分過ぎるほどの付け届けをしても、一年に十両はかからない。

一読してわかるように、遊郭で遊女を買って遊ぶよりも俳諧で遊んでいるほうがはるかに安上がりだというのである。ここでは遊郭の女遊びと俳諧が、遊びという同一の次元で比較されているのである。もっとも遊びごとに一年に十両も使うような人は相当の金持ちであり、このような人が門人に加わってくれれば宗匠の生活も楽になる。

芭蕉一門のような例外はあるが、当時の人々にとって俳諧は娯楽の一つであり、言水のもとに集まってきた俳諧愛好者の大部分は、遊びごととして俳諧を楽しむために集まってきたごく普通の一般庶民であったとみて間違いない。当然のことながら、言水はこのような愛好者の好みにかなうような句を作っていたのである。

本書にはエロチックな句が少なくないが、このことは言水がサービス精神旺盛な人物だったことを物語っているのかもしれない。エロチックな句は誰もが喜ぶ。エロチックな句に限らず、言水には当時の風俗を詠んだ句が多く、この中にも面白い句が少なくない。彼はなかなかの才人だったと思う。

俳諧の発句は前後が連続しているわけではなく一句一句が独立している。したがって最初から順番に一句ずつ読んでいく必要はない。またところどころ飛ばして拾い読みをしてもかまわない。本書に興味をもたれた人は、自分の好きなように読んでいただきたいと思う。俳諧は所詮遊びごと、楽しく読んでいただければ幸いである。

本書の校正は新典社の田代幸子さんの担当で、細かいところまで丁寧に見てくださった。また語彙索引は早稲田大学大学院教育学科博士課程の木下優さんにお願いした。お二人に感謝したい。

平成二十八年一月二十五日、七十六歳の誕生日に。

田中　善信

《著者紹介》
田中 善信（たなか　よしのぶ）
昭和15年1月　石川県鹿島郡鹿島町（現・中能登町）に生まれる
昭和39年3月　早稲田大学第一文学部英文学専修卒業
昭和46年3月　同大学大学院文学研究科日本文学専修修士課程修了
専攻・学位　日本文学（近世文学）・修士
現　職　白百合女子大学名誉教授
編著書『近世俳諧資料集成』（共編，昭和51，講談社）
『菊池五山書簡集』（共編，松本文庫資料集2，昭和56，私家版）
『初期俳諧の研究』（平成1，新典社）
『永遠の旅人 松尾芭蕉』（共著，日本の作家26，平成3，新典社）
『本朝水滸伝・紀行・三野日記・折々草』
（共著，新日本古典文学大系79，平成4，岩波書店）
『近世諸家書簡集（釈文）』（平成4，青裳堂書店）
『芭蕉 転生の軌跡』（平成8，若草書房）
『与謝蕪村』（人物叢書，平成8，吉川弘文館）
『天明俳諧集』（共著，新日本古典文学大系73，平成10，岩波書店）
『芭蕉＝二つの顔』
（講談社選書メチエ，平成10，講談社，平成20講談社学術文庫として復刊）
『鏡泉洞文庫蔵 新出 俳人書簡集―白雄・士朗・嵐外・蕉雨―』
（平成12，新典社）
『元禄の奇才 宝井其角』
（日本の作家52，平成12，新典社，第一回山本健吉文学賞（評論部門）受賞）
『書翰初学抄』（平成14，貴重書刊行会）
『芭蕉の真贋』（平成14，ぺりかん社）
『全釈芭蕉書簡集』（平成17，新典社，文部科学大臣賞受賞）
『芭蕉―俳聖の実像を探る』（新典社新書18，平成20，新典社）
『芭蕉新論』（平成21，新典社）
『芭蕉―「かるみ」の境地へ』（中公新書，平成22，中央公論新社）
『芭蕉の学力』（平成22，新典社）
『全釈続みなしぐり』（平成24，新典社）
『日本人のこころの言葉 芭蕉』（平成25，創元社）
『元禄名家句集略注 伊藤信徳篇』（平成26，新典社）
『諸注評釈 新芭蕉俳句大成』（共編，平成26，明治書院）

元禄名家句集略注　池西言水篇

2016年3月15日　初刷発行

著　者　田中善信
発行者　岡元学実

発行所　株式会社　新典社

〒101－0051　東京都千代田区神田神保町1－44－11
営業部　03－3233－8051　編集部　03－3233－8052
ＦＡＸ　03－3233－8053　振　替　00170－0－26932

印刷所　惠友印刷㈱　製本所　牧製本印刷㈱

ISBN978-4-7879-0638-0 C1095

http://www.shintensha.co.jp/
E-Mail:info@shintensha.co.jp